李东华 / 著

纯真 依旧是 纯真

从新世纪到新时代的儿童文学

河北教育出版社　河北出版传媒集团

图书在版编目（CIP）数据

纯真依旧是纯真：从新世纪到新时代的儿童文学／
李东华著. －－ 石家庄：河北教育出版社，2023.10
ISBN 978-7-5545-8110-0

Ⅰ.①纯… Ⅱ.①李… Ⅲ.①儿童文学－文学研究－
中国－文集 Ⅳ.①I207.8-53

中国国家版本馆 CIP 数据核字 (2023) 第 186449 号

书　　名　**纯真依旧是纯真**：从新世纪到新时代的儿童文学
作　　者　李东华
出 版 人　董素山
责任编辑　汪雅瑛　陈　娟
装帧设计　李关栋

出版发行　河北出版传媒集团
　　　　　河北教育出版社 http://www.hbep.com
　　　　　（石家庄市联盟路 705 号，050061）
印　　制　河北新华第一印刷有限责任公司
开　　本　787 mm×1092 mm　　1/16
印　　张　23.75
字　　数　280 千字
版　　次　2023 年 10 月第 1 版
印　　次　2023 年 10 月第 1 次印刷
书　　号　ISBN 978-7-5545-8110-0
定　　价　68.00 元

自　序

　　我本来手懒，觉得没必要有个序，但我的朋友王泳波社长曾郑重其事地教导过我："一本书没有序，就像一座房子没有屋檐。"我想我盖的这所房子本就简陋，现在不能连屋檐都省了，那就还是写吧。

　　本书书名取自茨威格形容浪漫主义作家的艺术追求时说的一句话："纯真依旧是纯真，理想在英雄般地成形。"这听上去也很像在为儿童文学画像。不过，究竟该用神往的还是笃定的亦或是疑问的语气来读这句话呢？这关涉到怎么理解儿童文学所推崇的"纯真"二字。纯真，到底是开放在镜中的花朵，还是上天对童年独有的稍纵即逝的馈赠？在趟过岁月险峻的悬崖峭壁时，在穿越命运颠簸的羊肠小道时，在行进到人生秋意渐浓冬日萧瑟时，纯真，有没有与绝望周旋的力量，有没有与邪恶对峙的勇气，有没有相伴一生的可能？

　　夏多布里昂有一段话流传甚广，列维-斯特劳斯在《忧郁的热带》里引用过，他说："每一个人，身上都拖带着一个世界，由他所见过的、爱过的一切所组成的世界，即使他看起来是在另外一个不同的世界里旅行、生活，他仍然不停地回到他身上所拖带的那个世界里去。"要是我的后背真是背着这样一个无形而又沉甸甸的世界，那我想"儿童文学"可能占据的空间最大。最初是出于工作的需要，1998年我担任中国作协儿童文学委员会秘书时，对儿童文学一无所知，我找来一本中国作家大辞典，把里面六百多个儿童文学作家的词条连同照片看了两三遍，人年轻时记忆力比较好，几乎都背了下来。这样，我和他们工作往来时就好像早已认识一样，这也许是我有生以来"纸上谈兵"最成功的一次。这样说起来好像我"投靠"儿童文学完全是被动的选择，但细细琢磨起来，两情相悦必然不可能是强扭的瓜，即便最初并非一见钟情，也必定是在日后的相处中慢慢发现了潜藏在彼此精神深处的共鸣。我在大学读书时狂热迷恋的作家是废名，狂热到什么程度呢？认识湖北黄梅的儿童文学作家萧袤后，火速拜托他到废名先生的墓地拍了一张照片。废名先生诗化的纯美的风格，在简洁中所蕴藏的无穷无尽的韵味，我想就是理想的儿童文学应该抵达的方向。所以我和儿童文学结缘，既是随机的偶然的，也是天性使然。如今，二十多年过去了，儿童文学对我而言，不仅仅是一种文体，它更是一种方法，一种信仰，一种观察和对待世界的方式。即便我的本职工作很长时间以来已和它没有直接关系，但我仍然常常回到它那里——不，我每天都和它在一起，我这个人，也像一个中药匣子一样，贴在上面最显眼的标签，肯定是"儿童文学作家"。我喜欢这个称呼，也喜欢朋友们数落我有着儿童文学作家的典型特点：幼稚、单纯、一根筋、傻里傻气，因为这反证了这是一个多么包容、安全、文明的时代，小红帽也能安然快乐地活下去。当然，回到前面那个话题，我也不确定是不是儿童文学所自带的纯真属性，具有确切的力量，像那个勇敢的猎人，从来没有让狼外婆的坏心眼得逞。

感谢河北教育出版社，给我这样一个机会，把这些年——从20

世纪末到新世纪初，再到新时代——我作为一个亲历者，在儿童文学现场的点滴感悟，集腋成裘，从个人的角度，追问和思考着儿童文学到底是什么，为儿童文学发展的黄金时代记录下一些感性的细节，描画下一些粗略的轮廓。尤其感谢董素山社长向我约稿并在百忙之中审读了全书，给我很多温暖中肯的教诲与鼓励。还要感谢汪雅瑛老师，她在校改我的这些散碎的稿子时，有一种要把旧衣服清洗得干干净净、补缀得整整齐齐的耐心与细心。这些细水长流的日常的美好，总让我想伸出手掌，穿过世事的沧桑，像握住一朵花一样，握住纯真。

是为序。

李东华

2023年9月19日于北京芍药居

目录

第一辑　沸腾的边缘

002 / 沸腾的边缘：新世纪（2001—2010）的中国儿童文学

013 / 重新出发：2011年的中国儿童文学

021 / 扩张与坚守：2012年的中国儿童文学

029 / 2013年的儿童文学主题与亮点

038 / 2013年的儿童文学：向着纵深处行进

045 / 2014年的儿童文学：瞩望高峰　不断成长

051 / 儿童文学的新变

056 / 新时代儿童文学：扎根现实　眺望未来

第二辑　沉淀之后的澄澈

062 / 儿童文学创作中"儿童化"和"成人经验"的平衡

069 / 试论当前儿童文学创作的都市化倾向

074 / 农村留守儿童：文学不能遗忘的角落

080 / 教化、快乐与救赎：新中国60年儿童文学的精神走向

091 / 《哈利·波特》为何"生"在英国

096 / 儿童文学：如何面对和书写苦难

102 / 沉淀之后的澄澈

105 / 儿童文学畅销书需要打造"升级版"

108 / 儿童文学呼唤现实主义精神

113 / 短篇的力量

117 / 儿童文学：写出人类共通情感

第三辑　在单纯中与丰饶相遇

122 / 论曹文轩的文学选择

　　——以《草房子》《青铜葵花》《蜻蜓眼》为例

138 / 林彦散文：文思如星珠串天

144 / 冰一样透明，灯光一样温暖

　　——读白冰的幼儿童话集《吃黑夜的大象》

147 / 看见"看不见"的童年

　　——读张炜的长篇儿童小说《少年与海》

154 / "童年"：一种心灵状态

　　——读张炜的儿童小说"半岛哈里哈气系列"

157 / 史家的眼光　作家的才思

　　　　——高洪波和他的《儿童文学作家论稿》

166 / 荒野：精神的原乡

　　　　——读黑鹤的长篇动物小说《黑狗哈拉诺亥》

168 / 刘东的儿童文学创作：对成长的想象与发掘

175 / 童年是醒着的梦

　　　　——读陆梅的长篇小说《格子的时光书》

180 / 重回个人经验

　　　　——兼评王勇英"弄泥的童年风景"系列

186 / "梦想是灵魂最美的声音"

　　　　——读于立极的长篇小说《美丽心灵》

189 / 成长的幻灭与顿悟

　　　　——读汪玥含的长篇小说《乍放的玫瑰》

192 / "爱的学习是我们一生的功课"

　　　　——读殷健灵的散文集《爱：外婆和我》

195 / 在单纯中与丰饶相遇

　　　　——读赵霞的散文集《我的湖》

198 / 像植物一样成长

　　　　——我读王琦的长篇儿童小说《小城槐香》

201 / 书写革命者对儿童成长的深情守望

207 / 纯粹的玉清

第四辑　像鸟儿一样轻，但不是羽毛

212 /　像鸟儿一样轻，但不是羽毛

215 /　一份未完的文学清单

217 /　当暑假与童书相遇

220 /　谁来打破"四大天王"的神话

223 /　阅读、美甲和冰淇淋

226 /　不要让好书沉睡

229 /　儿童读物要四两拨千斤

232 /　以梦为马

235 /　孩子们为什么需要儿童文学

238 /　童年不是桃花源

241 /　打开梦想之门

244 /　因爱之名

246 /　飞翔在幻想的天空

248 /　带着梦想去旅行

250 /　故事牵动人心

252 /　分享人生滋味

255 /　拿到金苹果要靠自己历经磨砺

257 /　关于爱，关于梦想

260 /　谁能许诺孩子一个美好的未来

262 / 让孩子聆听爱意

264 / 在自然和心灵深处漫游

266 / 好书值得用一生来铭记

268 / 像关心房价一样关心孩子的阅读

270 / 学会管理自己的内心

272 / 好的童书是一种打开

276 / 童心和爱心酿造的蜜糖

278 / 意外之美

280 / 给足孩子课外阅读的时间了吗

282 / 儿童：消费他们还是思考他们

285 / 亲情缺失：一个时代的症候

287 / 人生就是一场心灵之旅

289 / 成长，是一种寻找

291 / 平凡行走变轻盈飞翔

293 / 在回首中眺望

296 / 想象春天，马兰花开

299 / 人类的羽翼

301 / 让传统文化在孩子们的心中活起来

303 / 童年之光照亮未来

305 / 孩子的心，比宇宙还大

第五辑　唤醒与点燃

308 / 中国幻想小说还是"无根"文学

314 / "顽童"闹文坛的热闹与隐忧

322 / 中国名作家为什么不愿写童书

329 / 儿童文学能否承载成人经验

338 / 用考古的严谨和耐心写作历史题材作品

345 / 建构丰盈美善的艺术品质

　　　——关于"曹文轩朗读本"对话

355 / 在"成长小说"中成长

359 / "书一定要有灵魂"

　　　——张弘和李东华关于《焰火》的笔谈

沸腾的边缘

沸腾的边缘：新世纪（2001—2010）的中国儿童文学

　　新世纪中国（大陆地区）儿童文学缔造了市场神话，奇迹般地从20世纪末与读者相疏离、在困境中挣扎的局面中走出，迎来了发展的春天。我们可以来看一些数据——尽管文学不是经济学，数据不能成为论证文学发展好与坏的一个根本标准，但它也可以作为一个重要的参照系数。1998年《儿童文学》杂志发行6万册，江苏凤凰少年儿童出版社的文学期刊《未来》、少年儿童出版社的文学期刊《巨人》《儿童文学选刊》停刊。当时还有句顺口溜描绘这个状况："巨人"倒下了，"未来"没有了。十年之后，《儿童文学》杂志发行超百万，《巨人》等杂志纷纷复刊。此外，一些新的刊物在民营资本的运作下创刊了，比较著名的如《读友》杂志等，很多期刊都由月刊变成了旬刊或者半月刊。一些原本和儿童文学毫不沾边的出版社也开始积极介入这一领域，全国581家出版社，有523家出版童书。曹文轩的《草房子》十年间印刷了130次，杨红樱的"淘气包马小跳系列"累计销售2000多万册。根据这些数字的今昔对比，基本可以做出这样一个判断：新世纪前十年的儿童文学赢得了市场，赢得了读者，与惨淡经营的成人文学相比，儿童文学是"风景这边独好"。然而，与儿童文学在市场上这种"沸腾"的状态相比，它依然是没有获得主流文坛承认的地处边缘地带的"小儿科"，可谓是市场的宠儿、文坛的弃儿。儿童文学在市场上的走红究竟是出于侥幸和偶然，还是潜藏着对整个文坛都富有价值的启示？就儿童文学自身而言，在"扑向"市场完成原始积累之后，该如何在艺术层面上进一步完成自我的提升？这都是值得思考的话题。

寻找自我：新世纪儿童文学的参照坐标

进入21世纪之后，面对市场化、网络化的时代新情势以及这个时代孩子们新的阅读期待，儿童文学创作进入了一个剧烈的转型期，在创作理念、审美追求和精神走向上都有了新的特征。笔者认为，新世纪儿童文学的"井喷"状态不是偶然的，而是长期培育的结果。它凝聚着十余年来儿童文学作家和出版人探索突围的艰辛汗水，显示了他们感知时代、新变化的敏锐，渴望进入世界儿童文学坐标的雄心和醇化锻压创作技艺的激情，积淀了更多理性的成功的艺术经验，获得了越来越明晰的方向感。当然，疯狂的"速度"也会导致偏离正常轨道的潜在危险，因而有评论家说当下儿童文学出版出现"大跃进"景象，虽为一家之言，也不失为一剂贴在狂热的儿童文学额头上的有益的清凉剂。

儿童文学的兴替演变从某种意义上说是一个不断寻找自我的历程，儿童文学作家和出版人对"写什么""怎么写""写给谁"等这些创作中的核心问题进行了新的探索和思考。"校园幽默小说"、"幻想小说"、"全媒体小说"、"分级阅读"、大规模译介国外作品和整理回顾本土经典、阅读推广……这些值得人关注的现象都显示出这些年儿童文学处于一种"四处张望"的姿态，试图在不同的参照坐标系下确立自我的原点，看准发展的方向，汲取前行的动能。

——"向内看"。最近十年儿童文学作家和出版人基本以孩子喜欢不喜欢作为检验一部作品成功与否的重要标准，因而他们把相当的精力用在研究儿童的内心世界，把握他们的阅读心理和审美期待上。一句话，要到孩子们中间去。参与阅读推广活动是最近几年儿童文学作家们非常青睐的一种形式，至今乐此不疲。到2009年，一些出版社和阅读推广人开始尝试"分级阅读"。分级阅读起源于发达国家，在香港、台湾地区发展了十几年。少年儿童在不同的成长时期，阅读性质和阅读能力是完全不同的，分级阅读就是要按照少年儿童不同年龄段的智力和心理发育程度为他们提供科学的阅读计划。这预示着儿童文学作家们在今后的创作中会更加细致，为"儿童"这个宽泛概念下的每一个亚群体，提供更为到位的有针对性的作品。我们不一定都要选择去阅读推广，但是，儿童文学是个特殊的文类，它主要是成年人写给少年儿童看的一种文体，是个特别顾及阅读者年龄层次的一种文体。它的分类需要很细，你写作的时候，有没有考虑自己的作品是给0—3岁、3—6岁、6—12岁，还是12—15岁、15—18岁的孩子看的？假如我们心里没有装着这样一个预设的阅读对象，我们的写作很可能会无的放矢。虽然阅读推广活动还有这样那样的问题需要规范，但笔者认为这是儿童文学能够如此迅速地进入课堂、进入孩子们心中的一个重要原因。

——"向外看"。评论家方卫平认为："与20世纪80年代前后原创儿童文学的异常活跃而译介作品相对居于历史配角地位的状况相比，今天的儿童文学译介作品在某种程度上扮演了更为重要的时代角色。首先，译介作品所引起的不胫而走的阅读时尚和流行口味常常令人瞠目结舌，哈利·波特旋风、冒险小虎队在小读者中的阅读流行，都制造了这个时代儿童阅读的神话和奇观。其次，那些优秀的引进作品，为我们提供了儿童文学的一个令人兴奋和神往的艺术参照系，丰富着我们对于儿童文学的艺术了解和审美经验。"这十年儿童文学的译介和引进也不外乎经典和畅销书这两大类，就经典类作品而言，不再是对一些耳熟能详的作家作品的重复出版，而是在强调经典性的同时也注重当代性，并把更广泛范围内的作家和作品纳入了视野。如新蕾出版社推出的"国际获奖小说系列"和湖南少年儿童出版社的"全球儿童文学典藏书系"，里面大部分作品都是首次引进。"全球儿童文学典藏书系"更把目光投向了小语种国家。畅销书进入中国读者手中的速度几乎与国外出版同步，引进美国畅销小说《暮光之城》（斯蒂芬妮·梅尔著）的接力出版社这样宣称："让你与全球流行的阅读前沿无限接近。"最值得关注的是，除了引进文学作品，中国儿童文学理论界还首次（自1949年之后）系统译介引进了国外研究成果《当代外国儿童文学理论译丛》（方卫平主编，少年儿童出版社出版）和《当代西方儿童文学新论译丛》（王泉根主编，安徽少年儿童出版社出版），作者均为西方当代长期致力于儿童文学理论研究的专家学者，这两套丛书带来了西方儿童文学学者和专家的新观念、新思维、新方法，必将影响和促进我国儿童文学创作和话语更新。通过最新的经典性的西方儿童文学作品来把握世界儿童文学走向，并从中获得精神资源和艺术滋养，从而提升我国原创儿童文学的艺术品格，寻找新的艺术生长点，并最终能够在世界儿童文学中占有一席之地，应该是当下儿童文学界最迫切的一种愿望。事实上，图画书和幻想文学的兴起和成长都是直接来源于对西方儿童文学的借鉴。

——"向后看"。对于本土经典作品大规模的回顾与整理是这些年一个值得注意的出版现象。尤以湖北少年儿童出版社（后改名为长江少年儿童出版社）推出的"百年百部中国儿童文学经典书系"为顶峰。这样"扎堆"的出版现象反映出在令人眩晕的斑驳繁复的多元的创作态势下，儿童文学作家和出版人想抓住一种经过时间和读者检验过的形成共识的艺术原则和价值标准，频频地回望其实是为了看清和坚定未来的路，而对经典的反复温习也是抵御商业化带来的喧嚣浮躁的有力武器。

——"向下看"。儿童文学作家和出版人的眼睛是朝下看的，他们努力想认清和把握自己立足的这个时代，渴望把根须深深扎进自己脚下的这片坚实的土地。电子传媒正深刻影响和改变着文学作品的传播方式，"全媒体"小说的出现就是对电子传媒阅读时代的一个积极的未雨绸缪的回应。所谓"全媒体出版"，即一方面以传统方式进行纸介质图书出版发行，另一方面以数字图书的形式，通过手机平台、互联网平台、数字图书馆、手持阅读器等终端数字设备，进行同步出版发行。如中国轻工业出版社推出了金曾豪的全媒体动物小说《义犬》，盛大文学与浙江少年儿童出版社联手推出了全媒体小说《查理九世》。这些作品以图书、网络、手机形式同步发行，它们的面世标志着少儿图书出版新潮流的涌动。

荣光与困境：新世纪儿童文学的特点

新世纪儿童文学一路走到现在，已经比最初面对市场化、网络化时的焦躁和迷惘多了一份从容和淡定。但它依然如一架超速行驶的飞机，很难保持两个机翼的平衡，常常顾此失彼。它的荣光往往也是它的困境，它的长处同时也可能是它的短板，从某种意义上说，新世纪的儿童文学一直是在悖论中前行。

——"通俗化"写作的热闹与"艺术写作"的寂寞。评论家朱自强曾经指出，"通俗"的儿童文学和"艺术"的儿童文学的分化，"是进入新世纪中国儿童文学发生的最有意味、最为复杂的、最大的变化"。在儿童小说的创作上这一点尤其突出。事实上，通俗儿童小说的兴起，在新世纪以后非常显眼，这也是应对儿童疏离阅读的一个产物。在通俗儿童小说里，主要有三类：第一类是以杨红樱为代表的适合小学生阅读的校园"顽童"小说，代表作家还有郝月梅、赵静等，这一类小说主要突出其幽默、轻松、滑稽、搞笑的特点，目前在市场上最为畅销，以至于形成了"杨红樱现象"，它的喧闹甚至遮蔽了儿童文学作家们在其他方面的努力。第二类如成立于2002年的"花衣裳"组合，以青春、都市、时尚的青春小说作为自己的主攻方向，代表作家有郁雨君、伍美珍、饶雪漫等。如今，尽管"花衣裳"作为一个组合已经解散了，"单飞"后的三位女作家却都已成长为少儿畅销书榜上名列前茅的佼佼者。第三类是侦探、玄幻、奇幻等类型化小说，代表作家有李志伟、杨鹏、杨老黑，等等。

　　和通俗儿童文学大行其道相比，坚守"艺术写作"的作家相对比较寂寞和艰苦。除了曹文轩的长篇小说《青铜葵花》以及沈石溪的动物小说畅销不衰外，很多苦心孤诣在艺术上多有求索的作家的创作，他们的光芒被遮蔽在通俗儿童文学巨大的阴影里。很多对当下儿童文学没有深入阅读经验的人，随手拿起一本流行读物，难免会产生"太浅显"、"文学性不够"的判断，并进而以偏概全，以为这就是当下中国儿童文学的全貌了。事实上，除了上述提到的那些作家，我们还应该看一看黑鹤的动物小说如《黑焰》，三三的成长小说如《舞蹈课》，张之路的幻想小说《千雯之舞》，林彦的散文集《门缝里的童年》，曹文轩的"纯美绘本系列"（《痴鸡》《菊花娃娃》《一条大鱼向东游》《最后一只豹子》），熊磊、熊亮兄弟的图画书，汤素兰的短篇童话集《红鞋子》，冰波的长篇童话《阿笨猫全传》，金波的《乌丢丢的奇遇》，高洪波的幼儿童话《魔笔熊》，王一梅的短篇童话《书本里的蚂蚁》，汤汤的短篇童话《到你心里躲一躲》，王立春的儿童诗集《骑扁马的扁人》……这些作品虽然不是超级畅销书，但我仍然认为是它们代表了新世纪儿童文学的本质和高度。

　　"通俗"和"艺术"的写作虽然都是文学，但是它们还是有各自不同的创作规律和评判标准的。如果不把它们放到各自的评判标准下去言说，而仅仅以小读者的喜欢与否成为唯一的评判标准，自然，这将造成误读。

对于当下的中国儿童文学来说，不是"通俗"类的儿童文学作品太多了，而是在庞大的数量之中可资筛选的精品太少了。尽管侦探、冒险、玄幻、校园等类型化的作品很受读者欢迎，但是，我们依旧不能说我们已经有了成熟的类型化作家。

——"童年文学"的风光与"少年文学"的黯淡。早在20世纪80年代，评论家王泉根提出了儿童文学应该分幼年（3—6、7岁）文学、童年（狭义，6、7—11、12岁）文学和少年（11、12—16、17岁）文学三个层次。20世纪80年代末90年代初，少年文学一度十分兴盛，形成了"两头大中间小"的格局——即幼儿文学和少年文学多而童年文学少。但到新世纪以后，前面已经谈到，随着杨红樱的走红，适合小学生的童年文学迅速兴起，这本来是件好事，改变了过去不均衡的格局，但是，旧的空白填补了却又产生了新的空白——一度繁茂的少年文学衰落和黯淡了。那么原本看少年文学的那些读者跑到哪里去了呢？这就牵涉到新世纪中国儿童文学的另一个重要现象——低龄化写作，也就是"80后"写作的前身，青春文学的始作俑者。1996年，深圳16岁的高中女生郁秀写的校园小说《花季·雨季》出版，随后北京少年儿童出版社推出了由一群中学生创作的"自画青春"丛书。事后看来，这套丛书充满了预言性和对于低龄化写作的一个最为准确的口号——"自己写自己"，这个口号透露着骄傲，同时也是传统儿童文学作家们的一种悲哀——这种悲哀事实上在曹文轩发表于1988年的一篇文章中就看到了端倪，他在这篇著名的《觉醒、嬗变、困惑：儿童文学》中说："我们的少年所处的文化氛围与过去大大的不一样了。生活使现在的孩子组成了一种崭新的心理结构。现在一个10岁少年与十年前一个10岁少年，思维方式、感情方式都不一样。"他还引用小说家兼科学家C.P.斯诺的说法："本世纪之前……社会变化如此之慢，以致人们在整个一生都感觉不到这种变化。然而，现在却不是这样了。变化的速度大幅度增长，甚至我们的想象力都跟不上。"我认为正是这种令人头晕目眩的高速的变化，造成了儿童文学作家们对于这一代人生存状态的陌生，因而这一代成长起来的孩子就只能"自己写自己"。随后，在新世纪，韩寒、郭敬明、张悦然借助新概念作文大赛这个契机脱颖而出，使得低龄化写作现象演变成了一个更广范围内的文学现象，就是现在大家耳熟能详的"80后"现象。他们几乎一夜之间就抢走了"少年文学"这块地盘，易帜为"青春文学"，把"少年文学"原本的读者群成功地吸引到了他们身边。整个儿童文学界从创作、出版到评论，对此都保持了沉默，也许是因为忙着巩固童年文学的地界，无暇他顾。传统儿童文学作家或许会以"80后"的文学技巧尚显稚嫩来掩饰，但是，韩寒小说中所传达出的对于应试教育的叛逆，郭敬明小说中无处不在的孤独、伤感的情绪，提示我们对于他们生存中的困境和他们内心的渴求，确实只有他们自己最清楚。2011年年末，二十一世纪出版社召开了"儿童文学与后儿童时代的阅读研讨会"，会议的一个重要议题就是怎么把"少年文学"这块失地收复回来，这是沉默了近十年的儿童文学界对这个问题首次做出的公开回应和认真探讨。

——"市场"的扩大与消费主义写作。出版和发表阵地的迅速扩张，使得儿童文学作家们显得紧俏起来。但出手太快的稿子难免有欠缺打磨的遗憾，而缺乏竞争的队伍，常常会在艺术上产生惰性。商业化的写作氛围也难免会让创作心态变浮躁，作品艺术质量变粗糙。为了追求畅销，新世纪儿童文学一度出现都市化、贵族化的倾向，淡化苦难，取消写作的难度，追求消遣的娱乐的消费主义的写作。中国3.67亿少年儿童有2亿多生活在乡村，更有5000万留守儿童，但在2007年之前，当下农村少年儿童的形象在儿童文学创作中基本是缺席的。儿童文学本应该是最具同情心的一种文学，如果儿童文学不关心弱者，只供一部分孩子消费，满足他们的消费的欲望，那么儿童文学必然丧失了其敢于担当的天性。幸运的是儿童文学界很快意识到了这一点，不久这一倾向就得到了遏制和转变。

——"丛书"的热闹与"单行本"的冷清。这些年儿童文学的出版讲求规模和速度，无论是经典还是原创，大都以"丛书"的形式出现。或者是一批作家集体亮相，或者是一个作家的一系列作品同时出版。一个初登文坛的新人，一出手就是三五本甚至七八本作品已经是屡见不鲜的事情。相比之下，单行本的出版就显得比较冷清。这些丛书的策划出版显示了少儿出版的实力和魄力，让很多经典作品能够全面地展示给读者，让很多年轻作家得以集中亮相。但有些丛书，尤其是作家个人系列作品，也容易造成形式上的宏大和内容上的贫乏之间的矛盾。一个作家，短短的时间内就推出一套甚至几套书，每一套又是好几本，拿在手中，有时会有"鸡肋"的感觉——书中时不时会显现出作者的才情，但是，这些才情稀释了，摊薄了，题材也趋于同质化。艺术贵在创新，但这些丛书的一个致命伤在于单调与重复。认真地雕琢一部作品，使之内容丰厚，在今天变成了一件很奢侈的事情。对于一个新人来说，"丛书"这种写作形式对于自身的艺术才情不可避免地存在着挥霍和浪费，从长远来看，艺术才华被过度榨取，是不可能不影响到一个作家的艺术生命力的。

——长篇的"单调"与短篇的"繁复"。这些年来儿童文学在出版的数量上是相当繁荣的，但在题材上比较单一。受出版社青睐的基本上以长篇作品为主，在长篇中，又以校园小说为主。在校园小说中，又是以"顽童"为主角的适合小学生阅读的热闹型校园小说为主。因此，撇开长篇儿童小说惊人的发行量，我们会发现，对于儿童生存状态反映的深度与广度，对于儿童文学艺术探索的深度与广度来说，"短篇"创作以及包括童话、诗歌、散文等门类所取得的成就是远远地被忽视和低估了。

——寻找艺术生长点的热望与跑马圈地的浮躁。前面已经提到，在西方儿童文学的影响下，"幻想文学"和"图画书"这两个文体在中国发展势头很盛。这些探索开拓了创作和出版的空间，成为新世纪儿童文学新的艺术生长点。但是在市场的指挥棒下，出版社和作家一味地想用新颖的形式吸引读者的眼球，似乎都没有足够的耐心沉淀下去，而只有跑马圈地的浮躁。这使得一种文体还没有得到充分开掘就匆匆地一掠而过，比如校园小说流行了好多年，但基本上是对杨红樱模式的复制和跟风，使得这个类型的小说在"淘气包马小跳"之后没有产生更有深度和力度的好作品，而创作和出版的风向就已经开始转向动物小说了。2011年的动物小说也开始出现跟风和同质化的问题。圈了地只浅浅挖几个坑就走，不肯下力气打出甘美的泉水，实在是有浪费资源之嫌。

重新出发：新世纪儿童文学的未来发展走向

——重视儿童文学的人文情怀。从最近出版的一些儿童文学作品中，我们可以看到，坚守人文情怀，少些商业化的味道，正在成为一种越来越明晰的写作理念。表现在艺术趣味上，就是以前流行的搞笑的、滑稽的、热闹的元素，正渐渐被一种硬朗的、关注少年儿童内心成长经验复杂性的写作所替代，这其中包括了对农村留守儿童等社会新生问题的关注，包括了动物小说和乡土小说的重新崛起。上海师范大学教授梅子涵说："我们应当羞于把很多随随便便的文字拿来当儿童文学。我们不可以拎来一个'多元'的词，就把破破烂烂也当成儿童文学。我们心里的儿童文学就是应当很精致，很风趣，很干净，很像金色的向日葵，看着它，一个孩子能知道太阳在哪里，成年人也能知道。我们都不要飞快地写。我们想着安徒生的味道，想着爱丽丝和小王子的时候，我们就知道写作真正的儿童文学理应心里就是朝向那种味道，朝向经典的路途的。"他所提倡的这样一种朝向经典性的"慢写作"，应该会成为未来儿童文学创作的一种趋势。

——重视与世界儿童文学接轨。我国已经是儿童文学创作与出版的大国，但与之相对应的是我们的儿童文学产品真正进入欧美主流市场的还不多。方卫平说："国内的文学翻译和出版生态长期存在着'文化入超'的现象，文学作品译入与译出之间在数量和投入上的巨大失衡被关注多时却始终难以改善。而在儿童文学领域，这一问题的表现或许更甚。当我们的读者越来越熟悉来自世界各国的重要作家与作品的名字时，中国儿童文学留在域外的足迹却显得稀少而又轻薄。"如何才能改变这种现状，让我国的儿童文学能够屹立于世界儿童文学之林？这将是在未来的儿童文学发展中迫切需要思考和解决的问题。

——重视数字阅读与数字出版的挑战。如果说过去十年我国儿童文学界成功应对了市场经济的冲击，那么在今后的日子里，我国儿童文学的主要"对手"之一应该是来自数字阅读与出版的挑战。接力社总编辑白冰说："儿童文学作家应该密切关注孩子的喜好和行为习惯，在创作好的故事的同时，要考虑到这个故事是否具备多媒体开发的元素。而叫得响、让人记得住的儿童文学人物形象，才是最根本的东西，没有不朽的形象，电子化开发也是巧妇难为无米之炊。数字阅读冲击的并不是阅读，而只是阅读形式，儿童作家创造的独特的高品质的艺术形象才是儿童文学生存的命脉。"

无论社会文化语境如何变化，唯一不变的是，我国的儿童文学必须重视提升自己的艺术品质，这是儿童文学能够持续发展的根本保证。

（原载《南方文坛》2012年第2期）

重新出发：2011年的中国儿童文学

儿童文学创造的市场神话在2011年延续，但从创作到出版都不再把"市场"作为终极目标，与其说这是忘恩负义地否定了市场带给儿童文学的生存空间和蓬勃生机，不如说市场的成功带给了儿童文学界自信、勇气以及反省自身的契机。儿童文学的发展离不开市场，但并非一味地顺从和依赖，在与市场斗智斗勇的过程中，儿童文学界以自己的智慧予以市场积极的影响，促成了2011年创作生态更加多元，艺术探索更加活跃，向着文学回归，重新出发的新态势。

荒野的呼唤：寻找儿童文学的新边疆

新世纪以来，表现都市小学生校园生活的校园文学可谓风光一时，但从前两年开始，尤其是2011年，儿童文学创作与出版者的目光开始从"都市"投向"荒野"，一批以动物小说为主书写大自然的作品闪亮登场。"新边疆"既是精神意义上的也是地理意义上的，一批边疆省份的作家，携带着他们的作品亮丽崛起，云南的湘女、汤萍、余雷，广西的王勇英，黑龙江的黑鹤，内蒙古的许廷旺，加上其作品一直畅销不衰的老牌作家沈石溪，我把他们称为"新边疆"作家群。他们的作品带有浓郁的地域色彩，却并非以边地的奇风异俗满足读者的好奇心，给儿童文坛带来一股野性的、刚健的荒野之风。

2011年黑鹤出版了长篇动物小说《黑狗哈拉诺亥》（接力出版社），

许廷旺出版了"草原动物系列"之《马王》（中国少年儿童出版社），天天出版社推出了"湘女自然文学精品"（《山狸猫金爪》《猎人的故事》《小马倌阿里》《大树杜鹃》），福建少年儿童出版社推出了王勇英的长篇小说"弄泥的童年风景"系列（《巴澎的城》《花一样的村谣》《弄泥木瓦》和《和风说话的青苔》）。

《黑狗哈拉诺亥》思考了草原牧羊犬的命运，《马王》以一匹马驹成长为马王的历程再现了草原行将消逝的传奇，"湘女自然文学精品"系列以优美澄澈的文笔和真挚饱满的感情描绘了云南边陲雄奇瑰丽的自然风物，"弄泥的童年风景"系列呈现的是客家文化。这些作品打破了当下盛行一时的"城市儿童故事范式"，带来了一种陌生化的效果。作品里面蕴藏着属于作者个人独特的生活经验和他们最为熟悉的流淌在血脉深处的体验。不同的地域文化赋予了他们不同的个性和气质，同时也成为他们创作的精神资源。文化的活力来自它的多样性，同样，文学的活力也来自它的独特性，来自每个作家敢于坚持自己的创作个性。

儿童文学出版界也敏锐地注意到了这种创作上的转向——也许他们正是这种转向的推手，2011年天天出版社与昆明儿童文学研究会联合主办了"儿童文学领域的生态文学创作研讨会"，会议向全国儿童文学作家发出了《生态文学倡议书》，与会专家表示在儿童文学领域倡导生态文学创作和研究，具有现实的和深远的意义。天天出版社宣称将陆续策划和推出一系列生态文学方面的儿童文学作品，引领生态文学创作潮流。而湖北少年儿童出版社（后改名为长江少年儿童出版社）则推出了"中国动物文学大系"，对中国原创动物文学发展历史进行回顾、梳理与总结，第一辑已于2011年5月面世，同时还正式启动了《全球动物文学典藏书系》出版工程。

"新边疆"作家群的崛起和生态文学创作的兴起，拓展了儿童文学的新内容，提供了新的美学风格，开辟了儿童文学精神上的新边疆。但是，无论是创作还是出版，都要警惕一哄而上的跟风或克隆行为，避免每开垦一片处女地，马上有一群人乱哄哄地涌进来，以淘金的姿态在本来很深厚的土地上浅浅地挖几个坑，眼睛马上又盯上了新的兴奋点，于是又一哄而散，留下一地的废坑，却不肯再多花一点力气，把井深挖下去，打出甘美的泉水。

梦想与狂热：寻找儿童文学的新高度

2011年是值得儿童文学界记住的一年，因为这一年作家们张扬了梦想的力量和变革的热情，他们抵御住了市场的诱惑和喧嚣的干扰，不甘于平庸，不甘于自我复制，寂寞而决绝地沿着求索之路，向着艺术的纵深处走去，带着对儿童文学不容亵渎的庄重、圣洁与敬畏的表情。张之路的长篇小说《千雯之舞》（中国少年儿童出版社）、刘东的长篇小说"青春一线成长系列"之《镜宫》（少年儿童出版社）、张品成的长篇小说《有风掠过》（明天出版社）、刘海栖的长篇童话"扁镇的秘密"系列等都是维护了儿童文学艺术尊严的作品。在《千雯之舞》里，人在某种奇怪的音乐声中舞之蹈之，就会变成汉字，然后从这个世界上蒸发了。这让我想起麦克尤恩那篇著名的短篇小说《立体几何》，只要把人按照某种角度进行复杂的折叠，人就会从这个世界上消失。《立体几何》之所以如此让人过目难忘，我想是和这个微带惊悚的细节分不开的。同样，《千雯之舞》之所以能够实现在"人世界"和"字世界"里自由穿行，可以衍生出那么多曲折离奇的故事，人能变字，字能变人，是决定这一切的核心想象。但这部小说真正打动人之处还在于作者对于汉字的真情，对于文学的虔诚。《镜宫》中17岁的高中生南海为了逃避现实中的麻烦，无意中发现了电脑中的"镜宫"，他通过镜宫和另外的四个同龄人交换了人生，体验到了四种截然不同的人生境遇。四种不同的人生经验都写得富有质感，血肉丰满，显示了作者扎实、充沛的生活积累。《有风掠过》则记录了战争年代被宏大叙事所忽略的小人物的传奇命运，以一个少年人的成长历程写出了战争的残酷和人性的复杂。《扁镇的秘密》充满了中国的、民间的气息，作者成功地把剪纸这个传统的民间手艺进行了艺术的转化，变成了一场快节奏的历险故事。用扑克牌剪成的老鼠，一个臭鞋垫剪成的猫，一张擦鼻涕的手纸剪成的猪，就这三个卑微的童话人物，要去完成一次又一次的人生历险。从无故事处演绎出栩栩如生的故事，从无人物处雕刻出立体生动的人物，从无情节处写出曲折离奇的情节。这一切都源于作者丰富的人生经验和富有爆发力的想象。

以《少年摔跤王》闻名的翌平，继续在鲜有人涉猎的武术、体育这个领域里开拓自己的疆土，出版了长篇小说《早安，跆拳道》（明天出版社），展示了"礼义、廉耻、克己、忍耐、百折不屈"的跆拳道精神。彭学军推出的短篇小说集《丁香木马》（明天出版社）涵盖了她少儿小说创作的全部题材和创作手法：童年湘西、校园生活和游走在幻想和现实之间的小说。这些小说或唯美诗意，或真切动人，或迷幻瑰丽，透出别样的神韵与品质。张洁的散文集《爸爸的灯塔》（明天出版社）、陆梅的《辛夷花在摇晃》（浙江少年儿童出版社），有着明澈而精致的语言，真诚而深刻的哲思。此外，中国少年儿童出版社推出了汤汤的"鬼精灵童话系列"（《睡尘湖》《流萤谷》），伍美珍的长篇小说"阳光姐姐小书房"系列推出新作《青蛙军团爱地球》（明天出版社），杨红樱的长篇童话"笑猫日记"系列推出新作《小白的选择》（明天出版社），周晴的长篇小说

"不一样的许多多"系列推出新作《秘密地图》（少年儿童出版社），还有谢倩霓的长篇小说"优活女孩系列"之《你是我的城》（中国少年儿童出版社）、白冰的幼儿童话"小老鼠稀里哗啦系列"（浙江少年儿童出版社）、薛涛的革命历史题材的长篇小说《情报鸟》（安徽少年儿童出版社）、保冬妮、熊亮的图画书……这个书单还可以无限制地开下去，因为推出原创儿童文学作品本就已经成为各个少儿社的重头戏。每个社都在绞尽脑汁打造自己的原创儿童文学品牌，如明天社推出"独角兽丛书"，中国少年儿童出版社推出"儿童文学金牌作家书系"，安徽少年儿童出版社推出"全国优秀儿童文学奖获奖作家精品书系"，等等。

作家们的才情并非可以无限再生的资源，在一片"大干快上"的热火朝天的氛围中，我们也要冷静地想一想，有没有因为梦想而膨胀，因为膨胀而狂热，因为狂热而盲目，因为盲目而悄悄埋下出版泡沫的隐患。

融合与抵抗：寻找儿童文学的新载体

儿童文学界对待数字化的态度不是生硬的抵抗，而是采取与新媒体融合、互动的姿态，以谋取一种双赢的结果。2011年年初，浙江少年儿童出版社和盛大文学合作，推出了全媒体小说《查理九世》。我们来看出版社为这套书所做的介绍："《查理九世》是一套与盛大文学旗下星梦童趣强势携手，联合腾讯儿童、洛克王国、中国移动手机阅读基地、云中书城等，精心打造的大型精品原创儿童冒险惊悚小说，也是一套游戏故事书。每册书由一个主要故事、10个小案件、结合其他有趣的互动游戏组成。惊险神秘，妙趣横生！挑战头脑，快乐无边！"2011年6月接力出版社推出了电影同名小说《魁拔》。接力出版社总编辑白冰说："小说《魁拔》是'魁拔'系列电影原著小说的开篇，内容上是电影《魁拔之十万火急》的前传，与同期上映的电影互为补充。故事勾画了一个宏大的玄幻世界，融合了玄幻、寻宝、成长、父子情等元素，将引领小读者走进一段充满爱与勇气的惊险旅程。另外，小说《魁拔》还通过中国移动手机阅读和盛大文学同步首发。"

从上面这些介绍中我们可以看出，无论是作为网络游戏还是作为影视的母本，在走出与新媒体对接的第一步时，出版方显然都钟情于冒险、玄幻、侦探类的类型化文学。随着儿童文学产业化大潮的到来，势必会有一部分儿童文学作品与新媒体产生互动与融合，它们原本的身份因为融入了网游、动漫等新元素而变得有些暧昧不明，浙江少年儿童出版社一会儿称《查理九世》是"冒险惊悚小说"，一会儿又说是"游戏故事书"，恰恰体现了对一个新生事物难于命名的踌躇。

与新媒体的对接看上去为儿童文学尤其是类型化儿童文学作品提供了新的载体和新的艺术空间，事实上，传统的纸质出版这些年也对类型化作品青睐有加，2011年中国少年儿童出版社推出陈柳环的《萝铃的魔力》系列和杨老黑的"少年侦探"小说系列，都取得了不俗的销售业绩。如今，又有新媒体的加入，似乎类型化创作的春天已经到了。但如果仅仅靠冒险、惊悚、玄幻这些表面的符号来吸引读者，必然无法维持长久的生命力。因而，在顺应新媒体的过程中，儿童文学也要有抵抗的意识，不要丧失自己的"文学"本性，沦落为网络游戏的附庸，因为好的类型化作品也必然是有着人文情怀和清通流畅的文笔的，粗制滥造或可为类型化创作带来短期的收益，却不可能使其长期地立足于文坛。

深度与广度：寻找儿童文学研究的新起点

儿童文学的研究队伍是小的，但是纵观儿童文学这些年来的发展，几乎没有重大的失误，有时候航向略微偏离航线，就会立刻得到富有真知灼见的儿童文学理论评论家们善意的批评和校正。因此，这个队伍虽然人少，却也有着以一当十的勇气——其实也可以看成是因研究人才匮乏带来的一种无奈。

在2011年出版的儿童文学理论评论专著中，要特别提到接力出版社推出的彭懿的《世界图画书阅读与经典》。彭懿是最早研究世界图画书的专家之一，这本专著也是在他以往旧作的基础上加以补充修订的，因而资料更全面，观点更严密。在一个浮躁喧嚣的时代里，能够安静地坐下来搜集、整理如此多的资料，彭懿的研究态度让人心生敬意。这部书为很少读童书的中国家长们提供了可靠的指南，为刚刚起步的中国原创图画书的创作与出版提供了宝贵的借鉴与参考，书中不但提供了如何正确理解图画书的实用技巧，而且还准确地勾画出了图画书的精髓。

2011年，中国作家协会儿童文学委员会选编出版了《童年的星空——2010全国儿童文学创作会议论文集》（接力出版社），收录了全国100多位儿童文学作家、评论家、儿童文学工作者和第八届全国优秀儿童文学奖的获奖者提交的52篇论文。这些论文紧密联系中国儿童文学的现状，从创作、评论、出版等多角度深入探讨当前儿童文学创作的问题及未来发展走向，反映了近年来儿童文学创作和理论发展的新面貌、新动向。

青年评论家李学斌本年度推出了专著《儿童文学与游戏精神》，本书对"游戏研究"的历史演进、"游戏精神"的现实内涵以及"游戏"对儿童精神人格建构与和谐身心发展的重要性都做了积极深入的探究。关于儿童文学的游戏精神是这些年讨论比较多的一个热点话题，然而却一直缺乏系统、全面、深入的研究，李学斌的著述为开拓儿童文学研究的广度与深度提供了一种有价值的参照。

有人说儿童文学总是在作家富豪榜发布的那几天才会被注意到——原来儿童文学作家们还是挺能赚钱的，此外的时间，儿童文学都被抛入一个无人问津的边缘地带，接受着别人的傲慢与偏见。但这未始不是一种幸运，因为真正的文学总是青睐那些安静、孤独的灵魂，我们只需看准脚下的路，勇敢地默默前行。

（原载《文艺报》2012年1月13日）

扩张与坚守：2012年的中国儿童文学

2012年，中国儿童文学的规模在继续扩大，根据开卷提供的数据显示，2011年儿童文学在整个少儿图书中的码洋占有率为39.97%，而2012年1—9月则上升为41.65%。儿童文学在不断"做大"的基础上，也有对"做强"的努力与探索，对艺术品格的回眸与坚守。

儿童文学出版：立体丰富的格局

一、量的繁荣

2012年儿童文学出版版图的扩张，首先体现在图书数量的持续繁荣上，各出版社根据"系列图书走俏"的特点，推出一大批一个作家或者多个作家的系列丛书。如明天出版社的杨红樱"笑猫日记"系列、伍美珍"阳光姐姐小书房"系列；浙江少年儿童出版社的沈石溪"动物小说典藏"系列；中国少年儿童出版社的"《儿童文学》金牌作家"系列、曹文轩"叮叮当当小说"系列；湖南少年儿童出版社的"冰波童话"系列；河北少年儿童出版社的"当代儿童文学作家原创书系"、张炜"半岛哈里哈气"小说系列、郝月梅"幽默小说"系列；少年儿童出版社的周晴"不一样的许多多"小说系列、汤汤"奇异童话"系列、老臣"阳光成长小说"系列；安徽少年儿童出版社的"紫丁香书系散文"系列、毛芦芦"不一样的童年"小说系列；新世纪出版社的谢秀莲"新世纪关爱书系"；接力出版社的刘海栖"无尾小鼠历险记"童话系列；阳光出版社的"光光头赵华童话"系列；二十一世纪出版社的保冬妮图画书"皇城童话"系列；云南教育出版社的汤萍"神奇自然"系列；武汉大学出版社的超侠"少年冒险侠"系列，等等。

二、品种的多样化

扩张还体现在各出版社的产品线更为多样化，涵盖了从名家到新秀，从纯文学到通俗文学，从较受市场欢迎的小说、童话、图画书到相对寂寞的诗歌、散文甚至寓言等不同文体，形成了品种较为丰富的出版格局。

三、对"主打作家"的立体开发

如果说图书数量的繁荣和产品线的多样化是在"面"上的横向铺开，那么，对"主打作家"的立体开发可算是一种在"点"上的纵向扩张。2012年，很多出版社都推出了自己的主打作家，集中精力包装一位或者几位重点作家，对其进行全方面的立体的开发，并最终形成一个既叫座又叫好的品牌，"主打作家化"已越来越受到各个出版社的青睐。如明天出版社的杨红樱、伍美珍、郁雨君；湖南少年儿童出版社的冰波、汤素兰；浙江少年儿童出版社对沈石溪动物小说的打造；二十一世纪出版社对于郑渊洁、晓玲叮当的童话的开发；《儿童文学》杂志社培养的青年作家群和《幼儿画报》的"男婴笔会"作家群……以冰波为例，湖南少年儿童出版社对他的作品进行了全方位的打造和包装，仅2012年一年中就开发了73个项目。

四、"跨界"拓展

儿童文学常常被视为"小儿科"，正因为它小，所以没有尾大不掉的笨重，它最大的特色是灵动，像一个弹珠一样活泼地滚动。当新的媒介、新的元素出现后，它都能够灵活地上前拥抱，而不是抵抗，比如在它和图画、和网游、和微博的互动中，产生了新的文体——图画书、网游文学和微童话。2012年，各出版社继续引进了很多国外的经典图画书，原创图画书也红红火火；中国少年儿童出版社的网游文学《植物大战僵尸武器秘密故事》、浙江少年儿童出版社和接力出版社的雷欧幻像"查理九世"系列和接力出版社的"怪物大师"系列以及江苏文艺出版社的"洛克王国"系列等都是一经推出就占据了畅销书排行榜的显著位置；少年儿童出版社推出了"中国第一套微童话绘本"冰波的《水晶靴子》和王一梅的《住在树上的猫》，使得网上热热闹闹的微童话风潮有了纸质的文本。"跨界"文体已经成为少儿出版新的生长点。

系列丛书的优点是规模大，容易吸引读者眼球；缺点是新作、旧作混在一起，作家们在新作之中所做的最新的艺术探索与努力往往淹没在图书的汪洋大海之中，不容易得到关注与重视。产品线的细化和增多为年轻作家的成长提供了更多的平台和空间，"主打作家化"有利于出版社集中优势资源推介和挖掘重点作家，网游文学的兴起有利于促进儿童文学类型化写作，这些都是当前儿童文学出版可圈可点的地方，但没有节制的扩张和过于迅猛的速度，是否会造成泡沫化？对于图书的畅销品格的过度追求，是否会让一些严肃的受众少的作品沉默地出生，又沉默地消亡？

儿童文学创作：飞扬的个性化和张扬的类型化

2012年的儿童文学创作已经显示出作家们力图摆脱跟风、追随与快写作的诱惑与误区，力主写出更为个性化、本土化的作品的倾向。当然，他们的努力未必会迅速地被市场认可，他们个性的"飞扬"主要源于内心的坚守所带来的一种力量感。

一、关于"中国式童年"的文学想象

丰富而驳杂的当代生活赋予了作家们关于童年多种多样的文学想象，与儿童文学传达出的儿童的生存状态是天壤之别的，然而，它们却同属于中国经验。儿童文学像一滴水，折射了这个时代经验的复杂性，而这一切都有赖于作家们个性化的表达，和对生活的独特而深入的观察。老诗人傅天琳和女儿罗夏的"斑斑加油"系列小说带来了一个具有国际化背景的孩子的生活——北京小学生斑斑因为父母工作的原因来到美国的小学求学，世界在斑斑这里是真正的"地球村"，所谓的距离也不过就是飞机十几个小时的飞行而已。当斑斑的生活里充满"感恩节的冰上派对""野营""森林课堂"等浪漫字眼时，在毛芦芦（《风铃儿的玉米地》《黄梅天的太阳》《姐姐的背篓》）和谢秀莲（《留守还有多远——留守儿童采访档案》、长篇小说《暖村》）的笔下，那些留守儿童们就像一棵棵散发着乡土气息的孤独无助的庄稼，他们思念亲人，渴望求学，还在为一些最基本的生存权利而苦苦挣扎。同样，当上海男孩许多多（周晴《不一样的许多多》）冒出许多诸如"点子银行"等属于都市儿童特有的念头时，老臣笔下的乡村少年们还在接受着严峻的生存考验。殷健灵干脆让她小说中的人物从大城市随母亲来到贵州的深山（"甜心小米"系列），体验着连电视都没有的匮乏的物质生活……张炜在《半岛哈里哈气》中深情地回望了自己的童年生活，充满了大海的气味和当下孩子所不熟悉的20世纪六七十年代的生活气息。这些作品从不同的侧面反映了中国儿童的喜怒哀乐。

二、对"文学性"和核心价值观的执着坚守

张玉清的短篇小说集《地下室里的猫》收录了他最新创作的十多个短篇。其中《地下室里的猫》在《人民文学》杂志发表之后，荣获了《人民文学》本年度的优秀作品奖。张玉清的语言洗练、简洁，思想深刻，对童年经验和人性的发掘体察细致入微、富有深度，充分彰显了汉语言的魅力和文学的魔力，证明了优秀的儿童文学作品既是儿童的，又是成人的，是老少皆宜的。老作家金波的中篇童话《开开的门》以充满诗意和想象力的语言传达了什么是爱、美、同情、公平和温暖。刘先平的长篇纪实文学《美丽的西沙群岛》既是用笔写下来的，也是用脚跑出来的，他用在西沙群岛的亲身体验和观察告诉小读者们一个既陌生又美丽的世界，让他们从小就树立海疆意识和爱国主义精神。孙健江作、林焕彰绘的寓言集《试金石》语言精短犀利、哲理深刻有趣。徐鲁的"金蔷薇美文系列"以饱含真情的华美的笔触，为童心、大自然和母爱歌唱。女性作家鲁景超、汤素兰和李东华的"紫丁香散文书系"与孩子谈人生理想，谈生老病死，谈亲情、友情、爱情，以女性视角叩问成长疑惑，用女性语调讲述童年风景，时刻散发着温暖的光辉，伴随孩子们在阅读中成长。

类型化写作张扬的姿态来源于市场的强大支撑，这些年一直很火爆的幻想文学、动物小说、校园小说在2012年继续引领风骚，网游文学进展迅速。

三、时代和本土的烙印

中国少年儿童出版社推出了一系列的幻想文学作品，较优秀的如李秋沅的《以尼玛传说》充满了中国传统文化的元素。湖南少年儿童出版社推出的秦文君的幻想小说《王子的长夜》也是立足于本土化，折射了当下少年儿童的生存状态。

动物小说的热潮和人们越来越明晰的环保意识是分不开的。沈石溪的"生态文学系列"之《金蟒蛇》和《野马归野》，都是来自野生动物基地的生动报告。其中，长篇小说《野马归野》以世上仅存的野马种群普氏野马的野放实验为背景，展示了新疆卡拉麦里自然保护区辽阔神秘的自然风光，描述了普氏野马群在野外恶劣环境中惊险的生存抗争情景，体现了保护濒危野生动物任务的紧迫性与艰巨性，提倡一种人与大自然、人与动物和谐相处的理念。

四、网络化的认知表达

这里所说的网络化，不单单是文本从纸质到电子的一个承载媒介的改变，还有因承载媒介的改变而带来的感知世界方式和艺术表达方式的改变。网游文学因为网络游戏的介入，在文学与游戏的融合过程中，文学改变了游戏的部分特质，如在《植物大战僵尸武器秘密故事》中，文学赋予了游戏所没有的更为丰满的人物形象、内心活动、审美理念和道德情操，而游戏又赋予了文本一些程式化的表达，如上一部作品与下一部作品类似于游戏通关，故事或许不同，但故事的套路和人物基本相同。同时，受游戏的影响，网游文学多冒险、惊悚的题材，追求情节的曲折和迭出的悬念。而微童话因为受制于微博文字字数的限制，每篇不能超出140个字，这就使得微童话更着重于抓一些微小的题材，见微知著，短小优美。这一切都印证了麦克卢汉的"媒介即信息"的论断。网络的出现正在改变或者至少在局部地改变儿童文学传统的认知方式和表达习惯。

儿童文学批评：隐性的、普及的和媒体的

当我们来看2012年的儿童文学批评的时候，我们会发现优秀的评论家

们把更多的精力放在了儿童文学的普及工作上，如方卫平的《幸福一家人·享受图画书》，是把自己对国内外图画书的深入了解和精准把握传递给家长和孩子们。安武林的《爱读书》和孙卫卫的《喜欢书》是对读者阅读热情的一种呼唤。除了这种指南类的著作，他们还直接参与了翻译与选编，把国外的优秀作品直接引进来，把一些优秀的作品选编成选本，是评论家们在纯粹的理论思辨之外的另一项努力。这可以算作一种隐性的文学批评——通过确立典范文本，为读者和作家提供一种阅读和写作的参照。

相对于前几年，儿童文学批评的发表阵地日渐萎缩，除了《文艺报》的"儿童文学评论"版、《中国儿童文学选刊》以及《南方文坛》有时"友情赞助"一番，几乎找不到专门发表儿童文学理论评论的地方。一些评论大多出现在报纸上，这些"媒体批评"限于篇幅，大都属于"短平快"，无法对一些热点问题和现象做较为深入的思考。

刘绪源的《儿童文学思辨录》是2012年一部重要的评论集。以"思辨"的态度对待儿童文学，这不仅仅是对待儿童文学的态度，更是刘绪源倡导的一种研究儿童文学的方法。《中庸》里说："慎思之，明辨之。""思"和"辨"的基础是"读"。我以为这个"读"字里又包含了"细致"和"投入"两个方面，舍得投入精力，读得细致和刻苦，同时还需要投入感情，不是为读而读，正如刘绪源在《多米诺骨牌的前端》一文中所说的："只有当你全身心地与你相面对的艺术相融合，让活的灵魂与活的艺术相碰撞，才有可能真正体验到它的美和全部精神内涵。"

纵观2012年的儿童文学，我们发现，它具有了更强的包容性和灵活性，它热情地拥抱市场、拥抱读者，它善于妥协、善于互动，同时它也不忘坚守和传承，这使它有效地避开了被冷落的命运，争取到了更大的发展空间。然而，面对荣光，我们不得不思考这样一个问题：儿童文学的评判标准到底在谁的手里？当一部优秀的充满探索精神的儿童文学作品面世之后，如果它不能够迅速地赢得读者，是否它就该在一片漠视中悄悄沉入书海，从此销声匿迹？在笔者看来，一种比较完善的评判机制，应该是读者、专家、家长、老师等多种视角的一种相互的平衡与借鉴，这样才能使儿童文学的生态更趋多样化。这正如同我们不能因为保护羊，就把狼都杀了，到最后可能不仅不能保护羊，还毁坏了整个草原。而今天，市场把主要评判权交给了读者，这是否对当下的评奖和评论提出了更高的要求？是否该给那些优秀但寂寞的作品更多的喝彩和遥相呼应的鼓励？以此抵抗越来越强大的市场法则，提防它发出单一的垄断性的声音。

（原载《文艺报》2013年1月9日）

2013年的儿童文学主题与亮点

2013年，中国儿童文学（大陆地区）被来自专家、政府、市场、国际同行等不同的目光所热切注视，这种"注视"里有检阅收获的庄重喜悦，也有望闻问切的审慎思考，从不同的角度见证了中国儿童文学所取得的实绩，并预示着未来的走向。

创作、出版、阅读的高度与底线

一、中国作家协会主办第九届（2010—2012）全国优秀儿童文学奖评奖

7月19日评奖揭晓，20部（篇）作品从460部（篇）参评作品中脱颖而出，获此殊荣。9月24日在北京国家大剧院举行了朴素而隆重的颁奖典礼。本届评奖参评作品数量为历届之最，这从一个方面印证了当下儿童文学创作的繁荣，也说明了这一奖项的社会关注度越来越高。评奖实施了包括大评委制、评委实名制、纪律监察制等在内的一整套科学、严谨的评奖原则和程序，保证了评奖的公平和公正。任何一种奖项都有自己的标准和导向，而只有在公平的基础上，才能够让自己的标准和导向得到最有力的彰显。

从某种意义上说，评奖是在为儿童文学的创作、出版和阅读确立一种高度。比如说"文学性"，这些获奖图书不是那种可以一目十行而没有

任何理解上的障碍的书，它讲究写作的难度，也就意味着阅读上的难度，意味着你在读它的时候需要思考、需要停顿、需要专注、需要细心地去品味里面的文字之美。它确认儿童文学是文学中之一种，而不是一个独立的封闭的文体，儿童文学需要拥有更开阔的胸襟和视野。再比如说"儿童性"，儿童文学是"儿童"的文学，它首先要符合儿童的天性，它讲究的是行动的轻逸的美学，它拒绝成人腔和自以为是的说教。再比如"丰富性"，这些获奖图书会关注到处于不同生存状态的孩子们，尤其是那些弱势群体的子女，而不仅仅是都市少年儿童的生活。

这样的一些标准，反映出成年人尤其是专家们对孩子们的阅读所怀有的美好而负责任的期待——希望他们能够体味到文学之美、世界之丰富，希望阅读能够放飞他们的想象力和创造力，希望他们的心灵在阅读中获得滋养、获得快乐、获得一种深度。更希望同情、友爱、正义、公平……这些人类文明积淀下来的美好的理念能够在他们的心里生根发芽、枝繁叶茂。这样的标准当然也是对儿童文学作家的一种希冀——应该坚持有难度的写作，这种难度表现在既要对儿童文学怀有郑重的敬畏之心，又能举重若轻地抵达孩子们的内心世界。

二、中宣部等5部门联合印发《关于加强少儿出版管理和市场整治的通知》

9月，中宣部、教育部、国家新闻出版广电总局、全国"扫黄打非"工作小组办公室、国家互联网信息办公室联合发出通知，要求加强少儿出版管理和市场整治。通知指出，当前一些少儿出版物存在内容低俗、质量低劣、价格虚高等问题，有的甚至含有凶杀暴力、淫秽色情等内容，而净化网上少儿出版环境已成为当前出版管理的重中之重。在这个通知中有一句很感性的话："向天下父母有个交代。"因而我们可以说，这个从国家和政府角度发出的通知，从某种程度上讲它也体现了父母和老师们对当下孩子阅读生活的一个评价和忧思，并且也体现了他们的意愿和期待：那就是应该倡导孩子们绿色阅读。虽然这个通知是针对所有少儿读物的，但儿童文学占据了少儿读物市场的40%多，因而这个通知也是为儿童文学的创作、出版和阅读画定了一条底线。这条底线对于因为发展速度过快而有些浮躁、虚热的儿童文学来说，不失为一剂清凉剂，为原创儿童文学从量的繁荣走向质的高地提供了一个反思和行动的契机。

但每一个从小时候走过的人都知道，当父母把他们认为不合适的读物从我们的手中夺走的时候，这不过是扬汤止沸，而不是釜底抽薪。我们也许应该更耐心地走到孩子们当中去，看看到底为什么这样的出版物会有那么大的市场。比如现在的孩子发育早，青春期也来得早，他们的身心尤其是在情感上发生着剧烈的变化，很多孩子会找来一些日韩系的言情小说看，或者直接到网站上下载一些乌七八糟的东西——当我们对他们的这些读物喊"停"的时候，我们能不能拿出足够吸引他们同时又是优质、健康的替代物？再比如孩子们特别喜欢由网络游戏改编的作品，并且不介意作品文字的粗糙，情节的胡编乱造，为什么呢？也许是其中的幻想、悬念吸引着他，让他不计其余。那么我们能不能拿出一部好的科普作品、幻想作品，能够吸引他们完成阅读的从低层次到高层次的升级换代？

所以，当管理部门从孩子们的手中把"坏书"拿开的时候，他们完成了自己的职责。但是面对孩子们空出来的手掌，如果我们不想让这双空出来的手去敲键盘、玩游戏，我们就得把好书（要有能够令他们爱不释手的魅力）递上去，我想，这才是对儿童文学作家的智慧和担当真正的考验。

三、兴起各类童书排行榜热潮

到了年底，不同的机构对一年来的童书排排座的热情特别高涨。也有人质疑，很多排行榜陷入了商业化的泥淖。但从一些比较可靠的排行榜（比如《中国新闻出版报》的少儿畅销书榜）上，我们依然可以获取一些有益的启示。事实上，看一看基本上由孩子的自主阅读选择决定的畅销书排行榜和由专家的审美口味决定的各类评奖的获奖名单，是一个有趣的比较。在某家报纸推出的作家富豪排行榜上，上榜的儿童文学作家有郑渊洁、雷欧幻像、杨红樱、沈石溪、饶雪漫、伍美珍、曹文轩等。在这些作家中，曹文轩、郑渊洁、沈石溪、杨红樱曾荣获全国优秀儿童文学奖等各种儿童文学大奖，可以说，他们是既得到读者青睐又得到专家肯定的作家。也有一些作品，比如一些网游文学、惊险悬疑类的作品，一直长时间盘踞在各大排行榜的前几位。这些作品的文学性常常会遭到质疑，在有些专家看来，它们的畅销不衰也许恰恰是少年儿童的阅读趣味走向消遣性的浅阅读的明证。

从这些榜单的比较中，我们可以看出专家和孩子的阅读期待有契合也有错位。但无论是契合还是错位，都为作家们的创作和孩子们的阅读提供了一个双向反思的机会。我想，专家和作家们也不能忽视畅销书排行榜所传达出的讯息，比如，孩子们对于动物小说、对于悬念迭生的探险类故事的热爱，对于快速的叙述节奏的喜好，都让我们可以感受到他们一种新的阅读趣味的转变，看到他们对于一种更富有智慧含量、风格更硬朗的作品的期待。作家们应该适度地调整自己的创作理念，丰富自己的知识结构，锤炼自己的艺术功力，使自己的创作不至于因为缺乏创新而跟不上小读者丰富而迅速的变化。毕竟，作品卖不出去，不全然是因为曲高和寡，它也可能是保守落后的结果。对于孩子们来说，一种缺乏经典意识的阅读，是不够全面的充满缺陷的阅读。在这一方面，家长和老师负有不可推卸的引导责任，从那些一成不变的畅销书排行榜可以看到家长和老师的某种惰性，面对品种极其丰富多样的图书市场，他们的目光却始终聚焦于某几种图书，缺乏探寻的热情，对于专家们的推荐和意见，也没有主动听取的兴趣，使得一些具有专业性的指导意见没有发挥应有的作用，这是十分可惜的事情。

当我们回首2013年童书榜上那些琳琅满目的儿童文学作品时，当我们享受着那些不可思议的想象力和层出不穷的创意带来的震撼的时候，我们不能不感谢那些优秀的引进版作品，我们能够从中看到外国儿童文学作家们一种虔诚的写作姿态，以及把这种虔诚转化为强悍的文学表达的能力。当然，我们更应该感谢中国的本土作家，他们的辛勤让儿童文学市场变得风生水起。他们追赶世界儿童文学的热望与努力令人感动，但我们也要看到一种浮躁的氛围和自满的心态对这种努力的阻隔和消解，面对着那些灿若群星的好书，我们要看到，儿童文学需要大情怀、大智慧。和一些引进版的好书相比，我们的本土作家在情感上、智慧上的投入都还远远不够。

关注青年儿童文学作家的成长

一、中国作家协会儿童文学委员会召开"关注青年作家倡导阳光写作"系列研讨会

1月5日和16日，分别在京召开了汤汤、翌平作品研讨会。

3月19日至23日，新世纪湖南儿童文学作家群创作研讨会在长沙召开，重点研讨了汤素兰、邓湘子、谢乐军、皮朝晖、牧铃、毛云尔、谢然子、周静、宋庆莲等青年作家的作品。

二、各省市检阅自己的儿童文学队伍，重点扶持青年作家

4月24日，由山西希望出版社主办的"以希望带动西部儿童文学繁荣"首届论坛暨青年作家汪玥含作品研讨会在北京师范大学中国儿童文学研究中心举行。

4月，甘肃文学院推出李利芳、赵剑云、曹雪纯、张琳、张佳羽、苟天晓、刘虎、张元等八位年轻儿童文学作家、评论家，组成首届"甘肃儿童文学八骏"阵容。

5月，内蒙古蒙古文儿童文学青年作家培训班在呼和浩特举行。培训班由内蒙古团委、内蒙古少先队工作委员会、内蒙古作家协会联合主办，50余名儿童文学作家参加了此次培训。培训班结合名师讲座、改稿、座谈会、采风等多种形式，对学员进行理论和实战培训。

9月3日至7日，湖北省作家协会在武汉召开全省儿童文学创作座谈会，并举办了湖北儿童文学创作笔会，萧袤、黄春华、林彦、张年军、童喜喜、舒辉波、彭绪洛、邹超颖等青年作家参加了笔会。

10月19日，由辽宁省作家协会主办的儿童文学创作评论座谈会在辽宁文学院召开。座谈会对《少年成长的心灵镜像：辽宁儿童文学评论集》一书进行了研讨，这是新时期以来第一部对辽宁儿童文学创作，特别是对由青年作家组成的"小虎队"创作现象进行多角度、全方位梳理的理论批评著作。

12月8日，由云南出版集团和云南省文联主办的"打造云南儿童文学升级版"研讨会在昆明召开，100多位云南儿童文学作家、编辑出席。

三、《儿童文学》杂志社创刊50周年、《少年文艺》（上海）创刊60周年

两个老牌的儿童文学刊物，这么多年来在培养青年作家方面是功不

可没的。很多的青年作家如林彦、三三、汤汤、李秋沅、陈诗哥等都是从这些刊物成长起来的。在儿童文学出版门槛越来越低，长篇更受青睐的当下，这些文学刊物为年轻作者们的写作技艺的磨炼，为短篇创作都提供了非常宝贵的平台。

一些儿童文学大省，如湖南、湖北和辽宁，他们的作家队伍呈现出梯队式发展。而原本儿童文学比较薄弱的一些省份，如山西、甘肃和内蒙古，也在努力为新人的成长培植土壤和酝酿气候；而曾经辉煌又有所回落的云南也在想方设法重新打造七彩的云南儿童文学——青年作家的成长在全国各省市不约而同得到重视，这固然和今年中国作家协会召开了全国青年创作会议有一定关系，但也是儿童文学事业自身发展的必然，是生机勃勃的儿童文学市场对于写作人才的召唤。在第九届全国优秀儿童文学奖的获奖作家中，"60后""70后"作家已经成为主力，"80后"作家也显示出良好的创作潜力。队伍的不断壮大是儿童文学事业可持续发展的保证。

儿童文学"走出去"的步伐越来越自信

一、首届中国上海国际童书展举办

书展于11月7日至9日举行，78家国外出版社、76家国内出版社参展，5万种童书精彩亮相，举办超过100多场童书版贸洽谈、作家推介、阅读推广活动。依托这一平台，中国童书出版机构、知名童书作家与国际少儿出版同行得以展开全方位、多层次的交流和交易，为中外出版机构和作家深度了解东西方文化和市场提供了重要信息和有效沟通渠道。

二、中外儿童文学交流频繁

3月18日，2013年澳大利亚文学周开幕式在澳大利亚驻华大使馆举行。招待会上，孙芳安大使为澳大利亚作家艾姆波琳·科维姆林娜的4本儿童书中文版《两颗心的食蚁兽》《毛毛虫和蝴蝶》《蛙嘴夜鹰寻家记》《乌鸦和水坑》举行了发行仪式。

3月27日，"书香飘万里——中外儿童文学国际传播高端对话"在意大利博洛尼亚书展中国少年儿童新闻出版总社展位举行。中国作家协会副主席高洪波、国际儿童读物联盟原主席帕奇·亚当娜、儿童文学作家曹文轩、布拉迪斯拉发插图展创始人埃利斯及来自俄、美等国的画家、出版人共聚一堂，以高洪波的原创绘本"小猪波波飞"系列为话题，探讨了儿童文学在国际传播过程中的问题和特点。

9月11日，由中国作家协会儿童文学委员会、中国少年儿童新闻出版总社主办的"与安徒生奖对话——中国儿童文学的国际视野座谈会"在北京举行。中外与会者围绕中国儿童文学创作现状及其面临的机遇和挑战，安徒生奖评选标准及国际儿童文学发展趋势，中国儿童文学如何实现更加广泛的国际传播、如何产生更加深刻的国际影响等议题展开了研讨与交流。曹文轩和巴西著名画家罗杰·米罗联袂创作的图画书《羽毛》也在会上发布。

三、中国原创儿童文学版权输出日渐活跃

今年，有越来越多的作家作品的版权输出到了海外。如曹文轩的《大王书》《青铜葵花》被翻译成英文版，分别输往加拿大和英国；葛冰的《雨雨的桃花源》、葛翠琳的《野葡萄》、金波的《乌丢丢的奇遇》、张之路的《第三军团》、薛涛的《满山打鬼子》、黄蓓佳的《艾晚的水仙

球》等被翻译到韩国；高洪波的"小猪波波飞"系列（24册）被翻译成法语和马来语。

今年对儿童文学利好的消息特别多，但愿这些美好的期待和优越的环境，能够促进儿童文学作家和出版人寂寞而辛苦的创造，并通过他们艰辛的努力，让中国的儿童文学不断地成长、进步。

（原载《文艺报》2013年12月27日）

2013年的儿童文学：向着纵深处行进

当我们回望行进中的新世纪儿童文学时，会发现那些能够点燃儿童文学创作与出版激情和灵感的艺术生长点：幻想文学、幽默文学、图画书、动物小说、网游文学……都已轮番登场并持续展示了有目共睹的市场实力。因此，从某种意义上说，2013年的儿童文学必然具有"守成"的色彩，当我们把这一年从一个连续性的时间轴上切下来单独观察时，我们不得不经常使用一个词：继续——它既可以在前些年创下的基业的"荫凉"中惯性前行，同时又要体味在已经开创的艺术之路上跋涉到纵深处的艰辛和繁难。2013年的儿童文学在繁华热闹中有一种静水深流的姿态。

"童年回忆性书写"的热潮

在2013年的儿童文学创作中，作家们（无论是友情出演的知名成人文学作家，还是儿童文学作家本身）对回望自己的童年表现了极大的兴趣，形成了一股集体"童年回忆性书写"的热潮。如赵丽宏的《童年河》（福建少年儿童出版社）、常新港的《青草的骨头》（明天出版社）、陆梅的《格子的时光书》（接力出版社）以及明天出版社推出的"我们小时候丛书"（包括了王安忆的《放大的时间》、毕飞宇的《苏北少年"堂吉诃德"》、苏童的《自行车之歌》、迟子建的《会唱歌的火炉》、张梅溪的《林中小屋》和郁雨君的《当时实在年纪小》）等，这些作品不是或者说不仅仅是对个体童年岁月的深情追怀，而是有明确的读者意识，即这些书是（或主要是）写给今天的孩子看的。这些主要出生于20世纪50、60和70年代的作家们，通过"童年"和"成年"相互交织的双重视角，引领我们既抵达了童年现场，也抵达了对童年本身的深切省察。在他们的笔下，怀旧并不是主色调，他们的回望是面朝当下的。可以说，在这些作品中暗暗隐藏着这样的期望——童年往事在岁月的流逝中不但酝酿成了甜美忧伤的乡愁，而且沉淀下了许多富有价值的体悟。他们愿意把这些体悟和今天的孩子对话、交流，甚至渴望一些行将消逝的文化被记忆、被传承。又甚或，在他们对过去的眷恋的目光中有对当下童年精神生活缺失的指证和确认。

这些小说或散文为"风景"留下了饱满的空间。评论家刘绪源评价《童年河》的风景描写时用了"铺张"一词。在《苏北少年"堂吉诃德"》里，更是用了一整章写"大地"：麦地、稻田、棉花地、自留地、荒地……在无垠的田野上，少年毕飞宇倾听着"泥土在开裂，庄稼在抽穗，流水在浇灌"。这种"铺张"的风景描写恰恰写出了那个物质奇缺的时代的孩子们，他们也有他们的财富，他们的奢侈——不管生活有多么苦难，他们总是拥有一片自己的宽阔的原野，一片不管是从地理学意义上还是从精神意义上都可以称之为"家园"的土地。毕飞宇说："如果你的启蒙老师是大自然，你的一生都将幸运。"这一点映照出了今天的孩子尤其是都市孩子的不幸，他们远离大自然，远离动物植物，被拘束在狭窄的空间里。在迟子建的笔下"炊烟是房屋升起的云朵。"在赵丽宏的笔下："芦苇是河流绿色的花边。"当下的孩子，也许没有机会去亲身体味这样美丽而诗意的感受。当作家们写下了那个时代的童年刻骨铭心的饥饿感，也无言地指认了这个时代童年的另一种匮乏。

这样的反思，不但指向童年的空间问题，也指向童年的时间问题。

在陆梅的《格子的时光书》里，故事发生的时间背景是20世纪80年代初，那个时候的父母老师远没有今天的这么严格和功利，在小说中，几乎看不到格子的父母对她学业的催促，所以她可以拥有一整个暑假自由地"游荡"。她的脚步可以放任地抵达芦荻镇的每一个角落，尽管小镇的生活是那么平静、波澜不惊，它依然蕴藏着生命的全部喜悦与悲凉。这个暑假格子看似什么都没干，似乎就是"游荡"，但她的内心却从没有停止感受、思考和体味。也许在大人们的眼里，她还是个孩子，其实她的内心是那么敏感、丰富，来自生活中的风雨已经在她的心灵上敲打出或哀婉或欢乐或舒缓或快捷的一首首乐曲。也许她没有像今天的孩子这样被送到各种各样的补习班里去，但她却可以向整个生活学习。这部小说让人不得不思考这样一个问题，即我们需要不需要给童年以闲暇，我们是否信任孩子，信任他们具有自我探求的能力和愿望？我们是否要占据他们所有的时间，把他锁在课本上、作业中，而不留给他一点自我探索的空间？

在岁月的风沙里能够提炼出金子般的箴言，不过，这些作品里没有训诫，作家们只是像朋友——即便像父亲，也是"多年父子成兄弟"这种类型的父亲，平等地与孩子们对话，用温暖的、平和的调子说出生命馈赠给他们的感悟。《青草的骨头》说的是"原谅"，经历过挫折、磨难、背叛之后，依然能够选择谅解，选择宽恕，选择追随爱、善良和同情，这是小说中一个十三岁男孩对于成长的深切领悟。在《苏北少年"堂吉诃德"》里是"分享"。抚养自己多年的老奶奶，在分别的时候，一无所有的她选择把自己珍藏的来年要做种子的蚕豆种子作为礼物送给少年毕飞宇。这样的"分享"见证了真爱的力量。在《童年河》里流淌着的，更是一种平凡、朴实却让人终生难忘的亲情、友情。

正是因为要和今天的孩子们分享，所有这些作品的文字和情绪都不是任性的自我的，他们的叙述是克制的、含蓄的，是化沉重为轻盈的，因而，也是以儿童为本位的书写。

对儿童心灵成长的深度关照

正如前面所说的，2013年儿童文学的一个关键词是"继续"。前些年各个出版社推出的丛书，今年继续推出，很多作家前些年推出的系列，今年继续有新书加入。比如中国少年儿童出版社的"《儿童文学》金牌作家书系""《儿童文学》淘·乐·酷系列"。比如接力出版社在继推出彭懿的幻想小说"我是夏壳壳系列"之后，又推出了他的"我是夏蛋蛋系列"。比如杨红樱的"笑猫日记系列"（明天出版社）今年又推出了《寻找黑骑士》和《会唱歌的猫》两本新书；郁雨君的"辫子姐姐心灵花园系列"推出《你不知道将来有多好》；伍美珍的"阳光姐姐小书房"推出《我们班的小童星》。浙江少年儿童出版社推出了"风铃草原创儿童精品书系"，继续推出"沈石溪的动物小说系列"。河北少年儿童出版社继续推出"当代儿童文学作家原创书系"、二十一世纪出版社继续推出晓玲叮当的"超级笑笑鼠系列"，等等。

这种类似于电视连续剧一样的一部一部看似没有结束的写作，迥异于有头有尾的封闭式的传统写作模式。这样的写作，对于作家来说，如何避免自我重复是最大的考验。在2013年的儿童文学写作中，我们看到，相较于那种依赖于夸张的、搞怪的表情吸引读者注意力的方式，今年作家们更注重对儿童心灵成长的深度关照。殷健灵的《致未来的你——给女孩的十五封信》（青岛出版社）以精微的笔触探悉青春期女孩隐秘、曲折的内心世界，以独特的视角揭示了成长的奥秘。郁雨君的《你不知道将来有多好》以贴近孩子心灵的轻松、幽默的故事诠释了"无论什么样的孩子，都会拥有自己独一无二的未来，朝前走，向前看，你不知道将来有多好"的理念。

中国少年儿童出版社推出的曹文轩的《羽毛》和高洪波的"小猪波波飞系列"，一个深邃唯美，一个幽默欢快，这两种不同的风格，其实可以并行不悖地存在于同一个幼儿的内心。在《羽毛》中，羽毛飞上天空，开始不停地琢磨：我究竟是哪只鸟的呢？翠鸟、布谷鸟、苍鹭……鸟儿不停地出现，羽毛一次又一次地追问："我是你的吗？"这样的追问，正是人类思考的根本问题：我从哪里来？要到哪里去？我属于谁？而这样的思考其实在小孩子很小的时候就开始了。有人说，孩子是天生的哲学家，曹文轩正是巧妙地抓住了这一点，用孩子们最喜欢的循环往复的故事结构，在极单纯的文字里蕴含了丰富的内涵。从另一个角度来看，幼儿又是极稚拙、懵懂的，经常一本正经地干出很多好笑的傻事。高洪波特别擅长抓住幼儿的这一面，塑造过"不不兔""魔笔熊"这些性格十分鲜明的幼儿形象，小猪波波飞是新加进来的小伙伴。这头小猪的生活虽然十分简单，但在作者的慧眼的挖掘下，竟然也是那么地摇曳生姿，像流动的水银一样活泼可爱，成长的欢乐与烦恼竟然一样都不缺少。作品中处处洋溢着的幽默风趣，正是小孩子们最喜欢、最贴心的风格。

儿童文学批评：回到常识

2013年的儿童文学批评对当下儿童文学的创作、出版和阅读中的热点问题和重要现象，做出了敏锐的反应，同时，也对一些常识性的但又确实事关儿童文学发展的问题做出了扎实的、耐心的阐释，生成和积累了一批卓有成效的研究成果。

接力出版社推出了"新视野中国儿童文学理论研究丛书（10册）"，

汇集了束沛德、王泉根等学者们多年的研究成果，从儿童文学历史发展、体系建设、理论进程、创作思想等多重视角出发，深入探讨了当代儿童文学现状，为儿童文学创作者提供了可以信赖的前进坐标和美学参照。海燕出版社出版了由方卫平主编的"红楼书系"第三辑，共收入五种儿童文学与文化的博士学位论文，其中四种为儿童文学类专著，分别是：《儿童文学中的轻逸美学》（陈恩黎）、《魔幻与儿童文学》（钱淑英）、《中国儿童文学中的女性主体意识》（陈莉）和《经典化与迪士尼化》（王晶）。这些研究著作从美学、文体学、性别研究、文化研究等不同视角展开了儿童文学的艺术和文化分析。中国社会科学出版社推出了李利芳的《中国西部儿童文学作家论》，这是国内第一部系统研究中国西部儿童文学作家的专著，对于丰富中国当代儿童文学研究有着积极的理论及实践价值。

2013年的儿童文学研究，格外重视对作家作品的细读批评，并通过对具体文本的深入解读，对儿童文学的艺术性等常识性问题进行了深刻的再思考。

方卫平在《商业文化精神与当代童年形象塑造：兼论中国当代儿童文学的艺术革新》（《上海师范大学学报（哲学社会科学版）》2013年第4期）一文中，提出了商业文化与当代中国儿童文学艺术变革之间的内在联系。作者认为，20世纪70年代末以来的中国儿童文学经历了基础性的艺术话语变迁，在这一过程中，商业文化话语的影响不容忽视。从20世纪90年代起，中国城市生活题材儿童文学作品中的童年形象塑造越来越显示出商业文化精神的影响，它主要表现在儿童文学中童年形象的"日常化""肉身化"和"成人化"趋向上。这类童年形象是对于传统儿童文学童年美学的一次积极和意义重大的解放，但它还有待于转化为对当代社会童年命运的更为深刻的思考。他的《童年时光的魅影——评陆梅长篇儿童小说〈格子的时光书〉》（《南方文坛》2013年第6期），在解读陆梅长篇儿童小说新作《格子的时光书》的叙事艺术的同时，也探讨了长篇儿童小说的艺术发展问题，对当下的长篇小说创作尤其富有启示意义。

刘绪源的《中国儿童文学史略（1916—1977）（少年儿童出版社）》虽然是从文学史的角度来考察儿童文学的发展，但并不是资料的简单汇编，里面有很多对于文学现象和具体文本的富有真知灼见的解读，正如作者所说的"文学史写作是要研究这一段历史中所特有的文学问题和与文学相关的问题，找出此中的经验、教训和规律性的东西来"。

2013年的儿童文学，在朴实、安静的实践中有一种努力去探求、去抵达儿童文学本质的冲动和热情，正是有这样在繁花似锦的热闹中冷静自持的品格，让我们有理由相信儿童文学一定会拥有繁茂而美好的未来。

（原载《文艺报》2014年1月10日）

2014年的儿童文学：瞩望高峰 不断成长

2014年的儿童文学继续保持繁荣态势，少儿图书销售量同比增长依旧超过10%，儿童文学则占据了少儿图书市场的43.62%。然而，经受过市场化和新媒体崛起冲击与洗礼的儿童文学变得更加成熟和理性，在这一年出现了清晰的转向：从关注量的扩张变为更重视质的提升。并形成了明确共识：创造精品才是儿童文学能够持续发展的根本。在这种理念的指引下，年内原创儿童文学呈现井喷式爆发，取得丰硕成果。

"艺术坚守"和"大众感动"

2014年上海国际童书展期间举办的"瞩望高峰：向中国经典儿童文学致敬"论坛印证了儿童文学作家们重归经典化写作的自觉和努力。正如"曹文轩'丁丁当当系列'图书发行200万册国际研讨会"所总结的，"艺术坚守"和"大众感动"之间并不是对立的，相反，对纯真、美好的文学理想的坚守，正是能够抵达千千万万读者内心的最佳路径。

而2014年的儿童文学家们正是在对童年精神的不懈探索中、对真善美的执着守护中，坚持"向经典致敬"的写作方向，通过不同角度的勘探和发现，讲述丰富多彩的中国孩子的故事，见证了中国少年儿童精神世界的活泼、丰饶和宽阔。

年内涌现出一批具有深切人文关怀精神的长篇小说。曹文轩的《枫林渡》、祁智的《小水的除夕》、薛涛的《九月的冰河》、殷健灵的《天上的船》、韩青辰的《小证人》、汪玥含的《我是一个任性的孩子》、于立极的《美丽心灵》、三三的《我和铁车》、彭学军的《浮桥边的汤木》、星河的《你才是那只小白鼠》等，以广阔的题材、形式的多样深刻关照了来自不同地域、境遇各异的少年儿童的心灵成长；徐鲁的《罗布泊的孩子》、李东华的《少年的荣耀》、李秋沅的《木棉·离歌》等流露出浓郁的故土情结和家国情怀；金曾豪的《凤凰的山谷》、黑鹤的《血驹》、牧铃的《血燕》、常新港的《一匹脾气倔强的马》等展示了动物小说写作强劲的创造力，其硬朗、野性的风格，是对英雄主义精神的召唤，也是对重建少年儿童和大自然之间密切关系的热切期待。

散文写作突显了量少而质胜的特点。殷健灵的《爱：外婆和我》、朱赢椿的《虫子旁》、陆梅的《沿途》，关乎日常，关乎亲情，关乎心灵，是人与人、人与宇宙万物的凝神交集，以虔诚的心情传播着对爱和美的感动与感悟；"中国百年个体童年史（九册）"则以童年的视角和个体的经验折射出百年中国的时代变迁和人情风貌。

在童话写作中，刘海栖的《爸爸树》、汤素兰的《开心猫奇遇记》、张玉清的《鼠洞奇遇记》、曹文轩的图画书《烟》等以飞扬的想象力，或幽默或唯美的语言，书写了少年儿童的幻想精神和游戏精神。

"品牌化"和新势力的崛起

2014年的儿童文学继续坚持"品牌化""系列化"的策略，曹文轩的"我的儿子皮卡系列"；杨红樱的"淘气包马小跳系列""笑猫日记系列"等均有新作问世，而老作家金波推出了《点亮小橘灯——金波80岁寄小读者》，儿童文学大家们以其丰沛的文学能量为后来的写作者立起一道值得仰望的标杆。

"60后""70后"儿童文学作家们在这一年也展示出活跃的写作姿态，已渐成儿童文坛的中坚力量；而"80后""90后"则显示了令人惊喜的创作潜力。年轻作家们已经形成值得关注的儿童文学新势力，他们在艺术上进行大胆而新异的实验和探索，他们既具有世界性眼光，又和本土传统文化血脉相通，为当下的儿童文学带来了新鲜的审美经验和清新的气息。

　　翌平的科幻小说"燃烧的星球系列"、王勇英的乡土小说"弄泥系列"、余雷的儿童武侠小说"笨侠号令天下系列"等，从不同的方向扩展和丰富着儿童文学的感受空间和表现能力。少年儿童出版社的"绿拇指精品童书"集中推出了儿童文学新人们的短篇小说，孙玉虎的《我中了一枪》、两色风景的《天外天的礼物》、小河丁丁的《我本来可以大侠》、冯与蓝的《不让一个南瓜掉队》等，充分利用了短篇小说的轻捷灵敏的体裁优势，短篇创作虽不受市场青睐，但它依旧处于儿童文学思想和艺术探索的前沿。

跨界写作的热潮和"走出去"的突围

　　让儿童文学走出封闭的小圈子，把它放置到世界儿童文学和中国当代文学的参照系内来考察，是年内引人注目的现象。

　　名家们跨界介入儿童文学写作，让儿童文学能够更充分地从当代文学的整体经验中汲取写作资源，依旧是2014年儿童文学的一道亮丽风景。6月，《人民文学》推出了儿童文学专号，马原的中篇小说《湾格花原历险记》、张好好的长篇小说《布尔津光谱》，再加上名家短篇小说、散文和精选的诗歌等，本期总题为"中国梦·成长质地"。杂志主编施战军在卷首语中说："年初，编辑部曾邀请中国作家协会儿童文学委员会的部分在

京专家，回顾本刊将近六十五年来发表的一系列少儿文学名作，并帮助我们出主意和组稿。大家共同的意向是，要有孩子和大人都能看、对人生有启示、对人心有慰藉的作品。国际儿童节到了，我们把历经半年努力做成的这一本杂志，呈给小朋友和大朋友。"

张炜先生在推出长篇儿童小说"半岛哈里哈气系列"之后，今年又出版了《少年与海》，女作家虹影也首次推出了自己的儿童文学作品《奥当女孩》，这些作品以对逝去童年的诗性回望，把个体经验提炼为可与今天的孩子亲密交流的共同话语，为儿童文学提供了更多的艺术可能性。

如何让中国的儿童文学"走出去"是2014年的一个热点问题，并且在实践中积累了很多有效的经验。如中国少年儿童出版社推出了朱自强的《中国黄金时代的儿童文学作家》，这是中国首次用英汉双语的形式图文并茂地向世界介绍自己的儿童文学作家。正如评论家方卫平曾指出的："'回到艺术本身'是中国儿童文学'走出去'的根本支点。把'走出去'作为一个进行自我比照和反思的契机，站在世界性的角度来考察和思索我们自己的写作。这样，走出去的焦虑就有可能转变为一种反观自己的勇气，而这份勇气及其实践将在真正意义上把我们的文学带向更高的海拔。"

儿童文学作家高洪波认为："应该把最好的中国故事写出来，把中国孩子最好玩、最调皮、最童真、最优秀的一面展示出来。我们要有中国特色，让中国儿童文学借助于一系列的平台走出去，代表了我们中国气派、中国精神，也完成了我们这一代中国作家所应该做的使命。"

走向开阔和深入的儿童文学批评

2014年的儿童文学研究更为迅捷和深入地因应当下儿童文学创作和出

版中的热点和难点问题，坚守敢于说真话、勇于担当的批评品格，呈现出客观、真诚、开阔和务实的批评风貌。

方卫平主编的《红楼儿童文学对话：浙江师范大学儿童文学新作系列研讨会纪要》一书围绕张之路、沈石溪、彭学军等十位中国当代儿童文学作家的十部新作展开对话，张扬了独立、坦诚的批评精神，为建设严谨、专业的学术探讨制度提供了珍贵的启示。刘绪源的《美与幼童》对幼儿审美心理与想象力的生成做出了科学、有趣的解读，是儿童文学理论研究的新收获。此外，今年《人民日报》组织了"走近少儿出版系列访谈"，发表了"坚守少儿出版的精神高地""'天花板'不低，'门槛'也要高""创新当如星星之火""儿童文学要执着追求精品，切勿被市场绑架"等四个专题文章，详细探讨了在市场化的时代，如何提升儿童文学作品的品质、如何使优秀的作品也能成为最受小读者欢迎的作品、儿童文学最重要的品质是什么等问题，并坦率指出："蜂拥而上的出版热潮，似乎暗示了儿童文学的'门槛'很低，以致全国90%的出版社都能来踩一踩，然而，每年的少儿图书的精品榜单上，本土作品依然难敌引进版，这似乎又昭示了少儿出版的'天花板'其实很高，打造精品并不容易。"这对飞速行进中的儿童文学无疑是一种尖锐而善意的提醒。

事实上，当我们说当下的儿童文学正处于"黄金时代"的时候，与其说是对中国儿童文学已经达到的艺术成就的褒扬，不如说是儿童文学生机勃勃的现状让人产生了它能够创造无限未来的美好期待。取得过辉煌业绩的儿童文学，要赢得更多的敬意和荣耀，仍旧需要在艺术上增强精雕细刻的耐心和自觉。正如儿童文学作家张之路所指出的，一些儿童文学图书缺乏孕育的过程，图书出版后没有打磨和考验。同时，儿童文学还需要增强与当下儿童生活的对话能力。评论家方卫平在《从"现实"的童年到"真实"的童年》一文中指出："中国儿童文学对于中国式童年的关注，不应只停留在某类童年生活的现实表象层面，而需要进入这一表象内部，去发现和揭示童年最独特的生命精神，书写和呈现童年最真实的审美内涵。"要达到这样的高度和深度，就要求作家对儿童真正地熟悉和热爱。事实上，作家过于依赖自身的童年经验，从某种程度上也显示了作家对当下儿童生活的隔膜，因此，深入到儿童的生活中去，走到他们的内心之中，对儿童文学作家们来说具有迫切的现实意义。此外，儿童文学也需要继续拓展自己的视野，具有更大的包容性和开放性。就像儿童文学作家薛涛所说的，不要把儿童文学仅仅圈囿于儿童范畴考量，它同样应该是关注人的存在的"大文学"。

金波先生曾说："儿童文学作家没有衰老，只有成长。"儿童文学也一样，它是一代又一代作家不断超越自我的接力赛，正是因为这种渴望"成长"的激情从未消退，让我们有理由相信中国儿童文学终将迎来真正的"黄金时代"。

（原载《文艺报》2015年1月9日）

儿童文学的新变

五年来，中国原创儿童文学一直行进在瞩望高峰、不断成长的路上。古人说"若无新变，不能代雄"，丰盈的创作成果离不开创新的实践与努力。儿童文学是什么？一代又一代的作家用自己的作品诠释和丰富着它的内涵。有人说它是"教育儿童的文学"；有人说它是"解放儿童的文学"，有人强调它的"文学性"，有人重视它的"儿童性"，有人张扬它的"幽默精神""游戏精神"……我认为，近年来的儿童文学创作在吸纳众多观念的基础上对儿童文学精神的理解提升到了一个更高的海拔上，因而也就推动儿童文学创作在多个维度上获得了新的生长空间。

对儿童心灵版图的新拓展

儿童文学是追求众生平等的文学，因而在选择书写对象上应该能够做到一视同仁，不会因为商业或市场的考虑对一部分孩子选择性遗忘。近年来的儿童文学写作克服了曾经出现过的"都市化"写作的倾向，不同地域、不同民族、不同境遇的少年儿童都得到了生动饱满的书写：既有像萧萍的跨文体之作《沐阳上学记》这样写城市孩子的，也有像曹文轩的中篇小说《蝙蝠香》、孟宪明的长篇小说《花儿与歌声》这样写留守儿童生活的；有韩青辰长篇小说《因为爸爸》里那些牺牲了的警察爸爸们留下的孩子，也有翌平笔下的学音乐、学武术的孩子；有商晓娜、刷刷等作家对自闭症等特殊儿童群体的关注，也有薛涛长篇小说《九月的冰河》里生活在中俄边界的孩子；还有王勇英笔下浸润过客家文化的广西村寨里的孩子；更让人惊喜的是，张锦贻、叶梅分别主编的两套当代少数民族作家的原创儿童文学书系更是把藏族、回族、纳西族、土家族等不同民族的孩子丰饶多姿的生活呈现出来；而董宏猷的介于虚构与非虚构之间的《一百个孩子的中国梦》更是显示了用一部大书实现对中国孩子的生存状态整体性把握的宏大梦想。可以说，正是在作家们的合力之下，中国孩子的心灵版图得到了更全面、更完整的呈现。这不能不说是这五年来儿童文学创作的一大收获。

对儿童与自然万物关系的新思考

儿童文学是去人类中心主义的文学。与其说它是关于"人的文学"，不如说它是关于"宇宙万物"的文学。在儿童文学里，一个人、一朵花、一只蚂蚁或一块石头的地位是完全一样的。在中国少年儿童出版社出版的一套高洪波、金波等作家创作的"我的日记"系列童话里，这个"我"不是人类，而是蝈蝈，是蚊子，甚至是吊死鬼。能够认真地去倾听一只吊死鬼的心声，这本身所蕴含的风趣、豁达、平等就是对儿童文学精神最好的表达，是儿童文学对硬邦邦的丛林法则最含蓄温柔又最坚决的抵抗，我想这也是儿童文学的独特价值所在吧。而散文集朱赢椿的《虫子旁》、陆梅的《沿途》、韩开春的《水精灵》和宇宙万物间的心神交汇，又分明是孔老夫子"多识草木鸟兽虫鱼之名"谆谆教导的千年间不绝如缕的回响；是自古代到"五四"从未间断的一种文人雅士与自然"相看两不厌"的宇宙观；是"天人合一"的古老根脉上生发的繁茂新枝。而在沈石溪、牧铃、黑鹤、刘虎的动物小说中，这些动物无论是生活在西南、中南，还是内蒙古大草原、西部祁连山，作家都尊重它们自身的物性，无论它们对人类是信任还是背叛，是互助还是伤害，都拥有自己的尊严，是与人类并行的生灵。此外，在曹文轩的长篇小说《蜻蜓眼》、王立春的《蒲河小镇》里，作者更是有意把"物"而不是"人"作为主角，通过这些与人有密切关联的"物事"，就像《红楼梦》里的"通灵宝玉"一样，通过这一特殊视角获得了新异的艺术效果。这既是一种叙事策略，更反映出儿童文学情怀的博大。

以单纯文体处理厚重题材的新尝试

儿童文学单纯但并不单薄，很多作品像《小王子》一样既能征服孩子也能征服大人的心。这些年的中国原创儿童文学一直尝试着能用这一单纯的文体去把握和处理更为丰厚的时代经验。作家们把笔下的人物放置于具体的时代和现实的生活土壤之中，让他们的行动逻辑不是空对空的演绎而是有生活细节的坚实支撑。张之路的长篇小说《吉祥时光》、黄蓓佳的《童眸》、殷健灵的《野芒坡》；梅子涵的散文集《绿光芒》；史雷的《将军胡同》、左昡的《纸飞机》等，无论是对个人童年经历的回望，还是对不曾经历的战争经验的重构与想象，都有时代光影的映照，而一切从儿童的眼睛出发，又让这些厚重的文本拥有了可以轻盈飞翔的翅膀。这一点在郭婧的无字绘本《独生小孩》里尤其得到近乎完美的体现，这个没有名字的小女孩是属于计划生育政策下的独生子女的一代，然而属于一个个体的孤独与暖意却可以击中每一个人柔软的内心，薄薄的绘本就具有了代言一代人内心的力量，更具有慰藉所有人内心的力量。此外，值得关注的还有张之路的《霹雳贝贝2：乖马时间》，这部与量子纠缠有关的科幻小说，说明了在人工智能等新科技离我们越来越近的今天，儿童文学作家必须拥有想象未来的能力，事实上，这给儿童文学作家的知识构成带来了严峻挑战，这部作品迅速敏锐地回应了这种挑战，同时它也在呼唤着更多此类作品的出现。大连出版社这几年一直在推荐的"幻想书系"，也是朝向这一方向的努力。

对文学性的新探索

对艺术性的坚守是儿童文学创作持续不断的传统，这几年，越来越多的作家更加自觉地选择了朝向经典品质的写作。张炜的长篇小说《寻找鱼王》、彭学军的《浮桥边的汤木》、麦子的《大熊的女儿》、汤汤的童话《水妖喀喀莎》、郭姜燕的《布罗镇的邮递员》等无论是现代性的主题还是艺术手法，都有着中外经典作品深厚的滋养，这些既具有世界性眼光，又具有本土生活体验的创作将为书写好中国式童年开辟更多的可能性。

金波先生曾经说过："儿童文学作家没有衰老，只有成长。"今天，我再次引用这句话，是觉得它是那么精确地说出了儿童文学能够生生不息的原因，是因为它永远不是完成时而是进行时。它永远不会放过行进路程中的挑战，并且在克服难题的过程中实现化茧为蝶的一次又一次的成长。在值得期待的儿童文学的未来发展中，有以下几个问题也许值得思考。

在创作越来越丰富的今天，眼花缭乱的新作对评论家个体有限的时间和精力都构成了挑战。我们都知道，儿童文学队伍的壮大不但有越来越多的新人加入，也不仅有作家跨界加盟，还有一些并非传统意义上的但又适合儿童看的作品的出现，这对于评论家既有的阅读经验和对文体的判断都是不小的考验。比如在此次全国优秀儿童文学评奖中，一本名为《我的影子在奔跑》的长篇小说得到了很多评委的好评，它的作者胡永红对儿童文学界来说是完全陌生的，她的小说也带来很多新鲜的异质的经验。此外，诸如评论家朱自强这几年的绘本创作，年轻学者赵霞的散文写作，他们的创作也可能会因为更显在的评论家的身份而被遮蔽。建立在充分而全面的文本阅读之上的观察和评析会更客观和准确。但今天超大的阅读量使这一问题变得更具难度，也因此需要更多的学者加入儿童文学理论评论的队伍，而现有的群体应该在更加密切的合作中，各自从不同的角度来共同达到对儿童文学现状与未来的整体性研判。以便尽可能地让更多优秀之作被看到，被关注，而不是让它们像舒比格笔下的南瓜一样只能默默成长，而一些新问题、新现象、新趋势也能及时被梳理和思考。

年轻作家的创作应该更具锐气和冲击力，在对经典作品的学习和传承中形成自己的更具辨识度的艺术风格。

对现实主义精神的呼唤是一个常说常新的话题。

儿童文学是"儿童"的文学，当我们想在其中融入更多东西以期获得一种厚重感的时候，不应忘记从孩子的眼睛去看世界。

儿童文学已经创造了值得骄傲的"黄金十年"，相信在自信和自律的加持下，在中华民族伟大复兴的时代背景下，它会更生机勃勃，一路前行。

（原载《文学报》2017年11月22日）

新时代儿童文学：扎根现实　眺望未来

　　习近平总书记强调："少年儿童是祖国的未来，是中华民族的希望。新时代中国儿童应该是有志向、有梦想，爱学习、爱劳动，懂感恩、懂友善，敢创新、敢奋斗，德智体美劳全面发展的好儿童。"进入新时代以来，中国儿童文学创作迸发出旺盛的生命力，同它服务的少年儿童一样朝气蓬勃。这是时代的召唤，也是儿童文学创作、出版、批评、阅读推广等方面共同努力的结晶。新时代儿童文学焕发绚丽多姿的新风貌、新气象，在多个维度上呈现出值得关注的新突破。

拓展主题拓宽题材，面向时代书写新命题

　　主题持续拓展、题材空前丰富，是新时代儿童文学最突出的特点之一；聚焦现实题材、发力主题创作以及书写"中国式童年"，成为儿童文学创作的热点话题。作家们敏锐寻找到孩子精神成长与更广阔的社会生活、宇宙万物之间的关联点，把过去不曾或者很少涉猎的题材大范围地进行文学转化，蓄积了更多滋养孩子们情感与心灵成长的养料。这些题材从时代楷模、革命历史到乡村振兴、生态保护、科学技术，再到中华优秀传统文化，几乎无所不包。它们把深情的目光特别地投向那些有名和无名的英雄。新中国成立以来闪亮的先锋人物（"中华先锋人物故事汇"系列丛书）、抗日战争中普通中国人的家国情怀（史雷《将军胡同》）、青藏高原风雪弥漫中的边防战士（曾有情《金珠玛米小扎西》）、共和国石油人

在遥远的柴达木油田留下的壮歌（于潇湉《冷湖上的拥抱》）、大兴安岭深处鄂温克族农民的驯鹿营地（格日勒其木格·黑鹤《驯鹿六季》）、海南岛热带雨林里人与动物的传奇（邓西《秘境回声》）……这些生动的故事为孩子们带来丰盛的精神食粮。

儿童文学从人们传统印象中的"小儿科"转向时代的重大题材和厚重主题，这种转变有着深层次的原因和逻辑。从儿童文学自身的成长轨迹来看，21世纪之初题材主要集中于校园生活和家庭生活，尚不足以涵盖不同地域孩子们多姿多彩的生活经验，难以满足和支撑起千千万万小读者多元的阅读期待，"浅阅读"的饱和也容易激发出对"深阅读"的需求。从所处的时代方位来看，新时代赋予儿童文学"培养担当民族复兴大任的时代新人"的历史使命，无论是在引导少年儿童树立理想信念上，还是对社会主义核心价值观的传播弘扬上，都需要从丰厚、生动、鲜活的题材中激发文学的感召力，使之在更高层次上实现教育功能。从国际参照系来看，新时代中国儿童文学创作已经达至被世界读者看到并认可的水准，儿童文学进一步"走出去"，实现更有效的国际传播，也急需更多具有中国风格、中国风范的童年好故事。以上种种都砥砺着中国儿童文学创作者走出舒适区，向着更为高远、辽阔的艺术空间整装进发。

扩容队伍扩充手法，拥抱传统构建新格局

儿童文学是文学的一个分支，但它又相对独立，从文体的角度可分为小说、童话、散文、诗歌、寓言、报告文学、科幻文学等；根据年龄段可分为婴儿文学、幼儿文学、童年文学、少年文学。不同的分类标准排列组合后，又可细分出儿歌、童谣、幼儿童话、幻想小说等文体。新时代儿童文学承续了儿童文学的传统分类，并力图使之平衡发展。在此基础

上，"敞开"是新时代儿童文学的鲜明姿态，"吸纳"则是其创新创造的典型方法。新的主题和题材潮涌而来，新时代儿童文学也形成了与之相呼应的新的艺术格局。

从熟悉的生活入手容易写出好作品。从这样的创作常识出发，新时代儿童文学出版更注重写作者的"亲历性"。在约请专业儿童文学作家通过采风完成创作之外，出版社也在寻找对生活有亲身经历的文学名家，"跨界写作"因而成为热潮。杨志军（《巴颜喀拉山的孩子》《三江源的扎西德勒》）、裘山山（《雪山上的达娃》）等书写青藏高原的作家，都有长期在那里生活的经历；叶广芩受到广泛赞誉的京味小说三部曲《花猫三丫上房了》等以及张炜的《寻找鱼王》都是对自身童年往事的回望，有着清晰可辨的自传体性质。有些题材考验着写作者知识的专业性，比如对于那些带有科普、人文社科性质的作品，出版社更倾向于约请相关领域专家来为孩子们创作。比如中国少年儿童出版社"伟大也要有人懂"系列，就邀请了学者陈晋、韩毓海等担任作者。再比如受到小读者喜欢的《地球史诗：46亿年有多远》的作者是古生物学家苗德岁。此外，对现实主义精神的召唤，又使这一时期作品的纪实性在众多艺术表现手法中凸显出来。

绘本这一艺术形式在新时代实现了快速成长，原创绘本虽然"种植"时间短，艺术水准却迅速成熟。《别让太阳掉下来》（郭振媛文、朱成梁绘）、《迷路的小孩》（金波文、郁蓉绘）等绘本图文叙事俱佳，融合欢快的童趣和深沉的哲思。很多厚重的主题出版作品，采用绘本的形式，能产生以小见大的良好艺术效果。比如"童心向党·百年辉煌"系列就以绘本的形式再现了中国共产党的百年奋斗历程，绘本《喜鹊窝》（海飞文、杨鹊绘）则观照了生态文明建设这一时代主题。

洞察童年洞悉童心，立足本位探索新路径

新时代儿童文学勇敢地进行了很多创新，这是它"变"的一面；它还有坚持不变的一面，那就是对"儿童本位"始终如一的坚守。"儿童本位"是中国现代儿童文学自诞生以来就秉持的儿童观，在百年发展历程中，儿童文学作家对它的体认不断丰富和深化。新时代儿童文学重视对孩子的生命关怀，殷健灵《致成长中的你：十五封青春书简》、汤素兰关注女孩成长的小说《阿莲》、薛涛书写男孩成长的小说《桦皮船》以及赵丽宏的童话《树孩》等作品，都体现出新时代儿童文学对"成长"二字的用心用情。

有人说，儿童文学是"以小见大"的艺术，"儿童"和"童年"是儿童文学出发和回归的原点。在这方面，新时代儿童文学还需要努力找到更多方法、更多路径，让更多创作者在践行这一创作理念的过程中获得进一步提升。无论作品的题材如何重大、主题如何厚重，那些优秀作品都坚持从孩子的视角看世界，坚持儿童文学的轻盈之美。这种轻盈之美不是靠简化现实生活获得的，而是在书写现实"本来是什么样"的同时，不忘现实"应该是什么样"。儿童文学要心怀现实生活，也要乘着想象的翅膀飞翔。

儿童文学创作在一路高歌中，也要保持从容和耐心，尽量写得慢一点、深一点，打磨得精一点、细一点。不断锤炼自己的语言、情节、结构等创作基本功，不断磨砺与自己的文学雄心相匹配的创作实力，争取行得更稳，走得更远。

新时代中国儿童的所思所想，和百年前的儿童乃至和他们的父辈都有明显不同，需要儿童文学提升对新时代儿童形象进行塑造的能力，通过观察这个时代一个个真实具体的儿童，立体鲜明地写出"这一个"。与此同

时，我们也要坚持"少就是多"，敢于"以少胜多"，让中国儿童文学能够观照人类的共同价值，让世界各国孩子读到中国儿童文学作品时，有一种心心相印的欢喜和感动。这是我们在更丰富、更多样的追求之外，需要去探索的新可能，需要去抵达的新高度。

儿童文学之美在于它既扎根现实，也不忘眺望未来。我们相信，蓄足了时代养分和想象能量的新时代中国儿童文学，一定会更加枝繁叶茂、更加多姿多彩。

（原载《人民日报》2023年6月9日）

沉淀之后的澄澈

儿童文学创作中"儿童化"和"成人经验"的平衡

近年来我国儿童文学创作有了长足发展。这与我们对儿童文学创作观念认识的深化是分不开的。我们的儿童文学作家们都认识到儿童文学作品要尊重儿童、贴近儿童，在这种创作思想的影响下，一大批将当代少年儿童生活描写得情趣盎然的"快乐文学"作品相继问世，取得了良好的社会反响，形成了儿童文学红红火火的局面。然而，在繁荣的背后，却总让人觉得还缺少些什么。诚然，现在一些儿童文学作品读者爱读了，销量上升了，但真正对儿童有所启迪，对其成长有所助益的作品又有多少呢？取消深度，追求快乐，这固然迎合了少年儿童的阅读心理，但一种无意义的沮丧和责任感缺失的焦虑，却成为笼罩在儿童文学上方的乌云，让我们不得不对此进行深刻的反思。

杨红樱的"淘气包马小跳系列"是这些年来非常走红的儿童文学作品。客观地讲，她的作品健康明朗、通俗易懂，对吸引孩子们亲近阅读是有积极意义的。但是，随着对这种创作倾向的模仿蔚然成风，在不断的跟风和强化中，过分追求作品的好读、好玩成为风尚，最后这类作品变成了调皮捣蛋、滑稽搞笑的简单故事。对这种现象，刘绪源先生发表在《中国儿童文学》上的《试说杨红樱畅销的秘密》一文进行了分析。他把杨作和一些世界经典作品进行了比较，诸如意大利万巴的《捣蛋鬼日记》、瑞典林格伦的《疯丫头玛迪琴的故事》，比较之后，刘先生认为杨红樱的作品只是畅销书而非文学书。他说："她（指杨红樱）的笔下只有故事，那种编得很匆忙的调皮捣蛋鬼的故事。除了调皮捣蛋，没有如《捣蛋鬼日记》中那样极丰富的弦外之音，也没有任何堪称精致的谋篇布局。"刘先生的结论是否有失偏颇暂且不说，但他确实是切中了我国当下儿童文学创作，尤其是儿童长篇小说创作的弊端，那就是创作难度和深度的缺失。刘先生把产生这种缺失的原因归结为："关键，还在于作品的文学性，或者说，在于其审美内涵的多寡或高下。"

刘绪源先生的分析是有道理的。但其深层原因在哪里呢？

我认为，之所以出现这种现象，尽管有作家迎合市场，迎合读者，片面追求作品的可读性等原因，但更重要的却是由创作理念的偏颇造成的，是对前些年创作理念的矫枉过正。

为了改变以往儿童文学创作过分成人化的倾向，是否"尊重儿童"成为衡量儿童文学作家是否有现代意识的重要标杆。在此情形下，呈现少年儿童的原生态生活，成为一种不断强化的创作倾向。特别是一批校园写手、少年作者以描写原汁原味的生活为标榜，在媒体炒作中大获成功，受到了小读者的热烈追捧。于是，作家们纷纷"蹲下身来"，在思想上和小读者看齐，使文学简化成了有趣、搞笑的故事，艺术创造简化成为简单再现，作品中没有了作家的人生经验、价值判断和对世界的体悟把握，成为一个幽默搞笑的空壳。如此一来，当读者像看笑话一样把故事看完，哈哈一乐之后，他们还能得到什么？当创作不再追求意义的传达，阅读必然成为纯粹的消遣。这就使得当前的儿童文学创作显得轻、薄、飘，缺乏深厚的底蕴和必要的承担。

其实，"尊重儿童"这个理念本身并没有错，错的是我们对它的简单化的理解。

我认为，所谓尊重儿童，并非要放弃作家的成人身份，把自己变成儿童——谁也不可能变成儿童，尊重儿童的真正意思是要尊重儿童的独立人格，不把他当作成年人的附属物和不具备个人意识的小东西、小动物；俯下身来为儿童，也并非要剔除成人的思想观念和对世界的感知理解，而是要以儿童可以理解、可以接受也乐于接受的方式，把成人的思想观念传达给儿童，对他们有所助益。且不说儿童文学作品能否真的做到完全以儿童的视角和儿童的心理、眼光来看待世界，即使真能做到，这样的作品对他们的成长又能有多大的帮助，又有多少意义呢？这种取消深度的简单重复真的就是儿童需要的吗？因此，在儿童文学中融入一些成人因素是很有必要的。"首先，成人因素的存在可以促进儿童智力的发达。就心理学的一般规律看，完全明白了的东西就很难吸引人的注意力，激发人的兴趣，在实际的阅读过程中，儿童遇到某种不懂或似懂非懂的东西，大脑就会受到较大的刺激；有时儿童在强烈的求知欲的支配下，还会长久地去琢磨那些不懂或似懂非懂的东西，努力寻求答案，这可能连成年人也不例外。其次，从文学作品方面看，常常是内涵丰富深刻、意味深长的篇章才耐读，才流传广远，才经久不朽……可以说，某些成人因素融入儿童文学中，不但不会减弱它的艺术效果，有时反倒会给它带来更多的光彩，提高它的层次。"

一切文学作品都是作家个性化的自我表达，传达的都是作家的个人经验、作家对人生和社会的体悟与理解。为成年人而创作的作品如此，为儿童创作的作品也是如此。并非作家把自己的思想和认识传达给读者就是对读者的不尊重，恰恰相反，这是文学的根本要义。

对儿童文学来说，最重要的不是回避"成人经验"，而是要为它找到一种"儿童化"的表达方式。所谓"儿童化"，著名儿童文学评论家王泉根曾将其定义为"是指作品的审美倾向有意识地要使小读者回味或保持在儿童生活、儿童情趣、儿童审美意识，一言以蔽之即儿童世界的'性质或状态'"。反对"成人化"是要反对成人化的表达方式、成人化的思维方式，避免成人腔。但并非一定要反对"成人经验"，或者说反对表达成人对世界的理解与感悟。那么，"成人化"和"成人经验"的区别又在哪里呢？所谓"成人化"，有评论家定义为"主要是指作品的审美倾向有意识地要把儿童读者向成人生活、成人情趣、成人审美意识，一言以蔽之即成人社会靠拢，是小读者逐渐'转变成'成人的'性质或状态'"。而对于"成人经验"，我比较接受以下这种说法："由于儿童文学的创作主体是成人，必将导致在儿童文学作品中包含一些与儿童的生理、心理状况不能完全吻合，些微超出儿童的认知力、理解力、审美力，儿童们暂时还难以完全领悟的成分，我们认为，这种成分便是儿童文学创作中的成人因素。"

如果无法找到儿童化的表达方式，就会出现过分"成人化"的不良倾向，表现为成年人的思维模式，干巴巴的议论，过度的、赤裸的社会黑暗面的描写等。而"成人经验"的缺失，又容易造成作品的深度的缺失。因此，一部优秀的儿童文学作品，应该是"儿童化"和"成人经验"的巧妙平衡。事实上，很多世界经典的儿童文学作品都是这方面的典范之作。

我们且以意大利作家卡洛·科洛迪的童话《木偶奇遇记》为例，来详细地探讨这个问题。这部作品距今已有一百多年了，它的魅力却丝毫没有随着时间的流逝而褪色，已成为一座为世世代代的儿童和成人所共同赏识的童话丰碑。它为什么会有那么大的魅力？我想，首先一点，它是符合儿童的审美心理的，全书处处洋溢着童真童趣。换言之，它是非常"儿童化"的。书中所塑造的木偶皮诺乔这个顽童形象是非常成功的，可以说，每一个读过这本书的小孩子都能从中发现自己的影子，它可以算是人类童年期的一个形象代言人，因为皮诺乔身上集中了孩子们普遍的性格特征。所以这本书就像一面镜子，让读者从中看到自己，产生既惊讶又亲切的阅读感受。

皮诺乔的历险经历也契合了儿童的游戏心理和他们极欲摆脱束缚，追求自由和张扬天性的渴望。在这个成人主宰的世界里，儿童的生存状态是被动的，而皮诺乔不但可以逃学，离家出走，而且经常自作主张。这一切对孩子们都充满了诱惑力。在作家所营造的奇幻世界里，真是一波未平，一波又起，这些层出不穷的充满游戏色彩的精彩的历险故事极大地满足了小读者的好奇心。让他们在虚拟的游戏中弥补了现实生活中的不足。

可以说，"儿童化"是《木偶奇遇记》能够获得成功的很重要的一个因素。同时，也不能忽视书中无处不在的"成人经验"的重要性。

《木偶奇遇记》中所包含的"成人经验"是相当多的。譬如说吃梨子的故事，皮诺乔要削皮，扔梨心，杰佩托却说："别扔掉。在这个世界上，样样东西都会有用的。"过了一会儿，皮诺乔果然又饿了，没有东西吃的他只好用梨皮来充饥。显然，这里所包含的人生经验，必是一个经历过贫穷、坎坷的人才能想得出、写得出的。再譬如皮诺乔被偷走金币，反而被大猩猩法官判坐四个月的牢。作者是这样描绘大猩猩法官的："这老猩猩受到大家尊敬，因为它年纪大，胡子白，特别是因为它戴一副金丝边眼镜。""法官指着皮诺乔和两个狗警察说：'这个可怜小鬼被人偷了四个金币，把他抓起来，马上送到监牢里去。'"作家这种不动声色的反讽的笔法，它所呈现的对社会现实的深刻的批判，显然不是幼儿所能理解的。更不用说，这部作品本身就有很强的教育性，作者正是要把自己的一些人生信念传达给小读者，含有浓厚的成人色彩。我认为，《木偶奇遇记》中这些"成人经验"，非但没有削弱本书的艺术力量，反而使全书更为意味隽永，内涵丰富，经得起回味和咀嚼。

当然，对"成人经验"的传达也要有一个度的把握，也要有所选择，否则就会重蹈儿童文学创作最忌讳的"成人化"的覆辙。那么，儿童文学创作如何把"儿童化"和"成人经验"很好地融合呢？

科洛迪在书中并没有赤裸裸地说教，把自己的人生经验生硬地、突兀地、不加转化地嵌进来。相反，他总是寓教于乐，潜移默化地向小读者灌输着自己的理想。由于他把自己的理念融入木偶皮诺乔的一系列奇遇中，使木偶皮诺乔每每在绝望之后悟到生活的真谛，于是，道德教育便有了浓烈的艺术色彩，浑如一粒包了糖衣的药片，使孩子们一口吞下，毫无苦恼之感。甚至，他的很多人生感悟、艺术经验都沉潜到文章的底层，小读者不必看到，但是随着他们年龄的增长，会慢慢地悟到。

《木偶奇遇记》使得作者在书中兼顾了读者和自己，他在小读者能接受的范围内，淋漓尽致地传达了他想传达的。不但是《木偶奇遇记》，从世界儿童文学发展史来看，一些被奉为经典，获得世界声誉的作品，也都明显地包含着成人因素的。如安徒生的著名童话《丑小鸭》和《海的女儿》，前者表现出安徒生同世俗偏见抗争中的性格和信念："只要你曾经在一只天鹅蛋里待过，就算是生在养鸭场里也没有什么关系。"而后者，叶君健先生指出："作品提出了一个很重要的对于人类具有普遍意义的问题，即'灵魂'问题。"显然，上述两篇文章中所包含的深刻思想绝不是所有的儿童都能完全理解的，即使是成年人恐怕也要一思再思。

"儿童化"和"成人经验"的平衡不单纯是一个技术性问题。并不是说你明白了这个道理，立刻就能使自己的作品呈现这样一种品格。它牵涉到作家们的人生经验和艺术经验的积累问题。众所周知，安徒生的人生非常坎坷，而《木偶奇遇记》的作者卡洛·科洛迪也有着曲折的人生和丰富的文学磨炼。他的这些人生经历，他在艺术其他门类里孜孜不倦的探寻，他的人生追求、理想和信念，不容置疑地，都在《木偶奇遇记》里留下了印记。虽然，儿童文学常常被讥讽为"小儿科"，但是，要写出经典的品质，却不是那么容易的。要做到刘绪源先生在文章中特别推崇的"丰富的弦外之音""精致的谋篇布局"，并不是廓清一种观念就能实现的，它需要儿童文学作家们付出扎扎实实的努力。

（原载《南方文坛》2007年第1期）

试论当前儿童文学创作的都市化倾向

当代农村少儿形象在当前儿童文学创作中的缺失

1991年，儿童文学评论家周晓波曾在《都市里的少年——80年代儿童小说创作动向之六》一文中，欣喜地发现，在当时的儿童文学创作中"现代都市少年的形象正日渐清晰起来，并逐渐与少年小说历来所引以为自豪的乡村少年形象形成并驾齐驱的趋势。这不能不使我们感到兴奋与喜悦，因为它标志着我国当代城市文化中都市少年形象的确立与少年小说人物画廊的丰富与充实"。但是，她仍然感到在当时的少年小说创作中，"人们可以从容地举出一大串有个性有特色的乡村少年典型，而很难列出一些真正值得称道的都市少年形象"。因此，她在文章的末尾，热切地呼唤儿童文学作家们创造出可与乡村少年相媲美的、令人赞叹的都市少年形象。十几年过去了，历史发生了喜剧性的逆转，综观当今的儿童文学创作，确实像周晓波当年所期待的那样，都市少年小说以压倒性的优势确立了自己在文坛的地位，甚至，可以说是独霸儿童文坛——除了一些零星的短篇小说，我们几乎看不到几个当代农村少年儿童的形象！虽然，在近几年涌现的比较优秀的文本中，曹文轩的《草房子》《细米》《青铜葵花》以及彭学军的曾获宋庆龄奖大奖的《你是我的妹》，写的都是乡村题材，但是，显而易见，乡村在这些作品中只是一个背景，而且，他们所描绘的都是遥远的20世纪六七十年代的乡村。那么，当代农村的少年儿童，他们的精神世界是什么样子的呢？我们吃惊地发现，虽然，我国3亿多少年儿童有2亿

第二辑 沉淀之后的澄澈 ▼

多在广大的农村，但是，他们的形象在当前儿童文学作家的笔下是缺席的。当前的儿童文学创作，不容置疑地呈现了都市化的倾向。

我国大陆儿童文学创作的都市化历程

从1949年到1976年，在我国大陆的儿童文学创作中，反映农村和城市两种题材的作品基本上是平衡的，既有《我和小荣》《海滨的孩子》《微山湖上》《小兵张嘎》等农村题材的优秀作品，又有《罗文应的故事》《越早越好》《小胖和小松》《吕小刚和他的妹妹》等城市题材的代表性作品。这种平衡不但体现在两种题材的作品在数量上不相上下，还在于作家们在创作理念上并没有刻意突出其城市或农村的背景，在这个时期，"城市"和"农村"是真正意义上的地理名词。

新时期开始后，我国大陆的儿童文学创作向纵深发展，无论是城市题材还是农村题材的优秀作品都很多。老一代作家任大星、任大霖创作了一批以童年乡村为背景的小说，接着，出现了曹文轩、李凤杰等执着于表现农村的作家，刘心武、程玮、夏有志、刘健屏、张之路、陈丹燕、黄蓓佳、秦文君等以城市为创作资源的作家。但在20世纪80年代，强烈的问题意识和社会责任感是作家们关注的焦点，城市题材并非刻意的选择。到了20世纪90年代，随着我国城市化进程的加快，城市在国家经济生活中的重心地位得以确立。一批作家注意到了"城市"这个背景的特殊性，开始注重对城市的描绘或流露出在城市生活的特有的情绪。比较有代表性的作家如秦文君、梅子涵。秦文君的产生了广泛影响的儿童长篇小说《男生贾里》《女生贾梅》，开始注重对于都市场景的呈现。应该说，这一批作家的创作呈现了从"乡村"到"城市"的两栖性和过渡性。

真正拉开儿童文学创作都市化帷幕的应该说是产生于20世纪90年代中

后期的"低龄化写作"。1997年，深圳16岁的女学生郁秀率先推出了《花季·雨季》，开了低龄化写作的先河，这本书以校园原生态的生活和深圳这个特区的背景，赢得了读者的青睐，并获得了巨大的商业成功。随后，北京少年儿童出版社推出的一套中学生写的小说，丛书的名字就叫作"自画青春"，2002年，12岁的小学生蒋方舟推出了她的长篇小说《正在发育》。韩寒、郭敬明、张悦然等一批少年写手也纷纷登场。这些作品里的人物无一例外都是都市少年，而且基本上都是北京、上海、深圳这些大都市里的少年人，体现出了相当明显的"都市感"。虽然这是新人之作，但它的成功和良好的市场效应必然对成年作家造成不小的冲击。在90年代中后期崛起的一批新生代作家里，张洁、殷健灵、薛涛、谢倩霓、张弘等，她们的作品几乎都是都市叙事。2001年出现了"花衣裳"组合，应该说，这个组合是一次自觉的选择，三个年轻女作家饶雪漫、郁雨君和伍美珍打出的组合，目标读者就是正在中国都市中成长的少年儿童，是为他们量身定做的，她们的口号就是"都市、青春、流行"。接着，杨红樱的校园小说系列也成了畅销书，马小跳系列已发行到700万册。而有着"北曹（文轩）南秦（文君）"美誉的儿童文坛重量级作家秦文君，在她2003年创作的儿童长篇小说《天棠街3号》里，也专门点明这个故事发生在上海，并且，对上海市中上层人家的日常生活、饮食起居都进行了不厌其烦的描写。

尽管，这些作家创作态度各不相同。但是，毫不例外，当前的儿童文坛，已没了乡村少年儿童的身影。乡村似乎渐渐变成了曹文轩自己的领地。

儿童文学创作都市化的积极和消极因素

应该说，儿童文学创作的都市化倾向是一个正在进行时。它将往哪里发展还有待于时间的检验。但是，都市化倾向给当前的儿童文学创作带来了很多的变化。具体表现在：第一，儿童文学作家们更加在意受众的反应，甚至出现了迎合小读者的倾向。第二，儿童文学作家们更加关注作品的传播、销售，并且和传媒、出版方共同合作，大力介入作品的销售环节，出现了层出不穷的签名售书活动。第三，作家追求明星化的包装策略，如比较典型的"花衣裳"组合。第四，出现了工作室这种工场流水线式的商业化写作，如郭敬明的工作室，杨鹏的工作室，等等。

儿童文学创作的都市化是历史发展的必然，这不是以人的意志为转移的，但是，过于都市化也给当下的儿童文学创作带来种种弊端：第一，它破坏了题材的生态平衡。都市小说的一枝独秀，使广大的农村少年儿童处于一种失语状态。这种都市化同时还存在着贵族化的倾向。正像青年评论家谭旭东所言："许多儿童文学都具有不可忽视的'都市贵族化'倾向和'消费主义写作'的取向，儿童文学作品不再是对强者少年的描写，不再是对底层儿童的生活和情感的再现或表现，而是追随都市商业化进程和休闲文化的脚步，'淡化苦难，表现快乐'成了许多作家的创作原则。"这样一种创作倾向，导致有些儿童文学作品过于轻飘，缺乏深度，甚至失之油滑。这不但造成了广大农村少年儿童、进城务工的农民工子女以及城市弱势群体子女形象的缺席，而且就是被描写到的那些充斥着时尚符号的都市少年儿童，他们精神世界的复杂性也被大大地简化了，遮蔽了他们生存的真实状态。儿童文学本应该是最具同情心的一种文学，它关怀弱者，抚慰人生，而儿童文学如果不关心弱者，只供一部分孩子的消费，满足他们的消费欲望，那么，儿童文学必然丧失了其敢于担当的天性。第二，过度地追逐图书的利润，使作家深陷市场化、商业化而不能自拔。当前的儿童文学创作加强了可读性、娱乐性和趣味性，但物极必反，过度地沉溺于此，就会严重地削弱作品的思想性和艺术性。正如一些儿童文学研究者所描述的，当前的儿童文学正在从"忧患"走向"放松"，从"思考"走向"感受"，从"深度"走向"平面"，从"凝重"走向"调侃"。

（原载《全球化语境下的当代都市文学》，社会科学文献出版社2007年版）

农村留守儿童：文学不能遗忘的角落

据全国妇联提供的数据显示，目前我国农村留守儿童已达2000万人，并呈继续增长的趋势。在一些农村劳动力输出大省，留守儿童在当地总数中所占比例已高达18%至22%。与这一庞大的数字相对的是文学的失语。"打工文学"是近几年我国文学界的热门话题。2007年年底，深圳、北京两地都举行了"全国打工文学论坛"。郑小琼、王十月、柳冬妩、谢湘南……一批"打工作家"渐受关注，已进入主流文学界的视野，他们的名字和作品频频出现在《人民文学》等大型的文学刊物上。尽管相对于农民工这个数量庞大的群体来说，这批作家在数量上还远不够多，从文学性这个层面上讲，他们的作品也说不上成熟。但是，从他们的喉管里发出的未经文饰的粗放朴直的呼喊，带着他们在都市漂泊劳作的真切的疼痛，有着直指人心的力量，使得他们的真实处境以文学的方式吸引了越来越多的人的目光，显示了这个通常被认为身处边缘、底层的群体的文化创造力和表达自身精神诉求的能力，从某种程度上讲，他们不再处于失语的状态。但是，在他们的身后，却有着一个真正沉默的人群——农村留守儿童。多达1.2亿农民工奔赴城市，造成多达2000余万的他们的子女留在农村家中，由爷爷奶奶或亲戚朋友代管，在亲情与家教双重缺失的情况下，在成长的最关键的岁月里自生自长。他们内心的孤独与悲伤，他们的生存困境，也许更值得我们探究。因为少年儿童指向的是一个民族的明天，他们代表的是一个国家的未来。然而，非常遗憾的是，在前些年，以农村留守儿童为题材的文学作品尤其是长篇作品可谓寥若晨星。

一、农村留守儿童没有自己的文学代言人

农村留守儿童自我言说的缺席，使他们更多要依赖成年作家的代言，这对成年作家尤其是以少年儿童为写作对象和接受对象的成年儿童文学作家来说，是一种责任和担当。就笔者目力所及，过去几年农村留守儿童这个群体自身还没有出现一个文学的代言人。因而我们无法通过他们提供的文本去触摸他们真实的心灵律动。在这一点上，和成年的打工者以及都市的少年儿童相比，农村留守儿童是处于劣势的。和成年打工者相比，留守儿童由于年少和知识的欠缺，还没有完备的文学表达的自觉和能力。比如，打工现象是改革开放以后出现的富有中国特色的新现象，事实上，"打工文学"是与打工现象相伴而生的。早在1984年第3期的《特区文学》上，就发表了林坚的小说《夜晚，在海边有一个人》，当时，林坚是一个深圳的打工仔，这篇小说被认为是全国公开发表的第一篇"打工文学"作品。而和都市少年儿童相比，农村留守儿童无论是在教育资源还是在文化资源上都是无法与之相比的。最明显的一个例子就是从20世纪90年代后期开始到现在一直方兴未艾的"低龄化写作"的热潮，在一大批当时活跃的少年写作者如郁秀、韩寒、郭敬明、张悦然、蒋方舟、张牧笛……中，很难看到农村少年的影子。这并不是说农村的儿童写作禀赋不足，只是，都市少年儿童所受的教育更为良好，他们又身处城市，更容易得到出版社的关注，因而不但能把"自己写自己"的愿望付诸实施，而且对传统的出版市场格局带来了极大的改变，形成了一种强势的咄咄逼人的文化现象。

随着我国城市化进程的加快，我国的儿童文学创作出现了都市化的

倾向。前些年以当下农村少年儿童为主角的儿童文学作品非常稀少。我们吃惊地发现，虽然我国3亿多少年儿童有2亿多在广大的农村，但他们的形象在当下儿童文学作家的笔下是缺席的，更不用说留守儿童！儿童文学创作的都市化是历史发展的必然，这不是以人的意志为转移的，但是，过于都市化也会给儿童文学带来种种弊端。首先它破坏了题材的生态平衡。都市文学的一枝独秀，使广大的农村少年儿童处于一种失语状态。儿童文学本应该是最具同情心的一种文学，它关怀弱者，抚慰人生，而儿童文学如果不关心弱者，只供一部分孩子消费，满足他们的消费欲望，那么，儿童文学必然丧失了其敢于担当的天性。评论家谢有顺曾经说过："为了迎合消费文化，拒绝那些无法获得消费文化恩宠的人物和故事进入自己的写作视野，甚至无视自己的出生地和精神原产地，别人写什么，他就跟着写什么，市场需要什么，他就写什么，这不仅是对当代生活的简化，也是对自己内心的背叛。若干年后，读者（或者一些国外的研究者）再来读这一时期的中国文学，无形中会有一个错觉，以为这个时期中国的年轻人都在泡吧，都在喝咖啡，都在穿名牌，都在世界各国游历，那些底层的、被损害者的经验完全缺席了，这就是一种生活对另一种生活的殖民。"因此，成年作家尤其是成年的儿童文学作家，应该把自己悲悯的目光更多地投向农村儿童，尤其是留守儿童。

二、两部反映农村留守孩子生存现状的作品，反映了空巢环境下留守少年儿童心理和精神成长的状况

值得欣喜的是，2007年和2008年中国文坛出现了两部反映农村留守孩子生存现状的长篇作品，使得这一问题慢慢引起了作家们的注意。一部是阮梅的长篇报告文学《农村留守孩子，中国跨世纪之痛》（《北京文学》

2007年第7期，由人民文学出版社出版），一部是牛车的长篇小说《空巢》。《空巢》一书部分内容自2007年4月16日在搜狐、新浪、腾讯连载以来，迅速受到各大网站及网友、媒体关注。最后由重庆出版社于2008年1月出版单行本。这是儿童文学界最早关注农村留守儿童的长篇作品。这两部作品并非由出版社或其他组织有意扶持，完全是作者在社会责任感的驱使下自主完成的。阮梅自2003年3月开始，用了整整三年的时间，利用节假日和双休日，自费对这些留守孩子及他们的父母、学校老师进行采访调查，她走农村、到学校、进看守所，采用座谈会、问卷调查、家访、对话等形式，接触学生老师1600多人，留守孩子1900多人，掌握了大量的第一手材料，让我们看到了在亲情的缺失、家庭教育的缺失之下，留守儿童令人忧虑的生存状况。因为它来自正在行进中的生活，因此，这部作品还留有生活的体温，它的疼痛是那么真切、深挚，它的思考令人信服、深思。正如作者自己所说"面对目前我们中国普遍存在着的家教问题，农村留守孩子生存困境问题，关注中学生心理健康，关注农村留守孩子，以期引起更多的人对他们的关注与帮助，是一个握笔从文者的责任与义务。报告文学对比散文体裁来讲，可以更加深入、更加快捷地直面社会热点，在某种程度上，可以直接起到干预生活、牵制生活的作用"。

《空巢》的作者是来自三峡库区的教师，他就生活在留守儿童的中间，这种亲身经历使得他的作品颇具现场感和真实感。小说着重反映了空巢环境下留守少年心理和精神成长的状况，对留守少年在亲情缺失、贫穷、疾病及弱势群体心理作用下产生的孤独、忧郁、自闭、自卑，甚至性格扭曲，作了一定程度的开掘。对家庭教育缺失下部分留守少年中存在的早恋、网瘾、看毛片等行为表达了深沉的忧虑。尤其是这部作品还描述了农村留守老人的心理和生活状况。他们本应该在儿女长大成人之后安享晚年，可是，却在风烛残年之际又担负起了抚养隔代人的重任。这让一个更容易被忽视、更为边缘化的群体——农村留守老人在文学中呈现了他们的艰辛、悲喜和尊严。不过，作者在把生活经验转化成为文学经验的时候还有所欠缺。本书采用通俗文学的路子，近乎原生态地呈现生活，在揭示一些不良现象的时候不自觉地又有渲染的嫌疑。在以喜剧的方式处理悲剧的时候，由于分寸把握不够恰当，也容易出现较为俗气的艺术趣味。不管这部作品在文学技巧上有什么缺陷，作者在生活现场所捡拾到的丰富的细节，因为其本身所天然具备的厚重感，仍然会时时给人以震撼。

三、农村留守儿童作为一个新的富有中国特色的社会现象，它的出现也为文学提供了新的素材、新的人物形象和新的心灵图景

从这两部作品可以看出，这些孩子孤独地留在乡村，少有依靠。他们在思想上、心理上或多或少都存在着一些问题。亲情缺失之下，内心的孤独与创伤，使很多孩子在人际交往中表现出害羞、不善于表达的自闭倾向。监护权的缺失，使得他们缺少监管，在他们和外界一些不良影响之间缺少一道保护的屏障，使得他们过早地面对成人世界的色情和暴力，有些孩子染上了吸烟、酗酒、打架等不良嗜好。甚至他们的基本的健康都不能得到很好的保障，外界的人身伤害、患病不能及时医治和意外伤亡事件也是困扰着这些孩子的一些大问题。他们的父母，为了养家糊口而进城赚钱养家，他们在物质上或许会有所改观，但是，如果物质上的积累是以孩子的精神上、情感上的荒漠化为代价，换句话说，物质上的富足是以孩子的精神的贫困换来的，那么，这个代价是不是有点过大？有点得不偿失？亲情和家教的双重缺失给这些幼小心灵带来的损害，他们的精神的、道德的、情感的要素究竟流失了多少，还是一个有待时间去揭开的谜底，它所

带来的破坏性因素可能给整个社会带来的隐患，也有待于在时间的流逝中慢慢展示出来。

文学虽不能直接去解决社会问题，但文学具有干预现实的功能。感时忧国，为弱者呼一直是我们国家文学的伟大的传统。无论是从道义、良知的层面，还是从扩展文学自身的领域来说，"农村留守儿童"都不应该成为被文学遗忘的角落。但是，相对于以都市少年儿童生活为主的作品来说，反映农村少年儿童的作品的市场前景也许并不那么诱人，因此，关注这一题材的出版社，更多的就不能从利润的角度，而要从责任感出发。所以，所有美丽的期许与愿望，不但需要作家，更需要出版社的参与、奉献与合作，才能够最终得以实现。

（原载《中国图书商报》2008年2月26日，原标题《谁来做2000万留守儿童的文学代言人》）

教化、快乐与救赎：新中国60年儿童文学的精神走向

中国儿童文学从现代严格意义上来讲是与中国新文学一道诞生成长的。这条汤汤大河至今流淌尚未百年，而新中国60年则占据了三分之二的里程，回望这一甲子的流程，或风平浪静，或干涸见底，或激流回旋，或波光激滟，每一河段的立体生态图景都呈现出迥然不同的风貌。但是，这一河变动不居的风景始终贯穿着一条不变的精神主线，一如沉默的河床，约定了河流的走向。"从某种意义上说，一部儿童文学发展史，就是成年人'儿童观'的演变史。"（王泉根《论儿童的发现与儿童文学的发现》）因而我们要探究，作为儿童文学创作主体的成年人，一直以来用什么样的目光打量"儿童"——这个在中国被发现不过百年的"孩子"——这种目光是如此地悠长、深远、一以贯之，它划出了儿童文学发展的无形的精神边界，它就是儿童文学之河的河床。

先来看看鲁迅、周作人、冰心、叶圣陶这些文学大师同时也是中国现代儿童文学理论与创作实践的奠基者们眼中的"儿童"吧，因为新中国60年的儿童文学正是承继了他们的精神流脉。鲁迅说："救救孩子！"（《孔乙己》）周作人说："承认儿童有独立的生活，就是说他们内面的生活与大人不同，我们应当客观地理解他们，并加以相当的尊重。"（《儿童的文学》）冰心说："万千的天使／要起来歌颂小孩子；／小孩子！／他细小的身躯里，含着伟大的灵魂。"（《繁星》）叶圣陶说：

"为最可爱的后来者着想，为将来的世界着想，赶紧创作适于儿童的文艺品。"（《文艺谈》）显然，他们看待儿童的眼睛闪烁着三种不同但又相互交织的目光：第一，这个"儿童"是抽象的，他是民族国家的化身，代表着一个民族国家的未来。也正因此，中国儿童文学自诞生之日起就充满忧患意识和神圣的责任感，"十分注重对儿童进行精神教化的功能，即通过道德评价的主题传递本民族的文化传统、传递本民族的人格理想"。（汤锐《中西儿童文学的比较》）第二，这个"儿童"是具体的，是不同于成年人的具有独立人格的孩子，儿童文学应该从儿童本位出发，符合儿童的心理特征和阅读期待，解放儿童的天性，愉悦他们的身心。"儿童文学是快乐的文学。"（高洪波语）尽管对儿童独立人格的尊重并不必然导致快乐文学的观念，但必须以之为基础才能发展出注重游戏精神和娱乐功能的儿童文学理念。第三，这个"儿童"是象征意义上的，象征着一尘不染的清净世界，和被污染的成人社会恰成鲜明对比，从某种意义上说是成年人实现自我救赎的精神家园，甚至，"童年是一种思想的方法和资源"（朱自强语）。因而，中国儿童文学创作的另一个重要倾向就是对童心和童年的礼赞、膜拜与思考。

这三种看待儿童的目光会对儿童文学的走向产生不同的影响，但同时它们又是相互渗透的。由于社会语境的不同，政治、经济、历史、文化等种种因素或间接或直接作用于儿童文学创作，会使其中的某种倾向在某个历史时期占据主导地位，并在不同的时代呈现出不同的表现特征，甚至发生变异，走向极端化、绝对化。但经过大浪淘沙和岁月磨洗的经典之作，则基本是那些融合了这三种精神诉求的优秀之作。

　　新中国成立后的17年（1949—1966），是当代儿童文学发展的第一个繁荣期。"50年代以降，在广大少年儿童中产生广泛影响的著名儿童文学作品，几乎无一不是教育型的。"（樊发稼《〈中国当代文学作品精选·儿童文学卷〉导言》）因为在国家的主流意识形态里，少年儿童是"共产主义事业的接班人"，是祖国的"花朵"，儿童文学义不容辞地要承担起培养革命事业接班人的重任。因此，浓厚的教育色彩正是"教化"思想在这个年代的具体表现。

　　从外部环境来看，这个时期刚刚成立的新中国百废待兴，儿童文学读物从数量到质量都无法满足少年儿童的阅读需求。1955年9月16日《人民日报》发表了题为《大量创作、出版、发行少年儿童读物》的社论，号召作家、编辑、出版、发行工作者重视少儿读物的创作、出版和发行。同年11月，中国作家协会发出了《关于发展少年儿童文学的指示》，要求作家们要重视儿童文学创作。1956年，党中央提出了繁荣社会主义文艺事业的"百花齐放，百家争鸣"的方针。党和政府对儿童文学的关怀，整个社会文艺思想的解放，给了儿童文学作家们开拓多种艺术可能性的自由空间和适宜的土壤。

　　从儿童文学的内部发展来说，"教育性"在任何时候都是儿童文学重要的功能，只是要把握好一个度。这些作家身经新旧两个社会，有些直接参与了民族解放的斗争，他们有着深厚的生活积累和人生经验，有着严肃的创作态度。同时，他们不懈地向世界儿童文学尤其是苏联儿童文学学习和借鉴、向民间文学学习和借鉴，不断丰富和提升自己的创作技巧。通过他们当时创作的作品，今天的读者依旧可以触摸到他们学习和创作的巨大热情。在沉甸甸的现实生活和厚重的传统文化的支撑下，这种"教育性"

就因为饱含了人生的体温和丰沛感人的爱国主义情怀而不致沦为空洞的说教。

尽管"教育性"是当时每个儿童文学作家所要遵守的艺术标尺，但并不是说他们的心中就泯灭了对"儿童性"的清醒的坚守。张天翼当时就提出儿童文学一要"有益"，同时还要"有味"（《〈给孩子们〉序》）。严文井则反对"由乏味的说教代替生动的形象"（《〈1954—1955儿童文学选〉序》）。陈伯吹则在《谈儿童文学创作上的几个问题》中提出了著名的"童心论"："一个有成就的作家，愿意和儿童站在一起，善于从儿童的角度出发，以儿童的耳朵去听，以儿童的眼睛去看，特别以儿童的心灵去体会，就必然会写出儿童看得懂、喜欢看的作品来。"

也正因此，这一时期涌现出了一大批经得起时间检验的优秀之作。小说《罗文应的故事》（张天翼）、《小胖和小松》（杲向真）、《海滨的孩子》（萧平）、《小黑马的故事》（袁静）、《微山湖上》（邱勋）、《小兵张嘎》（徐光耀）、《小英雄雨来》（管桦）等；童话《宝葫芦的秘密》（张天翼）、《神笔马良》（洪汛涛）、《"下次开船"港》（严文井）、《野葡萄》（葛翠琳）、《狐狸打猎人》（金近）、《"没头脑"和"不高兴"》（任溶镕）、《小马过河》（彭文席）、《小布头奇遇记》（孙幼军）、《猪八戒新传》（包蕾）等；儿童诗《我们的土壤妈妈》（高士其）、《"小兵"的故事》（柯岩）、《金色的海螺》（阮章竞）等，以及冰心、郭风的散文，郑文光的科幻小说，任德耀的儿童剧本《马兰花》等，都是这一时期的代表性作品。

这些作品虽然难免会沉淀有那个特定时代的意识形态内容，但仍然有着浓郁的童真童趣，有着对儿童心理深入和准确的把握，甚至今天特别重视的幽默品格，在《"没头脑"和"不高兴"》《猪八戒新传》等篇什中也有鲜明的体现。从另一个方面来看，"衡量一种文学，并不是根据它的意图，而是在于它的实际表现，它的思想、智慧、感性和风格"（夏志清《中国现代小说史》）。最典型的当数张天翼的短篇小说《罗文应的故事》。对于罗文应好玩、好奇的儿童天性，按照当时流行的艺术法则，作者当然是持批评态度的，但因为作者严格地遵照现实主义的创作手法，忠直而客观地描绘了罗文应的一举一动，于是一个活灵活现的顽童形象，就超越了作者简单的是非判断，栩栩如生地站在了我们面前。这虽然只是一些片段，但依稀让人看到了林格伦笔下的淘气包埃米尔的神韵，而杨红樱等作家所塑造的马小跳等各类淘气包们，也不能不说和罗文应有着近亲关系。只是罗文应"生不逢时"，生在20世纪50年代，只能是个被教育的对象；而马小跳诞生在21世纪，所以能大受追捧。但不管怎么说，对于儿童游戏精神的刻画描摹自那时起已有很多神来之笔，即便它们有时被作为反面教材存在着。另外应该说明的是，儿童文学作家们被激发的昂扬、嘹亮的基调也带进了这一时期的儿童文学创作，"阳光""春天""向日葵""燕子""海浪"这些明媚的意象和图景频频出现在这一时期的作品中，带给了这一时期的儿童文学以特有的单纯、明朗之美。

尽管如此，"十七年"儿童文学创作最值得人警醒的一点还是如何避免沦为政治的附庸，避免从"教化"走向"教训"。这一时期的作品以革命历史题材和校园题材为主。这些作品的主旨通常是对少年儿童进行爱国主义、理想主义、革命主义和集体主义教育，对他们身上的缺点（通常连儿童的好奇、好动等天性也视为缺点）进行委婉的批评，通过"批评—帮助—克服"这样一个过程，最终使小主人公实现"进步"。这样的作品容易流于简单化、概念化。而"左"的思潮在20世纪50年代末60年代初已经开始干扰儿童文学创作，以至于儿童文学的教育性走向了极端化和绝对化，成为政治说教。茅盾在《六〇年少年儿童文学漫谈》一文中，尖锐地指出当时某些作品"政治挂了帅，艺术脱了班，故事公式化，人物概念化，文字干巴巴"。

十年"文革"（1966—1976），中国文坛一片荒芜凋零，儿童文学同样如此。这个时期，只有极少数的作家在这个最不可能产生真正的艺术品的年代，突破"左"的思想束缚，创作出了优秀的作品，最突出的就是李心田的革命历史题材的中篇儿童小说《闪闪的红星》。但总体来说，这个时期的儿童文学创作乏善可陈。

二

随着十年动乱的结束，历史进入新时期，中国儿童文学获得了空前的解放，新时期成为百年中国儿童文学发展史上成就最大、发展最快的一个时期。

党的十一届三中全会精神和关于真理标准问题的讨论，为整个中国文艺界带来了创作的春天。1978年10月，全国少年儿童读物出版工作座谈会在江西庐山召开，随后《人民日报》发表题为《努力做好少年儿童读物的创作和出版工作》的社论。备受鼓舞的儿童文学界在思想观念和创作实践上突破一个又一个禁区，向着"文学性"和"儿童性"复归。20世纪80年代是一个儿童文学理论上众声喧哗、创作上佳作迭出的年代，其中短篇小说创作尤为突出。刘心武、王安忆、丁阿虎、刘健屏、曹文轩、秦文君、张之路、程玮、罗辰生、夏有志、陈丹燕、班马、沈石溪、常新港、黄蓓佳等人的小说，金波、樊发稼、高洪波、圣野、徐鲁等人的儿童诗，郑渊洁、周锐、郑允钦、张秋生、冰波等人的童话，郑春华的幼儿文学，吴然、庞敏的散文，刘先平的大自然文学，孙云晓、刘保法等人的报告文学

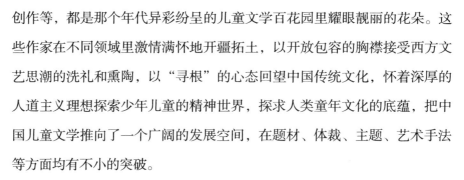

创作等，都是那个年代异彩纷呈的儿童文学百花园里耀眼靓丽的花朵。这些作家在不同领域里激情满怀地开疆拓土，以开放包容的胸襟接受西方文艺思潮的洗礼和熏陶，以"寻根"的心态回望中国传统文化，怀着深厚的人道主义理想探索少年儿童的精神世界，探求人类童年文化的底蕴，把中国儿童文学推向了一个广阔的发展空间，在题材、体裁、主题、艺术手法等方面均有不小的突破。

在20世纪90年代中期以前的整个新时期，中国儿童文学界的最强音是曹文轩发出的："儿童文学承担着塑造未来民族性格的天职！"这是"教化"这一理念在改革开放大背景下新的时代表述。这种理念的最直接推动力是十年"文革"后中国和西方在经济、文化上所面临的巨大差异。儿童文学作家们面临着和五四时期知识分子相似的精神困境，对于国家民族未来命运的巨大焦灼，使他们开始探索究竟少年儿童具备什么样的性格，才能使我们的民族屹立于世界民族之林。"80年代的儿童文学作品向人们表明：它喜欢坚韧的、精明的、雄辩的孩子。它不希望我们的民族在世界面前是一个温顺的、猥琐的、老实厚道的形象。它希望让全世界看到，中华民族是开朗的、充满生气的、强悍的，浑身透着灵气和英气的。"（曹文轩《觉醒、嬗变、困惑：儿童文学》）显然，对国家和民族现代化的渴望已经超越了对"儿童"作为一个具有血肉之躯的个体的关注。这一时期儿童文学的表情是批判的犀利和反思的深沉。儿童文学作家们把矛头指向"左"的政治思潮，指向落后的愚昧的观念，指向虚伪的成人世界，指向僵化的学校教育，指向中华民族积淀了几千年的文化性格，而这一切对立的势力都是扭曲了、压抑了"儿童"的心灵和性格的罪魁祸首，正是这一切使那个原本"开朗的、充满生气的、强悍的""儿童"变成了"温顺的、猥琐的"孩子。所以他们要拨云见日，"寻找小小男子汉"，还这个

"儿童"以充满阳刚之气的本来面目。《班主任》《谁是未来的中队长》《我要我的雕刻刀》《三色圆珠笔》《寻找回来的世界》《第三军团》以及沈石溪风格硬朗的"动物小说"和刘先平充满探险意味的"大自然文学"……无不以一种粗犷而野性的力量重新雕塑着"儿童"的灵魂，以使这个"儿童"能够有能力负担起复兴民族大业的重任。孙云晓于20世纪90年代初创作的报告文学《中日夏令营中的较量》中，中国独生子女的脆弱和日本孩子的强悍的鲜明对比，正好击中了中国人的隐忧，因而在社会上引起了热烈反响。这一现象恰好说明，这一创作理念能够在儿童文学界和读者中一呼百应，绝不是偶然的，它的强势地位和整个时代的情绪和期待是完全契合的。

新时期以来宽松、包容的创作环境，也让其他各种艺术流派都得到了长足发展。以郑渊洁为代表的"热闹派"童话得到了广大小读者的肯定，高洪波提倡的"快乐文学"以及他在儿童诗里对幽默、诙谐艺术元素的应用，在这个时期都表现得相当抢眼。他们投射到孩子身上的目光，视线已经下移，从俯视到平视——把孩子当成朋友，去掉那些功利性的说教，解放孩子的天性、想象力，给孩子们带来轻松、快乐的笑声。这道下移的视线预示了一种新的审美趣味和创作观念的转变，它在这个季节里成长、壮大，必将在下一季大放异彩。

三

20世纪90年代，随着市场大潮以及电视、网络等新兴媒体的兴起，儿童文学和整个文学界一样，曾出现一段沉寂、彷徨的时期。1995年江泽民同志提出要扶持"三大件"（长篇小说、少儿文艺、影视文学）后，儿童文学界经过一段摸索之后调整了创作策略，增强了作品的可读性，更加贴近少年儿童生活，在长篇小说创作上取得了可喜的成就。进入新世纪以后，中国的儿童文学进入了多元共存的时代。老中青少作家四代同堂：葛翠琳、金波、孙幼军等老作家至今笔耕不辍；曹文轩、秦文君、高洪波、张之路、梅子涵、王宜振等中年作家依然是儿童文坛的中坚力量；杨红樱、彭学军、汤素兰等年轻作家创作势头甚劲；薛涛、黑鹤、三三、林彦等新人实力不俗，而"80后""90后"一批更年轻的作者也已崭露头角，中国儿童文学已经有了一支稳定的高产的创作队伍。这些作家人生阅历不同，艺术主张各异，既有对纯文学创作的痴情和坚守，也有对类型化写作、通俗化写作的热情与尝试，共同形成了一个和而不同的多声部的创作格局。

这是个"儿童性"得到极大解放的年代。儿童文学开始大面积地追求快乐的原则，从对"大我"的关注悄悄转向对"小我"的探究，从对国家民族的宏大叙事转向了对个体日常生活经验的发掘。从秦文君的《男生贾里》《女生贾梅》等一系列小说到杨红樱的"淘气包马小跳系列"小说，是这一艺术流派的代表性作品。这个时代的艺术开始偏好轻松、幽默的基调和飞扬的想象力，90年代后期浙江少年儿童出版社推出的"中国幽默儿童文学创作丛书"和二十一世纪出版社推出的"大幻想文学丛书"，正是对这样的时代脉动的呼应。20世纪90年代中期北京少年儿童出版社推出了"自画青春"系列长篇小说，随后郁秀的长篇小说《花季·雨季》面世，新世纪以后韩寒、郭敬明等少年作家的迅速崛起……这一现象显示了小读者对于从个体经验出发，了解自我、关注自我的渴望。进入新世纪后图画书的兴起，说明儿童文学的分类越来越精细，越来越注重在"儿童文学"这个笼统的大的分类之下，每一个小的亚群体的具体需求，从另一个层面讲，这是"市场细分"原则在儿童文学领域的具体体现。而这一切无不是由读者的意志决定的。成年人投到儿童身上的原本是朋友式的目光，这时候也掺杂进一些讨好的意味。

"儿童文学"对快乐原则的张扬，并不意味着儿童文学的"教化"功能已经退居幕后。在儿童文学作家们一直坚守的责任意识和担当意识里，我们看到了它顽强的影子。张之路的科幻小说《非法智慧》对科学这把双刃剑进行了深度思考；秦文君在新世纪突然推出了《一个女孩的心灵史》《天棠街3号》等对我国教育体制的弊端、对少年儿童的内心世界进行深刻追问的批判意味浓厚的长篇小说，大有回归20世纪80年代的意味，可惜在市场的喧嚣中，这两部厚重的优秀之作没有得到应有的重视；伍美珍和刘君早面对2000万农村留守儿童，推出了极富艺术感染力的报告文学集《蓝天下的课桌》；曹文轩的长篇小说《草房子》和《青铜葵花》，其唯美的品格和对苦难意识的挖掘，是对他一贯的美学主张的坚守。在新世纪里，曹文轩对于儿童文学的定义已经从"塑造未来民族性格"变为"为人性打底子"，这是一次耐人寻味的转变。他在写下了《大王书》系列幻想小说之后，又出版了《我的儿子皮卡》系列。这个一贯和当下的现实生活拉开距离，总是把目光投向遥远的过去的作家，第一次把镜头拉得如此之近，回到当下生活的现场，而且也采用了系列小说的形式，一共要出16册。作为一个风向标式的作家，他个人的转向，有时候可能意味着整个儿童文学的一种集体转身，也许因为离得太近，还很难估计这种转向在儿童文学史上的意义，可是，这至少表明时代变了，儿童文学原有的美学原则和价值理念，都面临着重新洗牌的可能。

儿童文学的下一个热点将是什么？虽然这60年来，不乏优美动听的对童年、母爱、大自然的歌颂，但这种颂歌往往流于表面和肤浅，和冰心、丰子恺等一代大师从哲学的层面上来思考童心、童年相比，当代儿童文学对于"救赎"这个主题的探索始终不冷不热，甚至可以说是倒退了。当生活在文明社会的都市人重新思考乡土、大自然的价值和意义的时候，"童年"能否成为成年人的一种思想资源，成为他们精神的栖息地？或许"救赎"这个主题会有一天突然热闹起来，成为人们追逐的话题。一切都不得而知。

但是，在商业化的背景下，这种"儿童性"在极大解放的同时，也导致了消费童年的倾向，这种倾向一旦和金钱结合，就会完全以孩子喜欢不喜欢为标准，这个"儿童"在大人们的眼中也就完全变成了文化产业中的取款机。他们眼中的这个"儿童"不需要教化，更不可能成为成人实现自我"救赎"的精神资源，只要打着"快乐"的旗号，用廉价的笑声换来钞票就行。那么，正和当初"政治挂帅"对儿童文学的戕害一样，如今的"市场化"必然成为拉扯儿童文学偏离正常轨道的强大力量。

当此之时，但愿儿童文学的河床足够坚固，能使儿童文学无论是溪流潺潺还是波涛汹涌，都能够沿着正确的河道滔滔汩汩，一路向前。

（原载《文艺报》2009年12月31日）

《哈利·波特》为何"生"在英国

　　为什么是J.K.罗琳？为什么是英国？当《哈利·波特》的飓风席卷了整个世界，其势头一浪高过一浪的时候，作为一个中国读者，或许会本能地，带着艳羡和些许的嫉妒发出这样的疑问。

　　不知道为什么，一提到罗琳和她的《哈利·波特》，我就会想到金庸和他的武侠小说。金庸的成功显然离不开中国独特而深厚的文化传统。欧洲也早就有过表现侠客的文学作品，但与中国的武侠小说明显走的是不同的路子。中国的武侠小说，特别是金庸的作品，基本的主题或模式是，通过个人的努力修为，内力不断增强，武功不断提高，最终达成平天下的愿望。尽管其中也有无为而治、功成身退等不同的类型，但总体思路是一致的。特别是，中国武侠小说对武术的描写，基本是重道不重技的，写技是为入道作铺垫的，由技入道是武功修为的基本模式。这与以修齐治平的儒家思想为主体，兼容道家无为而治的思想及养生术、佛家的某些观念等构成的中国传统文化观念，是一脉相承的。而在文学传统上，金庸及新武侠小说，则可从旧武侠小说、《三侠五义》、《施公案》、《水浒传》等上溯至六朝志怪小说以及司马迁的《游侠列传》，如果说是中国独特而深厚的武侠文化传统成就了金庸，那么我们同样可以说，罗琳童话般神奇的成功之路，并不仅仅是命运之神对她偶然的眷顾，甚至可以说，这也不是上天赐给她个人的荣誉，而是对她和矗立在她身后的整个国度在文学上厚积薄发的一种必然的奖赏。就文化背景而言，罗琳和《哈利·波特》只能出现在英国这样的国度，就像金庸和他的武侠小说只能出现在中国一样——丰腴的文化沃土遇到绝世的文学天才，产生电光石火一般的奇迹也是不足为奇的。

著名翻译家杨静远说过："就民族性来说，英国人据说是欧洲最不舍得告别童年的民族。这或许与英国儿童文学的昌盛互为因果吧。事实上，英国人所创作的儿童文学品种远多于其他国家。"从1845到1945年，被认为是英国儿童文学的成熟期和全盛期，牧师兼诗人金斯利的《水孩子》于1863年问世，两年后卡罗尔的《阿丽思漫游奇境记》出版。此后，杰出作家和作品源源不断：王尔德的《快乐王子》、巴里的《彼得·潘》、格里厄姆的《杨柳风声》、C.S.刘易斯的《纳尼亚传奇》和托尔金的《魔戒》三部曲、达尔的《女巫》、理查德·亚当斯的《飞向月亮的兔子》……这个书单可以无限制地列下去，随便挑出一位作家，都是世界级响当当的儿童文学大师，随便挑出一部作品，也都是能够征服全世界孩子心灵的经典之作，英国人对儿童文学的贡献确实是令人目瞪口呆的。闪耀在英国儿童文学星空里的名字，都是些硕大而璀璨的恒星，如果我们能够穿越时光，让这些大师们排成一队站好，而罗琳也在他们中间，如果把《哈利·波特》放到这个书单之中，也许罗琳和《哈利·波特》就没有单独看起来那么炫目而耀眼了吧？换句话说，她正是踩在这些巨人的肩膀上，才能够站得更高，看得更远。

罗琳4岁的一天，生病躺在床上，父亲给她朗读了《柳林风声》。这次阅读给这个小女孩带来的神奇效果，一直延伸到几十年后她的创作中：《哈利·波特》里赫奇帕奇学院的标志就是一只獾，据说它的原型就是《柳林风声》中憨厚的獾先生。而罗琳自己还说在她的早期读物中，伊丽莎白·顾姬（英国）的奇幻小说《小白马》，比其他任何一本书都直接影响了《哈利·波特与魔法石》的创作。从文学储备上来讲，在罗琳之前，已经有很多大师潜心揣摩着儿童文学的创作秘籍，有很丰厚的精神资源和文学资源可供她涵泳和汲取。

事实上，从《水孩子》和《阿丽斯漫游奇境记》这些早期的作品中，我们就可以看到，英国作家在处理现实和虚幻两个世界的转化时，已经显示出娴熟高超的艺术技巧。《水孩子》中那个扫烟囱的贫苦的小男孩汤姆，极度疲乏之后在水中淹死了，然而作者却把这个悲惨的现实诗意地转化为他在水中变成了一个澄澈透明的水孩子，于是，从现实世界就这么自然而然地进入了幻想世界。《阿丽斯漫游奇镜记》则是通过一个兔子洞把现实世界和幻想世界巧妙地连接在一起。罗琳在《哈利·波特》中创造了一个9又3/4站台，这是个奇特的站台，正是通过它，哈利·波特和他的同学们坐上了从现实世界驶向霍格沃茨魔法学校的火车。在寻找现实和幻想两个世界的通道时，你能说罗琳没有受到她的文学前辈们的启发吗？

《哈利·波特》虽然充满了魔幻色彩，但它特别吸引人的一点却恰恰在于她描写的逼真。罗琳总是试图把这个幻想的世界描绘得如同真实存在的一般。这一点，如果我们看过托尔金的《魔戒》，会有更深的感触，霍比特人是托尔金虚构出的一种人类，但是托尔金却如同一个考古学家一般，仔细地、不厌其烦地描写霍比特人的语言，他们的体貌特征，他们的历史，就仿佛这个世界上真的曾经存在过这样一个部族。以现实主义的笔法来写幻想小说，把所有的奇思妙想都一一做实，充满精妙的生活质感和细腻的肌理，在这一点上，罗琳和她的文学前辈们又是何其相似！

《哈利·波特》除了运用了奇幻小说、校园小说的文学手段，里面也不乏侦探小说的文学架构和文学元素。悬念迭出，疑案重重，紧张曲折，侦探小说能够吸引读者眼球的种种拿手好戏，《哈利·波特》中一个都不缺少。在侦探小说的写作上，谁又能够和英国作家匹敌？柯南道尔的福尔摩斯和阿加莎克里斯蒂的大侦探波洛全世界家喻户晓，而他俩也全是英国作家。越写越羡慕罗琳能够拥有如此丰厚的文学遗产。一个作家能够横空出世，除了她的天才创造，的确还缘于她置身其中的人文环境，从这个意义上说，《哈利·波特》是罗琳的，它更是英国的。

除了文学传统，《哈利·波特》的产生更离不开西方深厚的巫术文化背景。骑着扫帚在空中飞来飞去的女巫，在中国读者看来也许觉得新鲜和不可思议，但想想那些仗剑走江湖、飞檐走壁的大侠，我们常常深信不疑的，同样的，在西方读者看来，有关魔法、巫师、占星、预言、炼金术，并不是虚幻的，而是一种真实的存在。在达尔的《女巫》中——据说在英国读者的票选中它战胜了《哈利·波特》——这一点也可以得到印证：他笔下的女巫们就生活在普通的人群之中，穿着平平常常的衣服，像平平常常的女人，住平平常常的房子，干平平常常的工作。这样写不单单出自文学技巧的需要，更昭示了"女巫"这样的形象和故事已经在西方的作家和读者心目中变成了一种文化原型。

深受凯尔特文化浸润的罗琳，小时候经常和妹妹以及邻居家的小朋友装扮成具有魔法的巫师，骑上神奇的扫帚，做出飞翔的样子，从车库中直冲出来。他们甚至还各自设计不同的游戏角色，从父母的衣箱里翻出旧衣服，把它们改头换面，当成长袍或者其他的魔法道具。罗琳童年时的居住地靠近迪恩森林，那里蕴藏了丰富的传说、神话和历史故事，她后来居住过的爱丁堡，更是有着壮观威严的爱丁堡城堡。徜徉在这样记录着斑斑驳驳的历史痕迹的古城堡间，就算是对当地的文化一无所知，也能在直观上感受到一种神秘的气息和摄人心魄的气势吧。正如美国学者戴维·科尔伯特在《哈利·波特的魔法世界》一书中写道："读罗琳女士的书的乐趣之一，使你可以发现她游戏版的隐藏在文字中的历史、传说和文学典故。"

如果细细地读一下《哈利·波特》，你会发现它不是一部普通的畅销书，虽然作者很聪明地运用了一些畅销书的元素，但这部书有它更深的文化担当，对于过度的工业文明的抗拒，对于一种异教思想的张扬，对于呼唤人和大自然之间一种畅通无阻的沟通，这样一些理念，都深藏于幽默、好玩、充满悬念的故事之中。虽然只是一套魔幻小说，然而它却传承着民族文化的基因，张扬着时代的表情。

一部小说只是冰山一角，那沉在海水之下没有直接呈露给读者，却于字里行间闪现着隐性光彩的，是沉甸甸的人文传统。当我们对英国的儿童文学传统、对凯尔特人的巫术文化传统有深入的了解之后，就会明白，罗琳和《哈利·波特》出现在英国是自然而然、理所应当的，没出现在英国才会让人诧异呢。

前两天在网上看到有人提出，中国什么时候才能出现自己的罗琳。事实上，正如前面所说的，19世纪40年代英国的儿童文学就已经进入了黄金时代，而中国直到1919年"五四"新文化运动，才出现"儿童文学"这个概念，中国第一位童话作家叶圣陶于1921年才创作了自己的第一篇童话《小白船》，沈从文受《阿丽思漫游奇境记》启发写下的《阿丽思中国游记》于1928年才出版。不排除有天才的作家横空出世，然而空中毕竟无法建筑楼阁。鲁迅先生曾经说过："在未有天才之前，先得有适合天才的土壤。"也许最现实的做法是，我们先培植适合天才成长的土壤吧。我们也有自己的幻想文学传统，从《山海经》《搜神记》到《聊斋志异》，也许经过几代人日积月累的辛勤耕耘，终有一天我们也会有具有中国气派的幻想小说被全世界的读者所推崇。

（原载《光明日报》2010年12月25日）

儿童文学：如何面对和书写苦难

无意中看到香港作家王良和的一个短篇小说《鱼咒》，不是儿童文学作品，但写到了一个男孩子的童年。男孩喜欢养鸭子，妈妈却讨厌鸭子的喧闹和鸭粪的脏臭，于是趁他不在家，把鸭子拔了毛，煮了吃。面对这样的情形，男孩会怎么样呢？作品写道：

> 我在厨房掀起锅盖，看见一只一丝不挂的鸭子，像一个小孩，闭了眼睛，在沸腾的水里，卜卜卜卜的被不断冒涌的炽热水泡冲激得缓缓翻转着身体，好像很舒服地洗澡，好像觉得这一边的身体已经洗得很干净了，就轻轻翻身，转到另一边，非常享受死。水面浮着一粒一粒的杞子，像玫瑰花瓣。我嗅到一阵湿湿烫烫的、非常诱人的香气，然后我就走到厕所吐了。

王夫之《姜斋诗话》云："以乐境写哀，以哀境写乐，倍增其哀乐。"面对琐碎的日常场景，作者发现了那种不动声色却致命的伤痛，并用三笔两笔转化为富有张力的文学细节，使人确信这件事和男孩的内心以及他的童年乃至他的一生都发生了勾连。仅仅通过一只死去的宠物鸭子，王良和就让读者感受到了一个儿童内心的怆痛，使作品产生了强大的感染力。这不由得让我想到，我们有5800万留守儿童——差不多相当于英国全国的人口，在他们远离父母只能独自守望童年的漫漫时光中，那些重重叠叠的伤口又岂是失去一只宠物鸭子这样的小伤小痛所能比拟的，但我们有多少作家愿意直面他们的苦难并有效地表达出来呢？

儿童文学常常被看作是快乐的文学，一个时期以来，快乐弥漫在我们的作品中，大量调皮捣蛋、滑稽搞笑的儿童形象被创作出来，仿佛儿童来自一个封闭的特殊的星球，那里永远阳光灿烂。当然，这并不是说我们没有留守儿童题材的或者其他触及童年苦难的作品，就算是在这类作品中，能给人留下深刻记忆的又有多少呢？很多作家觉得当自己选择以留守儿童为写作对象时，就已经天然地占据了道德高地，因而可以忽略审美的表达。大量写留守儿童的作品，还没打开就差不多能猜到里面的内容：孤独、无助、打架斗殴、早恋、沉迷网吧……对于留守儿童生存状态的文学想象，基本没有超出新闻报道的边界，甚至远没有一些好的新闻报道更有深度和震撼力。

中央电视台新闻调查栏目曾经采访过一个一直和年迈的爷爷奶奶生活在一起的八九岁的留守小女孩。当记者问如果爷爷奶奶去世了怎么办时，小女孩沉默了一会儿吐出了一个字：死！也许在包括记者在内的成年人看来，这个年龄的孩子根本不懂什么叫死。所以记者追问小女孩是否懂什么叫死，小女孩只回答了一个字：懂！自始至终，女孩眼里隐忍的细碎的泪花都没有落下来，她的嘴角还一直努力挂着一丝微笑。这就是中国大量留守儿童现实的生存状态，其实不只是这些留守儿童，即使那些生活在城市里衣食无忧的孩子，内心一样有委屈、困惑和压力。

实际上，在现实世界中，总有一些不平等、贫困、疾病甚至残忍……像刺一样扎进肌肤里，难以拔除。儿童也无法回避这一切，儿童文学应该帮助儿童正确地去面对这一切。也许只有在文学中，尤其是在儿童文学里，才能够实现真正的众生平等。在这个世界里，所有的生灵，哪怕是一只不起眼的蚂蚁、一头猪、一只躲在某个角落鸣唱的蟋蟀、一片小小的落叶、一只遭人厌恶的老鼠……这些在现实世界里常常被忽略、被嘲笑甚或被捕杀的生灵，在这里，可以变成一个理直气壮的主角，获得尊严，获得五彩斑斓的生命。也许这正是儿童文学的魅力所在，选择为儿童写作，并不仅仅因为要满足创作的欲望，更意味着已经选取了这样一种对待世界的方式：不管经历多少风雨沧桑，总不忘把掌声和喝彩留给那些被遗忘的弱小者，总愿意创造一个充满爱和包容的天地，给那些如初雪一样纯净、稚嫩的心灵以抚慰，让他们在某些坚硬或冰冷的现实面前，可以有一个温暖而坚固的后盾。

但这一切美好的理念并不会因为它的高尚就会天然地实现，在作品中不加节制地号啕大哭，毫无遮拦地展示现实中的丑陋和暴力，像祥林嫂一样唠叨着苦难，并不一定具有震撼人心的力量。因而，在直面童年的"哀境"之后，如何书写苦难应该是儿童文学创作不能逃避的问题。

从某种意义上讲，儿童文学是一种遮蔽的艺术，它无法像成人文学那样把苦难一览无余地展示出来，过于暴露的刺激的色彩会带给那些稚嫩的心灵伤害。儿童文学在书写苦难的时候要更含蓄，更蕴藉，不只要在欢乐中看到苦难和伤痛，更要在苦难和伤痛中看到阳光和欢乐。

家喻户晓的《卖火柴的小女孩》写的是一个女孩寒夜冻死的故事，也许再没有比这更悲惨的故事了，但安徒生通过女孩的幻梦，把故事处理得悲伤而温暖，让小孩子看后留下的是同情和伤心，而不是阴郁的黑暗的印记。图画书《我的爸爸是焦尼》写一个父母离异的孩子，好不容易等到爸爸来看他，向每一个他碰到的人骄傲地大喊："这是我的爸爸，他的名字叫焦尼。"这样一个简单的细节，就足以让闻之者落泪，因为在这个儿童的欢乐中，我们感受到了这个孩子内心的伤痛，也感受到了在伤痛中瞬间而来的欢乐。

曹文轩的长篇小说《青铜葵花》书写了一个女孩苦难的童年，这部小说自出版以来一直畅销不衰，细究个中原因，你会发现，曹文轩也很擅长通过充满美感、诗意和童趣的细节，化解了苦难的沉重，使之更易被少年儿童所接受。曹文轩说过："痛苦是美丽的。"的确，我们在看过他的作品后，会发现，苦难并不都孕育丑恶和痛苦，它也不可思议地绽放着美丽和优雅。比如，在写到葵花的父亲落水死亡时，那个场面是令人心碎的，但是，它同时又呈现出令人屏住呼吸的美感。葵花的父亲是个雕塑家，他一生的作品就是用青铜雕塑葵花。这一天，他到大麦地的葵花田里去写生，回来的船上，旋风刮走了他手中的画夹，他画的十多张葵花都落水了。这时，作者写道：

> 他看到空中飘满了葵花。
>
> 这些画稿在空中忽悠着，最后一张张飘落在水面上。说来也真不可思议，那些画稿飘落在水面上时，竟然没有一张是背面朝上的。一朵朵葵花在碧波荡漾的水波上，令人心醉神迷地开放着。
>
> 当时的天空，一轮太阳，光芒万丈。

他正是去捞画稿时失足落水淹死了。这个场景让人想起了李白捞月亮失足落水而死的传说，散发着古典的忧伤和浪漫的美感。这样的细节在书中比比皆是。在写到蝗灾之后，青铜和葵花去挖芦根充饥时，青铜想给葵花打一只野鸭，结果两个人在大雨中失散了。在彼此寻找而又找不到的令人揪心的时刻，当他们浑身泥泞地见面后，在这个似乎很难寻找到美的元素的场面里，作者的眼睛是那么执着和仔细，似乎不找到美，他就誓不罢休。他写道：

> 雨过天晴时，青铜牵着牛，一瘸一拐地走出了芦苇荡。牛背上，坐着葵花。她挎着篮子，那里面的芦根，早已被雨水冲洗得干干净净，一根根，像象牙一般的白。

也许你会觉得这种美太残酷了，可是，它也让我们看到，当人无助地被命运的风雨打得晕头转向的时候，美感依然存在，那像象牙一样白的芦根似乎在提示我们，无论处于什么样的困境，人并非像自己想象和哀叹的那么狼狈。除此之外，曹文轩也善于择取一些富有童趣的细节，把苦难隐藏其中，让孩子在笑声中更深地理解苦难。如饿极了的青铜和葵花无力地躺在船上，看着天上的白云，像所有的孩子一样，他们喜欢把白云想象成各种各样的东西，在这对被饥饿折磨着的孩子眼里，白云一会像棉花糖，一会又像馒头、苹果、羊，他们甚至想象着吃羊腿、喝羊汤，想象着吃苹果，吃得肚子撑得要炸了……这一段描写非常符合孩子的心理，曹文轩用饶有意趣的细节不动声色地描写了饥饿。

这就是儿童文学的神奇之处，它举重若轻，四两拨千斤，在单纯中见丰富，在轻盈中见深沉，通过丰沛而富有冲击力的细节，把那些隐藏在儿童内心的伤痛显现出来并产生感人的力量。评论家方卫平曾说："在读作品的时候，能够打动我的，让我产生美学上高峰体验的作品，都是在艺术上有闪光的东西，这些闪光点都是通过作品的具体故事、细节表现出来的。儿童文学的力量来自细节。"

然而，那些能够直击内心的细节往往有着朴素的外表，它们潜藏在日常生活的琐碎里，靠一双慧眼去识别，靠一颗慧心去创造。当下的儿童文学因为市场的火热，发表的门槛一降再降，作家们已经很少把"艺术性"这个老生常谈的问题放在心上了，很多的文字如同自来水一样哗哗地流淌着。儿童文学应该是对未成年人内心生活的审美表达，然而我们却甘愿停留在对表象不厌其烦的重复临摹——谁去关心艺术不艺术呢，反正我们人口多，有3.47亿的少年儿童，有着庞大的读者群做支撑，粗糙一点算不了什么，差不离都能卖得出去。"吟安一个字，捻断数茎须。"这样蜗牛一般的速度，实在是太赶不上时代的步伐了，"萝卜快了不洗泥"差不多成为当下儿童文学创作的一个普遍现象，独特而有意味的细节就这样越来越少地在作品中出现。对儿童文学创作来说，如何从自己最熟悉的生活中寻找最寻常的意象、材料，构筑成强大的隐喻，对世界和人性中不易被觉察的本质进行准确精微的呈现，对琐碎的现实生活重新发现，挖掘出蕴含其中的美感、诗意和哲思，永远是作家需要面对的问题。

儿童的世界和成人的世界一样，有幸福和欢乐，也有苦难和伤痛，甚至于没有苦难和伤痛为底色，幸福和伤痛也是无根的虚幻的。儿童文学创作应该正视儿童内心的苦难和伤痛，并用独特而有意味的细节将之表现出来，使苦难显示出力量，这种力量不只是感人的力量，更是引人向上、助人成长、给人欢乐的力量。这样的儿童文学写作才能慢慢抵达某种深度。

（原载《中国图书评论》2013年第5期）

沉淀之后的澄澈

　　在我眼里，儿童文学不仅仅是一种文体，它还是一种世界观。儿童文学指向一个迷人的乌托邦，在这个世界里，所有的生灵，哪怕是一只不起眼的蚂蚁、一头猪、一只躲在某个角落鸣唱的蟋蟀、一片小小的落叶、一只遭人厌恶的老鼠……这些在现实世界里常常被忽略、被嘲笑甚或被捕杀的生灵，在这里，可以变成一个理直气壮的主角，获得尊严，获得五彩斑斓的生命。这正是儿童文学吸引我的魅力所在：它看上去那么柔弱，却勇敢地穿越现实世界中坚硬的丛林法则，坚守着众生平等的理念———一种没有人类中心主义的盲目与自大的真正的众生平等。所以，当你选择为儿童写作的时候，这并不仅仅因为要满足创作的欲望，事实上，它更意味着你已经选取了这样一种理解和对待世界的方式：不管经历多少风雨沧桑，你总是不忘把掌声和喝彩留给那些被遗忘的弱小者。你总是愿意创造一个充满爱和包容的天地，给那些如初雪一样纯净、稚嫩的心灵以抚慰。让他们在某些坚硬或冰冷的现实面前，可以有一个温暖而坚固的后盾。

　　很难忘记那一次听彭懿老师讲图画书《我的爸爸是焦尼》。一个父母离异的孩子，好不容易等到爸爸来看他，于是，他向每一个他碰到的人骄傲地大喊："这是我的爸爸，他的名字叫焦尼。"其实只是一个很简单的故事，可是当时在场的很多人默默地流下了泪水，都是些三四十岁的，在人生的路上跌跌撞撞打拼过来的成年人，哪一个人的内心没有铠甲？然而就是这样一本短短千把字的书，在瞬间就可以融化心灵深处重重叠叠的痴。也许这就是儿童文学的神奇之处，它举重若轻，四两拨千斤，在单纯中见丰富，在轻盈中见深沉。

在金斯利的《水孩子》里，扫烟囱的可怜的小男孩汤姆一脸煤灰，疲惫地倒在小溪里淹死了。在现实世界里这是个悲惨的结局，在儿童文学里这仅仅是另一种生命的开始：仙女出现了，洗净了他身上的污垢，他变成了一个通体透明的水孩子，在一个奇异瑰丽的世界里成长为一个小小的男子汉。这是儿童文学的"变形记"，它没有通往荒谬与绝望，它有孩子般的执拗："不，我要走另一条路。"于是它走向了温情和爱。

儿童文学是一种戴镣铐最多的文体，性爱、暴力这些在成人文学中常见的招徕读者的噱头，在真正的儿童文学里是遭到排斥的。对于现实世界中一些悲惨的真相也不能不加掩饰地展示，儿童文学的写作真可以用"步履蹒跚"来形容，它的难度也就由此而来。然而，当我面对《魔戒》《纳尼亚传奇》《哈利·波特》等作品，对这些了不起的儿童文学作家们真是心生敬意。他们独辟蹊径，从虚空中取材，以虚构的虚构，在现实世界之外，构筑了庞大而逼真的幻想世界，把一种单纯的文体，开辟出如此繁复、阔大的艺术空间。所以，时至今日，儿童文学早已不仅仅是丑小鸭、小红帽，虽然很多中国的家长只知道安徒生。儿童文学大师们已经建造了一座又一座巍峨的艺术宫殿，它早已不是人们眼中的"小儿科"。

喜欢那些在深切地品尝了人生滋味之后，还能够以一双孩童的眼睛看取世界的人。儿童文学就应该是这样一种沉淀之后的澄澈，它是小的，同时它的胸襟和情怀又是最为博大的。它不是肤浅的，它是化繁复为简单的，因为一切真理都是素朴的。所以，一个真正的儿童文学写作者，应该是仁者，是智者，是勇者。这样的境界，自己虽不能往，但心向往之。

著名儿童文学作家高洪波曾经勉励我："你要一心一意写儿童文

学！"在我被分配到单位之前，我对儿童文学知之甚少，若没有一些前辈和朋友的教导，我将永远失去和它的缘分。那一长串如师如友的名字，一直是我生命中的光。若没有那些沉默而温暖的指引，那些彷徨时分的当头棒喝，那些同声相应、同气相求，谁又知道我将在哪个岔路口走失？

人生是短暂的，短暂到也许只能做好一件事。也许我写不好儿童文学，但秉持儿童文学的理念去生活，让它成为自己情感和信仰的栖居之所，这正是我愿意一心一意去做的一件事。

（原载《文艺报》2013年6月10日）

儿童文学畅销书需要打造"升级版"

对比一下基本上由孩子的自主阅读选择决定的少儿畅销书排行榜和由专家的审美口味决定的各类少儿图书评奖的获奖名单，是有趣的。盘踞前者头几名的往往是根据网络游戏改编的冒险类作品，这些作品更注重悬念的设置、曲折的故事和越来越快的叙事节奏，对文字的打磨往往放在次之的位置上。而当我们来看由专家们评出的一些获奖作品的时候，我们会看到和读者自主选择的某种错位。比如说"文学性"，一般来说，这样的获奖图书是把"文学性"放在首位的。再比如"深度"，这些获奖图书一般不是那种可以一目十行而没有任何理解上的障碍的书，它讲究难度写作，也就意味着阅读上的难度，意味着你在读它的时候需要思考、需要停顿、需要专注。尽管如此，我们也不能草率地认定当下孩子们的阅读口味已经倾向于快餐化、消遣性的浅阅读。

事实上，当我们仔细观察这两份不同的榜单，我们会发现，有一些儿童文学作家的名字和作品是同时出现在这两种榜单之上的——也就是说他们既受到读者的青睐，也获得了专家的认可，他们的书既是畅销的，也呈现出某种令人信赖的经典品质。看一看在某作家富豪榜上出现的几位儿童文学作家：郑渊洁、沈石溪、曹文轩、杨红樱等，他们的作品就曾经荣获（或多次荣获）全国优秀儿童文学奖等各类儿童文学大奖。面对这些作家，公众往往对他们腰包里的银子感兴趣，而忽略了他们在艺术上所做出的艰苦的努力，支撑他们的作品能够长期畅销的力量，不是投机式的对孩子们的简单的迎合和俯就，或者是对某些畅销作品的跟风和模仿，而恰恰是缘于他们对小读者的情感和智慧的尊重，缘于他们对艺术的敬畏和虔诚。

沈石溪的动物小说，这些年在孩子们中间再次掀起了阅读的热潮。他总能用有趣饱满的故事，曲折奇异的情节，明白流畅的文字和深刻缜密的思考，呈现出大自然的博大深邃和动物世界令人惊异的生存真相。动物世界原本是最血淋淋的，最原始的脱去文明外衣的生存，但沈石溪却从粗狂、野性，甚至血腥的动物身上，发现了至关重要的一个字：爱。"爱"是生命的本源，沈石溪用他构筑的庞大的动物王国诠释了这样一个令人信服的发现。他对生命所怀有的真挚的情怀，对动物贴心的观察和关爱，我想这是他的作品能够散发出持久的魅力的根本原因吧。曹文轩的创作则一直坚持唯美的品格，甚少迁就流俗的理念。而郑渊洁和杨红樱作品中幽默和轻松的风格，不仅仅是一种形式上的追求，更是对解放儿童的天性这样一种儿童观的坚守。这些作家的作品，虽风格迥异，题材不同，但在一点上是共同的，那就是对"儿童性"和"文学性"的双重尊敬。

这些作家在畅销书榜上的存在，从某种程度上印证了孩子的阅读眼光并不像表面上看起来那么幼稚——认为孩子毕竟在人生经验和知识的积累上是匮乏的，因而是好糊弄、好忽悠的，这样的观点只能说明成年人的自大和无知。当我们在这样一个前提下再来考察孩子们和专家们在阅读趣味上不相契合的那部分，回到我们在文章一开头提到的，他们对于由洛克王国、赛尔号等网络游戏而衍生出的读物的几近顽固的热爱，我们是否可以做出这样一个推论：他们的阅读趣味随着时代的发展已经悄然改变，他们对于一种更富有智慧含量、风格更硬朗的作品充满期待，而这种期待在传统的儿童文学创作中没有得到及时回应，因而他们会求助于这些虽然显得芜杂（甚至可以说文字还有些粗糙）但和他们的精神相通的作品。反过来说，如果我们能够拿出类似的在艺术上更精湛的原创性作品来替代这些或多或少显得仓促的读物，他们又有什么理由会拒绝呢？比如，我们能否拿出更多充满想象力的科幻作品来满足孩子们对于宇宙和生命的旺盛的探索欲？我们能否拿出更多的对于青少年的情感成长富有洞见的作品，来取代他们手不释卷的在我们看来很肤浅的言情作品？

所以，我们无视读者的需求，我们也将被读者无视。专家和作家们不能忽视畅销书榜单所传达出的讯息，重视这些信息，不是让作家们降低自己的写作难度，向那些短命的畅销书缴械投降，而应该从这些讯息中准确把握小读者们的脉搏，适度地调整自己的创作理念，丰富自己的知识结构，锤炼自己的艺术功力，使自己的创作不至于因为缺乏创新而跟不上小读者丰富而迅速的变化。毕竟，作品卖不出去，不全然是因为曲高和寡，它也可能是保守落后的明证。总之，我们的儿童文学畅销书不能满足于以"畅销"为目的，更不能为了畅销而迎合人类天性中一些卑下的痼疾，让一些粗俗的读物占据孩子们的阅读空间。而应该积极打造"升级版"，作家们应该发动自己的智慧，让自己的创作升级换代，才能最终带动读者的阅读趣味的提升，并进而形成一种相互促进的良性互动。让"畅销"和"经典"成为儿童文学的并行不悖的品格。

（原载《人民日报》海外版2014年2月11日）

儿童文学呼唤现实主义精神

如何书写中国式童年？这是近年来儿童文学作家、评论家、出版人一直在频繁讨论的话题，探讨的热切缘于这样的共识和判断：中国经济的迅猛发展带来的社会巨变，使当下中国儿童的生活经验、精神世界呈现出既不同于父辈也不同于国外同龄人的独特面貌。正如学者方卫平所说："中国当代儿童文学亟须对这些独属于中国童年的新现象和新命题做出回应。或者说，对于中国式当代童年的关注和思考，应该成为中国儿童文学的一个核心艺术话题。"今年，曹文轩获得国际安徒生奖，显示了来自世界范围内的读者对中国童年、中国故事越来越浓厚的兴趣，这可能形成又一种驱动力，使得"关注当代中国式童年"这一命题的紧迫性进一步加强。

"现实储备"捉襟见肘——写作与生活存在较大隔膜

现实主义写作是百年来中国儿童文学持续的主流，几乎每个时代都留下了折射着那个时代光谱的儿童形象。这些年我国现实主义题材的儿童文学创作取得的成就有目共睹，尤其是幼儿文学和童年文学方面，郑春华的"马鸣加系列""小饼干和围裙妈妈系列"、杨红樱的"淘气包马小跳系列"等，都是被万千小读者所认可的；曹文轩的《草房子》《青铜葵花》等作品更是抵达了国际一流水准；张炜、赵丽宏等文学名家跨界写作，根据自身童年经验创作的作品也都有很好的社会反响。

但是，在一系列荣耀和成绩面前，当下儿童文学的现实主义写作依然面临着待解的挑战，面临着困境——其中最重要的一点，就是儿童文学作家和这个时代的儿童存在着隔膜。网络时代的到来和全球化的快速推进，使儿童的经验出现了同质化的倾向，但深入分析却发现儿童经验在趋同中其实又产生了更为巨大的差异。比如，留守儿童与城市儿童经验的差异。比如，伴随科技快速进步和经济飞速发展，社会变化空前迅速，造成了成人和孩子间的代沟加大加深。比如，不断暴露出来的独生子女的心理问题，等等。而这种儿童经验的差异性在当前儿童文学创作中体现得远远不够。

新时期以来，中国儿童文学出现了持续繁荣的局面，但仔细分析就会发现，我们的写作其实很大程度上是在借鉴西方和本国前辈的写作经验，借助于我们自身的童年经验，甚至塑造的儿童形象都有原型可以追溯。如今，儿童自身阅读水平的提高和其自身经验表达的诉求，使其对儿童文学作品阅读提出了更高、更精细的要求。此时，面对当代中国式童年，作家们过往的经验有可能不足甚至失效。事实上，自20世纪90年代中期以来，这样一种因为陌生而无法产生共鸣的危机已经呈现：一群中学生创作的"自画青春"系列小说和深圳女生郁秀的《花季·雨季》出版后均获得热烈反响；新世纪以后，韩寒、郭敬明、蒋方舟等人更是拉起"青春文学"的旗帜，形成低龄化写作的热潮，迅速占领了本属于传统儿童文学的"少年文学"的地盘。李敬泽在《儿童文学的再准备》（刊载于2015年7月17日《人民日报》第24版文艺评论）一文中说："'青春文学'铺天盖地，基本上是孩子的同龄人或稍大一些的人写的，成年作家的作品很少，现在的局面就是，青春期的大孩子相互抚慰，成年人默不作声。这在世界各国都是罕见的现象，是不正常的。"这也从一个方面提示我们在面对浩瀚繁复的时代经验——尤其是当下经验中年龄层次较高的孩子时，我们在认识上无法做到游刃有余。

然而解决这样的难题并没有捷径可走，必须像考古学者或者社会学者一样下苦功夫、笨功夫，要长期和孩子们生活在一起，了解他们的生活和内心世界，而不是依靠蜻蜓点水、走马观花式的采访。当下儿童的经验、内心世界需要我们去了解，同时也需要在更高的精神层面加以观照，这样我们的作品就不再是对童年生活表象的描摹，而能够深入少年儿童的内心，进入到孩子们生活的内部。

事实上，这些年来"当下性"较强的，反映留守儿童生活、反映边地少数民族少年儿童生活、反映当前都市儿童生活的优秀作品其实也有很多。比如阿来描写藏族少年成长故事的《三只虫草》、毕飞宇写校园生活的《家事》、韩青辰写乡村儿童的《小证人》，以及陆梅、王巨成、胡继风、孟宪明对留守儿童的书写等，应该说都是表现当下现实的优秀作品。然而，这些作品散落在不同的出版社，或者隐藏在某一套系列作品中，面对市场的喧嚣，难以像轻松好读的畅销书那样得到足够的策划、宣传与重视。从这个意义上说，呼唤儿童文学的现实主义精神，既是朝向作家的，也是朝向出版人的。

文学储备尚需增强——对现实精神体认不够

可以说，当代中国式童年书写的困境，不全是数量上的，甚至也不是表现生活宽度上的，那么问题究竟出在哪里呢？我以为是儿童文学创作在总体上对现实主义精神的体认还不够强。就拿"写实"这项基本功来说，那种在叶圣陶、林海音、张天翼、徐光耀等老一辈作家笔下的对生活细节的精准把握和细腻描写的能力，在曹文轩、秦文君、沈石溪等作家的笔下体现得依旧很强健，但在年轻一代作家的写作中却有弱化的迹象。

写实能力弱化的另一个表现，是对儿童生活简单的故事化的表达。这样的写作基本上把儿童孤立了起来，斩断了儿童和家庭、时代、社会、成人世界的丰富联系，把文学等同于故事，不仅简化了生活，更简化了孩子的精神世界。这样的作品必然是飘忽、不接地气、缺乏生活质感的。事实上，当前幻想文学的创作同样存在着写实性不强的问题。作家的虚构能力和想象力不是指天马行空地胡编乱造，而是能够把幻想世界"写实"，让幻想世界具有深切的现实感，否则幻想就会呈现出无根的、轻飘的特质。所以，"写实"并不只是一种手段和技巧，更是一种作家从整体性上建立与这个时代、与当下社会关系的能力。

有评论家指出，我们书写当代中国式童年时还停留在生活的表象。这样的判断有时会消解作家们付出的努力。我常常想，难道我们的作家"成心"要把作品写得浮躁而浅显吗？如今，得益于少儿图书引进的便捷，我们几乎可以和国外读者同步地欣赏到当前最优秀的世界儿童文学作品，可以说，我们正在成为"世界读者"——全世界任何优秀作品都可以进入我们的视线——这样优越的阅读条件惠及的不应该仅仅是普通读者，更应该惠及写作者。但是，我在一次原创儿童文学作品评审中发现，当前很多写作者的阅读面还不够开阔，其借鉴、模仿的还是很古老的民间文学，最多止于安徒生童话和格林童话，而看不到经过了几百年的发展后当前儿童文学最前沿的写作已经抵达的高度，看不到世界儿童文学丰盛的精神财富对其写作的滋养和提升，这就相当于机械化生产技术已经普及之时，我们还在用"刀耕火种"。试想，以这样的阅读视阈来写作，怎么可能创作出能够征服当前见多识广的新时代儿童心灵的作品呢？对生活深入的体验是创作的基础，而深厚的文学修养和扎实的表达能力，则是创作出优秀作品的重要保证。

面对现实困境与问题的冲击，儿童文学写作呼唤现实主义精神，这是要我们的儿童文学写作能够打赢一场在艺术上、思想上实现根本性突破的攻坚战，增强表达现实的能力，同时，这也是儿童文学对"大时代产生大作品"的呼应，是不可错失的时代机遇。正如方卫平所期待的："童书市场经济发展到今天，作为其重要构成乃至支撑力量的儿童文学，正亟须一次新的现实主义的洗礼，以使其超越市场化的狭隘现实，走向更为开阔、深远、脚踏实地的中国童年现实。"

（原载《人民日报》2016年5月31日）

短篇的力量

我得说，最初面对一堆杂乱的被遮盖住作者名字的参评稿时，我并没有过多的期待。在一个忙忙碌碌的时代，即便是我这样的一个职业编辑，留给文学的热情和专注又能有多少呢？我已记不得是哪篇作品开始点燃了我的情绪，血液里有些蛰伏的东西开始被煮沸，让你猛然觉得，好作品依旧能够击穿心灵表层慢慢沉积的外壳，还你一个风清月朗的天空。到最后我反而犯了选择困难症，老实说有一些因为得奖名额的限制而落选的稿子，也因某些令人难忘的闪光点叫人难以舍弃。

这种被击中的感觉当然缘于参评作品所呈现的力量，尤其是这种力量来源于短篇小说，就更加给人一种惊喜感。大家都知道，在市场这只看不见的手的指挥下，在本应最讲究"天生平等""关注弱小"的儿童文学内部，也出现了文体的等级秩序——毫无疑问，长篇似乎成为文学的长子，天然地拥有了继承文学冠冕的特权。在各种层出不穷的排行榜、评奖中，似乎总是只有长篇的身影，而短篇总是难以摆脱"门前冷落鞍马稀"的暗淡命运。然而文学就是文学，最终确立一部作品地位的，不是它的篇幅的长短，而是它的艺术与思想的厚度。所以鲁迅先生、汪曾祺先生虽没出过长篇却不妨碍他们成为文学大家，想来就是这个道理吧。因此，从某种意义上讲，有些长篇不过是虚肿的短篇；而有些短篇却是精华浓缩了的长篇。

具体到这一届"周庄杯"，这些获奖作品打动我的力量何在？我想首先在于它的光照覆盖了辽阔的生活，呈现出令人讶异的广度。尤其是这些作品集束式地出现，你是集束式地阅读。你的思绪被牵引着，一会儿在乡村一会儿在都市，一会儿在西部一会儿在海边，一会儿中国一会儿外国，一会儿现实一会儿历史，一会儿星空一会儿大地……有一种"思接千载，视通万里"的自由驰骋之感。在这个丰饶多姿的时代，你看到了缤纷斑斓的时代经验，也看到了丰富多彩的文体实验。在这里，既有充满地域色彩的《摸大冷》《撞入江湖的粮食》《戏台》《花雕》《空谷雪音》，也有《深井》《我叫王小冒》《高塔》《一个和两个》《在那海天之间》《海边》《西西的温暖之路》等成长小说，还有《熊猫的小卫星》《满地找牙》等校园小说，以及《仰望星空》《爱的机密》等科幻小说。这种题材和文体的多元，一方面可以看出作家们在艺术探索上的用心，另一方面，也确实是忠实地反映了中国孩子的真实生活——他们就是这样南北东西地生活于不同地域，传统的、现代的、中国的、世界的……不同的文化，共时地杂糅地同时也是和谐地并存着。而我们的写作者，从各自熟悉的生活出发，共同完成了一部交响乐般的大作品。虽然每个人的切入口很小，但合起来，这部大作品却给人以信心——从整体上来把握这个繁复的时代是具有可能性的。面对瞬息万变的庞大的时代经验，我们常常会有一种无力感，尤其是整体把握时代的无力感。但这些获奖作品，可能会带给我们这样一种启示：写作者可以以集体的力量来完成对多棱镜一样的时代经验的书写，每一个人只要坚守住自己所在的一个剖面，就能在彼此的呼应中实现对时代肌理的全面而细致的扫描。"没有人是一个孤岛"，对写作者也一样。

这种力量感除了来自它的宽度，更离不开它所抵达的深度。让人最兴奋的一点是这些作品所拥有的实验的勇气以及对艺术负责的精神。在前一段时间的几次研讨会上，我都讲到一种担忧——也许仅仅是我的偏见和错觉——我觉得当下的年轻写作者缺乏锐气和冒犯的勇气。他们的作品或许在艺术上呈现出与年龄不相称的成熟，但也许这种成熟里含有少年老成的保守与中规中矩。而在这一次的参评作品中，我们看到了很多新的质素。像《深井》《游戏》《一个和两个》等作品中，我们可以看到对儿童内心深处灰暗地带的叩问与摸索，那些不曾或者很少被触及的问题，甚至一直被传统的儿童文学写作视为禁忌的部分，被写作者小心翼翼地撕开了一道裂隙。写到这里，不得不说，在当下的儿童文学写作中，简化儿童精神世界的复杂性，是阻碍中国的原创儿童文学在艺术上前行的最大的拦路虎。我个人认为当前的儿童文学创作中出现了一种凝滞的"儿童腔"，这种"儿童腔"没有把孩子放置到真实的土壤中，时代光影在他们内心的波动流转没有得到及时的敏锐的书写，带有一种刻舟求剑式的滞后性。仿佛只要是写真善美，无论写得多么不接地气，多么没有生活质感，它也仍然叫作"儿童文学"。这样的作品越多，"儿童文学"这个文体的尊严就会越被矮化。所以这也是这次"周庄杯"带给我惊喜的最大原因——写作者真的把"儿童文学"当成认识世界、认识他人、认识儿童的武器和方法，他们在生活和艺术上沉潜得很深，是认真地把"儿童文学"当作文学来对待的。这一点从诸如《撞入江湖的粮食》等作品中可以清晰地看得到的。对于乡村生活的熟稔，对于乡村少年内心的熟悉，对于"误会法"技巧的运用的熟练，都让这个通篇语调诙谐风趣的作品在轻松中拥有了一种沉甸甸的深情。

今天，整个儿童文学界都处于一种喜气洋洋的状态中。但是，当我们肯定地、不容置疑地说儿童文学迎来了黄金期的时候，我想，这个"黄金期"就不应该仅仅是指市场，它更应该指的是写作者们拿出了过硬的能够为儿童文学赢得敬意的作品，从这个意义上讲，这一届"周庄杯"评奖挖到了"真金白银"，也许这才是最值得喜气洋洋的事情吧。

（原载《文学报》2018年5月31日）

儿童文学：写出人类共通情感

我曾数次深入农家书屋调研，发现孩子们最爱读的是《鲁滨逊漂流记》和《平凡的世界》。《鲁滨逊漂流记》是英国作家笛福写于18世纪的小说，而《平凡的世界》并不是儿童文学。这两部作品缘何能够跨越时空，打动当下孩子的心灵？原因或许是，两部作品都蕴含着不屈不挠的斗志和迎接生活磨砺的勇气，这与乡村孩子尤其是留守儿童渴望走向大千世界、憧憬未来的内心是一致的。这说明，经典作品的穿透力、前瞻性和未来性，正来自对人类共通情感的深刻洞察。

站在新世纪文学走过20年的时间节点上回顾，中国原创儿童文学所取得的成就有目共睹。面对那些感动孩子们的作品，我们是否还应该追问一句：这些作品能否感动世界读者、未来读者和成年读者？换句话说，能否深入表现具有普遍性的人类情感，既是检验儿童文学艺术水准的有效标准，同时也是儿童文学取得更高成就的有效路径。

书写"中国式童年"，不能没有面向世界的眼界

"书写'中国式童年'"的创作主张，为新世纪中国原创儿童文学提供了丰饶的精神资源，无数写作者在中国童年经验的宝库中勘探，获得了取之不尽的写作资源。也许没有哪个时期能够像新时代的儿童文学这样在如此辽阔的疆域里驰骋：从西部到东部，从高原、沙漠到草原、大海，从乡村到都市，不同民族不同生活环境的孩子们，他们的成长故事几乎都纳

入了作家的视野，并被诉诸笔端。

时至今日，我们说"中国式"里要加入"世界性"视角，一方面是说立足中国经验的书写，要有能力去烛照人类共同面对的精神难题；另一方面，作家也要有一种建立于广博阅读基础之上的宽广眼界，对世界范围内同类主题的杰作了然于心。比如关于"死亡"这个永恒的文学母题，在成人文学中也许不需要有太多禁忌，在儿童文学写作中就必须有所写有所不写。如何取舍？难度系数比较高，但也有像《马提与祖父》《天蓝色的彼岸》等颇为畅销的外国儿童文学可资借鉴。新近面世的"童心战疫大眼睛暖心绘本系列"也在这方面做出了积极探索。这套由张晓玲等年轻作家创作的作品，既勇于直面新冠病毒给人类带来的挑战，又能以儿童的视角切入，运用灵活多变的叙事策略，达到"向光成长"的艺术效果。这套绘本输出多种外语版本，走向海外小读者，显示了中国原创儿童文学与世界儿童文学接轨的巨大潜能和可能路径。

立足"儿童本位"，不能没有"整体性"视野

儿童观的变革，让新世纪原创儿童文学创作获得了新的推动力。对"儿童本位"的推崇、对儿童主体性的肯定、对童年游戏精神的张扬，是新世纪中国原创儿童文学有别于其他时期的特点。尤其是一些发行量巨大的校园儿童小说以及广受青睐的作家童年回忆，卸掉说教重负，轻装上阵，顽皮、幽默、风趣、轻松、甜美是这些作品的特点。它们得到读者的热烈呼应，反过来又强化了这一美学追求的牢固性，吸引更多写作者追随。

要让这类创作走得更深更远，必然要对"儿童性"进行更为深入透彻的勘探和思考，这就需要具备一定的"整体性"视野。其一，在理解和

把握孩子精神世界的特点、刻画儿童形象时，要避免片面。我们常说，孩子是天生的哲学家，当我们强调"儿童性"的时候，并不是去简化儿童精神世界的丰富性，仅仅将其中单纯、快乐、无忧无虑的一面展现出来，而忽略成长中遇到的困难、困惑、困境。其二，儿童不是孤立的，他们是在与家庭、社会、成人世界的密切互动中成长起来的。除了孩子间的沟通交流，儿童有没有能力感知来自社会的更为丰富的信息？答案是肯定的。孩子身上折射着斑斓的时代光影，他们也有能力以自己特有的方式去感受生活的风雨。这一点在《淘气包埃米尔》《小淘气尼古拉》以及《城南旧事》《窗边的小豆豆》等经典作品中都可以充分感受到。

强调"整体性"视野并不是说把成人的思考方式强加于儿童，让儿童文学走向"成人化"。始终以儿童的眼睛看世界，是儿童文学作品最牢靠的立足点。强调"整体性"视野的目的，意在引发儿童文学创作者的思考：如何处理儿童文学与时代重大命题间的关系？找到重大事件和儿童个体成长之间的契合点，是写好这类作品的关键。裘山山的《雪山上的达娃》以一只小狗的视角来写青藏高原雪山哨所士兵们的生活，增强了故事的趣味性，也拉近了孩子们与遥远军旅生活的距离。美国作家劳雷尔·布雷特兹·劳格斯蒂的《寄往月球的信》中，小女孩选择给登月宇航员柯林斯而不是万众瞩目的阿姆斯特朗写信，因为她感受到了前者的"孤独"。正是这种人类普遍的情感，把登月这个重大事件和一个小女孩的现实生活和内心世界奇妙地联系在一起。除了纪实性的正面强攻，儿童文学介入重大现实题材的角度是多样的，寻找情感共鸣就是方法之一。

根植当下现实，不能没有凝视未来的目光

当下的儿童文学创作，现实题材数量最为庞大。儿童文学写作者在现

实题材创作上精耕细作，不断攀登艺术高峰的同时，也应面向未来敞开无限可能。我们既期待着像《小灵通漫游未来》这样家喻户晓的少儿科幻作品的涌现，同时也要看到，一些并非科幻小说的外国儿童文学，也包含了相当多的科学内容，甚至可以说是成长文学与科普作品的跨界融合。这种兼容多种创作元素的写作，在本土原创儿童文学中还不多见。

对人类未来生存方式的想象，尤其是对科技、生态等对人类命运产生根本性影响的重大主题的展望，儿童文学都不应该缺席。科技日新月异的发展已经渗透到人类的日常生活，孩子们当然也不例外。科技和儿童的精神成长是一种什么关系？尤其是，人工智能等新兴科技的兴起，又会对孩子们的未来产生怎样的影响？这些都可以成为儿童文学创作关注的对象。把科学融入文本之中，不但是对文学的知识传统的继承，呼应了人类面对未知世界时的普遍的好奇心、求知欲，也缘于人类情感的律动，都不可能离开科技的渗透与投射。

在科技之外，人类与大自然、与野生动物的关系等，也是儿童文学创作无法回避的命题。可喜的是，我们的儿童文学作家已经在这方面开始默默思考。黑鹤的《驯鹿六季》就是把一个男孩子成长的关键时刻置放在鄂温克人生活的大兴安岭深山密林中，通过显微镜般的文字细致精确地呈现人的情感成长和大自然的关系。这些探索也许因为样本不够多，还构不成一种文学现象，却也为儿童文学如何深入地发掘人类的普遍情感提供了更多可能性。

（原载《人民日报》海外版2020年7月16日）

第三辑

在单纯中与丰饶相遇

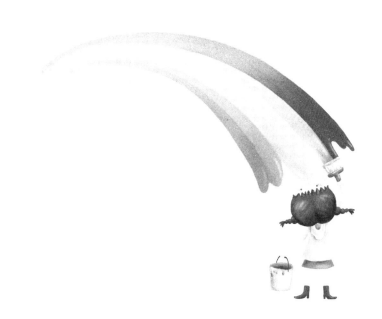

论曹文轩的文学选择

——以《草房子》《青铜葵花》《蜻蜓眼》为例

《蜻蜓眼》是曹文轩获得国际安徒生奖后发表的首部长篇新作（首发于《人民文学》2016年第6期），谈到它，似乎就不能不提起分别初版于1997年和2005年的《草房子》和《青铜葵花》。这两部旧作，都是他影响广泛的现实主义长篇力作。作为一位作家，要称量他的新作的分量，他的具有代表性的旧作，自然就成为天平另一端无法回避的砝码。除掉这个外部的理由，更重要的是这三部长篇在精神上脉络相通，甚至可以说是构成了一种"互文"和"对话"的关系。通过对这三部小说的考察，可以比较集中而清晰地看到曹文轩的美学主张、文学选择以及在行进历程中的变异与拓展。

轻逸与厚重："由侧面切入"的叙事策略

卡尔维诺说过："我认为，凡是作为一个历史时代的证人和当事人的人，都会感到一种特殊的责任……对我来说，这种责任最后让我感觉这个命题太严肃太沉重了。正是为了避免它的约束，决定面对它，但不是正面，而是由侧面切入。"曹文轩的写作正是这样一种充满了责任感的写作。从《草房子》《青铜葵花》到《蜻蜓眼》可以一目了然地看出，他喜欢回望历史，尤其是那些关键性的历史时刻，他的小说是在历史的背景墙上凿出的个人经验的浮雕。然而他从来不对这些历史背景进行长篇大论的言说，很多时候他就把它悬置在那里，就像《草房子》开头来一句"那是一九六二年八月的一个上午"，此后就对这个年份不置一词，如同遗忘了一般。也许这样的留白是因为他充分地信任读者，他相信读者头脑中关于"三年困难时期"的各种各样的认知可以填补他省略掉的内容。当然，更大的可能是，他本来就是想用自己的作品消解那些僵硬的认知，至少是另一种声音的补充，他的沉默缘于他对一些司空见惯的常识的不认可。所以，面对历史这个庞然大物，他从来都不"正面强攻"，他和卡尔维诺一样"由侧面切入"，比如，他采用的都是儿童视角。"一九六二年"在读者心目中的普遍表情大概就是"饥饿"，可是在男孩桑桑的眼睛里，这个被饿坏了的世界依旧有一些丰盈的魅力诱惑着他的好奇心和探索欲，让他拆了爸妈的蚊帐做成渔网去钓鱼；把家里的饭橱钉在墙上给他心爱的鸽子当窝；三伏天穿上棉裤棉袄在村人面前耍宝；面对纤弱美丽的女孩纸月，从来不爱干净的他突然到冰冷的河水里好好地洗了一次澡……谁又能说这些被宏大叙事忽略掉的尘埃一般的琐屑小事，就不能抵近历史和人心的真相？所以，他采用轻逸的方式，丢掉的是滞重，抵达的是厚重。

三部小说都采用儿童视角、历史叙事，书写的都是普通人"心中不灭的爱与美"，并以此"建构起人性光辉的庇护所，令人在日常中秉持善念、变故中心生安定"，以抵御命运的无常和生命的苦难。但是，显然，从《草房子》里的乡村"油麻地"、《青铜葵花》里的"大麦地"到《蜻蜓眼》里的马赛—上海—宜宾，从前者里的大河，到后者里的大海，从乡村到城市，故事发生的空间更加辽阔，甚至跨越了国界；从时间上来看，如果说《草房子》《青铜葵花》可以归类为个人的"童年回忆性书写"，《蜻蜓眼》里的故事则从20世纪30年代开始一直写到六七十年代，这正是20世纪中国风云激荡的时代，时间跨度之长远远超出了前两部作品，《蜻蜓眼》所面对的历史经验，也远远溢出了作者的个人经历。因此，这三部小说虽然在切入历史的策略上有相似之处，然而相同中又有很多精微的差异。

《草房子》侧重于写"人"，偏重于讲"故事"。它采用"花瓣"式结构，把桑桑、秃鹤、纸月、白雀、蒋一轮、杜小康、秦大奶奶、细马等人物组织起来，没有谁是主角，所有人平等地并置在一起。每个人的故事相对独立，而又可能有一鳞半爪交织在别人的生活里，让个人命运和时代的变迁在委婉曲折、跌宕起伏的故事里彼此融汇和相互诠释；《青铜葵花》则集中呈现了诗化小说的特质，正如废名曾经说自己用唐人写绝句的办法来写小说，曹文轩不是个诗人，但是，他也是把小说当诗来写的。

这部小说虽然看上去是传统的线性结构，细细辨析起来，与其说它是由一个个细节组成的，不如说是由一个一个意象构成的：书的题目"青铜葵花"本身就是一个大的意象——青铜是神秘的、冷色调的、沉默的、坚强的；葵花则是热烈的、暖色调的，奔放的。两者的组合，所形成的意象直指本书的精神内核。而每章的题目"小木船""葵花田""金茅草""冰项链"等也都是用充满诗意的小的意象来统领每个章节的内涵和主旨。《青铜葵花》不以故事取胜，而多以暗示、象征、隐喻的手法，以诗的遐思来抵达生活底部的真相。

《蜻蜓眼》有起承转合结构严谨的故事，也有令人过目难忘的饱满的人物群像。但在这之外，还有不容忽略的一点，就是作者动用了很多"物件"，我们姑且把它们都称为"名物"。这从小说中的小标题就能够看出来：钢琴、毛衣、旗袍、油纸伞、小皮箱、纱巾……这些"名物"携带着个人之痛和历史创伤，铭刻着爱情、亲情、友情之美，从某种意义上说，它们是历史不会说话的见证人和亲历者，它们既是故事发展的直接参与者，同时，也是无言的讲述者。某些"名物"在得而复失和失而复得之间的循环，既构成了小说曲折的情节，又直接折射着个人的起落与历史流动的光影。"蜻蜓眼"这名字不是生物学概念，而是一种春秋战国时期就从遥远的西亚传到中国的古代饰物，它由琉璃烧制而成，由一圈一圈的同心圆构成了类似"眼睛"的图案。在小说中，它作为信物见证了中国男子杜梅溪和法国女子奥莎妮"执子之手，与子偕老"的跨国之恋，让读者看到了这对曾经年轻、富有、美貌的有情之人以及他们的后代，在历史的重压下，生活是如何从云端跌落尘土，然而那种要你斯文扫地甚至性命堪忧的外在的威吓，却不能熄灭每个平凡人内心善的执念，对美的追寻，对尊严的渴望。虽然小说实际上采用的是奥莎妮孙女阿梅的视角，但"蜻蜓眼"依然像《红楼梦》里的通灵宝玉，它才是真正的主角，它沉默，却一直是不在之在，借作者之手，写下了它所目睹的人间的繁华苍凉与悲欢离合——来自那么遥远的历史深处，在它无言的外表下不知蕴藏了多少悲欢离合的往事，这也许并非它经历的最惊心动魄的一段。它古老却又完好如初，和杜梅溪奥莎妮浪漫而又持久的爱情拥有同样坚韧而美好的质地。如前所述，小说里还有很多这样的见证个人和历史转折点的物件。

除了"蜻蜓眼"，最重要的无疑就是"小皮箱"了，这是奥莎妮跟随爱人杜梅溪，从法国远涉重洋来到上海定居时带过来的，这里面寄存有她对祖国、对亲人们的一份越来越醇厚的爱与思念——由于历史的原因，她和祖国、亲人一经分离到死再也无缘得见。这样沉郁浓烈的感情，就是在淘气的阿梅偷偷使用了奶奶的小皮箱这样的日常小事中四两拨千斤地呈现出来了。此外，还有奶奶奥莎妮钟爱的旗袍、油纸伞和墨，这种迷恋里当然有因为杜梅溪而爱屋及乌的成分，但更重要的还是她和中国文化在情感和精神上的一种深深的相知与相惜。小说中特别打动人的物件还有"钢琴"和"香水"。这两者都是杜梅溪和奥莎妮生活富裕时讲究格调的符号之一，随着他们家财散尽，为了给奥莎妮筹钱治病，杜梅溪曾和家人卖掉钢琴，而特别疼爱孙女阿梅的奥莎妮，为了让阿梅能够在物质和精神都极度匮乏的岁月里享有一份艺术的乐趣，她又想方设法赎回了钢琴；"香水"的故事写得更紧张刺激，由一瓶小小香水所引发的惊险，同时映照出了人性的荒谬和光芒——某个牌子的"香水"曾是奥莎妮的最爱，但在那个特殊的岁月，弄到一瓶她喜欢的牌子的香水已经变成不可能的奢侈，何况她已经被怀疑为"潜伏的外国特务"。爷爷杜梅溪和孙女阿梅像地下工作者一样到外滩寻找外国人，以他们的机智，以他们甘愿为之被痛打的忍耐，终于为奶奶奥莎妮弄到了一瓶香水。小说中这样由"名物"带出的细节和连缀起来的故事还有很多。每个细节总是令人唏嘘又不禁涌上感动的泪水。在不可捉摸的命运中，曾经风情万种的法国少女奥莎妮变成了喜欢腌鸭蛋、织毛线、提着小菜篮到菜市场买菜的地地道道的上海老奶奶，不过也许这份经过了风雨洗礼、铅华褪尽的爱情更有一份朴素而持久的力量，这种爱的力量由着最初的两个人向外辐射，在他们的孩子们的内心、在他们的亲朋好友的内心种下了善念的种子。在小说的结尾，奥莎妮把蜻蜓眼留给了孙女阿梅，而阿梅把小皮箱和油纸伞放在了离世的奶奶身旁——那正是曹文轩一贯的信念，爱和美就是有这样的抵抗苦难、穿透生死的力量。

如果从生物学角度来看，蜻蜓的眼睛是"复眼"，复眼是一种由数量繁多的小眼组成的视觉器官。和单眼相比，复眼对世界的观察更多维立体。因此，我们也不妨从象征和隐喻的层面来解读"蜻蜓眼"——不是由一只眼睛，而是由多只眼睛构成对时代、人心与生命的多方位透视。事实上，这也可以看作是对这三部小说乃至曹文轩整体文学创作特点的一个恰切的论断。就像王尔德"为艺术而艺术"一样，曹文轩对文学性的看重几近强迫症的程度，总是促使他不停地打开一双又一双的眼睛，为每一份素材都找到讲述它的最恰切的艺术形式。

"美"与"苦难"："追随永恒"的书写

曹文轩在《草房子》的代跋"追随永恒"中说："今天的孩子，其基本欲望、基本情感和基本的行为方式，甚至是基本的生存处境，都一如从前；这一切'基本'是造物主对人的最底部的结构的预设，因而是永恒的；我们所看到的一切变化，实际上，都只不过是具体情状和具体方式的改变而已。"

对于人类的基本处境，曹文轩在《青铜葵花》的后记中用一个词作出了概括：苦难。那么，苦难从何而来？在曹文轩的笔下，它来自贫困、身体的残疾、天灾人祸、生离死别、战争和人性深处的痼疾……它无处不在，如影随形，是人生命定的存在。因此，在曹文轩看来，人的生存境遇是悲剧性的，他把这个看成是人的生存处境的一个"永恒"的方面。那么，面对这样的困境，人又做出了哪些突围的努力？在这方面，他通过对人性的细腻的探察，又做出了另一个判断：人性中的"向善"和"向美"是一种类似本能式的存在，这也是人类能够绵延至今的根本性所在。所以，"美"和"善"也是"永恒"的。顺着这个逻辑推演下去，"美"和"苦难"就构成了"永恒"的一体两面，"美"和"苦难"永远在角力，并由此衍生出生生不息的故事。在这样的理念下，曹文轩对当下文学写作的不满，也就主要体现在两个方面：一方面，基于他对人生境遇是悲剧性的判断，他认为儿童文学陷入了一味追求"快乐"的误区，缺少"苦难"的底蕴；另一方面，当他面对成人文学时，他又发现成人文学缺少"美感"，充斥着"憎恨学派"和"怨毒文学"，"中国当下文学在善与恶、美与丑、爱与恨之间严重失衡，只剩下了恶、丑与恨。诅咒人性、夸大人性之恶，世界别无其他，唯有怨毒。使坏、算计别人、偷窥、淫乱、暴露癖、贼眉鼠眼、蝇营狗苟、蒜臭味与吐向红地毯的浓痰……"。由此，这三部小说所体现出来的曹文轩的文学选择，就既是对某些创作倾向的反拨与抵抗，也是他自身一以贯之的美学追求必然的归宿。当曹文轩宣称自己是非典型性儿童文学作家时，我们不一定非得把这个看成他是对自己的儿童文学作家身份的否定，从另一个方面来看，他也可以说自己是非典型性的成人文学作家。从某种意义上说，也就是这样的一个难以归类的身份，恰恰是他的文学处境的传神写照——他难以被归类到任何一个界线分明的文学阵营中去，有着自成一派的独创性以及难以避免的孤独。有论者早就指出，曹文轩的创作"上承废名、沈从文、汪曾祺为代表的中国现代诗化小说的传统，从而'给世纪末中国文学走向与世界接轨的艺术道路上，在现实主义与现代主义之间插上了第三块路标，或者说提供了一种选择的可能性'"。

如果说，曹文轩在《草房子》中发现了人的命运和人性中"永恒"的一面，由此初步确立了"美"与"苦难"的书写，那么在《青铜葵花》中，他则是自觉地开启了以"纯美"抵抗"苦难"的叙事模式，到了《蜻蜓眼》，则是在这样一条思想线上的继续延伸，在这部小说里，他着重探索了人的心灵，在外力的挤压下，在人生的歧路面前，如何被"善"而不是"恶"引领向前，也在更深的层次上探讨了以"美"作为武器向人类生存困境突围的可能路径在哪里。

因此，在曹文轩的笔下，"美"与"苦难"是伴生的——哪里有苦难，哪里就有以"美"为武器的抵抗。在《草房子》里，每个人都面临着人生的不圆满：秃鹤从小头是秃的，常常因此招人嘲弄；纸月身世不明，母亲去世，父亲不知是谁；杜小康从看似完满的生活，被置于孤寂的处境，从其父亲撞船开始即陷入西西弗斯式的宿命之中；细马被置于语言不通的陌生世界，可以看作是人类被抛于世的隐喻。而白雀和蒋一轮，看似一个传统的令人叹息的爱情悲剧，表达的其实是命运的荒诞。可以说，在勘探人类生存境遇时，曹文轩彰显了一种现代主义的犀利、深邃与冷静。但是，在寻找精神的出路时，他认为还是古典主义更具有悲悯情怀，具有温馨温暖的庇护和慰藉人生的力量。因而，他重新激活了古典主义那些几乎被遗忘的但又依旧蓬勃的力量。在他的长篇小说《红瓦》后记"永远的古典"中，他说："当这个世界日甚一日地跌入所谓'现代'时，它反而会更加重与迷恋能给这个带来情感的慰藉，能在喧哗与骚动中创造一番宁静与肃穆的'古典'。"他断言："美感与思想具有同等的力量。"他宣称自己"在理性上是个现代主义者，而在情感与美学趣味上却是个古典主义者"。

回到他的创作本身，他的着力点就是如何去发现"美"，如何去把"美"转化为一种有效的人生良药。事实上，在曹文轩的笔下，"美"并不是高不可攀的，它就生长在每一个普通人的人性深处。无论是桑桑、秃鹤、杜小康、秦大奶奶，还是青铜、葵花、杜梅溪、奥莎妮、阿梅、阿朗，无论他们贫穷或者富有，年长或者年少，他们的内心都与生俱来地深藏着对"美"的渴望，并且在"苦难"的磨砺下，"美"更得以清晰地呈现出来。《青铜葵花》就是这样一本着力挖掘苦难背后的美感的小说。曹文轩在后记中说："痛苦是美丽的。"的确，我们在看过他的作品后，会发现，苦难并不都孕育丑恶和痛苦，它不可思议地也绽放着美丽和优雅。比如，在写到葵花的父亲落水死亡时，那个场面是令人心碎的，但是，它同时又呈现出令人屏住呼吸的美。葵花的父亲是个雕塑家，他一生的作品就是用青铜雕塑葵花。这一天，他到大麦地的葵花田里去写生，回来的船上，旋风刮走了他手中的画夹，他画的十多张葵花都落水了。这时，作者写道：

> 他看到空中飘满了葵花。这些画稿在空中忽悠着，最后一张张飘落在水面上。说来也真不可思议，那些画稿飘落在水面上时，竟然没有一张是背面朝上的。一朵朵葵花在碧波荡漾的水波上，令人心醉神迷。
>
> 当时的天空，一轮太阳，光芒万丈。

他正是去捞画稿时失足落水淹死了。这个场景让人想起了李白捞月亮失足落水而死的传说，散发着古典的忧伤而浪漫的美感。这样的细节在书中比比皆是。在写到蝗灾之后，青铜和葵花去挖芦根充饥，青铜想给葵花打一只野鸭，结果两个人在大雨中失散了。在彼此寻找而又找不到的令人揪心的时刻，当他们浑身泥泞地见面后，在这个似乎很难寻找到美的元素的场面里，作者的眼睛是那么执着和仔细，似乎不找到美，他就誓不罢休。他写道：

> 雨过天晴时，青铜牵着牛，一瘸一拐地走出了芦苇荡。牛背上，坐着葵花。她挎着篮子，那里面的芦根，早已被雨水冲洗得干干净净，一根根，像象牙一般的白。

读到这里，我感到身上一阵战栗，因为，这种美太残酷了。可是，它也让我们看到，当人无助地被命运的风雨打得晕头转向的时候，美感依然存在，那像象牙一样白的芦根似乎在提示我们，无论处于什么样的困境，人并非像自己想象和哀叹得那么狼狈。

除此之外，曹文轩也善于择取一些富有童趣的细节，把苦难隐藏其中，让孩子在笑声中更深地理解苦难。如饿极了的青铜和葵花无力地躺在船上，看着天上的白云，像所有的孩子一样，他们喜欢把白云想象成各种各样的东西，在这对被饥饿折磨着的孩子眼里，白云一会像棉花糖，又像馒头、苹果、羊，他们甚至想象着吃羊腿、喝羊汤，想象着吃苹果，吃得肚子撑得要炸了……

曹文轩特别重视风景描写，他重构了人与自然万物的亲密关系，在他的笔下，大河、芦苇荡、艾地、葵花田、不知名的野花野草，他总是不吝笔墨，兴致盎然，自然万物都和人一样是同等重要的"主角"。这既是对中国文化中"香草美人"和"畅神"传统的承续，也是对他的故乡景物的一种永远的眷恋之情，更是"万物有灵""众生平等"思想的文学呈现。尤其是对"水"的痴迷，让"水"成为他的小说中最重要的意象，在这方面，因为作者和论者的论述都颇多，就不再一一展开。在《蜻蜓眼》里，自然万物依旧是人在苦难面前寻求安慰与救赎的精神家园。在"文革"这段特殊的岁月里，阿梅钢琴弹得好，因为受奶奶奥莎妮法国身份的牵连，到了演出的现场才知道自己的节目被取消了。在这个人生最难堪、孤寂的时候，她没有立刻回家，而是走向了教室后面的小竹林，这个时候，一只猫出现了，这是阿梅平时照顾过的一只流浪猫，正是这只流浪猫的陪伴，缓冲了她内心面对不幸时最苦痛的心情。随后，她走到了苏州河边，苏州河水进一步净化和舒缓她内心的焦虑、尴尬，让她的坏掉的心情没有走向绝望和崩溃。这是考验阿梅内心的最重要的时刻之一，也是她成长路上的一个拐点。现实中很多人和自己的亲人决裂了，而阿梅的心没有走到绝境里去，是和河水、流浪猫的安慰分不开的。而和她处境相似的堂哥阿朗，本是个性格开朗的混血男孩，高高的鼻梁曾经是他的美的象征，但是在特殊岁月里，当奶奶奥莎妮的"外国特务"、爷爷杜梅溪的大资本家的身份让他的外貌突然变成同学们嘲弄、排斥的原因，这让阿朗戴起了口罩，三伏天也不解下，最后，他也是在上山下乡中来到一个民风淳朴的山村，在这个远离尘世的美丽的小村子里才慢慢医治好了内心的创伤。

单纯与复杂："在路上"的开放式探索

评论家雷达说过："一切伟大的作品其作者内心往往充满了矛盾，完全没有矛盾的作家不能是一个伟大的作家。"贴在曹文轩身上的标签以"古典""唯美""优雅"等最为醒目。很多论者认为，他的作品中有一种静态的和谐的古典的美感。但是，当我们细读他的作品时，就会发现，在容易忽略的字里行间，在相对单纯的"纯美"叙事中，也不乏多义性，甚至暗含了相互冲突的声音。

比如在《草房子》中容易被忽略的一个人物形象：校长桑乔。桑乔是一位荣誉感很强的人，他不是一个被专章写到的人物，而是散落在其他人的故事中，当我们把这些打碎了揉进别人生活中的碎片式的故事拼接到一起的时候，我们会发现，作者对这个人物的态度相当地耐人寻味。从表面上看，桑乔是当地令人尊敬的说话有分量的知识分子，他管理严明，富有同情心，对自己的儿子桑桑和他的学生们的爱是不容置疑的。但同时，他喜欢那种整齐划一的美，他总是努力争取任何荣誉，并且极力避免在争取荣誉的过程中出现任何瑕疵，但是，令人忍俊不禁的是，很多次，眼看就要手到擒来的荣誉，总是由于偶然的事故毁于一旦。这些偶然的事件包括在一次全镇的体操比赛中，秃鹤为了报复同学们对他的冷落而搞怪；蒋一轮因为爱情受挫而精神恍惚把公开课讲砸；还有一次是上面领导来检查，本来温幼菊的公开课讲得很流畅，但秦大奶奶的鸡鸭鹅进了教室，于是，严肃的课堂变成了一场带着喜剧色彩的闹局；最令人啼笑皆非的一次是，桑乔特别珍视的自己获得的奖品——各种盖着象征荣誉的红章子的笔记本，被儿子桑桑撕掉红章页当了作业本。在桑乔的身上，我们可以看到一个永远不甘落后的从猎人成长为校长的男人的坚韧与意志。同时，我们也看到在他身上难以轻易定义的性格。这主要反映在他和秦大奶奶的持久的"战争"上。秦大奶奶失去土地不是桑乔的错，秦大奶奶不遵从政府的安排迁出油麻地小学，妨碍了学校的整洁和教学秩序，站在桑乔的立场上来看，他想让秦大奶奶搬走的努力并没有法理上的错。表面看上去，桑乔每一次的受挫都是别人的错，但从叙述者的语调来看，并没有对秃鹤、蒋一轮、秦大奶奶的指责，相反，还带有怜惜的调子，反而对桑乔的过于整齐划一的性格有着善意的调侃。那么，问题就来了，当我们说曹文轩的文学是"美"的文学时，"美"在他心中到底是什么内涵？什么才是他所认可的美？那种为了形式的美感而压抑了人的内心的美算不算美？在作者的心目中，也许有秦大奶奶在的略显凌乱的校园比把她硬生生地赶走的整洁的校园来得更美，尽管，他也不否认桑乔的诉求的合理性。可以这么说，在曹文轩的笔下，"美"应该是对人之为人的尊重，应该包含对人的同情和理解。

让我们再来看《青铜葵花》，如果我们说这是一部写人性之美、人情之美和自然之美的小说，相信读者不会有异议。但是，我们不能忽略它的结尾。结尾处，葵花离开了对她恩重如山的青铜一家回到了城里，回到城里当然是大人们做主，并且葵花当时没有在场——显然作者也感受到了难度，为了不让葵花受到道德的质疑，在决定她的去留问题上，他只能请她缺席，否则，也许我们会发出这样的质问，既然青铜一家是如此情深义重，葵花为什么会同意离开？我们不能说这个结尾对前面形成了一种颠覆性的书写，但是它至少是一种制约，制约"葵花"这个女孩子的形象成为一个不食人间烟火的天使，从现实的土壤中生长出来的美的花朵，从来都不是容易的，从来都需要接受现实生存的严酷的考验，葵花的离去并不会构成背叛，但她的情非得已让作者对美好人性的书写没有走向绝对化的神性，而是保留了一定的"现实感"。

《蜻蜓眼》的结尾亦复如是，在前面各种爱情、亲情、友情之美的呵护下，奥莎妮的生命还是凋落了，而且，作者暗示这种凋亡很可能是自杀。当然，奥莎妮的自杀并不是对亲情、友情之美的绝望和否定，否则，她就不会把珍藏一生的蜻蜓眼传给自己的孙女阿梅，她就不会在死之前，对每个家人做那么周到而体贴的安排。只是说亲情、友情也已无力佑护她的无奈。有时候恶的过于强大，显出了"美"的脆弱性。总之，在《蜻蜓眼》里，曹文轩并没有让美取得一锤定音的胜利。我想这是一个好的结尾，它同样是尊重了事实，尊重了美在现实生存竞争中，它的脆弱和无力的一面。因此这样的结尾，也让人有把纸月、奥莎妮和秦大奶奶放在一起比较的冲动。纸月纤细、敏感，她的美是古典的美，是林黛玉式的美，是需要呵护的美，所以当她受村里的孩子欺负的时候，她只能用转学逃避的办法，逃避不了的时候，也只能是靠桑桑出面去保护她；而奥莎妮的美是一种"宁为玉碎，不为瓦全"的美，这种美很高贵，富有尊严，但同时也有不够"皮实"的一面；秦大奶奶作为一个出身乡间的女子，她的性格中有泼辣的一面，这从她在艾地里滚来滚去，放出鸡鸭鹅去跟桑乔捣乱就可以看出来。她经年不停地为自己的权益做出抗争，在这抗争里有着一种野性的甚至带点无赖气息的美——这又让人想到杜小康，当家境从小康坠入困顿后，在短暂的迷惘后，杜小康选择承担起养家的责任，他其中的一个举动就是到自己曾经上学的油麻地小学卖东西。这种勇敢里同样有一种放下面子，"爱谁谁"的泼辣。在各种各样的美里面，曹文轩并没有厚此薄彼，只是在不断开掘着发现着美的丰富的形态和色彩。

在《草房子》里，曹文轩把这些人物放置在一个叫"油麻地"的风景如画的南方小村子里，村前有大河，有无边无垠的芦苇荡，有各色无名野花野草树木。作者的镜头有时拉远，远远望上去，容易给人造成错觉，这些生活在山水之间的人过着田园牧歌一样的日子，有一种静谧、诗意、淳朴的时间停止了一般的美。所以作者经常把镜头拉近，让我们看到人的内心的变幻。事实上，曹文轩笔下的美从来就不都是静止不动的，它和丑恶之间从来就是一种瞬息万变的，甚至是相伴相生的关系。当桑桑给白雀和蒋一轮当爱情信使的时候，他的行为是美的。可当蒋一轮结婚后，和白雀之间还有书信和情感的往来，桑桑怀着矛盾的心情继续给他们传递信件的时候，对于蒋一轮的合法妻子来说，这也是一种伤害，蒋一轮瞬间从受害者变成了加害者，而桑桑的行为也变得不尴不尬起来。

就桑桑而言，他的性情的主色调当然是善良的，但是他也有嫉妒，有恶作剧，他因为嫉妒而砸向杜小康家红门上的砖头，他和别的同学一起对秃鹤的捉弄，都让我们看到了人性中没有水晶般纯粹的善与美，它总是掺杂着杂色，我们只有怀着慈悲之心，才能够把人性中的微小的善与美拣拾出来。人应该包容并认真地去呵护这些微小的善与美。就像《蜻蜓眼》里，那个抄家时拿走蜻蜓眼的人，在阿梅一双清澈的眼睛的注视下，终于交出了蜻蜓眼，善恶就这样在一瞬间发生了转换，这样的转换，在曹文轩的眼里，是值得珍视的事情。

我们说，曹文轩对美的复杂性进行了相当深入的探究，但在他的文学世界里，也还有一些令人困惑的东西。比如，他笔下的人的命运底色是浓墨重彩的深色系，而人们在命运面前的态度又是云淡风轻的浅色系，他用深浅两种处于两极的色彩的对比，来凸显人的高贵和尊严，而缺乏一种生命的中间色。为了显示人的强大和美的无处不在，让人物内心的勇气的生发缺乏从肉心凡胎里生长出来的艰辛，缺乏在日常生活中的磨砺和实证，有着从作者笔下直接长出来的嫌疑，这种轻而易举反而使叙事缺乏张力。这一点在《青铜葵花》里尤为明显。《草房子》在"虚"与"实"的处理关系上把握得最好，使得所有的善意都是从带着新鲜的乡土气息的中国土壤上生长出来的，"油麻地"有扎实的烟火气，而不是虚构的"桃花源"。相比而言，在《蜻蜓眼》中，那由奶奶奥莎妮一手维护的位于上海的她们的家"蓝屋"，美则美矣，则缺少一点现实生活的质感。借叙述者的嘴来美化人物而不是靠生活自身的细节来自然呈现的倾向也是有的，另外，曹文轩对于"香草美人"等古典艺术手法的频繁的使用，也使得《青铜葵花》《蜻蜓眼》相较于《草房子》的原生态而言，多了雕饰，缺乏一份朴素和自然的美。此外，以"美"抵抗"苦难"的叙述模式，使用得多了，也就有了类型化的嫌疑。在《青铜葵花》和《蜻蜓眼》里，葵花和阿梅这两个女孩子都因为过于懂事、早熟，而使她们在每一次厄运到来时，都有着成年人的成熟的态度，没有这个年龄该有的孩子气。相比较桑桑、秃鹤、细马等男孩活泼生动，符合儿童生命经验的书写来看，曹文轩的女性书写因为过于"神性"化，不如男性形象写得真实、生动、有力。

可以说，曹文轩以轻逸灵动的多元化叙述直面历史的厚重和人性的幽深，为看似单纯的"纯美"叙事开辟着越来越开阔的艺术空间，而这样的努力，无论是对他本人还是其他的追随者来说，都还是"在路上"的开放性的探索，这些探索都必将给当下文学尤其是儿童文学创作带来丰富的启示和方向性的指引。

（原载《中国现代文学研究丛刊》2016年第9期）

林彦散文：文思如星珠串天

　　林彦的散文多是书写自己的成长经验。数量不多，尚未结集出版，但我认为他是新世纪涌现出的最值得关注的儿童散文作家之一。他让我想起了那个一生只有37篇散文，却在现代文学史上占据了一席之地，无人能取代其地位的散文家梁遇春。量少而能名世，是因为他们有着独特而鲜明的、让人过目难忘的艺术品格。在这个普遍取消写作难度和深度的时代，林彦的一些散文如《寂地》《梨树的左边是槐树》《你是一座桥》《夜别枫桥》《门缝中的童年》《生如夏花》《午后歌谣》等，我们从每一篇、每个字都能看到他的用心，像雕琢玉器一样力求把每个字磨亮。因此我借用废名评介梁遇春的一句话"文思如星珠串天"作为题目，确实是因为一看到林彦的文字，每每有夏夜里一开门，迎面一天璀璨星斗的那种意外而惊喜的感受。

　　纳博科夫在《文学讲稿》中说过："一个善于创新的作者总是创造一个充满新意的天地。"林彦以大量的阅读做底子，又能从众多文学名家的影响中跳脱出来，构筑属于自己的独特的艺术新世界，这是他给予我的最为鲜明的阅读印象。林彦师从废名、沈从文、汪曾祺等文学大家，笔下都是些富有东方情调的平凡之物和平凡之人。然而，不同的是，那些大家大都写的是平和冲淡的人性之美。林彦的散文却多写自己因为父母离异、中途辍学、生病而坎坷多难的童年经历，以及周遭卑贱如草芥的小人物，写出了青春期尖锐的疼痛，一个少年人和世界之间紧张对立的关系。林彦下笔十分含蓄，直抒胸臆的句子在他的文章里几乎是看不到的。他最善于借景抒情，托物言志，每一处景物都不是闲笔，都有着他情绪的投射。他的文章是当得起"一切景语皆情语"这句话的。这样，他所面临的写作难题就出现了。因为，他的笔下，几乎都是小桥流水式的江南景物，一贯地被文人用来传达一种温润、精致的情绪，原不宜承载他那种孤峭、突兀、困顿、绝望的心绪的，那原本会破坏古典江南沉淀了几千年的在人们心中已成定式的典雅之美。把圆润婉转的江南景致和棱角分明、狷狂偏执的少年意气两种对立的因素放到一起，一眼就看出其中的不和谐。然而，林彦却以其独有的敏锐，从不和谐中发现了和谐，使不相融的两种东西水乳交融在一起。如果说，废名等文学大师们善于发现生命里的和谐元素——即便有不和谐的成分在，他们也是善于大事化小、小事化了，充满磨难的人生在他们的笔下从来都是闪现着诗性的光泽，因而他们笔下的人和周围的淳朴静美的山川风物总是那么相配，洋溢着田园诗般的情调。林彦却反其道而行之，他善于从江南小巧、优美、雅致的景色里，剥离出冷峻、峭拔的一面，从富有平衡的美感里发现其中的不平衡，从而和他冷峻、悲怆的内心天衣无缝地融合在一起。这一点，可以说是属于林彦的一种创造性的转化。

我们来看他笔下的景物：

　　……栖镇好像蛰伏在水墨的色调里，水是无色的白，将小镇的街织成网。街檐下小船穿梭，船篷和屋檐一律是墨迹淋漓的黑。黑白之间横着灰暗的单孔石桥，是路的过渡也是颜色的过渡。（《门缝中的童年》）

　　雨在江南其实是有点春秋不分的，一样的细，一样的酥，像炊烟迷茫，像无处不在的网，像廊檐下风吹来的二胡，如泣如诉牵扯不断。秋雨褪掉的只有颜色，水瘦了，芭蕉剩下寂寞的叶子，深巷的屋顶远看像乌沉一片的船，一层层浮在空白的烟水中。（《雨蝶》）

临河只有一棵苍黑的苦楝，幽深逼仄的鹅卵石街道从岁月深处蜿蜒而来，安卧在苍茫的烟雨里。年复一年被时光撕掉的古典江南在枫桥边还残留着最后一页。（《夜别枫桥》）

那个秋霜浓重的清晨，雾很大，栖镇残存到深秋的颜色完全消失，茶楼石桥酒肆参行……繁杂的线条突然简略得一把风可以吹散，沿街狭长迂回的河道宽广到没有边沿，两点挂桅灯的乌篷船，仿佛在一张水墨画的空白处移动。（《你是一座桥》）

两棵黝黑的树守在路口，一棵热闹地开着白花，一棵沉默着。等这一棵安静下来，另一棵才花枝招展，开的也是白花。（《梨树的左边是槐树》）

林彦的笔调是冷的。他笔下的景物似乎只有黑白二色，如同水墨画，或者黑白影片，一切景物只剩下勾勒轮廓的线条，而这些线条的质感和硬度，恰恰和他的峻峭的无处不在的伤痛的情绪相吻合。他也会写被雨淋湿的樱桃，但那黑白背景之上的一点耀眼的猩红，不是喜庆，而是凄艳。他写江南烟雨的迷离、牵扯不断，写苏州脉脉的流水，无不折射出他迷惘、无奈，充满哀愁的内心。

尽管，林彦透过江南的温情、婉约，看到角角落落里还散落着很多艰辛黯淡的生命，像是被上苍所遗弃的种子，无声无息、自生自灭。林彦是擅长写人物的，尤其擅长写那些处于生活边缘的小人物。林彦的散文几乎每篇都有令人过目难忘的人物。这些人物的命运是灰扑扑的，一如他笔下没有表情的沉寂的木楼。但是，这并不是他写作的终点，他总能从灰暗、绝望中回归到人性的倔强和美好，让人想到张爱玲所说的"暖的呼吸在冷玻璃上喷出淡白的花"，看到在冷的人生深处，依旧可以挖掘出缕缕暖意。

也许因为他自己坎坷、困窘、漂泊的童年，使他对于相似命运的群体，总是产生深深的悲悯，这些容易被人遗忘的边缘人，却在他的笔下获得了生命和尊严。比如那个得了绝症的小男孩点点（《点点的一棵树》）；比如作者辍学后待在学校一个堆放土豆的防空洞中碰到的那个弱智小女孩（《寂地》）；比如受伤后截肢的绝望少年子平和子平的母亲五娘（《夜别枫桥》）；比如那个因为"早恋"被妈妈责难，后来疯掉的女孩（《雨蝶》）……而他笔下的另一类人，虽然平凡得不能再平凡，但是，正是他们身上的善良，使得这个伤痕累累、前途茫茫的少年，不至于完全绝望，在他冷傲的乖僻的心之深处，始终没有斩断对于生的一丝牵绊和留恋。因为父母离异，作者辍学，一度如孤儿，无处可去，寄居在表哥家无人居住的苏州老房子里，而且得了肝病。在这里，有那个关心自己的慧师傅，花店里的大妹妹，执着地劝他不要荒废学业、自愿给他补课的沈先生，甚至，连那个收破烂的同龄小男孩，在他一文不名的日子里，都会把一张一张的毛票借给他（《夜别枫桥》）。另外，如《你是一座桥》里的外婆，一个清洁工，没有丈夫，独自抚养着三个女儿，一生衣着破烂，饮食粗糙到极点，然而她却养育了一个弃婴并把他送进了大学。在衣食无忧的晚年，她过不惯清闲的生活，靠着拾荒攒了一笔钱，为家乡建了一座桥。尽管对于外婆，作者有着复杂的感受，在文末，他这样写道："山上太多的母亲永远是子孙的桥，生命从来没有属于自己，活着为了渡人过河承担重负，一旦拿掉踩在她身上的脚步和负担，反而是卸掉了存在的意义，等于是把她丢在寂寞里彻底毁弃。我的外婆，我的母亲，我是该给你们唱一支赞歌，还是该唱一曲挽歌？"不管读者如何来评判外婆的行为，她那顽强的生命力，她那宗教般的无私奉献的情怀，这样一个淋漓尽致的典型的中国传统母亲形象，依旧给人深深的震撼。

所以，林彦的冷只是一个外壳，尽管这个外壳厚了些，但我们仍旧能够感受到在那些冷峻的文字背后，跳动的一颗温热的心。

林彦的散文，是非常注重文字之美的，充分地发掘汉语言丰富的表现力，这一点，从前面的几段引文中即可看出他文字的魅力，在此不再赘述。林彦也喜欢向其他艺术形式借鉴。比如，国画中讲究的留白，被他运用到散文写作中，就避免了很多无效叙述，留下了很多可供读者思索的空间，使得文字干净、简洁、含蓄。如《寂地》一文中写到邻居一位沈先生很关心他，给他辅导数学，他却并不领情，几天过去了，沈先生没有再来，文章写道：第三天，子平摇着轮椅来告诉我，沈先生出门被一辆三轮车撞倒，左腿骨折。据说摔倒时怀里还抱着两本书，是初三的数学教材。子平来的时候，我正在给院中的海棠剪枝，听到"初三数学教材"六个字，我的手一颤，剪破了中指，一滴温热的血润在了不开花的海棠上。此后，作者没有再直接写自己内心的感受，他正是用着暗示的手法，用"我的手一颤，剪破了中指，一滴温热的血润在了不开花的海棠上"这一句话把动作和心理打成了一片。用"不开花的海棠"隐喻了自己此前的顽固，用"手一颤，剪破了中指"写出了自己听到这个消息内心所受的震动，用"一滴温热的血润在了不开花的海棠上"，暗示了自己顽固冰冻的内心所感受到的温暖。只用一句话，就可以省却多少内心啰唆的独白。林彦为大家所熟知的更多的是他的小说。在他的散文写作中，明显地可以看出，他是试图打破散文和小说的界限，把一些小说手法引进到散文中来。尤其是在写人方面，他善于抓取细节，细细描摹，把每个人物都写得鲜活生动。

　　林彦散文的情感是浓烈的，可以说到了浓得化不开的地步。这缘于一颗敏感而桀骜不驯的心灵所受到的生活的伤害，而最直接也最致命的伤害来自父母离异。几乎在每一篇文章中都能够看到父母离异所投下的阴影。"不平则鸣"，父母离异带给林彦的心灵风暴，也许正是他写作的原动力和资源。但是，单一地依赖于这一动力的支撑，也许会限制他的视野和格局，限制他以更为广博的内心来容纳生命更多的风雨洗礼，更为斑斓的人生风景。但愿他能够走出这种伤害，无论是在创作上还是在现实生活中。也许，到那时，他的写作将升华到一个更高、更开阔的境界。

　　　　　　　　　　　　　　（原载《文艺报》2008年2月27日）

冰一样透明，灯光一样温暖

——读白冰的幼儿童话集《吃黑夜的大象》

《吃黑夜的大象》是白冰的一部低幼童话集，这些小小的童话像他的名字一样晶莹透明，却又丝毫没有冰的寒冷，而是像橘黄色的灯光，像年轻的母亲看着新生儿的柔柔的眼神，像拂过柳条的和煦的三月的风……总之，这些童话让人想到的都是些温暖的意象，总是能直抵你心灵深处最柔软的部位。

把小孩子抱到膝盖上，揽于胸前，给他诵读这些小小的童话，当那些充满诗意的韵律的句子像溪水一样潺潺流出，你不自觉地放低了声音，放缓了节奏，像春夜的风吹过花丛，在孩子的耳畔轻轻回荡着。这风，不仅仅是那顽皮的打着呼哨的风，逗得孩子开心地哈哈大笑的风，它还是能催开花朵的温柔煦暖的风，滋润着他幼小的心灵。尽管给孩子写的童话，语言必须是简单易懂的，不能出现生僻的字眼，可是，白冰依然把故事写得那么优美，流淌着浓浓爱意，充满奇思妙想。白冰是懂得孩子的心理的，当女儿听到有一头大象能把黑夜吃掉时，她的纯净的眸子里充满神往，她是多么渴望能拥有这么一头不吃香蕉专爱吃黑夜的大象啊！那样的话，妈妈就不会老逼她睡觉了，她就可以有更多的玩的时间，所以，她总是反复地听这个故事。

在白冰的笔下，这些童话有点像"春眠不觉晓""床前明月光"，明白晓畅，没有理解、阅读上的拦路虎，没有生僻的字眼，可是依旧充满诗意，朗朗上口，简单易记，同时也很优美，用有限的简单的文字敷衍出如此美妙动人的故事。

能够让孩子长时间集中精力，静静地把这些故事听完，而且在听完一遍之后还想反复地听，大约还因为这些故事里有很多奇思妙想吧，那个能把风景图片变成真的魔术镜框；种下的泡泡糖真的发芽了，长出了泡泡糖飞船；还有那头吃黑夜的大象——怕黑的孩子谁不欢迎这样一头大象呢？所以，当女儿听了这个故事后，总想再听一遍，也许，她也在盼望着这样一头大象吧，把黑夜吃掉了，她就可以有更多的时间玩耍了。还有那些小鱼儿吐出的音符，小老鼠威尼用瓶子装满这些音符。

流露出孩子的单纯的渴望，那头想变成人的小狐狸，他想进幼儿园和小朋友一起唱歌、一起游戏、一起长大。《会变颜色的妈妈》里，别的小兔都有爸爸，而小兔豆豆只有妈妈，妈妈一个人撑起家，根本没有多余的钱买衣服打扮自己，豆豆把各种糖纸蒙在眼睛上，于是，妈妈的衣服会变颜色了……白冰把这样一个沉重的主题和故事写得如此温馨动人，具有催人泪下的力量。

这些温暖的童话并不是柔弱无骨的、甜腻的，而是有一种硬度，在温暖和柔和之中流露出一种力量。像《泡泡糖飞船》中的小狗俏俏，别的动物有的种萝卜，有的种花生，有的种老玉米，而小狗俏俏把泡泡糖种到了地里，毫无疑问，他遭到了嘲笑，可是他并不灰心，照样给泡泡糖浇水、锄草、施肥，当别的动物种下的种子都发芽结果的时候，泡泡糖却没有任何动静，可是俏俏并不灰心，还是继续给泡泡糖施肥浇水。终于有一天，土里冒出一个彩色的大泡泡……这是个非常有趣的故事，可是在有趣之外，还有着深深的可供人思考的东西，在成人读来，也许每一个成功者都像俏俏一样，他们曾经的追求被周围的人笑话为痴人说梦，可是他们执着的精神使他们获得了成功。还有《枫叶贺卡》，小黑兔和小白兔很讨厌自家门前的落叶，觉得清扫起来很麻烦，可是在一只小红鸟的眼里，枫叶却是有价值的东西，她把它们制成了精美的贺卡，从此，森林里的所有小动物经常能收到美丽的枫叶贺卡。你可以理解成是小红鸟的爱心，但是换一种角度，一些惹人心烦的落叶居然也有这样的价值。

白冰的童话是开放式的，可以有多种解读，他的童话简单易懂是建筑在这样一种深厚的文字功力和思想底蕴上的，所以那不是一种浅薄。从这些透着浓浓爱意的文字里，即便是写给幼儿阅读的东西，语言的精美，用心的精纯，故事的有趣，都体现出白冰作为一个成熟的作家的功底之深和他的透明的心地。他在繁忙的工作之余，还能保持这样一颗赤子之心，真的很令人佩服。

（原载《光明日报》2004年6月17日）

看见"看不见"的童年
——读张炜的长篇儿童小说《少年与海》

近一两年，儿童文学出现了一股成人文学名家跨界写作的现象，形成了"童年回忆性书写"的热潮，张炜出版于2012年的儿童文学小说"半岛哈里哈气"系列和今年的新作《少年与海》（安徽少年儿童出版社），正是在这样一种氛围中出现的。可以说，《少年与海》是这一写作潮流中的标志性作品。

过去的光芒：如何照亮未来

成人文学名家的介入使得儿童文学可以在当代中国文学的整体经验中优游和涵养，用他山之石打开自身更多的想象力之门，这一点是显而易见的。然而，对于创作主体来说，也许还暗含着另一种期待——人生经验的传承。汉娜·阿伦特在《过去与未来之间的裂隙》一文中说过："没有传统，在时间长河中就没有什么人为的连续性，对人来说既没有过去，也没有将来，只有世界的永恒流传和生命的生物循环。"她引用了托克维尔的一句话："由于过去不再把它的光芒照向未来，人们的心灵在晦暗中游荡。"并进而阐发说："失落的悲剧……是从不再有心灵去继承它、质疑它、思考它和记住它的时候开始的。"回首业已消逝的童年，打捞那些沉默不语的往昔岁月沉淀下的"珍宝"，擦拭掉上面厚厚的时间的尘埃，让它的光照亮当下孩子的精神生活，并从他们的心灵继续传递给未来的一代又一代，从这个角度来看，这一类的书写从它启动的瞬间似乎就拥有了一种不言自明的价值和意义，也恰恰是由于这一点先天的优势，使创作者容易忽视这些作品潜在的读者主要是儿童，或者说没有仔细去分辨"回忆童年的文学"和"童年文学"之间的区别。由于经验（不管是人生经验还是文学经验）的丰满，情感的馥郁（怀旧情结会进一步加重其浓度），倾诉欲望的迫切（缘于一种传经送宝式的责任感），使创作主体不知不觉中会以驾轻就熟的成人文学的笔法，放大一个成年人的自我情感的抒发，而忘记他将要呈现的是一部"儿童文学"作品，从而不可避免地染上一些成人化的色彩。正是从这个意义上，我们看到了《少年与海》的可贵之处，它不是一个成人文学名家率尔操刀的随性之作，而是走向了真正的儿童文学的写作——即，儿童文学是成人（或主要是成人）写给儿童看的作品，它应该以儿童为本位，从儿童的视角，儿童的心理，儿童的思维逻辑出发。无论作为一个成年人回首往事时心里揣着多少沉甸甸的人生感悟、金子般的庄重的箴言，都需要化沉重为轻盈，沿着儿童乐于接受的通道抵达他们的心灵，只有这样，那些纸上的文字才能镌刻到孩子们内心里去，过去的经验所散发出的熠熠光辉才能真正地照亮未来。

儿童视角：从叙事策略到世界观

《少年与海》采用了花瓣式的艺术结构，呈现了儿童从不同的角度来认识世界、认识自然和认识他人。全书包括了"小爱物""蘑菇婆婆""卖礼数的狍子""镶牙馆美谈""千里寻芳邻"五个故事，是什么把这五个看似独立的故事串在一起呢？正是儿童那种"打破砂锅问到底"的"追问"的精神。在儿童还没有社会化之前，"追问""聆听"和"旁观"都是儿童认识世界进而反观自身，慢慢确立自我意识的重要途径。今天的儿童可以通过网络、影视等更多的媒介来获取间接的人生经验，而在那个年代，从叙述者"我"、虎头和小双身上，我们或许会感到一点点惊讶——他们并不像我们想象的那么闭塞，相反，他们的好奇心是那么旺盛，他们和大自然之间毫无阻隔，他们是天生的探险家，无论是对勘探他人还是勘探大自然，他们都怀抱着那么饱满的热情以及充沛的精力，他们对挖掘这个世界的秘密乐此不疲。他们穿行在胶东半岛海边若隐若现的雾气里和充满神秘色彩的密林中，他们通过大人们絮絮叨叨的讲述，通过身体力行的探察，甚至是积极的介入，让成人世界里那些埋藏已久的故事，让密林深处流荡的那些关于野物的传说，一一活了过来。又因为他们是孩子，众生平等和万物有灵的观念几乎是童心的本能，因而那些居住在树林深处的，多多少少在成人世界被当成异类的怪人，甚至是坏人的人，在一双童真的眼睛的注视下，他们获得了做人的尊严，他们被封存的故事才能够浮出水面，这些类似于多余人的弱者才能够被人重新看到，被人理解。

所以，在这部小说中，儿童视角并不是，或者说不仅仅是一种叙事策略，它还是一种世界观。通过这样一种有限制的视角，不是为了或者说不仅仅是为了过滤掉成人世界里儿童不宜的部分，而是可以更清晰地看到被成人世界所遮蔽的生命的真相。

亦真亦幻：中国式的幻想逻辑

《少年与海》采用了似真似幻的写作手法，然而我仍然觉得难以把它归类为"幻想小说"，即小说中并没有有意地暗示出主人公是在现实世界和幻想世界中穿梭，它不像《哈利·波特》那样有一个车站，或者像《爱丽丝漫游奇境记》里有个兔子洞——通过这样一个明显的通道，连接起了现实世界和幻想世界。《少年与海》里是一个一元的世界，然而它又不是像童话那样的一元世界，归根结底它是现实主义的写作手法，尽管出现了超现实的内容，看上去似乎更接近魔幻现实主义，然而，归根究底，它终究不完全是一种艺术技巧，如果我们从童年的心理逻辑来看，儿童持一种万物有灵的观念，所以，在成年人眼里现实和幻想的分野在他们眼里也许并不存在，他们可以自由地出入于这两个世界，并且这两个世界在他们眼里都是真实的。在小说中，无论是守林人"见风倒"爱上"小妖怪"，还是"镶牙馆美谈"里的镶牙师和狐狸、老狼和兔子的交往，作为叙述者的"我"都是用一种平心静气的口吻讲述的，没有一点当成奇谈怪论的意思，可以说，作家完全尊重了儿童的思维模式。

然而，这些幻想并不完全属于孩子们的个人幻想，它来自民间文化，来自村里人口口相传的街谈巷议。从某种意义上说，《少年与海》是一部向中国式的幻想传统致敬的书，显示了中国式幻想的逻辑和西方"幻想小说"中的幻想逻辑的不同。正如前面所说的，在作者的笔下，从现实世界到幻想世界，不需要通道，而更像是一种无缝对接，这一点，在《卖礼数的狍子》里尤其典型。一头被猎人追赶的走投无路的狍子，它躲进了一间树林深处的小屋，当猎人追到了小屋里，里面只有一位微笑着的老人，而狍子踪影全无。是狍子幻化成老人，还是老人本就是那只狍子？从人到动物的转变是那么自然，羚羊挂角一般，无迹可寻。在《小爱物》里，"见风倒"和那只脚上长蹼、似人似鸟的"小妖怪"产生了真挚的情感，但叙述者并没有大惊小怪，仿佛人和野物相恋是再正常不过的事情。而在《镶牙馆美谈》里，镶牙师更是直接介入了动物之间的一场生死大战——镶牙师凭借高超的镶牙技术给兔子们镶上了铁牙，让在和狼群的战斗中一直处于下风的兔子们增强了战斗力，并最终取得了保卫家园的胜利——如此出乎意料的匪夷所思的想象，作者却是故意用最冷静和平淡的语气说出的，这固然可以算作是作者在艺术手法的掌控上游刃有余，用一种近乎零度写作的态度，在一种不动声色中获得了一种最大化的艺术爆发力，但我们仍然不得不说，这不仅仅是一种写作技巧。

事实上，当我们来看《聊斋志异》，当我们去看《白蛇传》这样的民间传说，我们会发现，在中国人的认知中，人和动物、人和植物、人和鬼怪神仙之间并不存在一道不可逾越的屏障，相反，他们可以相爱、成婚，并幸福地生活下去。也许在这样的故事的背后，能够曲折地看到传统的中国人在精神上和自然万物融洽的亲密无间的关系。那么，作为生活在20世纪六七十年代的小说中的"我"，他的幻想的方式更多的是扎根于中国传统文化这片丰厚的土壤，呈现出非常鲜明的中国风格。

诗意与神性：对大自然和人性的真诚礼赞

正像前面我一再提到的，无论是采用花瓣式的小说结构还是儿童视角以及亦真亦幻的手法，都不仅仅是一种外部的纯技巧的东西，事实上，这一切都是作者思想理念的一种外化。当我们来看《搜神记》，甚至是《聊斋志异》这些正宗的中国幻想作品时，我们常常感到，在幻想外衣下掩饰的不外乎是现实中的人最世俗的渴望——盼望着与一个能够幻化成人的女鬼、狐狸或者牡丹、芍药相遇，弥补金钱、女色欠缺的尘世缺憾。《少年与海》最让人产生敬意的地方，在于它把这种传统的写作模式进行了创造性的转化，让根植于民间的志怪、传奇式的文学形式承载了对大自然、人性等现代性主题的思考，这当然首先缘于作家的思想统摄力的强大。

在《少年与海》中，处处显现着作者对于野生动物和大自然的真挚的情感。张炜在一次访谈中曾说："我们或许应该明白，自己的视野越来越局限于斗室、人造风物，专注于曲折的人事机心，这本身有多么荒诞和脆

第三辑　在单纯中与丰饶相遇

151

弱。大自然的巨手轻轻一转，精致的人工小巢和摩天大厦会顷刻无存。网络时代，人的眼睛可能只盯着小闹剧，根本无法在真实的山川大地上荡开来。这不是写不写自然风景的问题，而是能否与大自然这个永恒的生母对话、有没有这种对话的冲动和能力的问题。"《少年与海》就是一次"与大自然这个永恒的生母"的一次充满诗意和神性的对话，在这部小说中，孩子们是行进在真实的山川大海之间，他们和野生动物是零距离的接触，是一种去除了人类中心主义的万物平等的美好图景。在《小爱物》里，孩子们利用自己的智慧和勇敢，救出了"小妖怪"，保住了"见风倒"和"小妖怪"在月色下相会时的美好与温情。镶牙师利用自己的技艺帮助作为弱势群体的兔子们获得了为生存而战的胜利。小猫球球为了回到自己的朋友小猪春兰的身边，经历了一场惊险的返乡之旅……从小说中我们可以很清晰地看到，作者总是站在弱者的一边，怀着对真善美的永不放弃的执着，对那些割裂了人与人的情感纽带的行为——无论是暴力的打打杀杀，还是非暴力的偏见与冷漠——也可以视作是冷暴力，他总是通过孩子们澄澈的眼睛，映照出这些行为的荒谬、残忍和无知的本质。他的内心渴望着一种弥合，一种人与人之间心灵的相通，这种相通让一切问题都可以通过对话而不是对抗来解决。就像《卖礼数的狍子》里所描绘的，曾经心存芥蒂的男孩土驴和虎头，在那个象征着仁义和秩序的老人的引导下，两人"相逢一笑泯恩仇"。

儿童文学评论家朱自强曾经说过，儿童是人类思想的资源，他认为很多的思想者"面对人类的根本问题时，总是通过对'儿童'的思想，寻找着走出黑暗隧道的光亮"。但他又认为："中国的很多作家没有举起儿童文学的思想和艺术的力量，其根本原因在于，当代中国'儿童'还没有成为成人社会的思想的资源。"正是在这个意义上，张炜先生的《少年与海》超越了它自身的文学意义，具有了某种示范作用——它显示了一种值得称道的开始，通过对儿童的发现，抵达对于人性，对于人类生存困境的深层次发现。这样的探索出自一位曾经获得过茅盾文学奖的文学名家，它就分外具有意味深长的价值与意义。

（原载《中国出版》2014年5月）

"童年"：一种心灵状态

——读张炜的儿童小说"半岛哈里哈气系列"

　　著名作家张炜去年刚刚因为450万字的长篇小说《你在高原》荣获茅盾文学奖，今年年初又推出了自己的儿童小说"半岛哈里哈气系列"（《美少年》《海边歌手》《长跑神童》《养兔记》《抽烟与捉鱼》）。两部作品一个写给成年人，一个献给孩子们，一个厚重一个轻盈，一个充满沧桑气息一个歌咏童真和诗意。两部接受对象不同、风格迥异的作品却是同一作者同时创作、相伴而生的，就仿佛陆地和海洋，彼此不是排斥，却是相互环绕和依偎。这让我想起列夫·托尔斯泰和周作人。列夫·托尔斯泰写过大部头的《战争与和平》，也曾为孩子们亲自编写过"启蒙读本"，并自称这个读本是自己"里程碑式"的作品。周作人写了那么多冲淡平和，更适宜有一番阅历的成年人读的散文，他也曾饶有兴致地收集儿歌和童谣。你可以说这是文学大家们对儿童的一种博大悲悯的情怀使然，是责任，是担当，但未始不是根植于他们内心的一种深切的自我需要。张炜在接受采访时说："《你在高原》的写作很漫长，有时写到午夜，我就难免有种很沉重的感觉。每当这个时候，我就开始回忆少年时候的一些故事。那些优美的自然环境，那些和我一同成长的小动物，那些我经历的趣事，对一个眼看就要过了中年的一个人来说，是莫大的安慰。"正如法国哲学家巴什拉说过的："在岁月老去时，童年的回忆使我们具有细腻的感情。""童年深藏在我们心中，仍在我们心中，永远在我们心中，它是一种心灵状态。"也正因为于此，张炜对于童年温情脉脉的回望，对于一个海滨少年坎坷成长历程的诗性书写，对往昔岁月所释放的善意与包容，就不是刻意的姿态，而是一颗未泯童心的自然流露。

这套书有一个别致的让人感到好奇的名字：半岛哈里哈气。尽管作者虚化了时代背景，我们依旧能够从字里行间读出这是20世纪六七十年代的故事，受了政治迫害的父亲带着一家人被"下放"到一个"半岛"上。这样的"半岛"在作者眼里就注定既有大海的神奇又有"流放地"的压抑。"哈里哈气"是父亲对半岛上那些动物和小孩子们的"昵称"，是它们和他们跑动和打闹时发出的喘息声、喷气声。在艰辛和屈辱的生活之中依旧对于弱小保有一份怜爱之情，这种人格和襟怀浓浓地渗透在这部系列小说的字里行间，也确定了这个系列一以贯之的温情的基调。

"半岛哈里哈气系列"以少年老果孩的成长故事为主线，写了孩子眼中大人们之间的爱恨情仇、同龄人之间的友爱与嫌隙、动物世界的奇妙与神秘……老果孩的童年生活和当下的孩子已经是云泥之别，今天的孩子或许不会再经历书中的具体生活场景，不会像老果孩因为受父母政治上的牵连而无法升学，甚至无法参加自己心仪的艺术社团，但你还是不能避免和同行之间的竞争以及由竞争引来的嫉妒和失落，你还是会体验亲情和友谊的美好，感受背叛和误会的苦恼。当一个比你更美、更受宠的孩子闯入了你的生活（《美少年》）、当你唯一的机会断送在最亲密的朋友手中（《长跑神童》）……时代是不同的，但成长过程中的挫折和困惑却是任何人都回避不了的。作者对于孩子们内心世界细腻真切的探察，拂开了岁月重重灰尘，抚平了代沟的阻隔，在过去和现在、大人和孩子之间搭建了一个公共的精神交流平台。

"半岛哈里哈气"也是一部充满了风景描写的小说。"风景"的有无不是一种叙事策略，它直接意味着我们生存环境的变迁。生活在水泥丛林中的都市孩子们，已经很难嗅到纯正的来自原生态的旷野的气息。他们在网络和电视中认识了海、动物和植物，他们吃到了猪肉却不容易见到猪跑，他们离真实的大自然很远。在谈到创作初衷的时候，张炜是这么说的："孩子们如今大多把自己的情感根植于虚拟的网络世界，这是非常脆弱的。我想通过这部作品，把心中那一片山川大地送给他们。让他们和我一起经历一下当年澄澈的大海和河流，一个海畔少年的成长故事。"在"半岛哈里哈气"中，人和动物是邻居，而动物们又是那么地富有个性，就连不起眼的野兔都那么富有传奇色彩——它们宁愿死掉，也不愿意被人养，它们向往在大自然中自由自在地生活（《养兔记》）。感谢作者为这些可爱可敬的动物们"立此存照"，为没有被污染过的大自然留下了一份文字的档案，相信这样的文字一定会在孩子们的内心留下印记，让他们在长大的那一天会为重建生态伦理留下自己的思考。

"半岛哈里哈气系列"的面世让我们惊喜于一位文学大家对于童书写作的眷顾，因为"大家"总是有着风向标的作用，在人才并不繁茂的中国儿童文学作家队伍里，有这样的重量级作家的身影闪现，是儿童文学和孩子们的福音。然而，我想说的是，这并非创作者一种居高临下的单向的情感和才华的输出，评论家朱自强曾经说过："童年是一种思想的方法和资源。"对于童年价值的珍视将带领我们找到抵达世界深处的另一条路径，这是一种双向的滋养。

（原载《光明日报》2012年5月8日）

史家的眼光　作家的才思

——高洪波和他的《儿童文学作家论稿》

高洪波喜欢和一群志同道合者共谋事业，抱着不成功便成仁的热情和决绝，不大有得失的考虑和功利的计较。好比说进入知天命之年的他，突然和几位情趣相投的儿童文学作家成立"男婴笔会"，为《婴儿画报》《幼儿画报》写作各类题材的幼儿文学作品，这一写就是十年，而以"男婴笔会"为支撑的《幼儿画报》发行量在这十年间也节节攀升，一路涨到170多万份。投身于幼儿文学这个"小儿科"中的"小儿科"，其初衷是看到我们国家从事幼儿文学创作的作家很少，于是在责任感的驱使下，兴致勃勃地奉献了自己十年光阴。现在我翻阅他的新作《儿童文学作家论稿》，才知道他的这种情结或曰牺牲精神不是自今日始，而是从他的青年时代就已生根发芽。

《儿童文学作家论稿》虽为新作，实为旧稿。当时光退回到27年前，20世纪80年代初，在一位儿童文学老编辑的鼓动下，几位同仁"野心勃勃"地要写一部"新中国儿童文学史"，高洪波是这几位同道中最年轻的，刚刚进入而立之年。这不是出版社的命题作文或者哪个机构委托的学术任务，纯属几个儿童文学爱好者自发的热情，因为之前，当代儿童文学还没有一部自己的"史"。先知先觉往往是寂寞的，"新中国儿童文学史"是"治"出来了，却没有哪个出版社慧眼识珠，于是这部凝聚了多少汗水和激情的儿童文学史便只能束之高阁。高洪波在本书的序言中略带辛酸地调侃道："似乎没有哪个出版社乐于出版这类大而全且不是学术权威写的书；更因为那时儿童文学理论著作是罕见品种，罕见到没有识货之人。"得不到出版机会，各位参与者只好取回了各自撰写的部分，一部长达五六十万字的完整版"新中国儿童文学史"就这样"肢解"了。高洪波把稿子藏到了一个别人轻易发现不了的地方，年深日久，到最后连他自己也找不到了。他在序言中一开始就说："摆在大家面前的是一本推迟了近三十年才面世的书。本来我以为当年写下的这批文字已湮没难寻，没料到在搬迁新居之时突然出现在我的面前，这是一批或手抄，或油印，或打印得十分粗糙的文稿，纸质松脆中透出岁月沧桑抹上的枯黄，但字或词的背后，却把我一下子拉回到20世纪的80年代初期，拉回到沉浸在'新中国儿童文学史'框架下的疯狂写作状态中。"

这些稿子只剩下二十多万字，就如同《红楼梦》一样，已经变成了一部"残稿"。所幸作者的治史之道既有宏观的扫描，也有微观的考察，尤其重视对代表性作家和代表性作品的精细解读，所以这部书虽然残缺却并非支离破碎——第一章是对新中国儿童文学史进行了一次纵览，按照"新生与开拓的时期（1949—1956）""曲折前进的时期（1957—1965）""遭受摧残的时期（1966—1976）""振兴与繁荣的时期（1977年以来）"四个阶段进行了概述，视野宏阔，论述详尽，叫人从中一窥这部夭折了的儿童文学史原初的宏大气魄。第二章则是对儿童散文的专论，虽然是在写史，作者的观点却并没有淹没在繁多的史料之中，而是在论述儿童散文发展变迁史的过程中，提出了很多真知灼见，比如他提出：

"儿童散文在可能的题材条件下应该更注意到故事性。一般地说，散文并不要求像小说那样有完整的情节，铺展故事，但带故事性的散文能够对少年读者产生更大的吸引力。""给儿童创作的散文也需十分强调知识性的重要。渴求知识，对未认识的一切事物总产生浓厚兴趣，是少年儿童的特点。作者如能在散文作品中注意到给小读者以新鲜的、形象化的有益知识，就能够使他们在阅读中产生一种满足的怡悦。"正是这些深刻的洞见，让我们确认这部儿童史不是史料的堆积，它有着著述者独到的眼光和思考，也正因为这一点，吸引着我想看看他对"儿童小说""童话""儿童诗"等其他各门类的梳理和阐释，可惜这些稿子都散佚了，怎不叫人痛惜！下面各章是对冰心、严文井、张天翼、高士其、金近、袁鹰、柯岩、金波、张秋生、阮章竞、王路遥、邱勋、崔坪、王一地、揭余生、徐光耀、杨啸、李心田、熊塞生、叶永烈、郑文光等21位作家的专论，这些作家都是新中国儿童文学史上的重要作家，可以这么说，他们的创作所能达到的艺术高度，就代表了到20世纪80年代初新中国儿童文学所能达到的高度。如果从"史"的角度来看这本书，它是不完整的，但如果从作家论的角度看，它又是很饱满和丰盈的。然而一部接近三十年前的著作，也是一部作者的"少作"，是否能够经受住时光的检验？它的理论之光是否还能够照亮当下的儿童文学创作？我想这才是这部书在面世时所要经受的真正考验——世易时移，在这三十年间，关于当代儿童文学史，关于这一批作家的研究已深入了许多，会否因为时过境迁，这本书中很多当时的新见变成了今日的常识？换句话说，这部旧作的出版究竟只对作者有意义，是一部如作者自谦的"近似登高望远者回望足迹的书"，完成作者一个多年未了的心愿，还是对当下的儿童文坛，对当下的儿童文学写作者和读者，依旧能够产生理论的冲击波——虽为旧稿，实是新作？

事实上我就是抱着这样的疑虑读完全书的，可是在读书的过程中，我常常被那些耀眼的思想的火花所灼伤，有着一种热烈的烫伤之后的疼痛与惊异，惊叹于而立之年的高洪波的才情、激情和对儿童文学的一片痴情。

在我看来，这是一部用自己的心灵去贴近当代儿童文学史的书；一部纯粹的关乎儿童文学的书，几乎没有文学之外的任何其他因素的干扰；一部作家眼中的儿童文学史。在对丰厚史实的精微辨析和对文本的精细解读的基础上，形成了自己独到的见解和思索。

陈平原在《史识、体例与趣味：文学史编写断想》一文中说："文学史编写不仅仅是一门技艺，更与学者个人的遭际、心境、情怀等有密切的关联。换句话说，这个'活儿'，有思想，有抱负，有幽怀，有趣味。因此，得失成败，没有一定之规。""……需要博学通识，需要才情趣味，甚至还需要驰骋想象的愿望与能力——这样，方才能真正做到'体贴入微'。可是，作为具体的学者，性格才情无法强求，关键在于最大限度地发挥自己的长处。……每种学术思路，各有利弊，只要能发挥到极致，就有可能获得成功。"的确，不同的人写就的文学史会有不同的个性。高洪波的儿童文学史就深深打上了"高洪波"的烙印——因为这是一个作家眼中的儿童文学史。

一个作家眼中的儿童文学史和一个纯粹的研究者眼中的文学史注定是不太一样的。一个研究者笔下的文学史或许会对文学现象和文学的发展变迁有更多的阐释和叙述，但对一个作家来说，"史"不是"线"，而更像一个一个的"点"，尤其是那些站在至高点上的作家，他们的作品，他们在文学上所摸索出的"秘笈"，必将对一个作家更具吸引力。当一个儿童文学作家在看一部文学史的时候，他想了解的是他的前辈们已经达到了什么样的高度，这些前辈的作品既是他了解创作形势的指南，也是让他汲取艺术营养的范本，或许后者对一个作家来说更重要。所以高洪波非常注重对于作家的个案研究，注重对文本本身的审美价值和艺术价值的考察和分析，这部书最大的特点就是你可以看到作者对每一位被他选入的作家的客观公允和深入的探析。"写什么""怎么写""写得如何",这基本是高洪波在评价每一位作家和作品时所遵守的规则。作为一个儿童文学作家,而不仅仅作为一个研究者来写史,他特别注意在文本分析时,提炼出这些文本所能提供给读者和其他写作者可资借鉴的艺术养分。所以说,高洪波既是把一个一个作家介绍给读者的写史者,同时他还是一个学习者,他一定是抱着学习的态度来阅读这些文学前辈的作品的。

中国现代意义上的儿童文学,至今不足百年,"新中国儿童文学史"上的名家,其实都是些筚路蓝缕的拓荒者,他们不像西方的当代儿童文学作家,本国有丰厚的儿童文学遗产可以继承和借鉴。在他们之前,几乎是一片空白,正是在这个意义上,他们在作品中对艺术技巧的探索,对儿童文学各个门类独特的艺术规律的把握,就显得尤为重要。高洪波对于每一位作家所独具的艺术风格,他(她)在儿童文学史上所做出的贡献,都是了然于心并有精准的把握的,对21位作家的分析都毫不雷同。

比如冰心的儿童散文;严文井、张天翼、金近的童话;高士其、郑文光、叶永烈的科学文艺;袁鹰、金波的儿童诗;阮章竞、熊塞声的长篇童话叙事诗;王路遥、邱勋、崔坪、王一地、徐光耀、李心田等人的小说等,牵涉到儿童文学的众多门类,这就要求他不但对儿童文学有"通识",还要对各个门类有专业素养。事实上,高洪波本人就是个文学的多面手,儿童文学的各个体裁都有精彩之作问世,不知道是因为对不同门类的深入研究使得他掌握了不同门类的写作技巧,还是因为他在不同门类的创作实践使得他在理论研究上可以在不同领域纵横驰骋,也或许是兼而有之,使他在文学创作与理论研究之间可以良性互动。

即便同时从事同一门类创作的作家,高洪波也能够敏锐地抓住每个作家不同的艺术特点,同为童话作家,高洪波发现了严文井童话中的"诗意美"，而张天翼则擅长把现实和幻想融为一体。在对文本的条分缕析中，我们看到，高洪波归纳和总结了很多的儿童文学的艺术规律，因此才可以说这本书是纯粹和文学有关的，是从文学的内部来研究文学的审美规律的。

比如在研究严文井的专章中，通过对严文井的童话《三只骄傲的小猫》《浮云》的归纳和分析，他提出了童话的一个非常重要的问题："童话作品以动物和其他事物为对象，它们在作品中便具有双重身份：既是原物种属性的动物或其他事物，同时又是特殊类型的'人物'，具有它所代表的那种人物的性格和心理。……严文井的语言引人入胜还在于能使童话人物的性格与被拟人的本物的性质完全融合，使人读来竟分不清到底是无生命的物还是有生命的人，神与物游，浑然一体，显示了童话所独具的魅力。"这段话虽然评价的是严文井个人的文学作品，但它同时揭示出了一条重要的原则，即童话中的人物形象，既要具有它本身的"物性"，同时还要符合作品人物的这样双重的身份和特征。如果违背了这一艺术原则，那么童话中的小动物或者植物，就只能成为作者的传声筒，而不具备其自身的性格特点和"物性"。

在分析张天翼的中篇童话《宝葫芦的秘密》的时候，高洪波说："这部童话的创造性还表现在幻想的角色与现实生活和情境的融合。"事实上，在20世纪末21世纪初，儿童文学界提出的"大幻想文学"，即是幻想与现实的一种融合，而《宝葫芦的秘密》正是这样的一部开先河之作，这部具有幻想小说雏形的作品，出现了新的艺术质素，在三十年前，就被高洪波敏锐的慧眼发现了。

在分析柯岩的儿童诗中，高洪波提出："善于从孩子们的行动中来揭示孩子们的性格，这是柯岩儿童诗提供给我们的另一个重要启迪。"在对柯岩的诗歌作了具体的分析之后，高洪波这样总结道："从行动中揭示人物的性格，是一个作家描写人物的重要手法，但对于儿童文学作家来说，这一点格外重要。孩子毕竟不同于成人，他们不会静坐半小时来聆听慢吞吞的毫无情节的故事。他们也不能理解那些细致的、静止的心理描写或抒情片段，他们需要活动，渴望行动。他们的生命和生活，贯穿着活泼的运动，从思维到行为，莫不如此。所以，儿童诗不能不考虑儿童这个心理特点。"这就是高洪波的行文特点，先是对一个作家作品的细致分析，然后从个体到一般，从特殊到普遍，寻找到属于儿童文学所独有的艺术规律。

在分析阮章竞的童话诗《金色的海螺》时，他把《金色的海螺》和民间传说《田螺姑娘》进行了比较研究，最后，他得出这样的结论："在我们的民族文化土壤中，在浩如烟海的民间故事里，有着像宝石般闪亮的优美的传说。我们广大儿童文学工作者，应该去发现和掘取这些闪亮的珍宝，从这些富有民族特色的传说中提炼题材、发掘素材，进行自己诗的再创造。"这些话并非泛泛而谈，从那个时期高洪波本人创作了《琵琶甲虫》《鸽子树的传说》《飞龙记》三首长篇童话叙事诗来看，他的这段话绝非从理论到理论的空对空的推演，这些话的确是他从《金色的海螺》中得到艺术启示之后的认真思考之语，同时，这些启示也融入了他自己的文学实践中。事实上，尽管这已是三十年前的思考，但对当下的儿童文学创作来说，却依然具有重要的启示，那就是在全球化的今天，在我们国家也要向世界输出我们的文化的今天，我们的儿童文学创作中，不该更多一些中国元素、中国气派吗？如何深入到中国文化的内部，使中国传统文化的精髓能够融入我们的血脉之中，而不仅仅是获得一些表层的符号，也许，这是这篇文章带给我们的最重要的启示。

这样的真知灼见，在本书中可谓比比皆是。作者在序中提到"阅读品评若干名著时被滋养的幸福"，也许并非每个儿童文学作家都需要去写一部儿童文学史，但是，每个儿童文学作家胸中都要有一部儿童文学史，才会扎根于永不干涸的艺术土壤，获得"被滋养的幸福"吧。

究竟把哪些作家列入文学史，不但需要史家的眼光，也需要深厚的文学修养和丰富的阅读经验，只有在占有大量材料的基础上，才能够披沙拣金，把能够留得住的作家和作品留下来，不管这些作家和作品是否已经被读者所熟识和认可。就比如夏志清在《中国现代小说史》中对于张爱玲和钱钟书的发掘。在这部书中，有一章专门留给了徐光耀和他的《小兵张嘎》，《小兵张嘎》当时已是一部相当有名的小说，但是据徐光耀老先生自己说，这一篇文章却是关于《小兵张嘎》的第一篇评论文章，"发现"也是写文学史的一大乐趣吧。

除了对一些重要作家和作品的深入发掘外，高洪波也替我们还原了那个离我们渐行渐远的文学现场的一些更繁复、更感性的场景。由于研究资料的匮乏，我们已经很难还原那个时候的文学现场，我们更多的是从一些选本中来揣测当时的创作，但选本天然的局限性就像精米白面一样，在去粗取精的过程中也丧失了很多的养分。如果说选本是树木，那么文学现场就是森林。在这部书中，我惊讶地看到作者对李洁非、张陵的短篇小说《小海鸥》的分析，李洁非、张陵是成人文学界赫赫有名的文学评论家，在看这部书之前，真不知道他们还曾写过儿童文学作品。如今，他们早就远离了儿童文学圈，或许儿童文学创作对他们来说只是他们年轻时的惊鸿一瞥，他们是划过儿童文学上空的流星。从这部书中，我们可以看到，中国儿童文学走到现在，有些作家的名字已经被遗忘，有些作品已经不再被人提起。但是，这部书还原了儿童文学百花园的丰富性、复杂性。事实上，在艺术探索的路上，是有很多人在行进着，却只有少数几个名字被我们记忆，很多人的名字被我们遗忘了，但是他们也参与了历史的创造，他们化作了春泥，默默滋养着后来者。在儿童文学的上空，有恒星，也有流星。这部书中，我们看到了恒星的熠熠光辉，也看到了流星一刹那的耀眼的光芒。我们看到了姿态各异的花朵，也看到了沉静而丰饶的土壤。儿童文学并非像我们想象得那么简单，也并非在孤军奋战。这部书让我们更好地贴近那个时代的儿童文学，感受到来自现场的体温和心跳。

正如我们读《红楼梦》时，会去猜测一部完整的《红楼梦》究竟会是什么样子。现在，我禁不住想，假如当时这部构架宏大的"新中国儿童文学史"出版了会是什么样子？在离那个时段的文学现场更近的时间里，这样的文学史是不是会为我们保留更多的资料，让我们更早地看到这样的渗透了作家个人艺术体验乃至生命体验的文学史，是不是我们在艺术的道路上可以少走一些弯路呢？生活不能假设，现实是这部书在当时得不到出版而过早地夭折了。现在，还有多少这样的书，因为"市场"，因为……因为很多和文学无关的理由而无法见到阳光，很多思想的火花还未来得及闪现，就熄灭了。假如不是高洪波声誉日隆，德高望重到只要是他的作品就洛阳纸贵的程度，这部"残稿"，直到今天怕也难以面世吧？因此，我们应该向那些即便没有市场效益，却依旧为了儿童文学的积累而坚持出版的出版社致以敬意，因为儿童文学的发展，从某种意义上，它的高度，是由编辑家和出版家的眼光、胸襟和魄力决定的。

（原载《文学报》2010年9月9日）

荒野：精神的原乡

——读黑鹤的长篇动物小说《黑狗哈拉诺亥》

　　动物小说作家黑鹤，在他的长篇新作《黑狗哈拉诺亥》中，带来了荒野清新而尖锐的气息。这位年轻的蒙古族作家，语言如蒙古长调般悠长舒缓，壮阔深厚，诉说着他对于旷野的眷恋，对于动物的挚爱。他笔下的草原、山林，不是出自乌托邦式的想象或者旁观者的虚构，那是他童年曾经生活过的地方，是他的情感之根。他对于童年的追忆，对于渐行渐远的游牧文明留恋的回望，让他的文字染上浓郁的乡愁色彩和诗性的光芒，并把一己的思乡之情，升华为人类寻找精神原乡的普遍冲动。

　　黑鹤崇尚野性的粗犷的阳刚之美，这也正是荒野的迷人之处。《黑狗哈拉诺亥》讲述的是一头庞大的母犬以及它的两个强悍的孩子哈拉和诺亥的成长传奇。动物世界的生存法则是严酷的，母犬和哈拉、诺亥成长的艰辛，既源于大自然对它们的锻打，也源自人类的贪欲和残忍造成的扭曲和苦难。它们的求生过程又血腥又悲壮，却也由此造就了它们钢铁般的身躯和意志。黑鹤对于这三头牧羊犬成长历程中所遭遇的种种磨难不厌其烦地书写，正是不言自明地宣示了对于人类抛弃荒野的深深忧虑。

　　黑鹤喜欢思考人和动物之间究竟该建立一种什么样的关系。在他的笔下，一条牧羊犬应该找到最适合自己的主人，就如同书中的哈拉一样，它找到了真正的主人和属于自己的牧场，它像黑色闪电般扑杀过野狼，它挣断铁链扑向行骗者解救过主人，它在暴风雪中救活过冻僵的行人……黑鹤以温情脉脉的笔触描写了牧场女主人塔娜给哈拉和诺亥的伤口上抹黄油时的动人情景，这个如诗如画的场景，写出了哈拉和诺亥原本冷血的冥顽不化的情感世界，就在塔娜的宽阔的母爱之中悄然融化。被人带走的哈拉，用了12天的时间，拖着一条断腿，从自己从未去过的陌生小镇出发，跋涉了400公里，终于回到了自己的营地。这时作者写道："在晨光中，哈拉正将那硕大无朋的头颅深深地埋在塔娜的怀里，静静地站在那里。塔娜则紧紧地搂着它粗壮的脖颈，像在喃喃自语一样对它说着什么。"这是动物和人在感情交汇时所能达到的最为美好的一幕。诺亥却没有哈拉那么幸运，它被辗转贩卖，它遭受牧场主人的毒打和没完没了的虐待，它在城市中饱受饥渴和暴打，最终在一座屠宰场中被屠杀。

两只同样优秀的牧羊犬，却有着完全不同的命运，这说明牧羊犬的命运完全取决于人类对待动物的态度。在地球上占据霸权地位的人类，确实部分地主宰着其他动物的生死存亡。在他们之中，既有格力什克、塔娜这样的动物们的朋友和保护神，也有像"黑人"这样的动物的残害者。事实上，书中那个没有面目的"黑人"，正是人性恶的代表。他把母犬的九只小狗放到山洞里，不给吃食，逼它们骨肉相残。在小说中，黑鹤对"黑人"们没有直白的谴责，他只是让细节自身来说话，让细节像一面镜子一样映照出人类对待动物的种种丑行和暴行。

（原载《光明日报》2012年3月25日）

刘东的儿童文学创作：对成长的想象与发掘

刘东从1995年在《文学少年》发表短篇小说《老人·孩子·魂斗罗》开始，至今已经出版和发表了各类儿童文学作品350万字左右。1996年《儿童文学》杂志刊登了他的短篇小说《孤独有脚》《悲伤无痕》，引起了读者的注意。随后，他于1997年出版了中短篇小说集《轰然作响的记忆》，2004年推出长篇童话《称心如意秤》，2008年出版长篇小说《无限接近的城市》，2010年推出长篇幻想小说《镜宫》，2014年出版长篇小说《双拼宝贝》。在众声喧哗的儿童文学创作群体中，刘东不是爱热闹的人，相反，他的性格和气质有些沉默和内向，然而，他让我想起他的小说名字《轰然作响的记忆》中的"轰然作响"一词，我觉得这个词用在他的身上是很恰切的——"轰然作响"意味着曾经的沉默以及在沉默中出人意料地发出响亮的引人注目的声响，刘东的创作就是这样一种状态，他不跟风，不着急，总能在一段时间的沉默之后，拿出一部令人眼前一亮的作品，他的《轰然作响的记忆》是这样的，他的《镜宫》也是这样的。在这个浮躁的一切都追求快节奏的时代，刘东的这种不声不响，耐得住寂寞，坚守着自己的创作理念的创作姿态，就显得特别地难能可贵。因此，在我看来，刘东也有一点独行侠的味道，在儿童文坛上是一个独具一格的存在。

刘东的作品，无论是小说还是童话，都是执着地关注于少年儿童的心灵成长，尤其是在成长小说的写作方面，他所达到的深度和广度，让他在儿童文坛拥有了不可替代的一席之地。关于成长小说，巴赫金在《教育小说在及其在现实主义历史中的意义》一文中作了系统阐述："它塑造的是成长中的人物形象。这里，主人公的形象不是静态的统一体，而是动态的统一体。主人公本身的性格在这一小说的公式中成了变数，主人公本身的变化具有了情节意义。与此相关，小说的情节也从根本上得到了再认识，再构建，时间进入了人的内部，进入了人物形象本身，极大地改变了人物命运及生活中一切因素所具有的意义。这一小说类型从最普遍的涵义上说，可称为人的成长小说。"刘东的成长小说正是这样的，他笔下的人物性格总是动态的，在不断成长的，而人物性格的变化也总是情节不断前行的最大的推动力，因而他的小说结构总能够和人物的成长融洽地对接在一起，有一种跌宕起伏和逻辑严密的美感。

刘东的小说虽然故事性很强，但这并不是他的着力点，他的兴趣在于开启青春期埋藏在内心深处的秘密，以及这些秘密是如何成为成长的节点，让青春就此秘不示人地拐了弯，走向了另一个方向。他一直努力用自己的作品打开青少年成长中的沉默地带。这个"沉默"在这里有双层的涵义，首先，在刘东的笔下，成长是有难度的，是艰辛的，而很多成长的秘密不为成年人所洞察，因而缺少情感的抚慰和精神的引领，处于青春期的孩子往往关闭了自己的心灵之门，变成了一种"沉默"的状态。从另一方面来看，中国的儿童文学创作一直有诸多禁忌，就在并不遥远的过去，写"早恋"都是一种艺术上的冒犯，更别说去真实地呈现出青少年内心黑暗的角落。因此，不管现实生活中的青少年内心世界有多么动荡起伏、暗流汹涌，在我们的儿童文学作品中依旧是 片阳光灿烂。不论是有意的粉饰还是无意的忽视，都造成了传统的儿童文学写作在这一领域的"沉默"。刘东打开了在传统儿童文学写作中往往止步不前的对青春期成长中的沉默地带的发掘，他力图用文字照亮那些不可言说的童年和少年的精神世界里的幽暗角落。短篇小说《沉默》是其中比较典型的一篇。大学生林樨被同学们认为是沉默寡言到了像石头和混凝土的程度，然而就是这个像哑巴一样的男生，内心却埋藏着不为人知的秘密：高中时他是个喜欢捉弄和嘲笑别人的人，因为他的恶作剧，毁了一对青年男女教师的恋情；因为他的要弄，伤了同学吕浩的自尊；因为他的爱开玩笑，失去了游泳池管理员的信任。当他的朋友宋长威不幸溺水找不到的时候，他求助于管理员，让他放干游泳池的水，管理员却不相信他的话，从而拖延了救助的时间，最后宋长威没能救活。好朋友的意外身亡让林樨从此像变了一个人一样，从像拼命乱叫的蛙和蝉变成了像石头一样沉默的人——他顿悟了，然而这样的成长却是以朋友的生命和自己永远无法摆脱的内疚之情为代价。

刘东的小说注重真实性。这一点在他的短篇小说集《轰然作响的记忆》中有着鲜明体现。这是一部采访小说集，由12个短篇组成。这些短篇从1998年到2004年长达7年的时间在《儿童文学》杂志上以头题佳作的位置上连续刊出。作品题目均为两个字：《沉默》《颤抖》《长裙》《游戏》《孤旅》《死结》《房子》《蝴蝶》《朋友》《祸事》《契约》和《下课》。这是作者在这7年之中采访了几十位二十出头的年轻人，请他们回忆自己在中学时代最刻骨铭心、最振聋发聩的真实事件，这个事件的经历是怎样改变了他们的一生，并在他们的人生路途上发出持久的回响。作者从珍贵而庞大的素材中选取了最不同凡响、最具青春期典型意义的12个感人至深的故事，将其写成了一个系列的"采访小说"。"采访小说"让这些作品具有了非虚构的成分，这些小说所采取的叙事策略，固然缘于素材的来源确实是得自刘东的采访，这和他的记者身份有关。这种介乎于报告文学与小说之间的文体，曾经因其难以被文体归类而引起评论家们的热议，也因其形式的新颖和意蕴的深刻而在广大中学生读者中引起了极大的轰动与关注。但从另一个层面上来看，刘东是如此强调这些小说真实的一面，在每篇小说后面都附了采访手记，我想是因为他想强调，书中那些少男少女所面临的形形色色的困惑，他们的倾诉，不是缘于虚构，不是危言耸听，而确实是这些初涉尘世的少男少女们真实的经历和感受，由此，这些小说就更具有了振聋发聩的作用。

刘东的独特发现还在于，那些被成年人认为根本不是个事的事情，在青春期的少年少女的心灵的天平上，可能分量很重。就如同他在童话中虚构的那个能够称出一个人说话的分量的称心如意秤一样，到哪里可以找到一杆秤，称出一件事情击打在一个儿童的心墙上和成人的心墙上所能产生的反弹力的不同？就比如在短篇小说《颤抖》中，头一次坐飞机的姬晓晨在机场的洗手间里无意中看到两个外国女人拥抱在一起，这让她慌乱地奔逃，又不小心撞坏了旁边一个女人的手机，于是她的左手开始颤抖，父母带她去看神经科，没想到一件事情的结果居然成为另一个悲剧的起因，她看精神科的事情传到学校之后，旁人无端的猜测无疑是雪上加霜，最终姬晓晨在一个心理医生的引导下走出了精神的阴影。这个故事如同一个心灵标本一样让我们看到一件怎样不起眼的小事，如同蝴蝶效应一样在一个女孩的内心引发了一场困扰她多年的精神风暴。

刘东的作品还充满了内省的气质和批判的审视，这种内省和审视甚至到了自我拷问的程度。内省和审视往往让他的目光不是停留在事情的表面，而是努力要寻找到事情的真相。在《沉默》的采访后记中，他这样写道："在我看来，林樨的这个故事就像是一棵枝叶稀疏却形状独特的树，深入到土层下面细细地去触摸它的根须，远比为它的枝头挂上些绿叶更有意味。"穿透皮相，直达本质，这是刘东小说的深度所在。在《沉默》

中，刘东的反思没有停留在林榫的恶作剧所造成的悲剧这个层面上，他继续追问林榫喜欢恶作剧和讽刺挖苦他人的性格又是怎样形成的。小说没有给出答案——小说的任务不是给出答案，而是引领读者去思考。

刘东开掘的这个地带有时候很难用"善"与"恶"，"对"与"错"去简单地盖棺论定，他的独到之处在于他努力去开掘青春成长中难以把握的难以命名的部分，因而他的作品就呈现了在儿童文学创作中少见的复杂性和丰富性。

刘东的成长小说虽然关注了青春成长中残酷的一面，然而他的初衷依然是给这些处于迷茫中的心灵找到走出迷宫的路。总之，刘东的小说展现了这样一种努力，那就是人与人之间的沟通与理解是否能够成为一种可能。他的小说探讨了关系——儿童和儿童之间，儿童和成人之间，儿童和世界之间的种种关系，这些关系在初始的时候几乎都是紧张的，但历经一段曲折的心路历程之后，这种关系将达成和解，与自己和解，与他人和解，与世界和解。

《镜宫》的主人公南海在单亲家庭中长大，父亲一直忙于生意，疏于对男孩的照顾，优裕的物质生活代替不了对亲情的渴望。南海与父亲的关系是冷淡的、疏离的、不信任的，甚至是对抗的。故事就是从一天深夜开始了，南海偷偷地开走了父亲的别克轿车，带着自己喜欢的女孩杨琳一起去山上看流星，下山时却发现轿车不翼而飞了！南海不敢回家，他选择了逃避，他来到一家网吧，在网吧里偶然地进入了一家名叫"镜宫"的人生交换网站。从此，他的生活一次又一次被抛向了"别人的世界"。他变成了拳击手，变成了一个饭馆小老板，变成了重症病人……青春期正是一个人自我意识的确立和自我角色形成的关键阶段。在这部小说中，南海自我意识的确立是通过体验别人的生活来完成的。他渴望能躲进别人的生活，来逃避他面临的困境，然而，正是在别人的生活里，他发现了每个人都有着无法回避的艰辛和繁难，甚至别人的苦难远远超出了他的预料。以他人为镜子，照见的其实是他自己，最终，在别人的生活里，南海实现了对生命的更深层次的一次成长。

在刘东的新作《双拼宝贝》里，一个住别墅的孩子和两个装修工的孩子之间，从陌生到友谊，这期间发生了很多波折，证明心灵与心灵的交汇不是一件容易的事情。刘东力图呈现的，是人心与人心之间，无论隔着财富、年龄、性别等多少千山万水的阻隔，它们终究可以坦诚地相互面对和理解。

刘东所有的文学上的努力，在于指出成长的不易，理解的不易，然而他不畏艰难地要书写人心，书写人性，令人信服地发现了从隔绝到了解，从了解到理解，从理解到和解的这样一个心灵过程。因而他的作品有一种外冷内热的气质。他总是努力帮助读者能够更好地完成自我的成长。他的作品的外在表情虽然是冷峻的，但我们依然能够在这种冷峻之下看到一颗炽热的滚烫的心。

刘东是一位文体意识很强的作家，他的文字呈现出一种男性的、硬朗的、冷峻的风格，同时，他的童话中也有一种热闹的、幽默的、轻松的另一种风格的呈现。然而从整体上来说，他的文字是偏冷色调的。当然，这种冷不是冷漠的"冷"，而是冷静的"冷"，一种和一切肤浅的热闹的皮毛的东西保持距离的审慎的态度。

因而刘东的创作是有深度的，他的作品不是讨好和迎合读者，他总是对商业化写作保持足够的警惕。这样的写作在以作品的销量论英雄的氛围中，也许是寂寞的，比如像《镜宫》，这部小说没有得到应有的关注和凝视，它对中国成长小说写作的意义没有得到应有的重视。但就我个人感受而言，我依然期待着刘东能够沿着《轰然作响的记忆》《镜宫》这条路走下去，因为我觉得这里面有属于他的独特发现，有着属于他自己的独有的艺术价值。因为这样的作品是能够拓宽中国儿童文学的高度、厚度和深度的作品。

（原载《文艺报》2014年6月20日）

童年是醒着的梦

——读陆梅的长篇小说《格子的时光书》

当我们跟着童年的"格子"在芦荻镇走街串巷时，不要忘记紧紧跟随在她身边的另一个身影：成年的"格子"。在这部带有自传色彩的小说里，已经历过人生千山万水的成年"格子"，不可抑制地通过文字之路，重新回到了旧日时光，"在童年夏天酷热的小街上游荡——竹林，山冈，废弃仓库，青水河，尼姑庵，梦魇般的漫长午后，烫得难以下脚的水泥马路……当然少不了老梅、瘦猴，还有疯女子梅香、尼姑庵里的老住持和小尼姑、来了又走的大女孩荷花、安静忧伤的小胖……"我们时时都能够感受到她回望的目光：热切的、深情的、反思的、理性的。通过童年"格子"和成年"格子"相互交织的双重视角，我们既抵达了童年现场，也抵达了对童年的深切省察。因而我觉得这既是一个写给孩子们的成长故事，更是一部送给家长老师这些大人们的反省之书。

"格子全身上下每一个毛孔都舒张着、惊醒着。"这是小说里的一句话，我很喜欢"惊醒"一词。巴尔扎克说过："童年原是一生最美妙的阶段，那时的孩子是一朵花，也是一颗果子，是一片朦朦胧胧的聪明，一种永远不息的活动，一股强烈的欲望。"《格子的时光书》写的就是这样一种"朦朦胧胧的聪明"的状态——女孩格子刚刚结束了小学生活，暑假过后就是初中生了，这个暑假正是从儿童迈向青春期的过渡，是架在人生两个阶段之间的桥，是生理和心理裂变最快的一个时期，摆脱了曾经的幼稚，心智进一步成熟，对周围的世界、人以及自我充满了探索的好奇和热情。迎面扑来的生活把她"惊醒"了，她像正在拔节的庄稼一样，热烈地不顾一切地成长。一个"醒"字点出了这个年龄段最典型的特征，然而这个"醒"是"初醒"的"醒"，还带着梦中尚未飘逝的懵懂、迷离与恍惚，因而是一种"朦朦胧胧"的状态，你要说她懂吧，她又似乎未全懂，你要说她不懂吧，有些事情她倒又比大人看得还深切。在小说中，格子做过各种各样的梦，这些梦与现实生活相互映照，彼此缠绕，梦耶？现实耶？抑或是二者兼而有之？颇有一种庄周梦蝶的意境。童年已经张开了眼睛，即便是梦也是醒着的梦。然而这样一种"聪明"和好奇如何去安顿和实现？

"十二岁的格子在阳光下游荡。"这是小说里的另一句话。"游荡"一词让我悚然而惊，它意味着什么？是"东游西逛"，是"无所事事"，在当今父母老师眼里，"游荡"和"童年"是水火不容的一个词吧，他们决不会允许自己的孩子"游荡"，相反，他们恰恰是和孩子"游荡"的愿望做坚决的斗争，他们用没完没了的作业、课外补习班把他们固定在书桌前。然而陆梅却钟情于这个词，并用充沛的细节不厌其烦地诉说着这个词对童年、对一个人成长的重要意义。

故事的时间背景是20世纪80年代初，那个时候的父母老师远没有今天的这么严格和功利，在小说中，几乎看不到格子的父母对她学业的催促，所以她可以拥有一整个暑假自由地"游荡"。格子的脚步可以放任地抵达芦荻镇的每一个角落，尽管小镇的生活是那么平静、波澜不惊，但它依然蕴藏着生命的全部喜悦与悲凉。那个年代发生的一场远在南疆的战争，也因为表哥参加了而和她的生命发生了密切的勾连。表哥阵亡的谣言击碎了曾经美好的婚约，让格子初次体味了人性中的自私、功利与善变，体味着战争的残酷是怎样在瞬间改写了一个家庭的生活、一个人的一生。还有她最为熟稔的小伙伴老梅的大姐远嫁，二姐因为爱情的失落而疯掉，又在尼姑庵里慢慢地恢复，另一个伙伴瘦猴的妈妈则不明原因地失踪了，瘦猴小小年纪就踏上了寻母之路。这些人生的起起落落都投射到格子的心灵上，她体验着离别、背叛、失亲、爱情等人生的五味杂陈的滋味。还有来镇上走亲戚的大姑娘荷花，这个喜欢医学的女孩，带着她们到山冈上去采草药，给她们讲外面的世界。荷花的到来在格子的心上，就像把一枚石子投向了安静的湖面，激起了阵阵涟漪。荷花延伸了她的目光，激发了她对于远方、未来、大自然的热切的渴望。

这个暑假看似格子什么都没干，似乎就是"游荡"，但她的内心却从没有停止感受、思考和体味。她对于尼姑庵的一次一次探访，她对于那些尼姑的命运的探究，事实上是在一个更深的层次上对生存发生了兴趣。这一切的一切都冲撞着她混沌懵懂的心，让她既清晰又梦幻。也许在大人们的眼里，她还是个孩子，其实她的内心是那么敏感、丰富，来自生活中的风雨已经在她的心灵上敲打出或哀婉或欢乐或舒缓或快捷的一首首乐曲。

这部小说让人不得不思考这样一个问题，即"童年需不需要游荡？"我把它称之为"陆梅之问"。这个追问是严肃的，它甚而冲破了文本本身，很严峻地摆在我们面前，之所以说它严峻，是因为我们今天的父母已经集体地无声地做出了回答：不需要。因而可以这么说，如果陆梅的理念是正确的，那么我们今天的教育理念就存在着非常严重甚至是致命的缺陷，虽然这个缺陷也许要等孩子们长大十年二十年后才能显现出来。即：我们需要不需要给孩了空间，给童年以闲暇，我们是否信任孩子，信任他们具有自我探求的能力和愿望。我们是否要占据童年所有的时间，把他锁在课本上、作业中，这样做究竟会带来怎样的伤害？

这将引申出两个问题：是知识重要，还是生活更重要？或创造力更重要？当我们把孩子没完没了地囚禁在学习当中去，却又沾沾自喜地认为给他填满了一脑袋的知识的时候，我们没有意识到其实已经把他与活生生的生活隔绝开来。小说中的格子，她拥有的是全部的生活，像大海，没有隔离的、过滤的、局限过的生活。在这样的生活中，虽然她没有特别地去加强自己的奥数、英语、钢琴的技艺，但她却在不知不觉中初步地体验了生活的艰辛和美好。生活无言，却是那么博大，生活是完整的、混沌的，而知识和生活本身相比，是部分的、有局限的。游荡在生活中的格子，并不仅仅是得到片面的知识，而是得到了对于人生全部的熏染与思考，这对于她的情感的、意志的、道德的、审美的等全方位的成长都是有益的。而这一切都将蕴藏在她小小的心里，对她的成年后的生活直至她的一生都将是一笔宝贵的财富。生活中活生生的例子告诉我们，一双能够弹出优美的钢琴曲的手竟然可以同时是举起屠刀的手。为什么会这样呢？我们是否过于功利地逼迫孩子掌握一门能够功成名就的技艺，而不愿意给予他闲暇，给予他空间，让他去充分体味生命的美好，从而珍惜上苍所赋予自己以及他人的生命的权利？

从另一个方面讲，我们也不能把孩子当成一个木偶，认为如果我们没有给他灌输知识，他就是在白白浪费时间和生命。我们也不要低估了孩子们的创造力、想象力和感受力。在小说中，生活中的一切都能引发格子探究和思考的愿望。其中有这样一个细节：荷花带着她们上山去采草药，草木葱茏、清明美好的大自然给了格子难以言说的愉悦，尤其是一种鸭跖草，它顶着晨露而开，到了中午就凋零了。鸭跖草引发了格子对美的觉醒，对美的易逝的感伤与爱惜。这些美好的情愫都是在不知不觉中传递给了她敏锐善感的心灵的，这比让她读一本厚厚的关于美的理论专著都来得直接和深刻。是的，如果我们让爱迪生做没完没了的作业，也许他就没有时间坐到鸡蛋上去看能不能孵出小鸡了。爱因斯坦说过："想象力比知识更重要。"可如果我们的孩子连胡思乱想的时间都没有，想象力的培养又从何而来。我们一天到晚让他扑到学习上，也许他们将在中考、高考中胜出，他们却未必在以后的人生中保持不败。人生是一场漫长的马拉松，它需要的是综合的能力，我们不要因为短视、功利，让他们赢在了起跑线上，却输在了终点线上。

陆梅把十二岁的格子形容为一只小蜜蜂，贪婪地吸吮着花蜜，但愿所有的孩子都能像格子那么幸运，能够自由地在人生的花丛里飞翔、吸吮，酿造出甜美的人生之蜜。

（原载《中华读书报》2013年8月14日）

重回个人经验

——兼评王勇英"弄泥的童年风景"系列

　　如果说新世纪前十年中国儿童文学的创作主线是校园幽默小说＋幻想小说，搞笑的、滑稽的、玄幻的元素一度是拯救儿童文学发行量的主要法宝？这个判断大致不会偏离事实。孩子们的校园和家庭生活几乎成为所有儿童文学作家奋力开掘的公共领地，它就像一座没有归属权的金矿，谁都想来挖走一桶金。然而，近期整个儿童文学界从理论到创作，我们能听到另一种潮音在涌动。在2010年年底的全国儿童文学创作会议上，曹文轩在发言中说："在这个世界上，每个人都是独特的，每个人都有一个只属于他自己的世界。命运、经历、不同的关系网络、不同的文化教育以及天性中的不同因素，所有这一切交织在一起，使得每一个人都作为一种'特色'、作为'异样'而存在于世。'我'与'唯一'永远是同义词。如果文学不建立在个人经验的基础上，那么在共同熟知的政治的、伦理的、宗教的教条之下，一切想象都将变成雷同化的画面。而雷同等于取消了文学存在的全部理由。"近期的儿童文学创作正好契合了曹文轩的呼吁，作家们重新重视从个人经验出发，寻找抵达当下少年儿童内心世界的路径，在创作主体和接受主体之间创造一个公共精神空间和对话空间。这样就避免了题材越来越集中在孩子的校园与家庭生活这个逼仄的范围内，避免了因为跟风而造成的艺术风格的同质化和人物形象的扁平化、概念化。

　　当我们把王勇英和她的创作放到这个大的创作格局中来看时，这位在新世纪之初成长起来的年轻的儿童文学女作家，就像一个切片或者标本一样，她在艺术上的行走和转身折射着整个儿童文学界创作潮流的起伏变迁。她最初走畅销书路线，编织校园故事和幻想故事是她的强项，不管这些故事中是否有她个人情感和经验的介入。她出版过"怪同学""淘气小子王小瞧""魔法小子朱皮皮"等系列小说，一看这些书名就会让人产生似曾相识的感觉，因为当时以"淘气包""捣蛋鬼""坏小子"为主角的校园小说铺天盖地，"顽童"们热热闹闹地在儿童文坛上蹦跶着，都是嬉皮笑脸的表情，都是夸张滑稽的肢体动作，几乎分不清彼此。王勇英无非是为已经很拥挤的调皮蛋队伍里又贡献了几个而已。现在她调整了自己的创作方向，出版了新作"弄泥的童年风景"系列，一下子从都市回到乡野，从当下回到自己的童年。"弄泥的童年风景"系列是乡土写作，它打破了当下盛行一时的"城市儿童故事范式"，带来了一种陌生化的效果。但它又不是一般的乡土写作，它呈现的是客家人的生活，这在以往的文学作品中很少见到，在儿童文学创作中更是鲜少触及，这里面蕴藏着属于王勇英个人的独特生活经验，她最为熟悉的流淌在她血脉深处的体验。就像江苏苏北乡村之于曹文轩，内蒙古大草原之于黑鹤，湖南乡村之于汤素兰，鼓浪屿之于李秋沅，不同的地域文化赋予了这些儿童文学作家不同的个性和气质，同时也成为他们创作的精神资源。文化的活力来自它的多样性，同样，文学的活力也来自它的独特性，来自每个作家敢于坚持自己的创作个性。

聪明敏锐的王勇英一下子抓住了创作上最根本的问题。她转过身来，认真地面对自己的童年生活，面对自己最熟悉的乡土生活。我并不认为王勇英是在为渐行渐远的乡村唱一曲挽歌，我觉得她面向乡土，却以背对的姿势朝当下的小读者走来。她在《巴澎的城》的序言中这样说："我尝试着以最大的努力做到让读者既能品读到原汁原味的方言风味，又不影响阅读的顺畅与愉悦感。"从这句话中我们可以看出王勇英渴望在客家文化和当下儿童的阅读接受之间，在自己的童年生活和当下儿童的生活之间，建构一个可以沟通和对话的平台，在这个平台上达到上一代人和下一代人之间，一种文化与另一种文化之间的理解与容纳。然而这毕竟是一套儿童文学作品，它的读者定位是少年儿童，如何把自己的童年生活无障碍地传达给当下的小读者？如何把客家文化水乳交融地融入这套小说，而不是作为风俗知识生硬地镶嵌在文本中？在这方面王勇英做了很多有益的探索。

青年评论家李红叶在《儿童文学视域下的童年书写》一文中说过："观察当代具体儿童的生活，固然有助于书写儿童，但根子上，作家是在理解人性的基础上来理解当代儿童的，也是在与'已苏醒的童年'（内心的童年）的对话中来理解当代儿童的。只有在这个基础上，我们笔下的儿童才生动亲切，并充满真实性。""弄泥的童年风景系列"看上去和当下少年儿童的生活距离很远，然而它又无处不指向当下少年儿童的生活。《花一样的村谣》里的布包老师，一个生活清苦但富有理想主义情怀的民办教师，他的教育理念和当下功力色彩浓厚的教育现状形成了鲜明的对比；《巴澎的城》中的乡村医生巴澎，无偿地把自己的医术传给了别人；弄泥和她的小伙伴们可以自由自在地在大自然中玩耍、游戏，还有那些行将消失的美丽的乡野风景也是对日渐商业化的现实提出了一种无声的抵抗。王勇英对当下孩子生存境况的深切关注和忧虑，不是体现在直白的呐喊之中，甚至在整个小说中都没有提及一个字一个词。她是以一种含蓄蕴藉的方式，引导读者在回望自己的童年和故乡的过程中，发现了我们在匆匆前行的路途中所丢失的宝贵的东西。写的是过去，指向的却是现在，充满诗意的略带惆怅的回忆比疾言厉色的斥责更让我们看到了当下的缺失——我们拥有了财富却丢失了纯朴，我们品尝了世俗的成功却丢失了诗意的情趣，我们拥抱了都市的繁华却丢失了大自然的清新……"弄泥的童年风景系列"不是自恋式的对自我童年的一次伤感抚摸，它对生活在这样一片土地上的人、事和景物的描摹，包含着作者对于人性和人生的深切体悟，也蕴藏着她想建构另一种更健康、更自然、更完整的童年生活的梦想。这部小说提供了一个更为开阔的包容的艺术空间，让当今的孩子，包括成年人都能从中获得一种思考的动力。

"弄泥的童年风景"呈现的是客家人的风景。王勇英为了强化这种文化的地域特色，她在写作中采用了很多客家方言。为此，她放慢了节奏，弱化了故事的紧凑性，四个故事都是镶嵌在广西博白县东平镇大车乡的风景之中。这个客家人的小乡村，弥漫在无边无尽的艾草的香气里，王勇英对于镌刻在记忆深处的故乡风景有着如此浓烈的情谊，有时候她情不自禁地牺牲了故事，把更多的镜头留给了风景，让读者通过对风景的领悟体会到这种文化的博大。不过，王勇英毕竟是一个读者意识很强的作家，她还是保留了自己擅长讲故事的强项。这是四本成长小说，每一本书中都有一个贯穿始终的令人印象深刻的故事，这个故事有时候很强势地凸现出来，在《和风说话的青苔》里，那个喜欢讲故事的王勇英得心应手地写了男孩子女孩子之间发生的很凄美的友谊，在这本小说里，王勇英没那么把她的客家文化压在心头，因此故事更舒展和流畅一点。有时候故事躲在风土人情的背后，像被风吹散的琴音，时隐时显，却又一直牵连不断。在《弄泥木瓦》《花一样的村谣》里，王勇英对客家文化压抑不住的爱超越了她对于故事技巧的谋划。她希望小读者像她一样能去爱她的方言、爱她的村谣、爱她的乡野，显示出一种天真烂漫的任性。在故事和抒情的把握上，我认为最成功的还是《巴澎的城》，故事、客家风情、人物的塑造和单纯而又微妙的童年心理，这一切都水乳交融在一起。擅长艾灸的土医巴澎，在一个害怕皮肉之苦的孩子眼里，有点神秘，又有点可怕，有点好奇，又有点害怕。弄泥从对巴澎的恨和怕到对她的敬和爱，这是一个探究她的身世和生活的过程，也是弄泥成长的过程。在这个过程中有远远的观望，有近处的探险，有种种微细而复杂的内心波澜，这样的波澜粗心的成年人是看不到的，在他们眼中无忧无虑的小屁孩，原来也有如此汹涌的内心波动——至少在孩子自己的心目中，浪涛是汹涌的，成长是艰难的。王勇英以细腻而真挚的笔触精微地刻画出了这个过程。在这里客家风情不是外在于故事的背景，它是故事的有机组成部分，有时甚至直接推动故事的发展。在云遮雾绕的略带神秘色彩的氛围中，作者让读者深信只有在客家文化的土壤里，才能发生这样的事，孕育出这样的人。

"弄泥的童年风景"系列是一套探索之作，有着王勇英很多的苦心和情感。我们看得到她对客家文化的浓得化不开的深情，她大胆而浓密地运用了客家方言，不惜像写学术论文一样，对这些方言加了很多的注释。王勇英对于这一点是有认识的，她是明知故犯，她希望小读者能够克服这个难度，用心体味文字的芬芳，感悟到客家方言与客家风情的魅力。方言如同文化的基因和密码，它携带着一种文化最隐秘的元素。当然这其中有一个度，究竟这些方言在小说中以一个怎样的密度出现，才能既保留了客家文化的风貌，又不会成为阅读的障碍？我觉得这一点还可以再考虑。方言不应成为阅读的拦路虎，并非每句方言都具有被认知的价值。王勇英雄心勃勃地要把这套系列写20本，希望在她今后的写作中，能够让客家文化通往当下少年儿童内心的通道更加顺畅。

王勇英是一位很年轻的儿童文学作家，从追求畅销到追求经典，从追求轻松的无难度写作到追求有难度的写作，来了一次彻底的转身。在浅阅读依旧流行的当下，这是一次冒险行为，意味着可能会流失一部分读者。然而王勇英也以她果敢的行为证明了，文学作品不单单被读者所选择，文学作品也要有勇气选择读者。一位作家尤其是儿童文学作家，不能单单为了讨好孩子，怕自己的创作超出了他们的理解能力，而把自己的思想和艺术上的探索局限在一个浅显的单薄的层次上。正如《南方文坛》主编张燕玲多次提到的："一部真正的儿童文学作品，既是孩子的，又是成人的。"要敢于把自己内心和属于自己的独特人生体验亮出来，正是每个作家不同于别人的经验汇合在一起，才能构成一个多声部的丰富的立体的艺术世界。

事实上，王勇英在艺术上的选择，也代表了很多儿童文学作家集体的选择。从近期儿童小说的创作来看，我们看到张之路出版了以汉字为主人公的长篇幻想小说《千雯之舞》；黑鹤埋头创作他最为熟悉的动物小说；李秋沅发表了一系列以20世纪鼓浪屿仁人志士抗日为背景的作品；对红军题材有着深入了解和研究的张品成则创作了《有风掠过》，探索战争环境下儿童的精神成长密码；而翌平写出了一系列和音乐有关的少年小说，涉猎了以往儿童文学创作很少进入的领域……每位作家都试图在自己最熟悉的领地上深挖一口井，打出属于自己甘甜的泉水。正是他们每个人的努力共同形成了近期儿童文学小说创作的繁复与精彩。

（原载《南方文坛》2012年第1期）

"梦想是灵魂最美的声音"

——读于立极的长篇小说《美丽心灵》

　　于立极把他新的长篇小说命名为"美丽心灵"，在当下这个被认为金钱至上的时代，一个人要保持心灵的光滑、无瑕，不被浮躁的世风所损坏，一直美丽如初——除非是童话里的天使，否则我们会感到有相当的难度——但于立极写的不是童话，他笔下的人物就生活在当下的这个时代，过着柴米油盐的庸常的日常生活，而且女主角欣兰还因车祸致残，作者就是把这里作为他小说的起点，然后一点点地通过欣兰的内心所要走过的每一道沟沟坎坎，来论证跌入深渊的心灵，如何能够继续爬升，行走，甚至还能够飞翔，在实现生命的超越的过程中，曾经在黑暗中徘徊的心灵不但重新走到了阳光下，而且还像月亮一样，把太阳的光芒折射到更多人的身上，这样一颗心灵也就在自我拯救的过程中还兼及了拯救他人，从而如破茧而生的蝴蝶，散发出真正的美丽的光芒。这部作品最大的价值和意义所在——它论证了人的心灵在这个时代保持美丽是否能够可能以及如何可能。

　　这当然是一件相当繁难的事情，我想无论是对小说中的人物还是对作者而言，作为一部心理成长小说，里面的人物势必要经受种种的人生考验与波折，最终在烈火中凤凰涅槃，获得新生。作为选择了以这样的方式写作的作者，他要努力勘探每一个人物内心的真实图景，才能够把曲折的心理成长过程精确地呈现出来，产生一种令人信服的力量。我想，于立极能够较为成功地驾驭这个题材，除了缘于他本人就是一位心理咨询师，他擅长把握别人的内心外，还在于他本身就是一个从来就没有对真善美丧失过信任的人。他怀着一种倔强的天真，要把自己对于勇敢、善良、大爱这些信念的坚守用文字传递开去，据说很多读过这部作品的小读者都情不自禁地流下了感动的泪水，这证明了爱与同情在这个时代依旧具有扎根人心的力量。于立极在创作上的长处不在于他对于人性恶挖掘的深度，而在于他一直执着地礼赞一切美好的东西，而读者因为这部作品所产生的共鸣和赞赏正是对他的创作方向最好的肯定。

儿童文学真正的精神就在于此，它看似柔软，却无比坚韧，以一种水滴石穿的韧劲去渗透人心，改变人心。这是一种真正的强大，我想，这种强大来自梦想的力量，评论家梁鸿鹰曾经说过："梦想是灵魂最美的声音。"让我们来看《美丽心灵》里的女主角欣兰，当她抱定自杀的念头并准备实施的时候，也正是她放弃生之梦想的时候，然而，当她接到一个自杀男生的电话的时候，又是她枯萎了的梦想再一次挣扎着想重新绽放的时候——她梦想了解他人、拯救他人，正是这样的梦想让她全然忘却了自己的苦痛，全身心投入救助他人的行动中。孰料在努力说服别人不要自杀的同时，欣兰自己的内心也发生了剧变，她认识到人生可以从肉体的不完美抵达精神的完美，用自杀的方式放弃生命是一件愚蠢和懦弱的事情，转而生出直面人生苦痛的坚韧与顽强，通过开设心理热线为同龄人服务，找到了自己的人生价值所在。梦想让人变得勇于担当。"勇敢"也是作者分外珍视的一个词语。小说中的团支书杨毅对欣兰一直很爱慕，他梦想考入北大医学部生物化学与分子生物学系，然后研究基因克隆，为双腿残疾的欣兰克隆出两条完好的腿来……即便对一个即将死去的人来说，梦想也会让她无惧死神的降临，让爱绵延不断地传承下去——欣兰的母亲在去世前给自己的女儿留下了三封信，每到生日的时候便会由闺密兼欣兰的班主任董馨悄悄送达，让孩子依然能感受到母亲来自天堂的爱。这种爱不但关于欣兰，还兼及自己的丈夫。她没有给自己的丈夫留一个字，初衷竟然是想他早点忘记亡妻，开始新的生活。因为她是那样的爱自己的丈夫，希望他在她死后依然是幸福的，有一个同样美好的女人去爱他。美好的梦想能够拯救破碎的人生，当欣兰主持了父亲和自己的班主任的婚礼，完成了母亲的遗愿之后，她仰望窗外璀璨的星空，感受到"博大、深邃和美，如同妈妈微笑的脸庞"。

小说最打动人的地方在于欣兰最终原谅了自己曾经最痛恨的肇事司机，她不仅放弃送他进监狱的执念，甚至不要分文赔偿，直至不要知道肇事者和女儿的姓名，让心底不留一丝怨恨。欣兰的内心不断升华，直到到达了一种深怀悲悯之心、宽恕之道的至高境界，我不能妄测这种境界在现实世界、现实人心中究竟存在几何，但就是对于这种境界的梦想一般的向往，只要这样的向往还在，就已经很令人欣慰了。何况还有那么多的读者在呼应，在感受，在点赞，就更证明了人心向善不是一个虚妄的神话。

读过《美丽心灵》，我也看到了小说的背后跃动着的作者的美丽梦想——让我们步履匆匆的脚步慢下来，再慢下来，等一下气喘吁吁的心灵。让所有的混乱都获得秩序，让所有下滑的灵魂都能够重新飞升，让所有隔绝的人心找到一条爱的通道，让人类能够在爱的旗帜下其乐融融地相聚……

在于立极所有的作品里，都站立着他温和、柔软、体贴的心灵，我想那是他的人格在他的创作上真实的投影。这部凝聚了他16年心血的《美丽心灵》，更是他的写作才华和真诚性情的一次最具爆发力的释放，正是他的灵魂所发出的最美的声音，等待着我们去聆听，去合唱……

（原载《文艺报》2014年10月31日）

成长的幻灭与顿悟

——读汪玥含的长篇小说《乍放的玫瑰》

读完汪玥含的《乍放的玫瑰》，我脑海里涌上美国电影《成长教育》里的一句台词："生活没有捷径。"谁的人生能一路坦途，躲过所有猝不及防的荆棘与陷阱？尤其是阴晴不定的青春期，如玫瑰花瓣一样娇艳，却也犀利如尖刺。青春期是人生的一个坎，命运的风浩荡地吹过来，站立或者跌落，上升或者下坠，有时就在一念之间。它既生机勃勃又变幻莫测，既摇曳多姿又动荡不安，残酷与美好是它的一体两面。

《乍放的玫瑰》写的是一群高中生的成长故事。汪玥含意在拂去绯红色的幻梦，呈现青春真实的质地，然而她并没有止于对于成长不易的简单的展示，而是顺着书中各个人物的生命的藤蔓，找到了其根系所在的土壤，让我们明白各种各样的青春风景，无论哪种活法，都有来历，都有缘起。她以解剖学般精密的笔法描绘了每个人物精神成长的曲折历程，让每个人的内心图景都如标本般袒露在读者面前，像一面镜子，让站在它面前的人由他人而反观了自我，获得了成长的顿悟与启示。

女主人公彭漾和佟偌善性格对比强烈，前者张扬、自信，后者怯懦、内向。两个个性反差如此之大的人物，汪玥含却写得宛如自己的心灵自传一般熟稔。福楼拜曾说："包法利夫人就是我。"我们也可以说，汪玥含就是彭漾，同时她也是佟偌善。她对笔下的人物是如此地体贴入微，带着一种亲历者才会有的痛惜之情，因而这些人物就特别真实、真切，富有感染力。彭漾本是市长的女儿，智慧与美貌兼得，一路走来鲜花盛开、遍地阳光。然而，某一天她突然获得了关于自己身世的秘密：市长夫妇不过是她的养父母，她的亲生父亲已经在战争中牺牲了……生命就在这个节点上出现了巨大的裂隙，过去顺理成章的一切现在都变成了谎言。骄傲和自信瞬间折戟，她堕入了幻灭的迷宫。但彭漾的个性毕竟是富有行动力的，在迷惘中她踏上了寻找之路，寻找父母的坟墓，寻找自己的根，揭开被掩盖了十几年的身世的真相，寻的过程是残酷的，陪同她一同前往的男友石龙甚至为之付出了生命，至此，彭漾幡然醒悟，艰难地渡过了成长的危机。

然而，另一个女孩佟偌善就没有这么幸运了。她生活于一个争吵不断的家庭，母亲佟美兰过于强势，父亲韩灿太过懦弱，夹在父母连绵战火之中的佟偌善，痛恨父亲的软弱，却不由自主地也形成了父亲的性格，在面对女生商仁娜、辛盈盈的挑衅时，她选择了退让和逃避。她是个冰雪聪明的女孩，知道自己性格的弱点却无力改变，她发誓要交一个和父亲完全不同的男生作为男友，为此她推开了善良温和的温如海给她的无私情谊，却一头扎进对冷西墨的痴迷中，她试图从冷西墨那里获得力量和支撑，然而过于自我的冷西墨带给她的却只有伤害。佟偌善的困境在于对一切心明如镜，却无力走出生命的泥淖。她缺乏行动的勇气，始终没有获得独立面对人生的精神力量。"一个人成长的标志不是发现罪恶，而是如何面对他发现的现实。消极的逃避不是成熟的标志，学会应付现实，并保持自我才是成长的体现。恶既然与人类共存，年轻人就得学会一定程度的妥协。做不到这一点，他就不会成为一个正常的人。学会妥协意味着学会接受社会的复杂性与多样性，意味着能够在一个不完美的世界里继续生存，意味着能够正确看待他人，即世界上没有完人。"从这个意义上说，佟偌善没能过得了"成长"

这一关，她选择了自杀，过早地结束了对人生的求索和体验。

我一点也不想责备佟偌善脆弱，相反，我觉得我的心里也住着一个佟偌善，她的怯懦、自卑与惶惑也就是我的怯懦、自卑与惶惑。我没有像她那样投入冰冷的湖水，然而我又怎能说我从没有在内心杀死过过去的自己？人生本来就是一次次受伤又一次次复原，成长本就如同蛇蜕一样，是一次次的精神的死亡和再生，因而我更愿意把佟偌善的"死"看成是象征性的。而我从她内心一路挣扎的历程，也明白了她的和我自己的怯懦的心结所在，我应该在哪里打开它，让皱缩在黑暗角落里的心能够走到阳光下，畅快地呼吸一下清新的空气。所以，好的成长小说，就算是里面的人物无法获得成长的顿悟，看它的读者却可能在别人的迷途中认清自己的路，这也是《乍放的玫瑰》能够深深震撼我的一个重要原因。

除了对青春深度的剖析和细腻的针脚绵密的语言，汪玥含在这部小说里还酝酿着饱满的情绪，这种情绪渗透在字里行间，如同扫过荒原的风，带着呼啸的气质。这种气质本就是青春的气质，就算有着深深的幻灭和伤痛，却没有被岁月慢慢磨蚀过的疲惫和无奈，就连伤口都是婴儿般新鲜的，可以自我痊愈的。这一切都是以一种蓬勃的生命力打底子的，就算是再绝望，就算是什么都归零，也有一种大哭一场后一切从头再来的热情。这部小说探察了人生尤其是青春支离破碎的一面，然而它却没有沿着这个坡道滑向虚无主义。站在人性的深渊的边上，却从不冷漠，从不灰心，从不放弃，对生命有着永不止息的眷恋——这是它最让人鼻酸眼热的地方。

《乍放的玫瑰》就是这样一部成长小说，它放弃了儿童小说流行的浅语写作的模式，执着地走向了对青春对人生富有深度的言说，并出此焕发出属于自己的独特的光彩。

"爱的学习是我们一生的功课"

——读殷健灵的散文集《爱：外婆和我》

　　殷健灵的《爱：外婆和我》（以下简称《爱》）让我想起《苹果树上的外婆》，想起《马提与祖父》，一个孩子和老人之间的爱，以及老人离开这个世界后孩子如何面对因为死亡而带来的爱的骤然空缺。虽然"爱"和"生死"是文学的永恒主题，但殷健灵的《爱》却以其特有的朴素的真挚而具有一种令人泪流满面的力量。

　　《爱》以舒徐的朴实的文字，缓缓地回忆了一个孩子和九十九岁老外婆的故事，她们相互照顾，彼此扶持，在漫长而短暂的岁月里共同分享着人生的欢乐与悲伤，并成为对方最牢固的精神支柱。《爱》最令人感动的地方在于，它并不是一个孩子对于爱的空洞的赞美，这种爱并不仅仅止于内心的抽象感悟，它直接来源于具体的行动：在作品的字里行间，作者不但细腻地记录了外婆是如何无微不至地关爱着她，也写了作者如同乌鸦反哺、羔羊跪乳一样对外婆周到细致的照料。她不但给了外婆最好的饮食起居这样的物质上的供养，而且还一直关心着外婆的精神生活，就在外婆去世前不久，她还陪着外婆去看戏，在看戏的过程中，外婆的每一个动作，每一个眼神，她都记得那么清楚，并从外婆这些微小的表情动作中仔细把握她的身体状况，从而能够及时地给外婆提供最舒适和最贴心的照顾。我想每一个真正照料过耄耋老人的人都会知道这其中的艰辛，它意味着精力、体力和情感的一种综合的付出，何况又是这样精心的照料。因此这本书的价值不仅仅是文学意义上的，它还让我们看到了中华民族伟大的"孝"的传统，是如何在上海这个繁华的充满商业气息的大都市，在这个处处充满功利主义色彩、亲情严重缺失的时代，在一个年轻的光鲜靓丽的女白领那里得到了如此真实的传承。因而完全可以这么说，这部作品不是或者说不仅仅是殷健灵用文字写就的，它还是她用绵延长久的坚韧的爱的行动来完成的。

《爱》还是一本生命的感悟之书。作者在前言中说："人世间的道理，只有经历过才会明白，比如——生命老去过程中的无奈与凄愁，每个人都会面临的无法逃避的死亡……一个人独自往前走，一生都在学习中：学习感受和珍惜亲情的美好，学习面对人生中不断的失去与得到，学习用记忆来挽留曾经的温暖，学习为种种困惑和疑问寻求答案。而爱的学习，更是我们一生的功课。"我想这一段话，就是对这部作品所做出的最好的诠释。是的，无论我们怎么爱一个人，怎么舍不得，最终他还是要离开我们，离开这个世界。殷健灵在《爱》中写下了这样一个小细节，让我们看到了每个人在面对亲人死亡时那种怆痛，那种依恋，那种无法接受的辗转反侧的心情。要去台湾出差的她，把外婆穿过的一件羽绒服放在了行李箱里，她还把这件羽绒服穿在自己身上，去触摸和感受外婆留在上面的体温和气息。生死是横亘在我们每个人面前的不得不面对的终极难题，但《爱》让我们看到，爱并不会随着死亡而消逝，它已经沉淀在我们的血液里，我们的情感中。爱是一场接力赛，它是永生的——当外婆离开了我们，还有父母给我们爱，当父母离开了我们，还有子女给我们爱，当子女离开了我们，还有朋友，甚至是陌生人给我们爱，说到这里，我不能不提到书中的一个小秘密：外婆并不是作者的亲外婆，这也许更有力地说明了，爱无关血缘，它是这样一种美好的情感，在任何两颗渴望着彼此抵达的心灵之间，都会美丽地绚烂地绽放。

在时不时就能听到"弃养""空巢"这样的字眼的当下，《爱》显示出它对于这个时代的意义——我们应该反思我们的生存方式，当金钱成为衡量人生成败的唯一标准时，我们是不是忽略了亲情、爱情、友情对于精神生活不可低估的力量，它的面目平凡、普通，甚至琐碎，无声无息地洒落在人生的褶皱里，很难引起人们注意，只有当它失去时，只有当孤独这种时代病侵蚀到我们机体的最深处时，我们才会体味到亲情是人生不可或缺的源泉。而《爱》给我们留下了一份爱的档案，将引领孩子们去体味亲情的美好与浩瀚。

在单纯中与丰饶相遇
——读赵霞的散文集《我的湖》

赵霞的儿童散文集《我的湖》，有着周作人散文和梭罗的《瓦尔登湖》的气质韵味。它不单单是一个人通过对童年往事近乎微醺式的回望来给予自我身心甜美的慰藉，作为一位对童年文化研究颇深的学者，每一个反复斟酌的文字背后，都蕴藏着作者对童年问题的深深关切之情。一种文化担当的情结所自然而然促生的思考始终沉淀在字里行间，因而这部散文集情真意切的感性的文字时时闪耀出理性的光芒。

赵霞在这部集子中提出一个重要概念：童年的光晕。何谓"童年的光晕"？在一封邮件中赵霞是这样回答我的提问的。她说："信中提到的'光晕'一词，是从我一度非常喜爱的德国哲学家本雅明的艺术理论中借用来的，只是在用的方向上有点儿反其道而行。本雅明以'光晕'喻指艺术品的灵性、气韵、氛围、境界、魅力等多重蕴含，我以为生动极了。我的'童年的光晕'，也是想借'光晕'一词，来表达属于童年的那种饱满珍贵、独一无二、充满灵韵的生命感觉，这种感觉能令一个孩子对最简单的生活也充满了最充沛的期望、想象和热情。当时之所以提笔写这篇小文，是有感于身边许多孩子一再发出对生活的怠惰和无聊感受，深觉'光晕'感从童年生命中日渐逝去是当代童年文化中一个值得警惕的现象。不过本雅明是从艺术大众化的角度积极肯定光晕消失的现实意义的，我的用法则正好相反。"这段话可以看作是解读这部书的钥匙。赵霞笔下的湖名曰"白马湖"，这不是一个普通的湖，因为湖畔的春晖中学曾得到蔡元培、叶圣陶、朱光潜等现代名士的垂青和眷顾。他们都曾任教或讲学于此。因此，你脚下一条不起眼的小煤屑路可能是朱自清走过写过的；一间不起眼的宿舍可能是李叔同居住过的。如此深厚的文化底蕴足以让一个后来的写作者产生滔滔不绝的言说的冲动。然而赵霞对故乡的这一面却轻轻一笔带过，作为背景交代过三言两语，在此后的篇章中甚少提起。我想这当然不是因为她对这些文化大师们的怠慢，相反，恰恰因为她的文化基因里流淌着他们的因子，因而她更能从简单的日常生活本身，从朴素平实的故乡风物中品咂出生命的滋味。所以她总是从最不起眼的童年小事落笔，津津有味地发掘出里面的趣味。她写春天折柳，夏天凫水，秋天钓鱼，冬天吹冰，又有摸螺蛳，采菱角，收河蚌各种乐事。这些小事是司空见惯的，是我们每个人的童年都可能经历过的，尽管我们的故乡不一定有一个闻名天下的湖，甚至说我们的故乡可能普普通通，但这都不能阻碍一颗善感的心去发现其中的诗意和趣味。即便在最简单的生活里，人依旧能够找到生的魅力与丰饶。

所以我觉得赵霞避开笼罩在白马湖上的文化光环，把它还原为"我"的湖——这个"我"是生活在乡间的你、我、他，是平民，是最普通的老百姓——是一种自觉的选择。这种选择隐藏着作者小小的，也是对每一位普通人审美能力的肯定和尊重。因此，赵霞写故乡，写童年，却又不局限于此，事实上她写的是人生。比如她提出的适度的匮乏感而不是轻易的满足更能激发人的幸福感，都是有着诸多自身经验支撑的人生体悟。

赵霞是位思想犀利的"80后"评论家，尤以对中西儿童文学、儿童文化的熟稔让人钦佩。她的文字逻辑性强，客观冷静。但在这部集子中，我们看到一个不一样的赵霞，那些丰盈的细节，来自故乡的一草一木，一片杨梅，一朵河底的小黄花，一本借阅的书，一粒糖果，一位代课老师以及慈祥的外公……童年在她简洁传神的文字中一寸一寸复活。她不只是要唤醒自己对童年的记忆，她也想借助于文字精灵般的神奇力量，唤醒每一位与这本书相遇的读者，让我们和她一起感受童年，感受人生的丰饶与美好。

（原载《中国图书评论》2017年第10期）

像植物一样成长

——我读王琦的长篇儿童小说《小城槐香》

《小城槐香》是王琦女士继"小城系列"第一部《小城流年》之后的新作。"小城"二字让人想到萧红的《小城三月》，想到邓丽君的歌《小城故事》。"小城"二字天生就透着静谧、安稳的气质，缠绕着生于斯长于斯的人们对她的淡然而绵长的眷恋之情。"小城"在现实中的原型是"太原"，太原历史文化悠久，重工业发达，听上去不应该是"小城"，反倒是气质刚硬的大城。但在王琦女士的眼里它就是座"小城"，事实上，在一个小女孩的眼中，她所喜欢的所亲近的这座城的那部分，都是它最柔软的元素。小青子聪颖、好强，有个弟弟，在家是长女，妈妈是兢兢业业的老师，爸爸是一年也见不上几次面的边防军人，姥姥则是慈祥勤劳地守护着一家人。相亲相爱的家人，相帮相助的邻居，团结友爱的小伙伴，成绩优异的学业……这是女孩小青子的成长背景，周围的一切都给人一种安全感、安定感，这让她的成长历程基本是笼罩着一种温情脉脉的氛围。当然小青子的内心并非一条没有起伏的无忧无虑的直线。她也有自己隐秘的心事，这当然都缘于她的好胜要强的心性，想和别的小伙伴一样获得跳班的机会，成绩不如人时会暗暗地努力。又因为爸爸不在家，作为姐姐，她又多了一份帮着妈妈姥姥分担家事的早熟。作者在描摹小青子内心时的分寸把握得特别好，纵然比其他小女伴要成熟一点点，但也就一点点而已，并不会用力过度，是每一个小女孩都会有的那种想当小大人的心思。看到小伙伴们比自己成绩好了，会羡慕，会努力，但不会有破坏性的嫉妒，一切都刚刚好。这样的小青子，这样的童年，像小城里到处都洋溢着的槐花的香气，纯粹、透明、甜蜜、无忧无虑；也有一点点倔强、上进、懂事，就像大街小巷无处不有的槐树，尤其是晋祠里的古槐，坚韧、质朴、包容。当然一个小女孩在气质上怎么也不会像一棵饱经沧桑的老槐树，但是她天天浸润在这样的青枝绿叶间，不知不觉中，那样一种温婉、柔美中透着一丝丝的刚强的性格，也就在字里行间慢慢显现出来了。

《小城槐香》的文字特别地清新、清丽、清澈，这让我想起小时候见过的槐花，无论是白色的，还是紫色的，一串串的，素雅，矜持，香气很缥缈，却又不知不觉间沁入心脾。《小城槐香》的文字就是这样的，它的感染力是润物细无声的那种，是无声无息地感染了你的那种，让你想回到自己的童年，想回到自己的故乡，想到槐树成荫的安静的街巷里走一走，闻一闻槐花的香气。《小城槐香》并不会直接去写童年多么有趣，自己对这座城多么地有感情，可是那样一种静水深流的爱意就全在不言中了。

《小城槐香》每一小节的目录都是一个节气，这让我觉得小青子的成长是植物一样的成长。植物得了山川日月的精华的哺育和风霜雪雨的洗礼，她对于大自然的谢意就是默默地努力地成长，不去妨碍谁，也不计较种子是落到沃土里还是石缝间荒漠里，她只是尽自己的本分该发芽发芽，该开花开花。那些微细的心事，很多还没有开口说出就凋落了，像那些被风吹落的细碎的花瓣。但是也正是王琦女士以女作家特有的细腻，捕捉住了小青子那些一闪而过的情绪的波动，像一条细细的始终没有断流的小溪，自始至终在各种生活细节的下面潺潺，使这部散文化的、诗化的小说同时也有了故事性，有了节奏的急缓，文字也因为这种律动而活泼摇曳起来。

王琦女士是事业有成的出版人，出版人特有的能干与爽利她都有，可是《小城槐香》里住着另外一个她，女孩子的美都不被打扰地绽放了，灵魂的香气在字与字之间缭绕着，无论什么时候打开这本书，都是相宜的，焦躁时它让你沉静，沉静时它和你默默相视、会心一笑。如果你是个孩子，那么你会从中看到自己还在行进中的童年；如果你是大人，那么你会重新回到已经流逝了的童年。

（原载《文艺报》2020年12月14日）

书写革命者对儿童成长的深情守望

徐贵祥是茅盾文学奖获得者，他的代表作《历史的天空》《弹道无痕》等无不是对革命历史题材的正面强攻，风格热血而冷峻。《琴声飞过旷野》（明天出版社）是他的首部长篇儿童小说，书写了土地革命和抗日战争时期中国共产党人对少年儿童成长的守护与期待。对孩子群体的温情凝视，让徐贵祥的笔触在一贯的硬朗中多了一份慈爱，呈现出"铁汉柔情"的美学气质，为儿童文学红色书写提供了诸多新鲜的审美经验。

写实性与象征性相互叠加的叙事策略

"琴声飞过旷野"既是书名也是作品的核心意象，全书内容与主旨都容纳于这六个字之中，就如同芯片用微小体积承载了海量信息，以丰富的象征意义为读者构建了多元的审美空间。

从写实的层面看，"琴声飞过旷野"真实地还原了战斗场面：从戏班里走出的女孩拉倒，这时已经成长为年轻的新四军战士韩子路，在无边的深夜里，她机智地用自己的二胡技艺，拉曲子向城里的部队传递情报，化解了迫在眉睫的危机，铲除了叛徒，挽救了战友们的生命。从象征的层面看，"琴声飞过旷野"指向了革命先驱者们朝向明天的美好愿景，正如在电影《革命者》中李大钊先生说的那样："我们今天流的血，都是为了孩子们能有一个更好的未来。"在绿意葱茏、阳光灿烂的旷野，孩子们拉出的琴声自由地飞过，这个欢快的充满诗意的想象和惊险的历史现场居然严丝合缝地叠合在一起，仿佛这六个字的一体两面。然而从现实的A面抵达理想的B面，却如此的艰难和迂回，这条路处处充满血与火的考验。《琴声飞过旷野》带领读者勇敢地穿行在这条路上，让人们看到了韩子路、乔咏秋、白儿扎这些在旧戏班子里苦苦挣扎的孩子，在李桐、叶晨霞等共产党人的引领下，是怎样一步一步把自身的前途与国家的劳苦大众的解放紧紧地联系在一起，从懵懂无知的孩子成长为独立勇敢的新四军战士的。

《琴声飞过旷野》正是运用了写实性与象征性相互叠加的叙事策略，超越了仅仅讲一个好故事的层面，赋予文本多层寓意，激发读者丰富的联想，增强了含蓄隽永的艺术效果。

单纯性与复杂性相互交织的人物塑造

《琴声飞过旷野》没有因为是一本儿童小说，而刻意地把孩子们从他们所生活的世界中剥离出来。相反，它保留了孩子们和成人世界的千丝万缕的联系，忠实于生活的原生态，并不因为成人世界的复杂性而故意遮蔽生存的真相。

法国哲学家列维纳斯在《总体与无限》一书的序言中说过："清醒，也就是说心智向真实敞开。"从这个意义上说，《琴声飞过旷野》也是一部"清醒现实主义"作品。它开门见山地写道："拉倒八岁成了孤儿，一个债主把她领到茶山镇，卖给了戏班子，价格不贵，两块银圆。"近乎零度的叙述口吻，一下子把读者带入了当时冷酷的社会现实。此后作者不厌其烦地描述了戏班子的生活，不但写活了张得开这个旧戏班班主和黄奎这个戏班师傅两个人物，雕刻出以李桐为代表的中共地下党员的立体、鲜明的形象，也把拉倒和戏班里其他孩子苦难的生存状况写得丝丝入扣，可以说，为每个人物日后性格的发展与转变积累了极具爆发力的心理势能。

《琴声飞过旷野》塑造的是人物的群像。无论是张得开、黄奎还是拉倒和她的伙伴们，最后都走到了革命的队伍中，作者把大量笔墨都用在了他们成长为革命者的"前传"上。显然，他们都不是超凡入圣的圣人，他们是一群普通人。作者并不靠人物身上的传奇性来制造戏剧冲突，作品的张力主要来自作者对人物之间关系的精准把握，孩子和成人间的互动与彼此的映衬，单纯与复杂的相互交织，很好地推动了情节的发展和人物的刻画。他把他们写得日常、真实，让每一个人物的辨识度都很高。他也不额外地为孩子们增加戏份，而是尊重了生活自身的逻辑，因而读者会觉得韩子路、乔咏秋们的成长是那么自然而然、水到渠成，没有人为拔高的痕迹，为如何书写战争中的英雄尤其是少年英雄提供了更多可能性。

主题性与故事性相互融合的艺术探索

《琴声飞过旷野》可以纳入这几年越来越热的儿童文学主题写作的范畴，从这个维度看上去，它也很好地处理了主题性和故事性的关系。

作者在前言中提出，他有一次在大别山深处发现了红军时期鄂豫皖苏区最早（1930年）创建的列宁小学，同时中国最早（1990年）的希望小学也建在这座山上，时间跨度长达60年，但中国共产党人重视少年儿童教育的初心一直没变。这样的主题也让作者选取的素材和其他革命题材的儿童文学作品有所不同。他笔下的孩子不再是直面战场，相反，书中以韦思源为代表的革命者即便是在反"围剿"这样艰苦的战争环境里，也坚持让他们避开血腥的战斗。作者借韦思源之口说出了他的理念："就算崇山支队打光了，还可以重建，而孩子们是中国的未来，孩子们长大了，可以建设中国。"事实上，韩子路、乔咏秋们正是在列宁小学、随营学校里，在叶晨霞等革命者的亲自教导下，迅速地成长起来。在这里，我们可以看到作者别具一格的设计和暗含其中的思考。

从"教育"这个切口进入革命历史题材创作，作者不但挖掘了以往儿童文学很少涉足的"矿脉"，而且也呼应了当下教师和家长们对如何教育孩子的热切关注，可以说这是一次打通历史与现实的写作实践。

《琴声飞过旷野》以特别严谨的现实主义笔法写就，同时不乏理想主义的诗意与浪漫。它无意制造哗众取宠的噱头，也不在小机巧上用心思。它有着"重剑无锋"的大气，适合回味和慢阅读，在细细琢磨中会恍然明白每一处细节都暗藏着作者的匠心。

新花一万枝

我有幸数次参加"我的书屋我的梦——乡村少年儿童阅读实践活动征文"的评审，印象最深的就是2019年这一届，面对从海量征文中初选出的近千篇作品，油然而生"一夜好风吹，新花一万枝"的惊艳感。按照评委会要求，终评委们需要优中选优，再从中挑出几十篇，这可让我犯了选择困难症，因为每一篇都像枝头迎着东风初绽的花朵，各有各的鲜妍，各有各的姿态，共同构成了蓬勃的春天，哪一朵都可爱得叫人不忍心舍弃。但我想这种纠结是一种喜滋滋的纠结——让人一下子就能感觉到大江南北全国各地乡村的孩子们，并不是仅仅某一地水土适宜长势良好，而是齐刷刷地在拔节成长，这算是从空间这个维度的横向比较。再沿着时间轴纵向来看，我可以清晰地感受到这几年的征文是一年比一年好。从这些或长或短的作文中可以看出，孩子们阅读的书目越来越丰富了，小说童话诗歌科幻军事历史天文地理……不同门类不同体裁不同领域，不论古今中外，凡属人类留下的智慧结晶，都在他们那尚属稚嫩却又充满好奇的目光之内，都留下了他们勇于求知和探索的小小脚印。也正是因为阅读的广博，让他们不管是生长于哪片偏僻的乡野，都能够从浩瀚的书海中汲取无穷无尽的滋养，获得世界性的视野。你能够从字里行间捕捉到一种"初生牛犊不怕虎"的淋漓元气；一种与周围世界与他人与自我对话时落落大方的自信表情；一种对祖国对人类对万事万物的真挚的爱。而这一切的呈现又依赖于他们对于语言文字日渐流畅、自如的运用。俗话说"熟读唐诗三百首，不会写诗也会吟"，阅读对于一个人写作能力丰厚的反哺，是这些征文给予我的第一个鲜明印象，那些已初步呈现出汉语言之美的遣词造句，那些灵动的、机智的表达，那些对于生活细节敏锐的、精准的描摹，那些既充满孩子气又闪耀着思想光芒的惊人之语，都无不让人生发"后生可畏"的赞叹。所以说，尽管眼前面对的是一篇篇无言的征文，又分明让人看到了征文背后所站立的那一个个活泼泼的、天真烂漫的孩子，看到了新时代乡村少年儿童自己写自己而讲述的不一样的"中国故事"。

对于孩子和国家、民族的关系，已经有很多精辟的认识和论述。"孩子是祖国的花朵""孩子是民族的未来""少年强则中国强"。然而，孩子们要集体撑起国家的明天，他们首先要撑起自己的明天，而阅读则是能够撬动他们未来命运的支点。"忠厚传家久，诗书继世长"，这是在中国乡间最常见的对联，一代又一代贴在每家每户的大门上，可见在我们民族的潜意识中，书籍和人品是支撑一个国一个家千秋万代延续下去的两根最坚实的立柱，这一点需要贴在最显眼的地方以便每时每刻提醒每一个人。我想这是一个有着五千年璀璨文明的民族最智慧的共识，而要把这一共识真正落到实处，最需要着力的地方就是乡村了。相比有父母督促，阅读环境更优越的都

▼

市孩子来说，乡村孩子的阅读可能更需要政府社会的引领，尤其是数千万父母不在身边的留守儿童，阅读既是他们获取知识的有效途径，更是安顿心灵的精神家园。我常常想，一个人需要有自己的书柜，一个家庭需要有自己的书房，一个城市需要有自己的公共图书馆，那么一个乡村，当然应该有自己的书屋。书屋不但是一个物理概念的空间，更是精神层面的空间，是文化的地标，也是能够照亮人们内心的希望的灯塔。这些年，从我自己亲身到一些农家书屋的调研、采风中，我能够真切地感受到从政府到每一个默默无闻的书屋管理员，在推动乡村阅读方面所做出的持久、坚韧、热切的努力。虽然这样的努力所产生的效果，不太可能像经济数据那样，因为可以量化所以一目了然，但是我们仍然可以从这些小小的征文中，看到阅读对一代人潜移默化的熏陶和滋养，它所产生的良性效力必将像血脉一样继续传承下去，毫无疑问，这是功在当代，利在千秋的事业——我们不妨来个小小的假设，全国有近60万个乡村，假设每个乡村的书屋的书籍，能够像投入湖心的石子，仅仅需要在10个孩子的心中荡起涟漪，那么全国就会有600万个乡村孩子从阅读中受益，而600万则是以色列全国的人口数。所以，美丽乡村既要实现生态意义上的"绿水青山"，也要构建精神层面的"绿水青山"。

面对这部由中国少年儿童新闻出版社出版的《我的书屋我的梦——乡村少年儿童阅读实践活动征文选》，让人欣喜的是，它不但有文字，而且还有很多入选的画作，孩子们运用了大胆的色彩、大胆的想象、大胆的线条，恣肆地描绘着他们的梦和憧憬，这些梦根植于他们生活的山乡旷野，又呼应着远方、星辰与大海。我尤其记得其中的一幅，那一座高大的书塔，那种拔地而起的气势，是一种象征、是一种隐喻，是这一代孩子想站到巨人肩上的渴望，是对祖国明天最美好的祝福和期待，也是中华民族必将走向复兴的昭示。

纯粹的玉清

　　张玉清出道成名甚早，20世纪80年代末，当他的《小百合》《哦，傻样儿》等青春小说在中学生中风靡一时的时候，我还是个为高考苦苦奔忙的高中生。2007年，我在鲁迅文学院儿童文学作家高研班上第一次见到他，才知道这位"老前辈"其实只大我几岁而已。他见着谁都是诚恳地微笑着，一脸文学新人才有的虔诚之情，仿佛那些辉煌的履历都是属于别人的。少年成名者该有的脾性他一概没有，那些过往的荣耀，他既没有放在脸上，也没有放在心上，像个热心的邻家大哥，甘愿为同学们跑前跑后，不几日，大家就忘了辈分，称兄道弟起来。

　　张玉清非但没有"前辈"的架子，甚至都不大有作家的范儿。他早期作品有着白百合般清纯浪漫的气质，单从文字去想象他，该是一个白衣胜雪的少年——也许他曾经衣袂飘飘过，只是我无缘得见——我和他认识的时候，他已年过不惑，但脸上又缺几道沧桑的皱纹，眼神温和，毫无凌厉之感，不抽烟，似乎也不喝酒，没有任何特立独行的嗜好或性情能够帮忙增添几分文学大师的风范。偶尔和他坐在一起聊天，评价到某某人某某事的时候向他提问，这个时候，张玉清就一直那么憨憨笑着，斟酌良久，珍重地吐出一个字，然后停顿。因为停顿时间过长，每每让我不耐烦起来，会催促他给个痛快话儿，好还是坏，赶紧表态。他按照自己的节奏，不急不慢地又吐出一个字，他大约害怕一个不小心，掉出不好的字眼，会伤了那个不在场的人。这么多年下来，我听到他对人最坏的评价也是中性的，仿佛他的字典里没有贬义词。这就是日常生活中的玉清，好脾气的玉清，一个对妻子体贴的好丈夫，一个对儿子疼爱到有点溺爱的好父亲，一个对朋友和同事很宽容的好人……这样写下去让我很焦虑——我不是在写一个道德模范，我是在给一个作家写印象记。我对"作家"二字有着牢固的偏见，总认为得有那么一点点乖张的线条，才能算是典型性的，而玉清偏偏如此非典型，如此正常。

当然也有例外，那就是当他谈起文学作品的时候，又严格到近乎挑剔，坚定得几近偏执，了解多了你就会知道，他对自己的作品比对别人的作品更苛刻，苛刻到纯粹的程度。

然而，刺猬把刺长在外面，鱼把刺藏在身体里。藏在身体里的刺固然没有那么触目，但你不能说它没有长在外面的刺锋利。张玉清的刺，我觉得是藏在他心里，藏在他的作品里的。儿童文学的市场是一路走高，少年情感小说曾经写得那么畅销的他，在一片喧闹声中，悄悄地躲在他河北香河的家里，吭哧吭哧地写着给成年人看的短篇小说，从《地下室里的猫》到《谁是叛徒》，他作品的表情是冷峻的，对于人性的开掘，日常生活中的好人在文学世界里是狠得下心来的。他的《地下室里的猫》曾获得过《人民文学》优秀作品奖，他的其他小说《蜘蛛茧》等多次被各种选本选过，但这终究是一项寂寞的事业。首先他没有后援，一个儿童文学作家，越出自己的边界，单枪匹马地要和另一个阵地上的高手们一比高下，这样的同道真是寥寥无几，谁会那么傻呢——这倒不是说在这样的比试中他一定会被挑落马下，而是说，放着到嘴的肥肉不吃，非要去干这种费力不讨好的事，理由是什么呢？张玉清从未说过这是为什么。从这个意义上说，他又分明比任何人都有个性，他有他的骄傲，他的自尊。他对自己在文学上要抵达的高度有着难以抵达的期许。

人往往会被贴上各种各样的标签，就像一味味中药一样，便于分类，放进不同的抽屉里去。但他属于哪一类呢？在日常相处中，从来不会用凹凸的棱角剐伤别人的他，在文学上却又是有着自己默默的不妥协的坚持。

其实，我这个印象记起初想起名叫"像玉清一样流泪"。这是因为，有一年在他的作品研讨会上，最后致答谢词的时候，他先是哽咽，然后流泪。这让我大吃一惊，由于我的孤陋，这是这么多年来，我第一次看到被研讨者如此热泪盈眶——也许很多人也想热泪盈眶，但碍于身份和场面，把那份夹杂着激动的五味杂陈的情感压到心底了。然而玉清不，他想哭就哭了，完全不顾及什么前辈啦，男人啦，年龄啦……事后，他的好哥们儿翌平朝他嘎嘎地坏笑："哭什么哭呢，还男子汉呢，要是我，我就不哭！"然而，不久就轮到了翌平被研讨，到了同一个环节的时候，我发现有一道亮晶晶的液体从翌平的眼眶里缓缓流出来，然后是更多的液体……完了，比玉清哭得还要恣意。这次是我笑翌平，笑到下巴脱臼。又过不久，我忽然也成了被研讨者，又到这个环节，我也情不自禁地……哎，如果没有玉清流泪在先，也许我们都会继续端着，把眼泪硬生生憋回去。我不想说玉清是童心未泯，其实，童心不童心的他可能都没有去想过，他只是做人不装。是啊，管它呢，流自己的泪，让别人笑去吧。

也许我前面所说的，他的骄傲啊，自尊啊什么的，统统都是我的臆想。也许他根本就不是为了证明什么，仅仅因为想那么做，就那么做了，就好像一个小男孩看到树上的一只天牛，因为喜欢，就和这只天牛玩了一个下午。因为喜欢写短篇小说给成年人看，就去写了，为什么非要去想自己这个儿童文学作家的身份呢？为什么非要去想会不会无功而返呢？

这就是我所知道的玉清　　他不装。

像鸟儿一样轻，
但不是羽毛

像鸟儿一样轻，但不是羽毛

记得我当年看完尼尔·盖曼的幻想小说《墓园里的男孩》的时候，不由得大为感慨，原以为有了《魔戒》，有了《纳尼亚传奇》，有了《哈利·波特》，真不知道西方的儿童幻想小说还能翻出什么新的花样来。

然而，《墓园里的男孩》证明了人类的想象力是没有天花板的——即便是在坟场这样阴森的被死亡气息笼罩的地方，一样能生长出温情的完全出人意料的奇幻故事。这样的惊叹同样发生在我看大卫·威斯纳的《三只小猪》、奇米勒斯卡的《眼》等图画书的时候，这些书总能给人带来讶异和惊喜：原来世界还可以这么看！原来在这样平凡普通毫无关联的事物之间，蕴藏着如此美丽而深刻的联系。就仿佛这些童书作家是受到上帝特别恩宠的人，他们拥有无穷无尽的想象力和一双善于发现美的与众不同的眼睛。

很多家长以为童书就是让孩子认字，学知识的，这当然没有错，然而在我看来，好的童书最吸引人的一点是它能让孩子们意识到发现的乐趣、品尝到探索的魅力。是让他们在生之初就拥有了一种不同凡响的格调，让他们明白什么才是真正的美；是让他们看到世界的丰富、博大永远在召唤着他们去寻找一条前人没有走过的路径，召唤着他们创造的热情和信心。

好的童书从来不粉饰真相，遮蔽生活中的苦难，在《彼得·潘》里，在《时代广场的蟋蟀》里，我们能够看到普通人生活的艰辛，也不回避人性的弱点。然而这一切沉重的东西，都被一种幽默的乐观的精神所照耀，并化沉重的跋涉为轻盈的飞翔，沿着孩子们最喜欢的方式抵达他们的内心。我相信这些温暖的快乐的文字将让孩子从小就和周围的世界，和周围的人建立一种信任的关系，而不是用一种怀疑的目光把自己囚禁在一个狭小的天地里。我认为这样一种信任的关系对于孩子的一生都是至关重要的，从某种意义上说，比掌握知识还重要。因为他在建立自己的信仰，即真正的人生，真正的人，应该是什么样子的，即便他在后来的生命旅途中遭遇波折、打击、磨难，我想他在信仰的力量的支撑下，依旧会朝向他心目中美好的目标前行。因此，好的童书给人力量，不在于它虚构了一个迷人但虚幻的一碰到现实就粉身碎骨的乌托邦，而是因为它让我们相信，无论云层多么厚，真善美终究会像阳光一样穿透云层的阻隔，照亮我们的未来。

好的童书总是在单纯中呈现出无限可能。有句话说真理是朴素的，这句话用在好的童书上也是很恰切的。好的童书删掉了一切枝蔓，呈现出生命最简单也是最本真的质地，成为一个象征，一个寓言。好的童书不但经得起孩子们的眼睛的检验，它也不畏惧任何一个年龄段的人的阅读，卡尔维诺说过："经典作品是这样一些书，我们越是道听途说，以为我们懂了，当我们实际读它们，我们就越是觉得它们独特、意想不到和新颖。"在这里，我们完全可以把"经典作品"换成"经典童书"四个字，尤其是在我们这个成年人特别轻视童书的国度里——很多人连一本好的童书也没读过，但也往往就是他们一谈到童书就流露出一副蔑视的神情，认为那是"小儿科"，那是"幼稚"的代名词。这些人我很想请他们看看图画书《母鸡萝丝去散步》。每页只有很少的字，二岁的孩子都能读懂：一只饭后去散步的母鸡，一只想吃掉母鸡的狐狸，一个很单纯然而也是一波三折的故事，符合孩子们对故事近乎本能的向往。母鸡一路危机四伏，然而它一路浑然不觉，安然到家。狐狸一路费尽心机，然而每到接近成功时都功亏一篑。母鸡究竟是傻人有傻福还是以简单对复杂的大智若愚的高手？狐狸是聪明反被聪明误还是一生奋斗却总被命运捉弄的可怜虫？相信经历过人世沧桑的过来人都能从母鸡萝丝短短的散步行程中触发属于他自己的千头万绪。所以，好的童书总是作者采摘了他一生的苦辣酸甜，用他的心灵酿造出的蜜。

就是这样的，好的少儿图书总能减小自身的体积，让自己不臃肿，不笨重，但并不会减轻艺术和思想的重量，就像卡尔维诺曾经说过的一句话："像鸟儿一样轻，但不是羽毛。"

（原载《中国新闻出版报》2014年5月30日）

一份未完的文学清单

这是2018年度最后一期榜单，却远远不是榜单的终结——已经不记得这个榜从何时开始，却知道它还会不停地延展下去，博学的意大利作家艾柯有一本书叫《无限的清单》，榜单当然是清单的一种，这个榜单在数量上不可能做到无限，但它在时间的轴线上稳定而不间断地延伸，依旧会带给人一种凭借有限战胜了无限的自豪感，这当然首先得归功于编辑们的坚持，对读者坚持不懈地推荐好书，这种水滴石穿的努力，一定在悄然改变着读者和荐书者的内心。

清单在我们的日常生活中，在文学艺术中无处不在。当一位作家不厌其烦地在作品中列出各种清单，支撑他这么做的最深刻的动因，我想一定是他对于尘世的眷恋和爱。彭懿的《图画书这样读》可以看作是他列出的一份关于图画书的清单，这清单里蕴含着他作为一位图画书创作者的切肤体验，也承载着他作为一个图画书研究者的见多识广的权威论断，当然，作为一位著名的图画书的阅读推广者，在这本书里，更包含有彭懿对孩子和家长特有的体恤与温情。莫言的《莫言给孩子的八堂文学课》当然也可以归纳为一份关于如何写作的文学指南类的清单，一位诺贝尔文学奖获得者现身说法，和孩子展开文学的对话，这本身会让人感受到托尔斯泰式的对孩童的博爱的情怀。此外，我也愿意把殷健灵的《访问童年》看作一份特殊的关于童年的清单，这是作者采取口述实录的方法，记录了一百年间来自不同地域、不同历史阶段的很多人的童年——严格说来，是童年中成长的某个转折点。这些看似碎片式的被深深压在每个人心灵深处的故事，被殷健灵的采访一一召唤出来，对被采访者来说，讲述是一种释放；对读者而言，倾听是一种抚慰；而对于写作者，我们得祝贺她用这样一种轻盈的机智的方式整合和呈现了一百年间沉甸甸的中国式童年。从某种意义上来说，这种写作真正具有无限的性质——这种无限是每个读者都可以产生代入感，在不知不觉中把自己童年最刻骨铭心的成长记忆，接龙一样地链接到了现有的故事中去了。《中国名画绘本系列》和《给孩子的科幻》《给孩子看的编程启蒙书》，一眼就能看出它们的清单特性，关于那些经典的中国画，关于科技……这种想让孩子们得到更多经典滋养的拳拳之心，就默默地沉淀在这些生动有趣的带有指南特色的图书里了。

曹文轩的最新小说《疯狗浪》、黑鹤的最新动物小说《逐狼呼和塔拉》、毛芦芦的最新现实题材小说《妈妈的渡口》以及韩煦的图画书《章鱼先生卖雨伞》都是这个年度中国儿童文学作家原创力的结晶。把它们列在这里，让读者去感受今日中国儿童文学原创作品已经达到的高度以及它还可以提升的艺术空间。

当这份关于文学的清单和读者相逢的时候，2018年已经在转身，留在我们眼里的将是它越来越远去的背影，而2019年的脚步将至，我们总是对未来心怀期待，因为我们总是相信那些新的日子，那在昨天和今天不断积累的文学的势能，会在明天绚烂地绽放，带给我们意料之中和意料之外的惊喜。

当暑假与童书相遇

　　对于孩子们来说，暑假里的阅读和平时的阅读会有所不同。暑假里有更充裕的时间、更放松的心情去读教材教辅之外的童书。这一期的少儿畅销书榜，更像一份经过理性规划的小小书单，文学、科普、人文类的图书都有，国内原创和引进版图书也各占一定比例，既有《升级版冒险小虎队》这样惊险、刺激的通俗易读类的小说，也有《上下五千年》这样略显复杂深奥的历史类读物。当然，整个榜单上的图书还是体现了一种快乐好玩的趣味，可以在一种轻松愉快的氛围中把孩子们引入阅读的大世界，让他们在不知不觉当中体验到阅读的乐趣，过足一把"阅读瘾"。

　　因此，就连科普类图书在形式和内容上都是别出心裁的。"科学"两个字听上去总有点不苟言笑的意味，但《我的第一本科学漫画书》系列却采用了小朋友们最喜欢的漫画形式传播科学知识。想象一下，如果你被一束强光变成了2厘米的小人，然后来到昆虫世界里会怎么样呢？这套书就是这样以出人意表的想象带领你在丛林、冰河、大漠……探险，获得生存的勇气和智慧。

　　更另类的科普书要算《世界上最脏最脏的科学书》了，一听这个书名就知道作者真是孩子们的知心人，他知道小孩子都有那么点"叛逆"，越是臭烘烘、脏兮兮、怪里怪气的东西越能引起他们的好奇心。但这本书在搞笑滑稽的外表之下却是严肃的科学道理。看过之后我们就会明白这个世界所有的东西都有它们存在的理由：为什么蚊子要吸血，为什么我们会有鼻屎和眼屎,有多少虫子生活在我们的脸上和肚子里……然后,你就会发现,原来世界上根本就不存在脏的东西,那些所谓的脏东西里居然隐藏着那么多神奇的科学知识!

现在该来说说《长袜子皮皮》这部小说了。我一直觉得这部小说和暑假气质是最吻合的,暑假里那种又热烈又悠闲的天马行空的氛围正适合阅读这部小说。主人公皮皮身上有每一个人童年的影子,她富有幻想,有时候喜欢撒谎,她不爱上学不爱写作业,她有着无拘无束的狂野的顽童精神。这部小说最该让大人们读一读,让他们明白生命的每一个阶段都有每一个阶段独有的风景和价值,不能用成功的未来这样一张空头支票掠夺走童年的快乐。

收拾起我们嬉皮笑脸的表情,应该读一本有一点点严肃的书了——其实远谈不上严肃,这本故事化的历史读物还是挺亲切和蔼的,这就是著名历史学家林汉达的《上下五千年》。拿出一点点时间徜徉于我们国家悠长的历史长廊,看一看中华大地上演绎的一幕幕激动人心的故事和涌现出的一代代叱咤风云的历史人物。有位名人说过:"忘记过去就是意味着背叛。"作为一个中国人却不了解自己国家的历史,怎么可以呢?

其实这个丰富多彩的大千世界值得我们去探索、去思考、去体味的东西实在太多了。一只小狗也会让我们绷紧感情的弦(杨红樱《笑猫日记〈小白的选择〉》);一头狼让我们思考爱,思考生命和梦想(沈石溪《狼王梦》);一场地震让我们明白人性所闪耀的熠熠光辉(王巨成《震动》);一群孩子在默默地关怀着我们的地球家园(伍美珍《青蛙军团爱地球》)……而那个叫安迪的孩子,他没有外婆,在他的想象中勇敢而智慧的外婆来到了他常常玩耍的苹果树上,和他一起做所有他最盼望的事:去游乐场、去草原套野马、去航海、去印度猎虎(《苹果树上的外婆》）……嗯，谁不需要亲情的滋润？谁不需要一双充满温情的手轻拍我们孤独的双肩？我们默默地无声地呼喊着爱，同时我们也学会了默默地奉献自己的爱，我们在给予中感受到成长的快乐。

不要去追问一个暑期的阅读对孩子的一生意味着什么，只求每一次的阅读都像泉水一样润泽了他们走过的每一天。阅读的快乐就是阅读本身，就像童年的价值就是童年本身一样。

（原载《中国新闻出版报》2011年7月29日）

谁来打破"四大天王"的神话

　　杨红樱、曹文轩、沈石溪、伍美珍一直牢牢占据着少儿图书排行榜前几位，如果仅以作品的销量计，他们可谓儿童文学界的"四大天王"，如此稳固的地位对作家个人而言是福音，但对于每月要推荐书单和写书评的人来说则是不折不扣的难题。所以到了这期我终于忍无可忍，打算像过去生产队队长一样，提着一个大喇叭，绕着儿童文学这个村溜达一圈儿，用最高的嗓门对着全体社员大喊一句："喂喂喂！谁敢出来打破'四大天王'的神话？"

　　在还未有高人接招之前，还是安排沈石溪和伍美珍到板凳上坐着歇一会儿，让更多的新面孔上上场，亮亮相，因为未看到他们有新作。杨红樱的，推荐了她的校园小说《小男生杜歌飞》，虽然她的"笑猫系列"排名更靠前，因为前者相对于后者而言更新鲜一点。曹文轩的，推荐了他的《新寄小读者：学会感动》，虽然他的《草房子》《青铜葵花》排名更靠前，但已经推荐过N遍，而前者是新书。在这本散文集里，曹文轩和读者谈写作、谈阅读、谈他对生命的感悟，这些发自一位著名作家内心的声音，比他的小说更让人直接看到他的性情、他思考的痕迹，在一种促膝而谈的亲切的氛围中，读者可以直面他的灵魂，从中掬一捧甘甜凛冽的思想和智慧的泉水，润泽自己的心灵。

　　这些或精美绝伦或充满温暖的美文，会让读者感受到美的浸染和一种坚韧的力量。金波的《春风带我去散步》以一位诗人特有的敏感和诗意，带领着我们去感受大自然无处不在却又常常被我们粗心的眼睛所忽略的美。张洁的《爸爸的灯塔》有一种出尘之美，在纤细柔美的文字底下分明又蕴藏着一份倔强的力量——我们每个人都可以成为别人的灯塔，为别人照亮生命的航向。在这里特别要说的是鲁迅先生的散文集《朝花夕拾》，这些年鲁迅先生一些选进教材的文章被删掉了，也许他那些匕首投枪式的檄文在这个莺莺燕燕商业化的时代里已经不合时宜了，他那些沉痛和沉重的文字在一片浮躁和浮浅的氛围中会显得突兀。但是我仍然愿意读者们在童年时代就接触到真正具有文学质地和思想含量的大师们的作品，愿意他们沿着《朝花夕拾》慢慢走进鲁迅先生更为深邃的文学世界，获得一种庄重而深沉的人生态度。

在这一期的推荐作品中还有《一百条裙子》和《出卖笑的孩子》两部外国作品。正如鲁迅先生的作品一样，这些具有经典品质的作品总能让我们更好地思考人生和更深入地把握人性。在《一百条裙子》中我们会看到漠视对一个人带来的伤害，也会看到一个被漠视的小姑娘不服输的梦想。《出卖笑的孩子》让我们思考财富和人生的关系，财富是否能够为我们带来幸福？为什么主人公宁愿放弃财富也要找回自己曾有的笑声？

当然我们也不会忘记推荐科普作品，《奇妙的数王国：数学童话故事》和《天才小子丛书：伏特和机器人的灵魂》。如果说曹文轩的《学会感动》是一位文学家和读者的对话，那么，《伏特和机器人的灵魂》就是伽利略、达·芬奇、拉瓦锡、牛顿、希波克拉底、孟德尔、达尔文、爱迪生、伏特、爱因斯坦、麦哲伦、阿基米德这12位科学家、艺术家……和读者的对话。"对话"是一种亲切和蔼的形式，让你放下畏惧，在不知不觉中开始亲近科学，亲近艺术。

阅读不单单让我们放松、愉悦，发出笑声，更重要的是它让我们默默地思考，在沉静的思考中完成情感和认知的成长。著名的教育家苏霍姆林斯基说过："一个真正的人应当在灵魂深处有一份精神宝藏，这就是他通宵达旦地读过一两百本书。"然而俄国的大评论家别林斯基也说过："读一本坏书，还不如不读书。"在每一次的推荐中我都感到诚惶诚恐——你推荐的究竟是一本好书还是一本坏书？愿这样的考问能够让我和读者一起慢慢成熟，我们打开视野，看到更多的书，我们磨炼眼力，在茫茫书海中一眼找到值得我们读的好书。

（原载《中国新闻出版报》2011年8月26日）

阅读、美甲和冰淇淋

在我家旁边有一家偌大的图书大厦，每次带女儿去买书，走在一排排干净整齐的书架间，半天都遇不到一个人，令人窒息的静默每每让我有种想马上逃走的念头。我忍不住在心里嘀咕：顾客这么少，书店怎么维持下去呢？书店的右边是家冰淇淋店，人们正排着长队购买，一个大号冰淇淋需要52元。书店的左边是美甲店，这里生意更是火爆，护理一次指甲加上涂甲油大约100元。一本书能值多少钱呢？10元、20元罢了，半个冰淇淋或者涂一个指甲盖的钱。这说明不买书不是因为腰包瘪，而是实在没有消费的欲望。

秦文君在《神秘的吉祥物》前言中说："如若没有阅读的光芒，我所有的生活、感情世界以及写作热情就暗淡了。察看书籍对于一个人的影响，可以发现它重要得恍如这个人心灵的颜色。"然而国人对于心灵的颜色的重视毕竟不如对于指甲的颜色的热衷——心灵的颜色谁又看得见呢？而指甲的颜色却是可以一路招摇。这正如炫富的女子会一手挎爱马仕，一手提LV，却不会拍拍自己的胸脯，说里面装着一二百本书。阅读的光芒照亮的是内在，却不可能把它打制成金灿灿的项链戴在脖子上示人。

也许这个时代需要《穿越时空遇见你》中那个神奇的图书驯服师。"好像被一双神奇的手拂过，所有暴躁蹦跶的书突然安静下来，像琴键一样愉悦地被触碰、被抚摸，渐渐平息安宁下来，就在当时，一个纸片一样的人在书缝间一闪而过……"图书驯服师会把人引入魔力无限的书的世界，在郁雨君充满天真的想象之中，世界上最有魔力的地方就在书本里。

的确，阅读能够为我们的生活打开一扇又一扇的窗户，让我们看到人生另一种风景。比如，一个10岁的法国小女孩，她从小跟拍摄野生动物的父母在非洲丛林长大，她与野象相亲，同鸵鸟共舞，还有变色龙、牛蛙、豹子、狮子、狒狒……一个个给她带来奇趣、欢乐、惊险和幻想，最终这些野生动物都成为她最好的朋友。这一切都不是虚构，纵然这样的生活你我一辈子都没有机会去体验，却并不意味着别人就没有这样的幸运。这是法国女孩小蒂皮写的《我的野生动物朋友》，写她与非洲各种野生动物生活在一起的动人故事和亲身感受。如此不可思议又如此真实，阅读让我们把别人的体验变成自己的体验，阅读让远方遥不可触的奇迹变得触手可及。阅读不但让我们知道人类内心的秘密，阅读还让我们去了解动物的心灵。椋鸠十的动物小说《生于天空》让我们看到两只失去父母的雏雕是怎样历经风雨，终于学会飞翔，学会捕食，翱翔于天空的。

也许我们不一定以如此功利的目的来对待阅读，要求阅读一定要为我们带来什么。有时候阅读就像夏日傍晚的一缕风，从我们的脸上拂过，让我们感到一刹那温柔的惬意，这就够了，它不一定是我们通往某个世界的桥梁。如果我们在一个安静温暖的午后，不携带任何心事来翻一翻朱自清的《荷塘月色》，那些或美丽清新或深情委婉的文字，如水一样漫过我们的心头，缓缓流淌，涌起细小的涟漪，也是一种别样的快乐吧。

就这样放松地在图画书《爷爷一定有办法》中体味亲情的浓郁和智慧的奇妙——从一条不起眼的毯子开始，却可以编织一个出人意料的动人故事；在《笨狼的故事》《根鸟》和"波西·杰克逊系列"中感受想象力的宏伟与瑰丽；在《可怕的科学新知系列——魔术全揭秘》中品尝洞悉秘密之后的兴奋与开心……

阅读就像万花筒，它带给人的体验是立体的、丰富的、多层次的，或者说阅读会把单调生活变成万花筒，那些不起眼的小物件在一个了不起的作家的笔下，会建构出一个精彩绝伦的文学世界，那些容易被人忽略的日常生活的背后，掩藏着深邃的科学的真知。我想对那些爱美的女孩子们说，让我们像定期美甲一样定期去逛逛书店吧，染指甲会美丽我们的身体，读书会美丽我们的心灵。

　　　　　　　　　　　（原载《中国新闻出版报》2011年9月30日）

不要让好书沉睡

如果不是去参加一次有关少儿图书的评审会，集中面对这几年出版的那么多优秀的科普读物，我可能还会坚持自己的偏见——国内没有太好的适合孩子的科普读物。有时候我们会因为自己视野的狭窄而造成错误判断。有一些好书在静静地沉睡，这不是书的过错，是我们疏于和懒于去了解、去探究，我们像错过知己一样错过了很多好书。遇到好书就广而告之，推荐给更多的人，从某种意义上说也是一种美德吧。

下面这几种科普书都是我特别想向家长和孩子们介绍的。还记得《城南旧事》中有这样一个细节：小英子问妈妈自己是从哪里来的。妈妈指指自己的胳肢窝说："从这里掉下来的。"然后咯咯笑着走了。这是中国父母面对这个问题时比较普遍的一种回答方式。"从垃圾箱里捡来的""从别人那里抱养的"……在小孩子面前，父母们对于生命的来源总是羞于启齿。也许我们可以送给孩子们一套《生命的故事》，满足他们旺盛的好奇心。这是一套适合3岁～6岁孩子阅读的性教育图书，它以生动的图画和文字，解答了孩子们最为关心的生命的来源问题。本书没有把性教育只是理解为生理知识教育，而是把性教育与生命教育、情感教育结合起来，融入对孩子人格、情操的培养中。刘兴诗的《讲给孩子的中国科学系列》通过天文、历法、地理、农业、水利、交通、建筑、医学、军事等不同门类，共同营造了一幅壮阔的中国古今科学成就的画面，让孩子们知道，古老的中国是文化古国，也是科学古国。《孩子们最爱玩的科学实验》系列图书采用大量真实的图片，教会孩子利用身边的常见事物来进行各种科学实验，这些看似简单却妙趣横生的实验，蕴藏着并不简单的科学原理，让孩子们体验在游戏中学习科学，在实验中收获乐趣。《森林报》是经典的科普作品，难得作者可以用如此活泼有趣的形式，把森林中的动植物一年四季的生活传授给我们，传达了一种热爱大自然、热爱万物生灵的理念。

很多的读者喜欢曹文轩的《草房子》《青铜葵花》，我却要说，去看看他的图画书吧。"曹文轩纯美绘本"包括了《痴鸡》《菊花娃娃》《一条大鱼向东流》《最后一只豹子》。图画书的文字少，但如果据此认为图画书的艺术容量小，那就错了。这四本图画书显示了曹文轩在架构短篇创作时精巧绝伦的艺术功力。最后一只豹子遇到最后一只大雁、最后一棵橡树，在最后一个池塘里，它终于寻找到了另一只豹子——它的倒影。书的最后一段这样写道："雨过天晴，池塘边，有一只一动不动的豹子，池塘里，也有一只一动不动的豹子。但它却没有再看到池塘里的那只豹子，因为它始终没有醒来。"一股苍凉的意味油然而生。短短的千把字，配上精致的画面，胜却多少连篇累牍的呼吁环保的文章。这本薄薄的图画书再次昭示了文学就是文学，文学关注诸如环保等公共话题，只能以文学的形式，才能保持文学所特有的感染力。沈石溪的《雄狮去流浪》一以贯之地保持了他阳刚、野性、充满力量的艺术风格。秦文君的《男生贾里全传》则以其幽默、温暖的情调征服了一茬又一茬的读者。叶圣陶的《稻草人》是中国第一部童话集，历经近百年而不衰，证明了它的经典性。孩子们都是天生的哲学家。希尔的《天蓝色的彼岸》会引领他们去思考生与死这些终极问题。

另外推荐一本《钱文忠解说弟子规》。关于小孩子要不要学国学，前一个阶段有很热闹的讨论，但《弟子规》《百家姓》《三字经》这些蒙学课本，不仅仅是给孩子们传递知识，里面更包含着很多中国传统中的道德伦理、世界观、宇宙观、价值观。小悦悦事件发生后，很多人都在反思道德的滑坡、人性的冷漠。靠什么来解决呢？靠体制？靠政策？靠立法？也许关于人心的问题还需更柔软的东西去滋润，比如以童稚的声音朗朗地读一段《弟子规》……

（原载《中国新闻出版报》2011年10月28日）

儿童读物要四两拨千斤

人们总以为儿童读物是清浅的，不费吹灰之力就能够理解的，尤其是对大人们而言。其实我对于图画书也怀有这种偏见，读了彭懿的《世界图画书阅读与经典》之后，我为自己的无知无畏而羞愧，甚至觉得自己根本还没有学会读书。这本书以风格多样的近200种图画书实例和精美的800多幅插图，引领读者走进图画书的世界，了解图画书的表现形式，发现图画书的奥妙趣味。这是一把打开图画书之门的钥匙，一部读懂图画书的宝典。经典的图画书正是以最单纯的形式蕴涵了最丰富的意蕴。读完这本书后，我想如果能够把书中推介的图画书都买来，珍藏也好，给孩子看也好，那是多么幸福的事情。如果一个孩子拥有了这些图画书，他的童年该多么绚丽多姿。

是的，一部好的儿童读物总能在单纯之中传达无限的可能性，作者的匠心和苦心总是以儿童最喜欢和最容易接受的形式抵达读者的内心。就如同幻想小说中从现实世界到幻想世界的入口一样，看似普普通通，进入之后才发现那是一个超乎想象的美妙绝伦的另一番天地。比如《逃家小兔》，比如《我和小姐姐克拉拉》，都是那么简单的故事，却可以给人带来快乐与感动。《逃家小兔》是一场关于爱的捉迷藏：小兔子要跑走，妈妈去追他。小兔子变成小鳟鱼，妈妈拿着网，用钓鱼竿去钓他；小兔子变成高山上的石头，妈妈爬上陡峭的山峰去找他；小兔子变成花朵，妈妈就变成园丁；小兔子变成马戏团的空中飞人，妈妈就走起钢索，为了能够在半途正好遇到他……对于母爱和亲情的阐释，这本薄薄的小书真是四两拨千斤，胜却多少长篇大论！《我和小姐姐克拉拉》以还没上学的"我"和读一年级的小姐姐克拉拉为主人公，讲述了两人之间发生的很多天真烂漫的小趣事："我"和克拉拉把爸爸带回来的小狗分成两半，一半归小姐姐，一半归"我"——小狗染成两种不同的颜色，小姐姐的那一半染成金黄色，"我"的那一半染成黑色……无数这样让人忍俊不禁的小事在这本书里像喷泉一样喷发，让人没法不为童年的憨态可掬展颜。杨红樱的童话《亲爱的笨笨猪》也是以其温馨和欢乐的笔调给小读者带来了笑声。

儿童总是好奇心旺盛的，对未知世界充满了探寻的热情，尤其是被沉重的作业囚禁了视线的中小学生们，他们的心灵更需要充满想象力的儿童读物的滋养。沈石溪的动物小说《红飘带狮王》、奥台尔的长篇小说《蓝色海豚岛》、麦克米伦的科普读物《权威探秘百科：动物探秘》、尼克·阿诺德的《魔鬼头脑训练营》都能带给读者不一样的世界和不一样的体验。《红飘带狮王》延续了沈石溪一贯擅长讲故事，艺术气质阳刚、野性的特质，对狮子的世界做了引人入胜的描绘。你可能熟悉《鲁滨逊漂流记》，对《蓝色的海豚岛》却感到陌生，海豚岛是太平洋中的一个岛屿，形状像一条侧躺的海豚。岛的周围有海豚在游泳，有海獭在嬉戏，有海象在争雄，有野狗在决斗……这个岛本来住着印第安人，殖民者到来后，印第安人部落遭到屠杀，他们搬走了，遗留下卡拉娜和拉莫姐弟俩。有一天，拉莫被野狗咬死了，卡拉娜在岛上独自一人生活了18年。她历尽艰险生存下来，等到了救援她的船只。这样的历险生活对于都市儿童来说，可能只存在于想象之中，然而这部小说并非虚构，而是实有其人——大千世界无奇不有，作为个体的生命体验却是有限的，而阅读可以把别人的体验转化为我们自己的体验，在阅读中体味别样人生。

读了这么多需要挑战智力和耐心的书，好了，那就放松一下，读一读亚凰根据网游改编的小说《洛克王国探险笔记1：龙骨被盗之谜》，读一读陈柳环的长篇小说《萝铃的魔力之信徒，生命的余响》，在轻松愉快中体验阅读的另一种魅力。

（原载《中国新闻出版报》2011年11月25日）

第四辑　像鸟儿一样轻，但不是羽毛

▼

以梦为马

一个叫紫烟的女孩，到悬崖上采花，不小心掉进了峡谷。她出现在少年根鸟的梦中。根鸟在梦境的指引下踏上了寻找的旅途，他辗转于荒漠、草原、大山、村落、峡谷、小镇，经历了诱惑、迷乱、动摇、恍惚、清醒、执着，克服了重重艰难险阻到达那个静静开满百合花的山谷……曹文轩的《根鸟》带着他一贯的绝美到令人不能呼吸的艺术情调，让我们震撼于梦想的力量。

人类总是以梦为马，从远古到未来，一路绝尘飞奔。当我们细细检视20世纪科学技术的发展历程（《科学改变人类生活的119个伟大瞬间》），会发现人类的创造冲动永无止境，不断带来新的惊喜与变革：量子理论、相对论、信息论以及DNA双螺旋结构……各方面的科研成果与突破纷至沓来，像神话一样向我们呈现了神奇绚丽的图景。而在儿童文学领域，网游文学的兴起——儿童文学与网络游戏相结合而产生的文体，也是新兴科技与艺术撞击融合之后产生的新变体，《查理九世》系列小说就属于第一批"吃螃蟹"的作品，甫一面世就受到小读者的青睐。其受追捧的原因，我想更多的不是它在技术与艺术上有多么成熟，而是读者在向一种创新精神致敬吧！

一个时代有一个时代的梦想，一个人有一个人的梦想。沈石溪生活在红尘滚滚的上海，但他的梦却萦绕着茂盛的森林、浓绿的草原和千姿百态的野生动物。他的新作《金蟒蛇》是一份来自哀牢山野生动物救护站的报告，讲述发生在哀牢山野生动物种群间的奇特故事以及人们为拯救野生动物种群而付出的不懈努力。这本书向我们描绘了野生动物鲜为人知的生存奥秘。"探秘"是人类了解未知、实现梦想的途径，探秘不但指向野外，有时也指向人类自身。最困难的事，莫过于苏格拉底所说：认识你自己。当小孩子睁着清澈而又困惑的双眸，问大人"我是从哪里来"的时候，他对自身的追问就开始了，并将伴随他的一生。好吧，那就先把好奇的目光落到与我们关系最密切的身体上吧，来一次《人体探秘》。

在日复一日年复一年的平淡生活中，梦想是光，是投向平静水面的石子，带来生机勃勃的变化。我想，对于聪明顽皮又爱动脑筋的王闹同学（《王闹一定有办法：那天放学后》）来说，心里总会盼着有点什么不同寻常的事情发生吧？还真巧，事情说来就来了：一个9岁的四年级男孩下学后走失了，这个事件引起了媒体的广泛关注，当然也逃不过王闹的眼睛。王闹的梦想就是能通过自己的努力找到这个丢失的孩子，他和同学齐心协力，终于把失踪的男孩单小雨找到了……瞧瞧，我们的孩子多么聪明机智，如果我们没有用那么多的作业套牢他们的生命，他们一定会活得更加多姿多彩，一定会在成长的过程中品尝到生活所馈赠的各种滋味吧（《最佳少年文学读本：成长的滋味》）。然而，真实的现状是我们压缩和简化了他们的感受，让他们感受风雨的思想触须弱化了，只求他们能在高考的独木桥上安然而过。

现实总是黯淡的，甚至是残酷的，一如遭受家庭重大变故的女生小念，但是只要梦想照进现实，我们就能够走出人生的泥淖，去拥抱那只象征着幸福和快乐的泰迪熊（《拥抱幸福的小熊》），去寻找梦中的桃花源（《兽王：星使降临》）。

我们是不是该像小葫芦奇奇一样勇敢（《好样的，小葫芦奇奇》）？

甩开我们的羞涩和怯懦，对着梦想大喊一声："我行！"梦想会像那匹温顺的白龙马，一路驮着我们，去取回人生的真经。

（原载《中国新闻出版报》2011年12月28日）

孩子们为什么需要儿童文学

　　常常会遇到成年人，尤其是家长问我为什么孩子一定要读儿童文学。比如今天就遇到一位名校博士，她的眼神像外科医生一样犀利和冷静，她说你们儿童文学对于现实的想象，和卡夫卡、莫言等作家对现实的想象差别那么大，等孩子长大之后，看到真实的世界和他原先从儿童文学得来的印象是如此的不同，难道他没有上当受骗的感觉吗？言外之意，儿童文学是一种粉饰现实的文学，是一种总是把世界描绘成温暖的、阳光的、善的、美的、充满爱的文学，儿童文学从某种程度上遮蔽了生存真相残酷的一面。然后，她问我为什么孩子不能直接读成人文学，而必须从读儿童文学开始？

　　是啊，孩子为什么需要儿童文学？儿童文学的诞生不过才短短几百年，这之前没有这样一个文学门类，孩子们不也活得挺好吗？

　　在我看来，卡夫卡、莫言是伟大的，但是他们的思想并不能穷尽这个世界，也许儿童文学的魅力之一就是可以帮助孩子们打开观察这个世界的一扇又一扇门，可以让他们换一种视角看世界，对世界永远保有一种最初的新鲜感和惊奇感，从而激发创造的灵感——即便从最功利的角度来看，儿童文学也像是包着糖衣的药丸，能够让那些枯燥、单调的难以下咽的知识变得香甜可口。

　　就像《我的第一本艺术启蒙书》，它如同一间可以随身携带的纸上博物馆，让孩子们随时可以和西方艺术史上那些大家对话，在对那些美妙的细节凝视的瞬间，让孩子在不知不觉间体味到颜色、形状、光线和气氛之美。就像《万物简史》（少儿彩绘版），一部科学技术史也可以写得如此妙趣横生，娓娓动听的故事、精美绝伦的图画、活泼可爱的卡通造型、独具创意的"分镜头"式页面展示，不但让孩子们能够在轻松与愉悦之中，与科学巨匠进行心灵的沟通，而且能够培养孩子们一种开放的、发散式的思维——无论前人已经对这个世界进行了多少汗牛充栋的言说，一个有想象力和创新能力的人，永远可以独辟蹊径。像《全世界孩子都爱玩的700个思维游戏》这样的科普书，对孩子的智力成长更是会有一种直接的训练。《杨红樱画本：纯美童话系列》把孩子们耳熟能详的一个畅销书作家的作品，用"画本"的形式重新呈现，这本身在出版理念上就是一次创新的尝试。而《皮皮鲁传》这样的创作于20世纪八九十年代的作品还一直畅销不衰，尤其是《安徒生童话》这样的历久弥新的经典，也许就是孩子们需要儿童文学的最好佐证。

　　成人文学名家张炜在推出《半岛哈里哈气》系列之后，又出版了新作《少年与海》，他的不间断的跨界写作也许可以证明这样一个事实：儿童文学不仅仅是一种写给孩子们看的文体，它也是一种思想资源，当我们以孩子的视角，孩子的眼睛来反观成人世界的时候，也许我们可以更清晰、更真切地逼近生存的真相。而那些爱、温暖、同情、大爱，并不是儿童文学作家们刻意地乌托邦似的书写，那就是拂去生活表层的光怪陆离的泡沫之后，生命呈现给我们的最本真的质地。而《中国百年个体童年史》更是从一个一个普通人的童年折射出中国百年波澜壮阔的历史风云，就如同一滴水就能够折射太阳的光芒一样，儿童，童年，儿童文学，都是我们宝贵的思想资源。

　　因而，在孩子们还摇摇晃晃、走路不稳的时候，就能够拥有一本《带你去——皮卡西随身绘本》，就拥有一系列《我的第一套百科全书》……诸如此类的童书，难道不是一件富有诗意的美好的事情吗？我喜欢"随身"一词，童书就应该是孩子们"随身"携带的不离不弃的，这是一种忠诚而有意的陪伴。

儿童文学是人类在文化上最美好的创造之一，中国家长对儿童文学的屡屡质疑，也许缘于我们本土儿童文学的品质还不够那么丰富，那么高端，也许缘于现实生存的严峻，也许是几千年来中国人传统的那种实用主义的思想在作怪——即便是读一本书，也要立刻能够转化成赚取金钱的能力。然而我想说，儿童文学也许无法让你立刻赢在起跑线上，但是人生是一场马拉松，在漫长的成长之路上，有儿童文学的陪伴和滋养，我相信孩子们也许能够赢在终点线上。

（原载《中国新闻出版报》2014年5月22日）

童年不是桃花源

"我们走着瞧！我这次可算是恨上你了，我再也不会回来了。"男孩哈里和姐姐吵架了，出门前，他跟姐姐说了这句赌气的狠话。然后……然后他遭遇了车祸，真的回不来了。他得去另外一个世界，那个天蓝色的彼岸，但他还有那么多的爱和歉意要告诉爸爸、妈妈、姐姐、朋友、老师……一个叫阿瑟的幽灵帮他实现了愿望，他们以灵魂的身份偷偷溜回人间。让哈里难受的是曾宣称喜欢他的奥利维雅没有为他戴黑纱，而是在认真学习，他曾经的好友和"敌人"在一起快乐地踢球——你不在了，别人的生活还在继续——正当哈里以为自己已经明白死亡真相的时候，他发现身后的墙上贴满了小诗、照片和图画，上面有一行大字："我们的朋友哈里。"《天蓝色的彼岸》以淡淡忧伤的笔调告诉我们该如何面对生死。

是的，童年不是桃花源，除了生死这样的大事，还有生存的困顿和疾病的打击。《山羊不吃天堂草》里的主人公小小年纪就为生活所迫，跟随师父到陌生的世界里去闯荡谋生，但是生活的艰辛和世态的炎凉都磨灭不了人性深处对于尊严和美好的坚守与向往。《吹小号的天鹅》里的那只生下来就不会发声的天鹅，一直没有向坎坷的命运低头，它学会了吹小号，它赢得了爱情，赢得了尊重，赢得了成功。在《疾速天使》系列的六个孩子面前，前面所提到的那些磨难也许算不了什么——他们的命运完全不能由自己操控，被送入实验室接受残酷的基因改造，变成了长有翅膀拥有超能力的鸟孩。他们逃离、反叛，在磨炼中发现他们的力量正是为了这个世界而存在。

也许大多数人的童年不会如此动荡和充满戏剧性，只是如同年复一年的平常日子一样，没有起伏，没有波澜，有的只是单调和枯燥的循环往复。就像《龙虾礁的灯塔》里那位老人的日子一样平淡无奇。他的工作就是给塔里的大灯添加灯油。可是他还有很多朋友，会讲故事的朋友——会说话的海鸥，爱搞恶作剧的精灵，挑剔而高贵的老鼠……它们会讲各种各样的匪夷所思的故事，这些故事让枯燥乏味的生活起了化学反应，让日子灵动起来，让生活充满了诗意和想象。

一位优秀的儿童文学作家就是语言的魔法师，他们用手中的魔杖点一下那些平凡的文字，于是这些司空见惯的文字就组成了神奇的故事，这些故事或温馨，或顽皮，或惊悚，或有趣，温暖我们的童年和童心。汤素兰的童话世界就是这样，在《好森林的故事》里世间万物都是有生命的，天真、善良、瑰丽、新奇，有的令人忍俊不禁，有的洋溢着暖暖情意，有的让人忍不住流下眼泪，有的则带给人淡淡的哲思。而在沈石溪的《野犬女皇》中，他笔下的大自然的雄伟壮阔，他笔下的动物之间的姐妹情谊，读来让人有身临其境之感，仿佛你就是其中一员，你目睹了一切。

生与死、亲情和友情、残缺与完美、孤独与温暖……这些都是人类需要面对的古老而新鲜的问题，从远古一直绵延至今，都是文学挖掘不尽的主题。然而时间的列车是这样的飞速向前，当我们还没明白怎么回事的时候，我们的面前一下子涌现出许多新的难以命名的事物。我们刚刚适应了影视，立刻又和网络游戏劈面相逢。儿童文学注定不能待在纯之又纯的象牙塔里，当它遇到影视和网络游戏等新媒体之后，注定一些新的文学品种就产生了，尽管一时间我们还犹豫着该给他们一个什么样的名字。《大闹天宫电影连环画》是电影、文学、连环画三者的联手，《亨利的魔法箱子》是动漫纸质化，在《植物大战僵尸·武器秘密故事》面前，前面二者都不算新鲜事了。《植物大战僵尸·武器秘密故事》系列是一款热门网络游戏的文学化，借助于游戏中的各种道具，重新演绎出新的童话故事，是彼此借力，也是相互提升，想来这样的童话故事会增强文本的游戏性，变得更好看，而游戏也会因为这样的童话故事增强自身的文学性，变得更优雅。求奇，求新，求变，这本来就是孩子的天性，但愿这样的新的艺术尝试，能够给他们的阅读带来新的可能性和新的惊喜。

（原载《中国新闻出版报》2012年3月30日）

打开梦想之门

开开，这个名字有什么含义？男孩开开没能给父亲一个满意的回答。他被关在屋子里，苦恼之时，他信手在墙上画了一扇门，轻轻一推，门开了……我们经常被囚禁在一个狭小的空间里，无形的有形的囚禁。我们被都市的钢筋水泥囚禁在大自然之外，我们被作业囚禁在斗室之中，我们被沮丧、恐惧、自卑以及各种各样的负面情绪囚禁在心室之内，我们以为四周的围墙牢不可破，不敢走出去，从未尝试走出去，懒得走出去，生活于是变成平面的、琐碎的、单调的……《开开的门》却告诉我们，这扇"门"就在我们的心中，在我们的眼前，在我们的梦想开放的地方。它通往远方，通往萤火虫和鲜花的故乡，通往洒满阳光的新世界。走出门去就意味着探寻、发现、成长，克服困难，走向新天地和新目标。人生就是这样跨过一道道门，开拓一个个新的境界。

让我们走出门去，仰望星空，领略浩瀚的太空奇景（《太空探秘系列：恒星和星系》）。康德说过："有两种东西，我们愈是时常愈加反复地思索，它们就愈是给人心灵灌注了时时翻新，有加无已的赞叹和敬畏，那就是：头上的星空与心中的道德法则。"人类依靠太空飞船、航天飞机、宇宙探测器，不仅成功登上月球，还造访了太阳系的大部分行星，如今正向太阳系边缘甚至更遥远的星球跋涉。人类对于人空从仰望到造访的过程，就是梦想的种子从发芽、开花到结果的过程，从中，我们也可以看到梦想的力量是多么伟大，它把许许多多不可思议的事情变成了现实。

让我们走出门去，走到大自然中，感受来自原野的清新气息。让我们去看看长毛象学校里可爱的动物们（《长毛象学校（恋恋假日）》），去探寻麋鹿的秘密（《麋鹿的冬天之谜》），去体悟小鹿斑比的内心成长（《小鹿斑比》）。小鹿斑比来到这个世界上，它对这个世界充满好奇。希望我们都能有一双像小鹿斑比的眼睛，去发现这个世界的奇妙和美丽。

或者，如果我们走不出现实中的"门"，我们也要走出心灵之"门"，放飞我们的心。让我们把自己想象成希腊诸神的后裔怎么样？我们半人半神，我们身边的同学突然变成了魔兽（《失落的英雄》），这是怎么回事呢？合上书，想一想如果你去写这个故事，你会怎么写呢？放开自己的想象力和作者一决高下吧。

所有的梦想都需要热情来点燃。所以，要像雷夫·艾斯奎斯老师那样《点燃孩子的热情》，他说："人生就像一场赛事，有输有赢有汗水，每一滴汗水都是生命的体验！打开教室之门，用热情成就人生之宽广！"除了热情，还要有意志，才能有实现梦想的决心和毅力。美国斯坦福大学有一个著名的实验：让一个孩子单独待在房间里，给他一颗棉花糖，告诉他，如果他能坚持15分钟不吃这颗棉花糖的话，会再给他一颗作为奖励。10年后，经过调查，研究人员发现：能够坚持15分钟不吃棉花糖的孩子，长大以后，不论是在事业上还是在人际关系的处理上，都比那些马上吃掉棉花糖的孩子优秀。《孩子，先别急着吃棉花糖》正是教我们为实现梦想养成一生的好习惯。

然而，无论是给予孩子们做梦的自由和权利，还是唤醒他们内心的热情，帮助他们磨砺自己的意志，这一切归根到底都离不开大人们的帮助，希望在现实生活中，多一些不可思议的梦神老师（《梦神老师不可思议》），多一些开甲壳虫的女校长（《开甲壳虫的女校长》），像他们一样为孩子们守护无忧无虑的童年，守护五彩斑斓的梦想，守护纯真无邪的净土。正如梦神老师所说的：孩子们，无论如何不能放弃做梦的权利和幸福！

（原载《中国新闻出版报》2012年4月27日）

因爱之名

"六一"节马上就要到了。哪怕平时多么忽略孩子的存在，到了这一天，所有的大人都会意识到，这是孩子的节日。大概有很多商家早就摩拳擦掌想在这一天狠狠赚一笔吧。在这一天以爱的名义举办的各式各样的庆祝，并非就一定源自对孩子真正的爱。很多例行公事和功利廉价的祝福披着温情脉脉的外衣，却和这个节日庄重、真诚的初衷南辕北辙。

就拿图书来说吧，这些送给孩子的精神礼物，有多少浅薄随意的文字为了赶着这个日子上市而仓促面世。前些天我参加一个儿童读物评审，一位从未参加过此类活动的评委，愤愤地跟我说："我们挑出来的有些书那么通俗、随便，我羞于说这些书是我选出来的。"我看着他，想跟他说巧妇难为无米之炊，任何的图书评奖、推广、评论等活动都是第二位的，它的成功得由作家们提供的好书打好基座。可是，在市场的指挥棒下，大家都朝着畅销的路子走，放眼一望，满坑满谷的书，打开一看，大同小异。我们被商业化的鞭子赶着一路向前，已经没有时间把作品当成一个艺术品去精雕细琢。"半部经典"的现象就特别显著，往往你看一本书，开头很精彩，让人为作家的才情天赋不由得拍案叫绝，再看下去就往往凌乱不知所云。开头就像人戴的帽子，反正有一顶华丽的帽子能吸引住读者的眼球，买了这本书就算成功，至于要写什么、为什么写和怎么写，对不起，实在没时间考虑这些问题。

但我们仍然要推崇有难度的写作和有深度的阅读。尽管在一张长长的畅销书单上，上榜作品数量众多却又不可避免地单调、重复，要从中淘到新书和好书，需要拿着放大镜一遍遍仔细寻找。不过总会有的，那些由沉静而坚韧的心灵写就的文字，默默地躺在那里等待你的检阅，你的漠视永远损伤不了它本身的高贵品质，你的欣赏却可能会让文苑里增添一些令人赏心悦目的花朵，芟除一些芜杂的野草。因而我们选择了曹文轩的新作《丁丁当当黑痴白痴》，一个对弱智儿童充满关怀和大爱的小说。我们选择了沈石溪的动物小说《残狼灰满》——人们大概只知道动物的天性无非是强者为王、弱肉强食、优胜劣汰和异类相残等，这本小说却告诉我们动物世界里也有智慧、情感，也有"伦理关系"和"道德情操"。还有《战马》，以"一战"为题材，讲述了一个人与动物之间关于勇气、忠诚、和平与爱的非凡故事。还有硬朗而惊险的《王者归途》、夏达的优雅美妙的漫画《长歌行》。

如果你是个爱探险的野小子、野丫头，你可以看看《我的第一本历史探险漫画书》，如果你想成为一个优雅的公主，你可以去看《芭比公主童话故事：神奇公主》《班尼兔·小宝贝品质养成图画书》，如果稀奇古怪的念头能够给你带来快乐，那么请你看《皮卡西随身绘本：魔法马戏团》。当然，孩子们其实最不愿意别人说他是"小孩子"，他们有时候会拼命想出各种难题，让大人们力不从心，根本不知道该怎么回答。好吧，那我们就不能请平平常常的大人来，我们要请那些顶尖级的人物来回答孩子们千奇百怪的问题，我们让《诺贝尔奖获得者与儿童对话》来回答。

（原载《中国新闻出版报》2012年5月25日）

飞翔在幻想的天空

王子一家搬进一所很古老的房子里，后来才知道那房子曾有不少可怕的传说。这天晚上，家里怪事不断——床铺的帷幔里居然出现了狼影！而妈妈也消失不见了，只给他留下了一张充满暗示的字条。之后，王子身边发生了奇奇怪怪的事……一段神秘、紧张而又充满奇异色彩的幻想之旅，正在等着王子……善写校园小说的秦文君，这次拿出的新作是一部幻想作品《王子的长夜》。幻想文学的热潮在《哈利·波特》《魔戒》如飓风般席卷中国大陆后就一直没有降温过。就连绝少写童话作品的曹文轩，也拿出了幻想小说《大王书》系列，它有着宏大的架构和设想，我们不妨从他的第一部《黄琉璃》来默默体验一个来自东方的儿童文学作家，他笔下的幻想世界和西方儿童文学作家笔下的幻想世界有什么不同。他们的理念，他们的兴趣所在，他们的幻想方式……这将是一个有趣的比较。

黄春华的《猫王2》是作者在充分阅读了《资治通鉴》《史记》等历史典籍之后，以幻想的笔触、变形的世界对中国古老悠久的文化进行的深情回望。李志伟的《赫尔卡星的宝藏》里的幻想世界则带着浓浓的网游色彩。陈柳环的颇为畅销的幻想小说《萝铃的魔力》系列又推出了新作《影子镇》：萝铃和她的同学们参加了萧龙学园优才计划，并满怀期待地来到了地球，然而迎接他们的却是一个恐怖、毫无人性的地方——影子镇。影子镇是萧龙星球用以开发人体潜能的隐秘之地，这里每一个人都有一个属于自己的影子，他们要通过层层考核，不合格的人和影子会神秘地消失。

在参观影子镇时，萝铃突然发现自己曾经在地球孤儿院的好友露琪亚也成了影子……拯救与抗争，公平与正义，似乎是这一类作品怎么也探讨不完的主题，同样的主题却能衍生出无穷无尽的幻想故事，是这类作品的迷人之处，同时也是它很难打破的迷局。

当大家纷纷推出幻想之作时，一直在写童话《笑猫日记》系列的杨红樱，这次推出的新作却是一本老老实实的散文作品《爱仔仔的理由》。这一系列散文的主人公是一只名叫仔仔的贵妇犬，它与杨红樱朝夕相处，感情甚笃。作者以一个儿童文学作家特有的细腻与敏感生动描绘了仔仔日常生活中的点点滴滴，表达了人与动物之间的真挚感情，读来不仅温馨动人，而且极富情趣。其实无论是写实还是幻想，"爱"和"友情"往往都是人类不吝赞美的主题，就像童话《狐狸福斯和兔子哈斯》所营造的那种充满温情的氛围，就像经典的《父与子全集》里那种真挚的父子情，都如一双温柔的手默默抚平读者心灵上每一道细小的伤痕。

其实，幻想是源于人类的好奇心，源于人类对不够完美的现实世界的一种想象性的补偿。再没有人比孩子更具好奇心了，他们每天都活在"为什么"的疑问里。西班牙著名科普作家诺莉娅·罗卡代的"小小科学家"系列正是从孩子无数个"为什么"出发，分别从水、能源、垃圾、气候、空气、宇宙、陆地和海洋这八个孩子最感兴趣的主题，解答孩子的疑问，拓展孩子的知识，丰富孩子的生活。而尼查叶夫的《元素的故事》则把枯燥的"元素"写得有声有色，异常生动，让人不得不叹服他的想象力。

（原载《中国新闻出版报》2012年6月26日）

带着梦想去旅行

　　那些小小的种子，没有腿脚，却总能到达令人不可思议的地方，比如在石墙的缝隙里、高高的房顶上、广场的角落里……它们究竟是怎样到达这些地方的呢？在《一粒种子的旅行》里，作者以饶有趣味的语言向我们介绍了植物的种种"旅行"手段，聪明的植物们总能以种种奇妙的方法，把种子运送到各种地方去。这就如同作家们在童书中种下梦想的种子，人生如旅，让那些站在旅程起点的孩子们带上这样一袋金灿灿的种子上路，一边行走，一边播撒，漫漫长旅一定会变得五彩缤纷了吧。

　　旅程总是艰辛的，有精彩，也有惊险，然而彩虹总在风雨后，没有经历过千难万险，人就完不成成长。在《猪仔头温暖之旅》里，主人公朱子同是个时尚的都市少年，玩了游戏玩表演，一次参与电视台节目时他到乡村度过了几天。旅程是温暖的，同时也有沉重和酸楚，一个初涉尘世的少年在这次难忘的旅程中慢慢成长。《大漠寻宝记》里的老鼠杰罗尼摩·斯蒂顿一家，在寻宝的过程中遇到了各种各样的困难：被坏人跟踪，遇到沙尘暴，没有水喝，地图被人偷走……可是它们始终充满勇气和向往，我想这就是梦想的力量，是梦想支撑着人们向着旅程的终点勇往前行。是梦想让乔布斯成为世界上最具创新力的企业的掌舵者吧？正如美国《学校图书馆杂志》在对《我是乔布斯》一书的推荐语中所说的："此书为我们描绘了一个绝妙的肖像——这是一个能够打破一切陈规，推陈创新的不羁天才的传奇故事。书中的叙述追随着乔布斯成长的足迹，通过一个个故事向读者展示了乔布斯非凡的成才路径。他敢于反抗权威，他在实践中不断地探索、学习。"作者很会从孩子理解的视角讲故事，从"硅谷顽童"讲到"苹果的种子""被驱逐的明星"以及"王者归来"，用富于魅力的笔触描述了乔布斯从出生到去世，充满梦想和创新激情的一生。梦想，就像《希腊神话》中的普罗米修斯盗来的天火，照亮了我们的前行之路。

梦想是创新与发现的助推器。在《推动历史的100发明发现》里，作者从科技、自然、生命科学、医疗应用、交通能源等人类生活的方方面面，选出最具代表性的发明与发现成果，并详尽阐述了每项发明与发现辗转曲折的由来、艰辛的发展历程，以及这些成果给我们今天的生活所带来的重大影响。梦想也许就像那个能够给我们带来欢乐与幸福的"西瓜小丑"（《永远的西瓜小丑》），它永远地活在我们的内心深处，带给我们前行的动力。是的，谁不渴望像《衣兜里的天使》里的贝蒂那样幸运，得到一枚有着天使图案的代币，只要能得到它，你的生活就会发生神奇的变化，就像书中的人物一样迎来不期而至的美好友谊和新的感悟，让人更加自信地迎接每一轮新的太阳。在梦想的世界里，连豌豆、大倭瓜这些柔软的植物也能战胜强大的敌人（《植物大战僵尸·武器秘密故事》），梦想让我们克服自卑的心理，发出"我能行"的自信呐喊。

但是，在我们追求梦想的过程中，永远不要忘记那些扶持和帮助过我们的人，那些给予了我们无私的爱，却不求任何回报的人，他们是我们的父母、朋友、同事，甚至是一些素不相识的人，他们的爱就像《爱心树》里那棵大树一样，给我们荫凉，给我们护佑，而我们却可能像书中的男孩一样，只知道索取不知道回报。梦想，如果仅仅是想满足自己的愿望，就会走向贪婪，所以，在人生的长途上，除了携带梦想，还要带上爱心一路同行。

（原载《中国新闻出版报》2012年7月27日）

故事牵动人心

从来没有哪届奥运会开幕式会像伦敦奥运会一样包含如此多的儿童文学元素：罗琳、哈利·波特、彼得·潘……当然，还有随风而来的玛丽阿姨。《随风而来的玛丽阿姨》是英国儿童文学杰作。在这部童话中，英国女作家特拉芙斯以丰富的想象力塑造了一个超人形象：玛丽阿姨。这可以说是这部作品的最成功之处。在一个秋天的傍晚，玛丽阿姨乘着东风而来，受聘成为班克斯家的保姆，负责照顾四个孩子：简和迈克姐弟，还有一对双胞胎婴儿。从此班克斯一家的孩子碰到了一系列神奇的事情：喝茶时浮上了房顶；金色的纸星星可以贴在天空上；转动一个奇妙的指南针，就能带着孩子们瞬间环游世界……这本书展现了一个妙趣横生、想象奇异、色彩斑斓的童话世界！

《一年级大个子二年级小个子》于1970年3月在日本问世，成为日本家喻户晓的经典童书。小男孩正也是一年级的大个子，但胆子很小，爱哭鼻子。小女孩秋代是二年级的小个子，但很坚强、勇敢。他们之间发生了许多好玩的故事。作品童趣盎然，生动细腻地刻画了儿童特有的心理和情感，描述了友情战胜懦弱、坚强战胜恐惧的心路历程，带给无数读者自信与激励。

《王者拉德》收录了八个关于柯利犬拉德的传奇故事，包括：拉德为救小女孩与毒蛇殊死搏斗，身中剧毒又奇迹般脱险；拉德耐心照顾并教育它唯一的孩子"小狼"；拉德意外走失，历经磨难，最终奇迹般地回到主人身边；晚年拉德雄风不再，面对曾经的部下——雷克斯的挑衅，英勇反击，虽险些丧命，却终不失王者尊严……每一个故事都牵动人心、感人至深！

《爸妈太过分》由彼特·约翰森所著，自从搬到新社区之后，刘易斯惊讶地发现他的父母争强好胜已经发展到不可思议的夸张地步。首先，爸妈要求他和弟弟，在学校所有成绩拿A，然后，要他下课参加各类兴趣小组。而现实是，他不过是个勉强及格，拿C的中等生。怎么办，麦蒂说的那套管教父母的方法可以生效吗？这是一本向家长们宣战的书，是不得不关注的与家长、孩子息息相关的教科书。

在黑鹤的《狼谷的孩子》中，男孩那日苏和爷爷在辽阔的草原上相依为命。寒冷冬日的夜晚，饥饿的狼群一次又一次偷袭他们的营地。为保护羊群，牧羊犬巴努盖咆哮着，将狼死死地压在身下，撕裂它的喉管……在反复激战中，巴努盖被狼挖去了双眼。失去双目的巴努盖跌跌撞撞地循着狼的气味又一次冲过去，一口咬住一头狼不松口，任由其他狼在自己的身上撕扯蹂躏，即使战死，也不退缩，坚守着牧羊犬的使命……书中每一个故事都充满了精彩和挑战！

（原载《中国新闻出版报》2012年8月31日）

分享人生滋味

这期榜单上的作品最能让我们体验人生的诸多滋味。人是多么简单又复杂、单纯又丰富的动物，他的小小心脏可以容纳多重的甚至是处于两极的生活状态，悲与喜、快与慢，都可以从容承受和体会。

"分分分学生的命根，考考考老师的法宝"，学习，总是孩子们无法绕开的话题。所有的人都在喊"不能输在起跑线上"，于是以百米冲刺的速度跑着人生这场马拉松，跑到中途就难免会疲惫、怠惰，失去了继续跑下去的热情和体力。《学习也可以很快乐》这本书告诉孩子如何通过获得成就感让为梦想而学习的过程变得快乐起来，最终成为学习的主人。本书的主人公梦想着成为一名宇航员，在实现梦想的道路上，她学习到如何除掉"坏习惯杂草"，如何制作自己的"优先顺序冰激凌"，如何奖励自己取得的每一个小小成功。希望通过这本书，孩子们可以从成就感中找到自信，在自我激励中找到快乐，爱上学习，成就梦想。

暂时把无休止的卷子和作业放到一边，让紧张的生活慢下来，体会《雪地上的小房子》里那种唯美而悠长的情趣：明天一定要动手啦！当蚂蚱这样想象的时候，蟋蟀的新房子已经落成，那么宽敞，那么美丽，还带着新鲜松针的香气……冬天说来就来了，北风呼啸着吹过山林，大雪飘飘，铺天盖地。这时候，再也听不见蚂蚱的声音，他趴在草丛里，冻得没有了力气。蟋蟀却住在温暖的小房子里，安然等待着春天的消息……一切都是那么诗意、和平而宁静。

然而人生并不可能总是诗的、音乐的和美好的，战争的枪声不知道什么时候就会响起，战斗，总是令人难忘的。大人们或许还会回忆起1976年汤晓丹导演的《难忘的战斗》，这部电影当时吸引了无数观众的目光。根据小说原著改编的同名连环画，由著名画家罗希贤先生绘画，也于当年出版。近四十年过去了，当人们重新翻阅这部画作，不但会为画家精美的艺术和曲折激烈的故事所打动，更会铭记有益的提醒：保卫和平，远离战争，永远是人类沉甸甸的任务。

因为和平的日子是那么美好，在这样的日子里，我们可以成为旅行家，像老鼠杰罗尼摩一家一样，进行一场《雪地狂野之旅》；我们可以去了解动物的神秘世界（《天狼》）、去探索《沉睡的泰坦巨人之城》；我们可以成为科学家去南极探险（《科学家大自然探险手记：南极100天》），在这部由孙立广写就的书里，他告诉大家："在人生的旅途中，我似乎领略了生命的真谛：那是超越，是攀登……而在南极的这100天中，我看到了生命之河在冰山雪海中静静地流淌，看到了极地的太阳以无与伦比的卓越在海面上安详地升起，看到了人与企鹅、与海燕、与海豹、与海狼、与自然以及人与人之间令人感动的和谐与宽容，看到了个人的微不足道，看到了宇宙中那不可抗拒的规则。"当然，我们也可以学学理财，成为一个小小的理财高手。《小狗钱钱》里的吉娅是一个普通的12岁女孩，一次偶然的机会，她救助了一只受伤的小狗，并给它取名叫"钱钱"。没想到，钱钱居然是一位深藏不露的理财高手，它彻底改变了吉娅一家人的财富命运……"欧洲第一理财大师"博多·舍费尔用生动的理财童话，教会你如何从小学会支配金钱，而不是受金钱的支配；如何正确地认识和使用金钱；如何进行理财投资，找到积累资产的方法，早日实现财务自由。也许你还太小，上面所有一切都和你无关，那你也可以打开这本写给幼儿的百科全书《身边的世界》，真的，看上去那么平凡的周围的世界，也有无穷无尽的乐趣。

这就是人生，这就是人生的滋味，阅读，让我们体验了种种美好的人生滋味。让我们像《蚯蚓的日记》里的小蚯蚓那样勤快吧，以幽默而诙谐的笔调，记下我们对于人生、对于阅读、对于周围的大千世界种种奇特的发现吧——以一种有趣而独特的角度。

（原载《中国新闻出版报》2012年10月26日）

拿到金苹果要靠自己历经磨砺

评论家李敬泽在一次访谈中说："文学对人生的想象尺度不是片断的、即时的，它在整体上看待人生。它不是想象人怎么飞来飞去，而是想象和探索人的可能性。比如，在特定的人生境遇下，人如何活得尊严、高尚，人如何在自己的生命中实现正直、忠诚、谦卑、善良等美好价值。"这一点，小海蒂（《海蒂》）和小安妮（《绿屋的安妮》）比大部分的成年人做得要好得多。

安妮和海蒂都是孤女，海蒂被姨妈送到山上，跟性情古怪的爷爷住在一起。很快，她就爱上了山上的一切。可姨妈又把她送到城里的一户人家去陪伴有残疾的小姐……安妮的身世更为悲惨，生活在孤儿院里的她被爱德华岛上的一对老兄妹马修和玛利亚阴差阳错地收养了，这对兄妹原本想收养一个男孩帮忙干活的。你可以想象她们被命运一次又一次抛入无助、陌生的环境中的尴尬、恐惧与孤独，然而，她俩阳光、乐观、充满奇思妙想，她们的性格感染和吸引着周围的每一个人。就这样，本来非常凄凉的生活，被她们绣上绚烂的生机勃勃的花朵。难怪连大文豪马克·吐温都激动快乐地写道："安妮是继不朽的爱丽丝（指《爱丽丝漫游奇境记》的主人公）之后最令人感动和喜爱的儿童形象。"我想这也是这两部作品能够穿越百年而经久不衰的原因吧。

希腊神话是欧洲最早的文学形式。马克思曾说希腊人是"正常的儿童"。的确，古希腊人像一个健康活泼、好奇热情、活力四射的儿童，在对神的故事的绚丽想象中展现出丰富多彩的人生意义。在诸多希腊神话读物中，19世纪德国著名作家施瓦布的《希腊神话》是全球最流行的版本，打开了一扇了解欧洲文化的窗口。《克雷洛夫寓言》与《拉·封丹寓言》及《伊索寓言》一起，构成了世界寓言作品中最高的三座丰碑。克雷洛夫的寓言以诗体写成，蕴含着一代一代传下来的深刻的生活智慧和广阔的生存经验，成为全人类的精神财富。

我们在这些经典作品中进行了一次庄严的巡礼之后，不妨到充满娱乐元素的《洛克王国神宠传说3》里放松一下，或者到《动物王国大探秘》里看一看，或者去恐龙世界走一走（《恐龙探秘》），去聆听虎娃金叶子（《虎娃金叶子》）和人类之间动人的爱的故事，去感受"我"对爸爸浓浓的深情（《我爸爸》）……文学就是这样丰富，当我们打开了一本本书，如同推开了一扇扇通往不同世界的门。它带领我们走出了日常生活的平庸、琐碎和单调，让我们看到生存不是单向度的，它存在无限的可能性，只要有一颗上进的、敢于超越的心，就有可能去创造一种我们想要的生活。

就像《写作业不用靠妈妈》的主人公宙思，他是一名普通的小学生，低年级的时候，他总是在爸爸妈妈的帮助下完成作业。到了高年级，功课越来越难，他也越来越讨厌做作业，讨厌思考问题。当他吃了发明家叔叔送他的思考巧克力后，终于学会了如何独立思考，如何在没有别人帮助的情况下完成作业。或许每个人都想拥有这样一颗神奇的巧克力，我想，这颗巧克力可能不能幻想着由别人送来，它需要我们经历艰辛的磨砺去争取。要想拿到雅典娜手中诱人的金苹果，一切只能相信自己、依靠自己，这是上面所有的作品所传达出的一个共同的信息。

（原载《中国新闻出版报》2012年11月30日）

关于爱，关于梦想

"梦想"是文学永恒的主题，儿童文学尤其如此。牵着梦想的手迈上漫漫人生路，也许这是来自人性深处本能的召唤。正如林语堂所说："梦想无论怎样模糊，总潜伏在我们心底，使我们的心境永远得不到宁静，直到这些梦想成为事实才止，像种子在地下一样，一定要萌芽滋长，伸出地面来，寻找阳光。"和"梦想"息息相关的字眼是"寻找"和"旅途"，心怀梦想的人总是奔波在路上，寻找一种别样的生活。卡梅拉家族不过是一群平凡的小鸡而已（《不一样的卡梅拉》），但梦想让他们不甘心只是过一种睡觉、吃饭、吃饭、睡觉的单调乏味的生活，他们勇敢地去看大海，摘星星，追回逃跑的太阳……这套书自面世之后就俘获了孩子们的心，不能不说它暗合了人类那种生命不息、梦想不止的情结。

在《狼王梦》里，梦想带来的激情和需要付出的代价，要更强烈和悲壮：母狼紫岚在一个狂风骤雨的夜晚诞下了五只狼崽，她一直有一个梦想，希望把自己的后代培养成狼王。但现实是残酷的，失败接踵而至，小公狼相继死去，自己也已步入老年。最后，她只能把希望寄托在女儿所产的小狼身上。为了小狼的安全，她与一只以前吃掉自己儿子，现在想吃掉小狼的金雕同归于尽……沈石溪的笔触总能带给人身临其境之感，那种野性、硬朗的气息呼应着那些渴望冒险、渴望拼搏的心灵。

人类的情感是如此细腻，除了梦想得到成功，还梦想得到爱情、亲情、友情，一言以蔽之，得到爱。所以，笑猫带着他的孩子们不辞辛苦地去寻找真正的朋友（《笑猫日记——寻找黑骑士》）；漂亮、成绩优异却遭到同学孤立的女生江冰蟾（《我来自孤独星球》）苦苦地寻找打破孤独僵局，学会和同学、老师及周围世界和谐相处的通道。

童书从来没有像今天这样，向外伸伸手，就和别的形式嫁接在一起，形成了一种新的艺术变体。漫画书就是由文字和图画共同来完成叙事的，看看《疯了！桂宝——超级冷漫画9》受欢迎的程度，就知道漫画书比纯文字作品另具一种吸引力。《植物大战僵尸：植物必胜故事4》和《查理九世17：外星怪客》是另一种梦想的结晶——把网络游戏和文学结合起来。因为网络游戏的介入，在文学与游戏融合的过程中，文学改变了游戏的部分特质。文学赋予了游戏所没有的更为丰满的人物形象、内心活动、审美理念和道德情操，而游戏又赋予了文本一些程式化的表达，如上一部作品与下一部作品类似于游戏通关，故事或许不同，但故事的套路和人物基本相同。再比如喜羊羊系列，有动漫，有电影，有根据电影改编的连环画（《喜羊羊过蛇年—喜羊羊与灰太狼大电影—电影连环画5》），从纸质到网络到影视，从网络、影视到纸质，当下的童书越来越成为产业化中的一个节点，而不是终结。

这一切都印证了麦克卢汉的"媒介即信息"的论断，新媒体的出现正在改变或者至少在局部地改变儿童文学传统的认知方式和表达习惯。而"新媒体"正是人类在梦想的驱使下创造出的新媒体，梦想，推动了科技和文学的进步与融合。而文学与科技的巧妙结合，总是一次又一次刷新读者的阅读应验。有什么能比用恰当的文学方式来承载科学知识来得更有趣，更能为孩子们所接受的呢？单看看《神奇校车（图画书版）》是多么受孩子们青睐就知道了。朝向梦想的路上，总是布满了艰辛和荆棘，为了让孩子们能够具有实现梦想的能力，请家长们早点放手，不要事事大包大揽，让孩子们《和朋友一起想办法》吧，让他们从小就不怕挫折，勇于动脑，独立解决一个又一个的难题吧。

我们这个民族本来是充满梦想的民族，正是梦想让我们拥有了四大发明。而在那些民间故事和童话里，我们最容易发现散落在字里行间那些隐蔽的民族性格。那数百个原汁原味的《最美最美的中国童话》，让一个孩子从小了解中华民族生生不息的发展历程，了解镌刻在她内心的爱、梦想和不倦的力量，并携带着这些宝贵的历史记忆，不懈地走在梦想的路上。

谁能许诺孩子一个美好的未来

　　这期榜单上有两本谈如何做父母的书，巧合的是最近网上正在热议某著名歌星的儿子，父母让他出国留学，让他学钢琴学艺术学体育……似乎一个家庭能给予孩子的都给了，可还是阻挡不住他的人生直线下坠。究竟，我们做父母的该怎样教育孩子？对他太好了，成了溺爱；对他过于严厉了，成了伤害。要怎样拿捏这个分寸，才能让孩子在我们希望的正常的轨道上滑翔？这是一个叫人纠结的问题，做父母是一门不简单的学问，所以才会有这么多人如此迫切地想从别人那里取取经吧。这次上榜的一本是《好妈妈给孩子好未来》，一本是《好好做父亲：男人最有价值的投资》，他山之石，可以攻玉，在这些书里，我们都可以找到很多可资借鉴的经验。

　　然而，究竟谁能许诺孩子一个美好的未来？是父母？是学校？是社会？还是孩子自身？成长是一件如此繁复而艰难的事情，永远不能期待一种简单的答案，但有一点是永远不会错的，那就是老生常谈的先学做人。这些年来，我们的父母太着急于让孩子掌握一门或者多门技艺了，太想让孩子功成名就光宗耀祖了，总而言之一句话，太希望孩子长大后能名利双收了，至于怎么做人，似乎是一件不重要的事情，然而很多拥有特长的看似优秀的孩子就是栽倒在做人上。让我们重新温习那些古老的教诲（《名家弟子规童话小绘本》），不单单是让孩子倒背如流，然后人前人后炫耀孩子的国学功底，要认真地让这些经历了岁月的磨洗依然闪耀光芒的人生箴言，慢慢渗透到孩子日常的一举一动中。要《学会爱自己》，爱自己不是要放纵自己，而是要学会对自己负责，学会保护自己，学会独立判断，不盲从，当你的朋友拉你去做违反法律或道德的事情时，学会有勇气说不。学会在健康积极的爱好中释放或者积聚能量。去看一看《哈佛给学生做的300个思维游戏》，在苦苦冥思中体验探索的乐趣。去欣赏《迪士尼精彩世界》，去《追寻星之钥匙》，从中体认生活中那些出人意料的美好，感受想象力带来的惊喜，学会珍惜人生，珍惜他人。

在小说《光草》中，十一岁的马杜勒从小就被一种怪病困扰着，不能接触阳光和尘埃。慈爱的父亲送给他一份特别的生日礼物——请来画家萨库玛为他的房间作画。从此，墙壁上出现了一个奇妙的异想世界，为马杜勒带来了快乐和希望。当我们学会了面对生死，即便死神就在身边徘徊，我们依然能够在刹那的时间里，拥有美好的过去、现在和未来，生命有时候不在于它的长度，它的魅力有时来自它的宽度和厚度。

曹文轩的《草房子》不是一本新书，但它一直像个老朋友一样在榜上，有着成为经典的趋向，那些唯美的文字，那些浓得化不开的对人、对物的爱意，那些对人生的庄重而典雅的态度，或许正是千千万万的读者在精神上信赖它的缘由吧。伍美珍的《开心侦探姐妹花》有她一贯的幽默和自然，让人感受到生命的轻松和亲切。

人生千变万化的滋味，如梦境般吸引着人类去探求它、亲近它，前提是你能够有权利去享受它。所以，让每个孩子都拥有一个美好的能够品尝人生的未来吧。

（原载《中国新闻出版报》2013年2月24日）

让孩子聆听爱意

秦文君给自己的新书起名为《舍不得你长大》，这句温情脉脉的话道出了全天下的妈妈们对孩子共同的心声。舍不得你长大，舍不得你慢慢走出父母温暖的视线，独自去面对前方的风雨泥泞。因为作为过来人都知道，成长的路是多么的艰辛和曲折，每个人的心灵要蜕掉多少次皮，才能有资格说我长大了。然而每个人都回避不了行走，在漫长的人生路上，所有人都在往前赶，无论是走得踉踉跄跄，还是健步如飞，都需要迈过一道又一道的坎儿。甚至在他们的肩膀还非常稚嫩的时候，就已经要扛起生命的千斤顶了。小升初就是孩子们必须面对的一个艰难关口。小升初是一场战争，惨烈的战争，炙烤着每一个中国孩子和家长的心。《今年，我们小升初》以小作者亲身的经历讲述转学孩子参加上海顶尖级重点学校的"小升初"战争。书中的主人公最终赢得了这场战争，是一部生动的"小升初"全攻略。但愿这位胜利者的现身说法，能够给同龄的孩子和他们焦灼的父母们一些鼓励、一些启示和一些安慰。

成长是艰难的，但人类是多么坚韧的动物，在苦难之中，一样能够活出温暖和诗意。曹文芳在《肩上的童年》中以优雅精致的语言，回忆了贫困的童年，兄长和其他亲人所给予她的深切的爱，琐碎却充满温情的细节为那些物质匮乏的岁月打上了诗性的光芒。

在《了不起的小狗拍档》里，我们看到一只退役后的赛狗悲惨而无奈的命运，它流落于多个主人之间，拥有过很多朋友也失去过很多朋友，它生存之路的艰辛和人类一样，但人与动物之间令人动容的情谊，照亮了它辗转颠簸的生命之途。人生就像《河川》里的那条大河。这条河由高山顶上一点一滴的雪水和雨水汇聚开始，中途加入了或粗或细的大大小小的水流，它越来越宽，一路奔腾，遇到过水库、发电站，流经过山谷、田野、村庄、小镇和都市，最后，历经无数的迂回曲折，它终于汇入了浩渺无垠的大海。人生是如此的丰富与壮阔，任何艰难都掩盖不了它迷人的魅力。

何况，人类又是如此地富有创造性，即便现实生活单调乏味得不值一提，他们也能用自己的想象力虚构出一个又一个绚丽的世界：比如说十三岁的女孩米雅，能从数字、声音和字母中看到缤纷的色彩：字母"a"是褪色的向日葵色，数字"2"是棉花糖般的粉红色，电话铃声是红色的漩涡，她养的那只灰白相间的爱猫芒果打出的呼噜声，是一个个芒果色的圈圈……是的，米雅拥有魔法般的天赋，她能"听到"颜色（《芒果猫》）……即便是长着严肃面孔的"科学"，枯燥的汉字，中规中矩的职业介绍，在妙笔生花的作家笔下，也能变成趣味横生的童话故事，无论是《字的童话》《科学全知道》，还是《给孩子的趣味职业书》《威利在哪里》，都是这样的活泼有趣。

那些舍不得孩子们长大的大人们，满怀着对孩子们的爱意，用心去编织充满智慧和梦想的文字，让孩子们的成长之路充满温暖和诗意。

（原载《中国新闻出版报》2013年3月8日）

在自然和心灵深处漫游

　　大自然有它自己的节奏。在中国的传统文化里，人的节律要与自然的节律统一，就好像跳舞要合着音乐的节拍。但人们逃离了大自然的怀抱，在城市钢筋水泥的丛林里，已经很难敏锐地感受自然的脉动。甚至他们也剥夺了动物们在自然中自由自在生活的权利，把它们抓进动物园，关进水族馆……《大自然中的一年》会让你明白，那些住在动物园、海洋馆里的动物原本都生活在什么地方，它们的家园是什么样子的，它们什么时间出来大吃大喝，又在什么时间躲起来埋头大睡。它以月份为主线，讲述来自世界各地动物们奇妙的生活，还原了大自然最真切、最质朴的面貌。我们要感谢这些作家，他们通过耐心的观察，用有趣而活泼的文字，让我们重新触摸到大自然的心跳，重新亲近大自然。

　　在《我的第一本观鸟日记》里，作者对每种鸟的观察都以一篇日记的形式记录下来，书中既有对鸟儿基本特征的介绍，也有对鸟儿的故事生动的描绘。它让读者明白，就在我们的身边，那些平凡的事物里就蕴藏着神奇，我们要走到大自然的深处，去聆听鸟儿最美妙的叫声，关注它们，关爱我们的地球家园。书中在每篇日记之后都留有空白，这样可以让孩子们记录自己观鸟的切身体会。

　　我们要像小黑那样，在自然中不知疲倦地漫游（《小黑漫游记》）。这是一本很长很长的童书，32个页面不间断地展开，三本书横向连接，形成天上、地上、地下三个世界接成一体的图景，丰富而又完整。它富有创意，为读者开拓着想象力的疆域。我们要像那只《会唱歌的猫》，面对着大自然的雄伟、神奇和变幻莫测，大声唱出我们内心的歌声。

除了游走于自然，那些喜欢一路追问《什么是什么》的读者们，还可以到人的心灵深处、到历史的深处去漫游。一个人从普通学生突然一夜走红，变成了小童星之后，她的心灵会发生怎样的变异？她的内心将在一条什么样的曲曲折折的道路上行走，迷失了自己又努力找到了自己（《我们班的小童星》）？是的，《你不知道将来有多好》，对所有在挫折中煎熬的人来说，这是一句多么富有鼓动性的话，它激励我们像书中的主角一样，在起起落落的命运面前，在远方，永远有一束希望的光值得我们去追寻，去瞭望，去把握。

《上下五千年》是一本经典的历史知识读物了，如今，它有了漫画版，以孩子们特别青睐的艺术形式，打开一扇历史之门，让他们能够更轻松、没有障碍地感受历史的风云变幻，感受历史的智慧和人生的智慧。

我们还可以到美国白宫去漫游，走进《林肯总统的梦》，亲身感受这位早已离我们远去的伟大的美国总统，他的呼吸，他的笑容，他的思想和他的人生故事。我们也可以去看看《灰娃的高地》，在这个平凡的乡村孩子身上，有什么出人意料的事情发生。

阅读就是这样美好，我们足不出户，却已经思接千载，视通万里。

（原载《中国新闻出版报》2013年4月15日）

好书值得用一生来铭记

　　前不久去旅行，坐在大巴车里，车上的电视正播放文化新闻，里面出现了新版《十万个为什么》，一位老者兴奋地说："这是我少年时读的，那个时候没什么书可读，我觉得我的知识都是来自这套书。"是的，好的书总是值得用一生来铭记，也许到后来你已经完全忘记了这本书里的内容，但最初读它的时候的那种震撼和激动已经深深镌刻进你的记忆，融入你的血液，成为你精神成长的一部分。正如卡尔维诺所说的："经典作品是一些产生某种特殊影响的书，它们要么自己以遗忘的方式给我们的想象力打下印记，要么乔装成个人或集体的无意识隐藏在深层记忆中。"

　　也许在这个榜单上的作品都难以称为恒星一样的经典，也许它们只是一闪而过的流星，但那些美妙的文字、图画或者奇妙的创意，也会在瞬间照亮我们的眼睛。当世界年纪还小的时候，是什么样子呢？这样别致的书名已经显示出了作者与众不同的口味，它能挑动孩子的好奇心。从某种意义上说，童书就是对孩子的好奇心的一种回应。在孩子的眼里，世界是一个巨大而有趣的谜团。痂能揭掉吗？肚脐能不能抠？放屁是怎么回事？脚掌为什么跟手掌不一样？烫伤了、割伤了，或者流鼻血的时候，该怎么办？对成年人来说，这些都是奇奇怪怪、令人忍俊不禁的问题，但在孩子那里可是一本正经地想得到答案呢，《身体有个小秘密》的作者正是这样一个体贴孩子的人，对这些小小的问题进行了有趣而又值得信赖的回答。《小屁孩日记：少年格雷的烦恼》通过格雷的口吻对美国中学生的学习、生活环境进行了一个近距离的真实描绘，对于中国孩子来说，这也是一部"解密"小说——原来远在万里之外、大洋彼岸的少年们也都是充满烦恼、冲动、善良的小屁孩。《中国故事系列》把孩子们的好奇心导向过去、导向民间文化，而《谁来拯救地球》则把孩子们的好奇心引向未来、引向环境保护和对我们共同家园的热爱。《致未来的你》则直接把目光投向了孩子们自身，尤其是处于青春期的少男少女们那种丰富而细腻的内心世界，《绝境狼王》把壮阔的动物世界的秘密展示给读者们，《亚瑟王宝藏》的世界里也是充满了吸引读者去探险的悬念……

当我们还是小小孩的时候，我们也许从小青椒幼儿园或者别的什么幼儿园出发，开始迈出了人生的第一步，我们在好奇心的牵引下，一路跋涉，一路收获，而那些好书，会给我们指引，给我们力量和智慧，让我们脚下的路变得更宽，让我们的目光看得更远。

（原载《中国新闻出版报》2013年8月16日）

第四辑　像鸟儿一样轻，但不是羽毛

▼

像关心房价一样关心孩子的阅读

有时候，对于父母来说，孩子真是你最熟悉的陌生人，你把他捧在手里怕掉了，含在嘴里怕化了，你对他的爱天地可鉴日月可表，但是，你真的了解他吗？了解他在千篇一律的学习生活中内心所暗暗涌动的潜流吗？比如说，你知道他最近正在读什么吗？如果你知道你那个看上去青涩、懵懂的孩子，其实已经在网上那些乱七八糟的网站阅读了很多连成年人都会脸红的作品——姑且称为作品吧，你会怎么想呢？也许你会说，他居然还能"阅读"而不是沉溺于游戏，就已经很不错了。每次去孩子的学校参加家长会，老师最忧心忡忡的就是男生玩游戏，女生沉溺于那些嗲嗲的日韩系的言情小说。

也许正是借助于游戏的魔力，那些根据网络游戏改编的读物，总是雷打不动地占据着销售榜单的前列，一味地抱怨是没有用的，围追堵截也只能是扬汤止沸。我们无视读者的需求，我们也将被读者无视——这么说，就一点办法也没有吗？让我们安静下来想一想，他们喜欢这样的读物，是因为好玩、刺激，能够满足他们的好奇心和探险欲，那么我们有没有类似的好的读物来替代这些品格比较平庸的网游书呢？比如说，像《安德的游戏》这样好看的科幻作品，比如说像《狼国女王》这样的动物小说。这样的阅读可以把孩子们旺盛的精力引导到对宇宙的探索，对世界的追问，在一个广博、奇妙的科学世界里流连忘返，而不仅仅陷于低层次的玩乐和自身能量的消耗。并且，这样的科幻小说和动物小说，由于自身文体的优势，大都情节曲折，悬念迭出，节奏快速，符合当下孩子的阅读趣味，如果我们认真地推广，想来应该不难被接受。

相对于男生来说，女生更容易被言情小说所吸引，尤其是进入青春期的女孩，生理和心理变化剧烈，对于爱情的憧憬，对于异性的好奇，让她们渴望在阅读中寄托情感或者寻找答案，那种公主、王子模式的小说总是被一代又一代的女生们所爱不释手。在我们那个年代，父母一看到我们在看琼瑶小说，总是如临大敌，把书没收，不许再看是大部分家长的选择，然而，在这个网络时代，这样的监管已经不能掐捏孩子们的阅读渠道，而且一味地堵，也不是好的解决之道，不如挑一些像《无比美妙的痛苦》这样好的写年轻人情感的小说，让她们在阅读中慢慢感受爱的真谛，能够认真地、正面地去思考"爱情"这个命题，让情感的成长更顺利、更美好。

然而阅读是一种能力，它像人生其他的技能一样不能够自然获得，它需要早早地培养，在每天一点一滴的积累中，不知不觉养成了一种生活方式。不如从小就让他们读一读《羽毛》这样好的绘本，在他们的心里早早种下"阅读"这粒幸福的种子，这样在他此后的人生道路上，才会收获沉甸甸的果实。

这个时代，人们——普通人和那些知名的公众人物总是在反复地谈论房价，仿佛这才是人生的头等大事，是的，住房确实是人的头等大事，但是，心灵也需要一间屋子来安放，阅读，就是搭建心灵家园最好的方式之一。让大人们像关心房价一样关心孩子的阅读吧，不但要关心他们读不读，还要关心他们读什么。

（原载《中国新闻出版报》2013年11月15日）

学会管理自己的内心

当我翻看着这些充满奇思妙想的温暖的童书的时候，网上正热议一个10岁的小女孩把一个1岁多的男婴从25楼扔下来的事情。人们想不通的是，10岁，正是天使般的年龄，为什么可以做出这么残忍的事情呢？从另一方面讲，我们也可以看出，孩子的心不像大多数人所想象的那样，白板一块。孩子的内心是一个浩瀚的空间，它可以充满光明和温暖，也可以在不知不觉中被黑暗吞噬。当我们在争论造成那个小女孩今天这个样子的责任究竟在谁身上时，我们常常会指责父母、老师、社会，我们会说，女孩她还小，她还不懂事。其实我想说，一个孩子从小就应该学会管理自己的内心。

没有一个人的成长是一帆风顺的，面对着艰辛和坎坷，有的人早早地栽倒在人生的起跑线上，有的人却在风雨的洗礼中枝繁叶茂，茁壮成长。从《苏北少年"堂吉诃德"》里我们可以知道，原来著名作家毕飞宇的童年环境是那么地压抑、贫困，从苦难的生活中走来的他，用充满诗意的温情的目光默默回望故乡和过往的岁月，没有怨恨，只有感恩以及"分享"，那些正在消逝的美好的传统，在他的笔下再一次活过来，像江南温柔的流水一样悄悄滋润着人们的心。是的，命运的不公与环境的恶劣，不一定就孕育乖戾和罪恶，它也可能彰显慈悲和大爱。正如《爱的味道图画书》里所体现出的，孤独是酸的，幸福是甜的，挫折是苦的，恐惧是辣的，泪水是咸的，成长的体验五味杂陈，当尝遍了生活的滋味，最终留在心里的便会是爱的味道。无论经受多少磨难，你回报给这个世界的依然是爱和包容，这大约是所有的美好的童书想告诉我们的吧。就像经典的《海蒂》，经历了岁月的磨砺和一代又一代的读者的检验，依旧被我们所热爱，是因为，那个可爱的乐观的内心有爱的小海蒂，正是人类对自我的一种期许，一种向往，一种不愿意放弃的想努力抵达的目标。

世界是那么地广阔，当生活给我们关上了一扇门，却又为我们打开了一扇窗。当我们随着凯蒂的脚步去体验文化艺术之旅的美妙（《凯蒂的文化艺术之旅》），当我们在科学的天地里海阔天空地放飞我们的想象力（《妙想科学》），我们将再一次体验到宇宙的深广和世界的无穷魅力，我们的内心，为什么要被那些小小的浮尘所遮蔽呢？为什么要被那些丑陋的东西挡住我们面前的阳光呢？我总是这么想，一个热爱读书的孩子，热爱读那些能够温暖我们内心的好书的孩子，他的心会是柔软的，不容易做出极端事情的。所以，让我们成为《爱书的孩子》吧，如果说，每一本好书都是一轮金黄的太阳，那么我们，这些爱读书的孩子，就像澄澈的月亮，反射着太阳的光芒，把清辉洒到更多人的心上。

所以，我们再一次推荐《管好自己就能飞》，"他山之石，可以攻玉"，愿更多的读者能够从别人的成长之中，得到有益的启示，得到一份鼓励，让自己的内心更为强大，即便没有人扶持，没有人关爱，没有……我们也能凭着自身的力量，长出一双坚定的翅膀，轻盈地飞翔在蓝天之下。

（原载《中国新闻出版报》2013年12月13日）

好的童书是一种打开

好的童书就是一种打开。

这是我看完伊娃娜·奇米勒斯卡的图画书《眼》后的第一感觉。它让我觉得自己原本是盲者，现在，被它重新打开了视觉。"看见"不意味着"懂得"，有眼睛不意味着能"看见"。花蕊、扣子、车灯、门镜、插座上的孔……你能想象到这些司空见惯的事物，和眼睛的关系吗？和幸福以及爱的牵连吗？那些平凡的细节和物品，它们原本孤立、互不相关、貌不惊人，但在作者的重新排列组合之下，它们拥有了诉说的力量，它们成为象征、隐喻、暗示，它们和我们的心灵产生了温暖的联系。单调、枯燥的世界以另一种面貌出现在我们面前，充满活力、优雅和诗意。这本图画书获得了2013年博洛尼亚国际童书展最佳童书奖，评委是这样评价它的："让读者敬畏与惊叹，并引发读者不断地去探索。"好的童书不是或者不仅仅是用来消遣的，它因为强悍的艺术创造力让读者产生敬畏感。

是的，好的童书就是一种打开，它为我们打开了已知世界的另一面，它也为我们打开了一个又一个未知的世界。《神奇校车》《大自然中的一年》等这些美好的科普书，把科学和文学奇妙地结合在一起，带你去浩瀚的宇宙、神秘的大海、丰富多彩的微生物世界遨游，让你在学习和探索之中，体味人类的渺小、大自然的美丽和生命的珍贵。文化是一个民族的密码，《最美最美的中国童话》打开了传统文化的宝库，它不仅以故事吸引孩子，就连每一幅插图也饱含着传统文化的精髓。从传统年画、皮影、刺绣、壁画、雕塑石刻中汲取技法，以毛笔、宣纸细细描绘，一个个精彩的故事和一幅幅鲜活、灵动、具有传统风味的图画互相融合、互相阐释、互相提升，展示了中华民族传统文化的无限魅力。如果说《最美最美的中国童话》是对于人类历史的追根溯源，科幻小说《安德的游戏》则是面向未来的，它是人类忧患意识的文学表达：一个孤独的天才，在地球遭到虫族攻击的时候，带领着他的小分队消灭了虫族女王，让人类获得了重生。

相对于世间的万事万物，也许人心更加广阔无垠。"文学是人学"，千百年来文人骚客对于人类心灵的不知疲倦的勘探，也许只是探寻了人性中的冰山一角。打开孩子的心灵，触摸他们的精神成长轨迹，一直是童书作家所乐此不疲的。伊娃娜·奇米勒斯卡说好书能够让读者"在充满文化气息的谈话中找到自我成长的契机"。人与人之间需要相互的倾听和彼此的对话。在《听颜色的女孩》里，我们看到女孩美乐笛的这种愿望是多么的强烈，她那么聪明，感知是那么敏锐，她从这个世界撷取了那么多鲜活、生动的词语想与人分享和交流，但是她不能，因为她不会说话，她也不会走动，残疾的身体让她的生命受到了局限，但一颗顽强的永不妥协的心灵，却终究在命运的风雨中，以不懈的坚持赢得了尊敬和热爱。作者莎朗说："所有的好故事，都来自我们心底最深刻的经验。"对这些源自心灵深切的体验，文学架起了一座沟通的桥梁，让我们这些身体健康的人，一样能感受一对身患绝症的男孩女孩之间深刻的情感，体味那种《无比美妙的痛苦》。让那些没有经历"文革"的孩子们，一样能够触摸到《苏北少年"堂吉诃德"》在那样的历史岁月里青春的脉动、希望的萌生和爱的博大。

然而人心又是那样的微妙，即便是最受赞美的纯真的童心，有时也会被黑暗吞噬。在这一年里，最令人震惊的也许就是那个10岁的小女孩把

1岁的小婴儿扔下25楼的事件了。它让我们看到了童心并非如成年人一厢情愿地想象得那样纯洁、透明、一尘不染，它有它的复杂和不可捉摸的一面。如何管理自己的内心，也许不仅仅是家长、学校和社会的责任，它也是每个孩子需要直面的问题。《管好自己就能飞》，这个名字也许有点武断，管好自己并不一定就能飞，但管不好自己，无论是精神还是身体，都有可能面临危机。所以，我们的作家渴望《皮皮鲁送你100条命》，渴望《致未来的你——与女孩的15封信》，渴望我们的孩子是安全的——生命安全，精神安全。

好的童书，就是这样对孩子们怀着父母般的拳拳之心和无比的期待，为他们打开了一扇又一扇大门，鼓励他们去追问，像《羽毛》一样追问生存的意义，像《寻找黑骑士》一样去寻找朋友、快乐、梦想和爱心。

当然，还有美。写到这里我必须把昨天晚上经历的一个小插曲与大家分享。当时我在一个小饭馆里用餐，我一边喝茶一边翻看《眼》，从我身边走过的一个女服务员，大约20多岁的样子，她停下来，默默地随着我看了一会儿，在嘈杂的并不甚干净的环境里，她突然变得特别安静，继而惊喜，睁大眼睛问我："这书从哪里能够买到？"在那一刹那间，我明白，真正的美，从来不用担心自己会被埋没，真正的童书，它能够感动任何一个年龄段的生命。

当我们回首2013年琳琅满目的童书，当我们享受着那些不可思议的想象力和层出不穷的创意带来的震撼的时候，我们不能不感谢那些优秀的引进版童书，我们能够从中看到那些作家们一种虔诚的态度，并且能把这种虔诚转化为强悍的文学表达的能力。当然，我们更应该感谢中国的本土作家，他们的辛勤让童书市场变得风生水起。他们追赶世界童书的热望与努力令人感动，但我们也要看到一种浮躁的氛围对这种努力的阻隔。面对着那些灿若群星的好书，我们能够看到，儿童文学需要大情怀、大智慧，和一些引进版的好书相比，我们在情感、智慧上的投入都还远远不够。

（原载《中国新闻出版报》2013年12月25日，原标题《"小"童书需要大情怀和大智慧》）

童心和爱心酿造的蜜糖

在这个"一树一树的花开"的季节里，拿起一本斯蒂文森的《一个孩子的诗园》，在暖暖的阳光里，坐在一棵花树下，静静地读一读，就连平日里疲于奔命的大人们，也该心地澄澈起来吧。

据说在英国，孩子们对《一个孩子的诗园》的熟悉，就如同中国的孩子对于"床前明月光"的耳熟能详。在那些像泉水一样清澈的诗句里，充满幻想、快乐、纯真的孩提时光得到了精确而感性的呈现。斯蒂文森应该是俄罗斯文学评论家别林斯基所说的"生就的"而不是"造就的"儿童文学作家，他不需要回到童年，不需要去揣摩孩子的心理，事实上，正如法国哲学家巴什拉所说的："童年深藏在我们心中，仍在我们心中，永远在我们心中，它是一种心灵状态。"斯蒂文森就是这样一个让童年成为一种心灵状态的人，他本身就是孩子，在他的诗里，孩子们的幻想像魔法一样，让一切单调枯燥的日子变得精彩无限。童心无敌，单纯而烂漫，却能俘获一代又一代不同国籍、不同肤色的人，无论是大人，还是孩子，都能在那些透明的诗句里安放自己的童真。

我一直觉得，沈石溪动物小说的核心词是"爱"。他通过一个个曲折好看、野性硬朗的故事，揭示出大自然和动物世界的奥秘，而那生生不息的繁衍不仅仅是一种生物性的本能，里面更蕴含了爱的力量，这种力量是生命之源。《母熊大白掌》里每一个故事都有着各自的色彩，闪现出斑斓的面貌，但所有的故事就如同姿态各异的潺潺流动的小溪，最终都汇于浩瀚的爱的河流，谱写出一曲跃动的生命乐章。

爱，是生命的关键词。这一点，在《爱——外婆和我》里有着具体而微的描绘，一个现代的都市女白领和一个活到99岁的老外婆之间爱的故事——而且她们之间没有血缘关系，给人一种天荒地老般的感动。爱能创造奇迹，就像《图书馆》中的伊丽莎白·布朗，这个爱书成痴的女人，从小不喜欢玩布娃娃，也不喜欢轮滑，全部热情都献给了书。她的书实在是太多了，以致她办了一家免费图书馆，让她对书的这种热爱能够在更多的心灵间传递。

而有一些爱，需要我们在人生的路上走出很远之后，当我们再回首时，才能够猛然感受到。所以我们能够看到很多成年人写的充满懊悔之情的文章，在这些文章中他们会追忆自己不曾珍惜的亲情、友情、爱情。《我爱唠叨的妈妈》让我们明白，妈妈那些琐碎的絮叨，满满的都是对我们的爱，让我们及时珍重这些爱，带着妈妈爱的唠叨上路，我相信在每一个黑暗来临的日子，这些唠叨都会像星光一样照亮我们前行的路。

在一个最为美好的季节里，放下内心的所有重负，在阅读中全身心地来感受一次童心和爱心吧。让我们在《写给儿童的中国历史》中，去领略里面神奇的故事。让我们在《我的小小烦恼系列》中，在一个叫人忍俊不禁的小淘气包的故事里，回望一次自己那些稚气、调皮、懵懂的日子吧。因为好的童书，永远是写作者用童心和爱心酝酿而成的蜜糖，它体贴、亲切，蕴藏着像妈妈一样负责任的爱，即便你很聪明，它也会提醒你人生需要笨功夫（《聪明人的笨功夫》），它会带着你的心到各种未知世界去游历（《盖尔·吉本斯少儿百科系列》）……

在四月里开启自己的阅读之旅，带着光，带着暖，带着油菜花的香气和燕子的呢喃，这一定是一次充满诗意的旅程。

（原载《中国新闻出版报》2014年4月18日）

意外之美

看过很多令人惊叹的绘本之后，潜意识里总觉得不会有更好的了吧？然而人类的创造力和想象力真是永无止境，永远有意外之美在你认为山重水复疑无路的时候，在拐角处等你。《来喝水吧》就是这样一本给人带来意外之喜的绘本。我第一次与它相遇的时候，它还没有被翻译过来。这算是一本什么书呢？一本故事书？一本迷宫书？一本美术书？一本环保书？一本生物书？甚至，一本数学书？都是，又都不是。作者在这本薄薄的书里藏有整个世界！

意外之美有时候是作家们不肯向自身局限妥协，而是不断向自我挑战开出的美丽花朵。一直以诗和童话名世的金波先生，在80岁的高龄，写下了他的第一部现实主义题材的儿童小说《婷婷的树》：小姑娘婷婷养了八条蚕宝宝，因为缺少桑叶，便向靳爷爷求助。靳爷爷，还有小区的大男孩坐坐，终于在河边的灌木丛中找到了桑树。当他们带着婷婷再次来采摘桑叶时，却发现这里已被推土机夷为平地。他们在泥土中捡回一棵被掩埋的桑树苗，种在了小区的院子里。然而，这棵小桑树的到来，却打破了小区的平静……故事围绕爱和成长，以及人与大自然的和谐，娓娓道来，加上十四行花环诗的导引，声情并茂，一唱三叹。由着这样的执着产生的美丽的作品，还有张炜的《寻找鱼王》，这部首发于《人民文学》杂志，之后由明天出版社出版的长篇儿童小说，是作为茅盾文学奖获得者的张炜先生，连续几年来不间断地为孩子们写作的最新收获。在宁静而美丽的深山村落里，家家户户流传着"鱼王"的传说，人们说他是鱼鹰之子，捕鱼的旷世高手，却从没有人见过他的真面目。一个八岁的孩子在父亲的陪伴下出门远游、苦苦寻找"鱼王"学艺，找到了传说中的老鱼王，也从老人的口中得知了鱼王家族一段精彩离奇、不为人知的民间传奇历史。在这段故事中，男孩经历了爱与人生的洗礼，最终成长为新的鱼王传人。在唯美寂静的深山，大雪皑皑的山间小屋里，善良纯净的孩子和饱经沧桑的老人共同谱写了宁静壮美的生命画卷。《寻找鱼王》是一部纯净唯美、带有幻想色彩的儿童文学作品。作家为当代的小读者还原了一段被人遗忘的民间历史，为孩子们书写了一个富有中华传统文化价值的传奇故事，令小读者在富有民俗韵味和地域风情的故事中，体味爱与生命的深远况味。

"寻找鱼王"是一个隐喻，一个象征。我们完全可以用"作品"二字来替代"鱼王"。对于一个写作者来说，要创作出带给读者意外之美的文字，必须经历像寻找鱼王一样艰辛而瑰丽的过程。而像杨红樱、沈石溪等名家，就是这样不懈的寻找者吧——《青蛙合唱团》和《蓝眼忠犬》就是他们寻找时留下的深深的脚印。

拥有不倦的创造热情，才能够最终寻找到美神维纳斯。"烽火燎原"系列原创少年小说，是一群没有经历过抗日战争的作家们写的儿童抗日题材小说，这些年轻的作家们，出于道义，出于责任，出于神圣的使命感，他们回到历史现场，去打捞和寻找那些渐行渐远的记忆，唤起今日的孩子们内心的共鸣。

给足孩子课外阅读的时间了吗

　　阅读是一种传递，传递思想、情趣与美感。一代人与一代人之间因为阅读实现了心灵的交汇与相互的凝视。著名的教育家苏霍姆林斯基说过："一个真正的人应当在灵魂深处有一份精神宝藏，这就是他通宵达旦地读过一两百本书。"

　　好书都是作家们以自己的人生感悟做纬线，以自己对于艺术的忠贞做经线，像蜘蛛织网，春蚕吐丝一样，燃烧了自己的智慧、激情、汗水，呕心沥血写就的。康·巴乌斯托夫斯基在《金蔷薇》中这样写道："每一个刹那，每一个偶然偷来的字眼和流盼，每一个深邃的或者戏谑的思想，人类心灵每一个细微的跳动，同样，还有白杨的飞絮，或映在静夜水塘中的一点星光——都是金粉的微尘。"所以我们要珍视经典，当我们的目光虔诚地落在那些用生命写就的文字上时，就如同给经典插上了一根羽毛，无数的羽毛组成了经典华美的翅膀，让它在人类的内心飞得更高更远。

　　回首2011年的榜单，给我印象最深刻的就是曹文轩、杨红樱、沈石溪、伍美珍这四个名字，牢牢地占据了这一年的排行榜，我曾戏称这四位作家是儿童文坛的"四大天王"。他们上榜的作品，有的正在经典化，像曹文轩的《草房子》、沈石溪的《狼王梦》，有的还需接受时间的残酷考验，如杨红樱的《笑猫日记》系列、伍美珍的《阳光姐姐小书房》系列。不管在时光的流转中读者的目光是否会忠贞如一，它们都曾经"独领风骚"，然后或如流星一样闪耀后寂寞地熄灭，或如恒星般散发出永远的光芒。

那些以熠熠光辉照亮我们内心的经典，总是在传递着爱、同情、梦想和良知，无论读多少遍都不会感到厌倦。卡尔维诺说："一部经典作品是一本每次重读都好像初读那样带来发现的书。"《爷爷一定有办法》《不一样的卡梅拉》《时代广场的蟋蟀》《长袜子皮皮》《森林报》《我的第一本科学漫画书》就是这样的一家三代可以一起读的书。当然，这样的好书还有很多，因此这个榜单仅仅是撷取书海中之一粟，是展示的样品，是点燃阅读触媒的引子，绝不是全部或者终结。它代表着2011年孩子们的阅读所能够达到的高度和深度。

这个榜单告诉我们孩子们的阅读不像我们想象得那么清浅，那么狭窄，但它仍然不够宽阔和丰富。这个不能只怨孩子，当我们的教育披着素质教育的虚伪外衣，却以越来越深奥的奥数、英语侵占孩子的课余时间时，他们又哪有闲暇去感受童书之美？

所以，我们首先应该问问学校和家长：给足孩子课外阅读的时间了吗？

儿童：消费他们还是思考他们

前几天，我无意中发现女儿有一个小小记账本，里面是她和同学之间的"交易记录"：租借同学一本书，两天，支出1元；卖给同学一盒图钉，买入1元，卖出2元，赚1元……她的同学A曾经喜欢我的一本书，提出要买，我顺手送给了A一本，结果A把这本书租给其他同学看，总共赚了25元租金。我们可以说这是游戏，或者说这一代孩子是何等聪明，才上四年级的小孩子就成为理财高手。不久前我收到某少儿大报寄来的作文比赛的稿子，比赛的题目是"我的理财观"。从小懂得理财不是坏事，但人生如果就只剩下理财也是一种悲哀，这也是我们这个时代金钱至上观念的最直接的投射。丰子恺先生在《给我的孩子们》一文中，一上来就说："我的孩子们！我憧憬于你们的生活，每天不止一次！我想委曲地说出来，使你们自己晓得。可惜到你们懂得我的话的意思的时候，你们将不复是可以使我憧憬的人了。这是何等可悲哀的事啊！"在他的眼里，童年是人生的黄金时代，天然、率真、热情和活泼的创造力终究会在现实的泥淖中消失殆尽，他的忧虑直到今天看来还是这么触目。

"五四"时期的一些文学大家本着人本主义思想，他们笔下的儿童不但是与成年人平等的人，更是可以在哲学层面上给成年人提供思想资源的人类，但是到了现在，"儿童"反而变成"小儿科"的代名词，儿童文学往往受到轻视，这固然可以说儿童文学的创作水平还没有达到一定的文学高度，但从另一个方面说，"儿童""童年"的思想价值还远远没有被我们认识到。儿童的价值观、审美观往往和成年人不同，但成年人往往以自己的功利主义的思想为本位，我们这些成年人，非但没有把童年，把儿童作为思考人生的一种精神资源，我们还以成人为本位，认定我们对这个世界的思考才是唯一正确的，儿童在我们的眼中是社会经验几乎等于零的、思想浅薄幼稚的人类，又怎么可能成为我们的思想库呢。我们还会以我们的话语霸权，我们的强势地位来影响和塑造儿童，把我们的观念渗透到他们的成长之中。我曾经在《教化、快乐与救赎——新中国60年儿童文学的精神走向》一文中说："虽然这60年来，不乏优美动听的对童年、母爱、大自然的歌颂，但这种颂歌往往流于表面和肤浅，和冰心、丰子恺等一代大家从哲学的层面上来思考童心、童年相比，当代儿童文学对于'救赎'这个主题的探索始终不冷不热，甚至可以说是倒退了。当生活在文明社会的都市人重新思考乡土、大自然的价值和意义的时候，'童年'能否成为成年人的一种思想资源，成为他们精神的栖息地？或许'救赎'这个主题会有一天突然热闹起来，成为人们追逐的话题。一切都不得而知。"

也许我们会说，我们当下的儿童文学创作已经非常地"儿童本位"了，你看我们几乎是蹲下身来，我们几乎是在迎合儿童了，我们一直在想怎么才能让他们笑，怎么才能让他们放松。就是在现实生活中，我们也是在围着他们团团转，难道我们还不够重视他们吗？在我看来，这在某种程度上说是一种伪"儿童本位"观，笑有很多种，我们挠一个人的胳肢窝，他也会大笑，但这种笑不是发自内心的自然的大笑。童年的阅读一定要伴有笑声吗？安徒生的童话并不一定会让孩子笑，但是我们依然需要这样的富有深度的童话的滋养。我们不肯探入童年的深层，去发现童年更多的秘密，我们不肯去探索童年和成年的联系，童年作为一个人生命之河的上游，它的清澈与否，它的水土资源的保持，它的生态环境是否被破坏，它的生物植被的保护，都和人生的下游息息相关。但我们没有足够的专注力去凝视它，并从中发现更为有价值有意义的东西。在这个物质比较发达的时代，我们当然可以通过通俗和浅易的文本，来吸引更多的孩子来阅读，从他们的口袋里掏出钱来，这是在消费童年，消费儿童。而不是在思考儿童，思考童年。

英国浪漫主义诗人华兹华斯说："儿童是成年人的父亲。"老子说："常德不离，复归于婴儿。"一年一度的六一儿童节又到了，但愿对于儿童的关注不仅仅是这一天的事情。

亲情缺失：一个时代的症候

前些日子，在最为观众津津乐道的电视节目中，《爸爸去哪儿》肯定算得上一个。当我们来看这一期榜单的时候，你会发现，图书和电视出现了某种令人惊讶的契合，"爸爸""妈妈"成为关键词，《爸爸带我看宇宙》《爸爸当保镖》《我妈妈》……这是多么直接的呼唤，是那么直白地指证了这个处处充满着狂欢的消费气息和功利主义的时代的缺失：亲情，真挚纯朴的亲情。在《爸爸带我看宇宙》中，"宇宙"似乎并不是主题词，孩子看不看得懂宇宙不是最重要的，重要的是带他去看宇宙的是"爸爸"。爸爸倘若能够花一点时间陪着孩子，哪怕一起做的事情平凡而又琐碎，但那种温馨和美好的记忆，却可能让孩子的一生都感到富足和温暖。这就怪不得在刚刚过去的2013年的儿童文学创作中，有那么多的作家们（无论是友情出演的知名成人文学作家，还是儿童文学作家本身）对回望自己的童年表现了极大的兴趣，形成了一股集体"童年回忆性书写"的热潮。而赵丽宏的《童年河》就是其中的代表性作品。

这些主要出生于20世纪五六十年代和七十年代的作家们，通过"童年"和"成年"相互交织的双重视角，引领我们既抵达了童年现场，也抵达了对童年本身的深切省察。在他们的笔下，怀旧并不是主色调，他们的回望是面朝当下的。可以说，在这些作品中暗暗隐藏着这样的期望——童年往事在岁月的流逝中不但酝酿成了甜美忧伤的乡愁，而且沉淀下许多富有价值的体悟。他们愿意把这些体悟和今天的孩子对话、交流，甚至渴望有一些行将消逝的文化被记忆、被传承。而在他们回望童年的充满诗意的目光中，对于过去那种淳朴亲情的留恋，又是他们落笔最多也最动人的地方。在《童年河》里，赵丽宏温情脉脉地回忆了外婆怕自己下河游泳有危险，每当自己游泳的时候，外婆总是拿个小凳子坐在河边看着。这样的细节，散落在每个人内心的皱褶里，因为像空气、阳光一样易得，而容易被人忽视，甚至遗忘。只有当心灵干渴的时候，才会在记忆中感受到它如同泉水一样的甘甜和温润。

正如梅子涵先生在《爸爸带我看宇宙》的推荐语中所说的："这个故事的灵感是特别的，很煞有介事地'看宇宙'，却是只到了一个熟悉的地方；明明看着那高空的神秘莫测，星光灿烂，却踩到了狗屎。完全都是看见美，那么美的记忆可能会很脆弱，有狗屎在脚下，又有无比灿烂在天空，那么美的记忆就真实和可靠了。"由爸爸象征的亲情也许很普通，但也正由于它普通，又是那么真实和可靠。

也许这样一种在全社会蔓延的情绪，在暗暗地提示我们，在我们孜孜不倦地追求速度、财富和成功的时候，在不知不觉中失落的那些亲情、友情，那些人世间最纯朴的情感，才是我们幸福的来源。情感的缺失已经成为时代的病症，但愿我们的孩子们还能在这些美好的童书中，领悟和记忆情感的奥秘。

人生就是一场心灵之旅

那只叫爱德华的自命不凡的陶瓷兔子，一开始的时候他只享受大家给他的爱，从来不懂得去爱别人。然而，当他经历了一段异乎寻常的旅程——从海洋深处到渔夫的渔网，从垃圾堆的顶部到流浪汉营地的篝火边……他那颗冰冷的容易破碎的心，学会了怎么去爱，也寻找到了曾经失去的爱。这是属于《爱德华的奇妙之旅》，也是芸芸众生的生命之旅的隐喻。

从某种意义上说，人生就是一场心灵之旅，从起点到终点，要经历多少起起落落，多少欢笑和泪水，才能够慢慢体悟生命的奥妙。音乐家海贝尔曾经说过："人生就是学校，在那里，与其说好的老师是幸福，不如说好的老师是不幸。"是的，失去让我们更加珍惜拥有，战争让我们眷恋和平，阴影让我们渴望阳光……挫折和磨难总是让人更深刻地领悟人生的真谛。在《同学都说我丑》里，泰西有一双老鼠眼、一个超大的鼻子和短得几乎看不见的下巴，丑丑的外貌让她常常遭到同学们的取笑。她也很想拥有友谊，很想和同学们建立融洽的人际关系，但是，当大家叫她一起捉弄讲课时喷口水的菲雪儿老师时，她犹豫了，她不想伤害自己喜欢的菲雪儿老师。泰西决定什么也不做。为了交到朋友，泰西冒用姐姐的漂亮照片，认识了一个叫阿克瑟的男孩笔友。现在，阿克瑟要来看泰西了，她不知道该怎么办……作者贴着孩子们的内心行走，带领着读者思考自信心究竟从何而来。童书作为成年人（或者说主要是成年人）写给孩子们看的书，我们从中时时能够看到作为已经有了丰富阅历的成年人对于孩子们的呵护和期待，尽管这些呵护和期待也许隐藏在文字的褶皱里，不是那么直白明了，他们把自己对生命的感悟渗透进一个个生动有趣的故事里，他们希望这些感悟能够给站在生命起点的孩子们一点精神上的援助和指点，让他们的成长之路能够减少一些颠簸和曲折。因为人生是如此浩繁，而一个有着七情六欲的平凡人又被造物主赋予了那么多的限制，人从一出生就要开始经受恐惧、生气、嫉妒、焦虑、悲伤等情绪的折磨，可以说，人从呱呱坠地的那一刻起，就要学习怎么管理自己的情绪。《托马斯和朋友：幼儿情绪管理互动读本》就是这样一套体贴幼儿也体贴幼儿的父母的书——对于孩子光有爱是不行的，我们得有一些切实可行的办法，这是一个技术层面的问题。事实上，很多人的人生失败了，不是缘于他没有梦想，没有行动，而是因为在技术上没有实现对人生的合理管理。

那些让我们的梦想起航的书（《两个人的梦想秀》《飞马奇遇记》）、那些教给我们生存技巧的书（《我不怕作业魔王》《小熊维尼"我是最棒的"启迪心灵系列图画书》）、那些教我们认识外面的世界的书（《从外星球来的孩子》《母熊大白掌》《恐龙是怎么飞起来的》）……无一不包含着一个过来人的生命智慧，阅读这些好的童书，对孩子们来说，是人生的预演，是饱含着浓浓爱意的指南，是漫漫旅程中的最好的心灵伙伴。

（原载《中国新闻出版报》2014年3月28日）

成长，是一种寻找

金波先生说过："儿童文学作家没有衰老，只有成长。"我想这是因为真正的儿童文学作家永远拥有一颗孩子般的心，这颗心从来没有泯灭对万事万物的好奇，从来没有停止寻找的脚步，一直处于成长进行时。

这种寻找有时候是对孩子们内心小宇宙的勘探，在《郑渊洁给孩子的励志书》里，作家抱着对孩子们充分的同情和深切的理解，把一个历经人世沧桑的成年人的丰富经验，凝练成一种温暖的鼓励和切实的指点，让孩子们发现自身所蕴含的力量，这种力量不单单来自你的长处，更多时候恰恰是源于你的短处。在《像王子一样高贵》里，那些通常被定义为"弱势群体"的孩子们，他们的内心并没有被苦难的生活压扁，这是因为他们找到了音乐，音乐具有救赎的力量，像拂去雾霾一样擦净了他们心灵的荫翳，我想这并不是事实的全部——真正的力量是因为站在阴影里的孩子们从未放弃寻找阳光。

有些寻找指向孩子们自身之外的广阔的大千世界。把孩子们放到旅途中（《苏菲的航海日志》）、放到大自然中去（《安徽寻宝记》）、放到人群中（《夏日离歌》、《秘密如花》）、放到各种日常的麻烦中（《汤米成长记：汤米和耳朵医生》）……在历险中，在探索中，在与他人的相遇相识中，在与病痛等挫折的狭路相逢中，孩子们日渐见多识广，这种见识不仅仅是视野的拓展，知识的叠加，还有对意志的磨砺以及对情感的丰富。

有些寻找指向过去。孔老夫子说："逝者如斯夫，不舍昼夜。"时光匆匆流去，感谢那些用文字，用色彩，用图像留住过去的人，让后来者有机会重温那些珍贵的记忆。这些记忆无论是温馨的美好还是惨烈的疼痛，都有一种常驻人心的力量，让孩子们虽未亲历，却能够用心灵去承继，成为滋养他们精神成长的源泉。南京大屠杀是我们民族集体的惨痛记忆，记住它不是为了让战争的仇恨淹没一颗颗稚嫩的心灵，而恰恰是期待这些主宰着人类未来命运的孩子们，能够有智慧让"战争"这个黑色的词语，从人类的辞典里永远消失（《南京1937》）。虹影的《奥当女孩》是作者的首部儿童小说，对于一个经受过饥饿、漂泊，从中国到英国，一路充满传奇色彩和阅尽人间奇景的女作家来说——尤其是写过《K——英国情人》《饥饿的女儿》的女作家虹影来说，《奥当女孩》是一个富有意味的存在。也许一切绚烂终归于平淡，一切起点就是归宿地，从这个意义上说，《奥当女孩》不是一本仅仅写给孩子们看的小说，它也是虹影借此回溯到她生命的源头，用一种从未有过的温暖的目光期待着与童年的自己相遇。

儿童文学作家寻找的姿态永远是热切的，正如王淑芬在《抢救阅读50招》中用了"抢救"一词。在寻找中发现了对孩子们有益的东西，就急切地像珍宝一样藏起来，然后献宝一样捧给孩子们，这是我们常常能够从儿童文学作家身上感受到的一种温度，也许不够冷静和从容，也许带着些许傻里傻气，但这种笨拙的热情，有时又确实有一种让人热泪盈眶的感动。所以儿童文学作家永远年轻的秘密，归根结底是因为他们对这个世界永远充满善意，他们没办法变得世故，他们是永远的天真族。

（原载《中国新闻出版报》2014年10月24日）

平凡行走变轻盈飞翔

好的儿童文学作品总有一种泽被万物的慈悲之心，用神性的目光温柔地打量着他人和世界，文字总是有着雨露一样湿润的质地。在秦文君的眼里，每个孩子身上都有值得珍惜和赞赏的地方，她说："每一点光都闪亮（《每一点光都闪亮》）。"而金波先生的《一只蓝鸟和一棵树》则带着泥土的气息和春日的呢喃，用不徐不疾、舒缓自如的语调娓娓道来，讲述着爱、生命、成长、光阴，这些世间最难讲清的东西。小鸟和树的每一个表情，透露出的欢愉、疑惑、哀愁、欢喜……就藏在最简单的故事和最质朴的图画中。谢倩霓的《梦田》对容易忽视的、处于"小青春期"的少男少女的生活状态和成长经历有着恰切的把握和温情的抚慰。王勇英的《木鼓花瑶》写了两个孩子，一个在山村，一个在城市，曾经相隔万里，却要面对一个相同的问题——如果父母暂时缺席，成长该如何继续？稻谷成熟，到了收割的时候，在城里打工的年轻人陆续回来，女孩花瑶在路边盼呀盼呀，却等到了爸爸、妈妈和弟弟都不能回来的消息。而男孩木鼓告诉她，他从出生到现在从来没有见过爸爸。两颗稚嫩的心因为亲情的欠缺而承受着各自的悲伤，却又在相互的靠近中沐浴着友情的滋养。有句话说：每一个生命都是被上帝咬过一口的苹果。而每一个人在努力面对生命不完美时又悄悄获得了勇气、意志和智慧。而好的文学，总是陪伴我们走过内心的每一道坎。

这些年，文学名家介入儿童文学写作已经成为一种值得注目的现象。

他们的介入让儿童文学拥有了更为多元的维度。他们携带着成熟作家多年的艺术功力和丰富的人生经验，给儿童文学注入了更为厚重的内容和更多的可能性。张炜的《远河远山》和阿来的《三只虫草》正是这样的作品。阿来的《三只虫草》首发于《人民文学》，在该期杂志的卷首语中是这样评价它的："童趣的视角与语句下，整个小说如初春般混合着万物更生、大地复兴、天人归魅的气味和情态，清新发暖、清冽余寒——关键是清朗有方。"对于在文学和人生中已经行进了那么远的大家们来说，能够在纷繁复杂的世相之外，与童心再次相遇与相惜，这是洒向读者的甘霖，同时也是反诸自身的恩泽。

好的儿童文学作品也总是有这样一种不灭的雄心，那就是把平凡的行走变为轻盈的飞翔。在这种飞翔里，有创造的乐趣，有人类永远不想安于现状的梦想。无论是《动物园里的救世主》《绿头发先生行医记》《给孩子读诗》，还是《我的第一次太空旅行儿童地图绘本》，都是想用天马行空的想象力让孩子们的心能够摆脱地球引力，体验飞翔的快乐。

（原载《中国新闻出版广电报》2016年3月18日）

在回首中眺望

法国作家杜伽尔说过："永远是独一无二、不可替代的事物，这就是童年的回忆。"童年经验对作家们而言，几乎是每次采掘都不会空手而归。在近期的创作中，我们看到一些名家又一次在回首中撷取往事，但他们的回望不是忆旧，而是在回首中眺望，力求能够让昨日的经验和今天的孩子构成有效的沟通与对话。

《蜻蜓眼》是曹文轩获国际安徒生奖后发表的首部长篇新作。它和《草房子》《青铜葵花》有着相通的精神脉络，除了都采用儿童视角、历史叙事外，书写的都是普通人"心中不灭的爱与美"，并以此"建构起人性光辉的庇护所，令人在日常中秉持善念、变故中心生安定"（《人民文学》2016年第6期卷首语），以抵御命运的无常和生命的苦难。但是，显然，从《草房子》里的乡村"油麻地"、《青铜葵花》里的"大麦地"到《蜻蜓眼》里的马赛—上海—宜宾，从前者里的大河，到后者里的大海，从乡村到城市，故事发生的空间更加辽阔，甚至跨越了国界；从时间上来看，《蜻蜓眼》里的故事，从20世纪30年代开始一直写到六七十年代，这正是20世纪中国风云激荡的时代，时间跨度之长远远超出了前两部作品。此外，黄蓓佳的《童眸》，描写了20世纪70年代苏中小镇"仁字巷"里一群孩子成长的故事；肖复兴的《红脸儿》，写的则是20世纪50年代老北京四合院里一群孩子的故事。

无论是《蜻蜓眼》，还是《红脸儿》《童眸》，都是把童年的世界，放置在一个和成人世界密切互动的情境中。童年的世界不是孤立的，就算儿童与儿童之间会形成一个相对独立的小世界，甚至形成属于他们自己的"亚文化"，他们的世界依然有着成人世界浓重的投影和决定性的制约与影响。正是成人世界的人性的深不可测、命运的变幻无常，改写和约束着孩子们的成长轨迹。由此，这三部小说在写童年苦难的时候，这个苦难因为和成人世界的有效勾连，而更具历史的纵深感，使儿童文学这个相对单纯的文体，扩展了表现现实生活的广度和深度。当然，这三部小说首先是成长小说，它们的成功，首要的是抓住了儿童的心理体验，一切从孩子的眼睛和感受出发，有效地避免了成人化的弊端，为如何书写童年提供了值得珍视的经验。

萧萍的《沐阳上学记》，则是对当下孩子生活的一份观察实录，它和"当下"贴得如此之近，以至于都让我担心，这种没有距离感的书写，是否会显得有些仓促和情绪化。然而，作者胜在她的耐心———一个作家妈妈对儿子持续7年的观察实录，也许你并不容易碰到如此细致入微的观察实录，我只在读《傅雷家书》时，感受过这种父母对孩子持久的爱和不厌其烦的商量式的教导。这部书在功能上是多样的，育儿手册的实用和文学的审美兼而有之。这是对这个时代的中国孩子、中国父母、中国教育，留下的一份详尽而充满反思热情的文学档案。

《草原之王》是儿童文学作家沈石溪精心选编并点评的外国动物小说精品少年读本；《中国雨林的惊天一跃》是"荒野求生少年生存小说系列"中的一本，贝尔·格里尔斯将自己丰富的野外生存经验融入精彩的少年历险小说，在动人心魄的故事情节中，生动描述了上百种简单而实用的求生技巧，传递了野外求生的永恒法则"永远保持微笑，只要活着就有希望"，引领小读者在危险环境中，镇定从容，险境求生。这两部作品的关键词是荒野、冒险、勇敢……而《小猪佩奇动画故事书》提供的则是另一种人生体验：童稚的、天真的、烂漫的、美好的。在一个安全的无忧无虑的环境中，一个生长于都市的孩子，可以在《蔬果长成记》和《写给儿童的人文小百科》中去了解身外广阔的动物和植物的世界。

无论是在过去、现在、未来，还是在太空、旷野、家中，在由时间和空间构成的任何一点上，好的童书都能构筑出一个不同于日常生活的奇妙的世界，让那些童稚的心能够自由自在地在其中玩耍、游逛并时有所思。

（原载《中国新闻出版广电报》2016年7月29日）

想象春天，马兰花开

虽然我并不是很喜欢"生活不止眼前的苟且，还有诗和远方"这句歌词，但不可否认，很多的童书都很中意"诗和远方"，尽管故事缤纷，但你能够看到"诗"和"远方"就像《了不起的盖茨比》里黛西家码头上通宵不灭的绿灯一样，在每一个故事的尽头闪烁着召唤的光芒。

在这一期的上榜作品里，"远方"有时是空间上的，有时则是时间上的。从时间的维度上来看，有时是对历史深处的回溯，有时是对未来的眺望。而从空间上来说，有时是地理学意义上确切的概念，有时又是虚构的幻想世界。

《野芒坡》就是以清末民初的上海土山湾孤儿院为背景原型，塑造了少年幼安的心灵成长史以及中国孩子和外国修士的鲜活群像。这是顺着历史的隧道回顾远方，打开尘封的往事，在黑暗中寻找照亮人心的光亮。这样的小说，因为有着历史基本事实的存在，因而在虚构之外，还有着还原历史现场的写实的成分在，因而分外地考验作家的耐心和严谨。《奇幻森林》的故事发生在遥远的古老而神秘的印度森林里；《保卫萝卜恐龙漫画·三叠纪危机》则直接回到恐龙们主宰世界的三叠纪；《巴夭人的孩子》记录的是漂泊在马来西亚仙本那一带的巴夭人的日常生活。这是一群永远漂泊在海上、没有国籍的人，有人把他们称为"海上的吉卜赛人"。这本图画书让我们惊讶地看到，在远方，在这个世界的某一个角落，生活着这样一群人，过着和我们完全不一样的一种生活，但那里的孩子也很快乐;而《转动时光的伞》借助于童话的魔力,直接就能够把"远方"的奇景拉到眼前:笑猫偶然发现了一把古老的油纸伞的秘密,从此时光就能在他的眼前神奇地流转。只要向左转动这把伞,笑猫就能目睹那些尘封的过往,能听见虎皮猫昔日为大家敲响的祈福的钟声,能看见球球老老鼠为非作歹的过往。只要向右转动这把伞,笑猫就能提前品味未来的快乐、悲伤和离别,就能知道马小跳、杜真子和安琪儿未来会拥有怎样的人生;《梦街灯影》则借助于上天入地的想象力,在"历史"和"现实"之间来回穿越,它张扬的是对"梦想"的守护。在作者的笔下,梦巫是一群有一定巫力,能够借助石器操纵梦的人。他们一部分为仙人服务;一部分梦巫将梦封入石器拿到集市上出售;一小部分梦巫想将梦留在人间,他们形成了一个叫"风荷"的组织。为了让人类能够长久地拥有做梦的权利,"风荷"和仙人之间展开了艰难的斗争。一个普普通通的中国女孩子于霄活,看似无意中与这场战争迎面相逢,原来早在300年前就写就了命运的传奇。

凡是那些对"远方"有渴望的心灵,总是被梦想照亮,《梦街灯影》如此,《一百个孩子的中国梦》也是如此,它更为直接地指向了中国孩子的梦想,这些梦想指向未来,是对遥远星空的仰望,是对大地万物的细查;《鳄鱼爱上长颈鹿》里的梦想更为出人意料:一位小个头的鳄鱼先生爱上了一位大个头的长颈鹿女士,也许正是对未来幸福生活的憧憬,让它们能够在如此巨大的差异面前,找到了诗意和美好;《兔子作家·马兰花开》中的眼镜兔,偶尔也会被眼前生活的倦怠感所困惑,但是它的好朋友青蛙给它支招:多想想春天,多想想春天到来的时候,可以欣赏马兰花开……正是对春天,对春天马兰花开的向往,医治好了眼镜兔抑郁的心情。当我们像眼镜兔一样,对日常生活再也没有审美的愉悦的时候,我们是否可以打开一本童书——在新版《百年百部中国儿童文学经典书系》

里，这样描绘"诗和远方"的童书是那么多，也许其中的某一本，能够击中我们的心扉，让我们重新获得了想象远方的冲动……

（原载《中国新闻出版广电报》2017年5月19日）

人类的羽翼

在《羽毛：不只是为了飞行》中，有这样一段话："鸟类和羽毛是密不可分的，就像树木和叶子、夜空和星星一样，在所有的动物中，只有鸟类有羽毛。"从知识的层面上讲，这当然没有错，然而我想说的是，人类也有羽翼，虽然这是一副隐形的翅膀，确切地说，是对拥有翅膀的渴望。"飞翔"应该是人类从童年开始就有的最显在的渴望。这从这期书单上并非刻意放在一起的书目也能窥见一二。

且不说《羽毛：不只是为了飞行》对羽毛的各种功能的津津乐道，也不说《飞越喜马拉雅》中对每年飞越喜马拉雅山完成迁徙的天鹅的仰视和敬意，单说绘本《洛神赋》和童话《童话山海经：大蟹》，里面对于"飞"的渴念是如此不可遏制，以至于作者要在中华传统文化的滔滔大河中溯流而上，重新演绎和呼应古人胸中对"飞"的向往和想象。曹植的《洛神赋》对于人神之恋的"神光离合"般的瑰丽的想象和华美的表达，让自古至今多少人献上由衷的赞叹。他笔下的洛神"翩若惊鸿，婉若游龙"，她"凌波微步"，这是多么轻盈的一具身躯，这是摆脱了人的沉重肉身、能够自由飞翔的身躯，对这样身躯的赞美和渴望，是对人类无法飞翔的深深遗憾。才高八斗的曹植用文字的魔法编织了轻盈的翅膀，这翅膀托起了人类想要振翅而飞的梦想。此外，《山海经》这部书的神奇之处不只是它书写了那么多会飞的珍禽异兽，还因为它让我们看到，人类可以通过"想象"这双翅膀自由翱翔。

通过"想象"和文字实现自由飞翔，这应该是人类独有的羽翼吧。通过这双羽翼，在《黑木头》里体验一段人与流浪狗之间的互助与暖意；在《外婆的月亮田》里重温流逝时光的脉脉温情；在《米斗的大计划》中"飞"到一个陌生的家庭，去体验一个失亲孩子悲伤又倔强的内心的成长；去《世上只有他一个人》里去看一看一个留守孩子的人生；去《杜鹃花开》里看看一个一无所有的孩子如何逆袭……

所以，那些美好的童书就是童年的羽翼，我们乘着它抵达想要抵达的地方。所以，人类虽然没有鸟类的翅膀，却比鸟飞得更高、更远。

周晓枫把自己首部童话里的小精灵起名为"小翅膀"，这可能是无意，但这无意可能切中了暗藏在每个人内心的愿望。

（原载《中国新闻出版广电报》2018年10月13日）

让传统文化在孩子们的心中活起来

　　前些天我在网上看程砚秋先生主演的京剧电影《荒山泪》，这是1956年上映的电影。看了不一会儿，屏幕上怯生生地飘过一行弹幕："有人吗？"立刻就引来热情回应："95年出生的飘过""尽管程老板拍摄此片已不年轻，但还是喜欢"……这些热情的回应证明了传统文化的生命力。然而再好的艺术也不能束之高阁，首先要让孩子们了解，才会因为了解而产生热爱。

　　本期少儿榜单的书目洋溢着浓浓的传统文化气息、中国精神。"中华人物故事汇"系列丛书选取中国古代、近代、现代各个时期在各个方面作出突出贡献、产生深远影响的重要人物，用故事的形式，展现他们的思想智慧、高尚品格和顽强精神。这套丛书包括《中华先锋人物故事汇》《中华先烈人物故事汇》《中华先贤人物故事汇》《中华传奇人物故事汇》，总共预计推出310种，此次首批推出50种，其中先锋、先烈、先贤人物各15种，传奇人物5种。自2010年起海飞先生推出一系列"国粹戏剧图画书"，这一次，《海飞爷爷讲戏剧故事》挑选了"国粹戏剧图画书"中《大闹天宫》《霸王别姬》《空城计》《盗御马》和《三岔口》5个故事。正如海飞先生在接受记者采访时所说的："这本书中收录的戏剧故事除了选择《大闹天宫》《盗御马》这类精彩热闹的剧目，还包括了各个京剧名家都推崇的京剧扛鼎之作《霸王别姬》等。即使后者对于小朋友来说未必能完全体会深意，但随着时间的积淀，京剧文化的博大精深一定会真正融入小朋友的内心。"

2019年7月6日，中国良渚古城遗址获准列入《世界遗产名录》，申遗成功标志着中华五千年文明史得到国际社会的认可。《五千年良渚王国》是一部反映五千年良渚文明的精装图画书，它的出版可谓恰逢其时。彭学军的《黑指》把景德镇作为著名瓷都的历史变迁和几个小学生的成长巧妙地融合在一起，书写了工匠精神的传承和传统文化不断变革创新从而生生不息。李秋沅的《天目》是以中国两代青少年探秘复烧天目为线索，融合中国《山海经》神话传说、中国宋瓷文化、闽南地域文化元素写成的幻想小说。作品从中国传统文化中汲取养分，借宋末崖山之役、抗日战争、宋瓷建盏等历史文化元素，以传统文化和幻想为两翼，演绎中国精神，传递责任与担当、人与自然和谐共生、爱与宽恕等主题。

此外，书单中的《蜻蜓飞行日记》用童话的形式，生动形象地构思了两只碧伟蜓在游览祖国大江南北的过程中，与自然和人发生的一组组诗情画意的故事。将蜻蜓的专业知识与人生感悟娓娓道来，使青少年获得蜻蜓的相关科普知识，领悟大自然的奥秘。而《周国平少年哲学智慧书》娓娓道来，对孩子们认识自己、面对自己、管理自己、激励自己、尊重生命等不无裨益。

把这些充满传统文化气息、充满哲思和科学精神的图书装进孩子们的书包里，成为中国孩子们成长的"秘密武器"，相信像孙卫卫的《装进书包的秘密》、周敏的《我和我的6班》里那些活跃的孩子们一样，小读者们一定能够获得成长的智慧，领悟快乐的力量，在生命的跑道上不惧逆风，坚强奔跑。

（原载《中国新闻出版广电报》2019年8月20日）

童年之光照亮未来

今年是新中国成立70周年，很多书都在回望这波澜壮阔的70年。《共和国的童年纪事》收取了几代作家对个体童年的回溯，那些微小而生动的细节，赋予了历史的钢筋铁骨以饱满的血肉，在一簇簇小小的浪花里，让人感受到了时代浩瀚奔涌，一路向前的力量。

相比于《共和国的童年纪事》里那些水珠一样的短章，作家们还以长篇更为细腻地呈现不同时代的童年图景。作家叶广芩的《花猫三丫上房了》，是她继《耗子大爷起晚了》之后推出的新作。在这部作品里，童年时光在上房揭瓦、下河摸鱼的喧闹中欢畅飞过，也在家人的陪伴和惦念里温暖流过；在周晴的《那年初夏》里，爱是一条纽带，牵起3个女孩的友谊。爱也是一座桥，使南海之滨与云南山区天涯比邻。一个普通的暑假，让3个女孩拥有了不一样的成长。这是一个关于大爱的中国故事，充盈着人与人之间的温暖，展现出新时代乡村少年自强、自立的精神风貌与城市少年乐观、热情的生活状态。顾抒的《城墙上的光》里的男孩"熊猫"也总想回到过去，去寻找消逝的童年。作品以南京明城墙为背景，以作家的个体童年经验为蓝本，在童年时光和少年岁月双线交织的叙事中，亦真亦幻的童年奇景一幕幕闪现，那些独属于童年的生命伤痛和欢乐，最终化为照亮未来的童年之光。该书既写出了南京这座六朝古都的文化底蕴、历史变迁，也写出了一代中国孩子的精神成长史；年轻作家吴洲星的《等你回家》属于"英雄叙事"，作品以淬火成钢的"时代楷模""最美奋斗者"

张劼及其女儿为原型，塑造了善良、好强的姐姐小船和胆小、天真的弟弟小旦的形象，讲述了发生在特警家庭充满人性光彩的温情故事。从英雄爷爷到英雄爸爸，正气凛然的优良家风默默浸润着姐弟俩稚嫩的心，让他们勇敢前行。作品把鲜明的儿童趣味和深厚的家国情怀很自然地融合在一起，描绘的是另一种童年。

当然，在所有人的童年里，又怎能缺少大自然的身影。薛涛的"大自然的邀请函"系列以教科书般精美而波光流转的文字，把大自然与一个孩子的身心交融写得丝丝入扣。在黑鹤的首部摄影纪实绘本《蒙古牧羊犬》里，读者能看到一幕幕动物和人在感情交汇时所能达到的最为美好的场景，这些不言自明的细节，我想，都携带着黑鹤对于人类与自然，人类与动物之间一种和谐关系的期待与渴望。去游览祖国的大好河山，去仰望星空……用自己的双脚、眼睛、心灵去感知和探索宇宙、自然，这永远是一代又一代人在童年时共同渴望和梦想的事情。

回望在很多时候是因为心怀未来。就像《百年百部中国儿童图画书经典书系》（第一辑）一样，那些费时耗力的梳理回顾整理，不一定立刻就洛阳纸贵、广为传颂，甚至有可能正相反，要一直忍受寂寞与孤独，但它的光芒终将照亮未来的时光。

（原载《中国新闻出版广电报》2019年11月19日）

孩子的心，比宇宙还大

《大山里的小诗人》收录的是孩子们的诗，他们大部分是留守儿童，困守于大山深处，但他们的诗里却有着对爱与远方最饱满的呼唤，那些像草叶尖上的露珠一样晶莹剔透的诗句，像一个支点，撬动了他们曾经封闭的情感世界，让我们看到这些小小的沉默寡言的孩子，他们的心却比宇宙还要大。

追求诗意的生存，这里面有着中华文明几千年绵绵不绝的回响。绘本《兰亭序》就是对一千多年前春天的一场雅集的重新想象，这样深情的回望确证了现代人对曲水流觞式的东方审美和高旷情怀的永恒追慕。对《兰亭序》的温习，不但是向王羲之的书法致敬，更是对他在其中所流露出的"死生亦大"的感慨有着更深切的体悟，因为人类也许从来没像今年这个春天一样，如此广泛地同时面对生死的考验。而有些人，像《中华先锋人物故事汇》（第二辑）里的钟南山，已经成为替我们托举起这个春天的英雄。更多的普通人，像《我和小素》《爸爸，出发！》里的护士长妈妈、医生爸爸，他们一同用血肉之躯构筑了抵抗病毒的铜墙铁壁，他们共同拥有一个美丽而悲壮的名字：逆行者。

因为有这个异常严峻的春天，使我们突然感受到过去曾忽视过的一个个平凡的日子，其实都是一首首诗。这样温暖的充满珍惜之意的情绪，在《一根狗毛一首诗》的字里行间缓缓流淌，它以组诗的形式写出了一只小狗的心灵史、成长记，写得诙谐、机智、幽默，趣味盎然，活泼灵动。尤其是从小狗的视角看世界，常常有脑洞大开的惊人之语，出乎意料却又在情理之中，让人忍俊不禁捧腹大笑之处多多，比如在小狗"大咖"眼里树都是一条腿。在爱狗、爱万物的诗人灼热的眼里，每一根狗毛都能写出一首情感洋溢的诗。小狗与亲人、与同类、与人类的相处相伴，成长的痛与亲情的暖、友情的真、异类之间的包容，都散发着浓浓的爱的味道。小狗的喜怒哀乐分明映射着人的悲欢离合，那些平凡的日常细节落到诗人敏感的心底，就化作了一首首缤纷的诗。而《小城流年》抒发的是对一座城、对故乡的缱绻情意。作者用温暖清丽的散文笔调，深情描画20世纪改革开放之初北方城市的记忆雕刻。面对时代发展带来的变化与冲击，作品以小主人公"小青子"的成长轨迹，讲述了童年记忆中一座城市及时代的变迁，勾勒出儿童视角下的地域风情、长辈邻里、人情世故的全景画卷。眷恋都隐藏在日常烟火的平淡之中，在这样让人惴惴不安的日子里，读着这些如槐香一样甜美的文字是最好的抚慰。

哪个孩子不是《从前有个筋斗云》里的调皮的"筋斗云"？病毒消磨不了他们的勇气和活力，他们可以到《万物由来科普绘本》里去溯源万物，这是一套为中国孩子量身打造的图解趣味百科，精心选择了房屋、电话、轮船、火车、汽车、飞机、能源、影视等8个主题，来讲述那些改变人类生活的故事。以生活为媒介，去探索世界的本源，带领小读者走进一个无奇不有、奥妙无穷的精彩世界，让孩子们领略人类历史上一系列激荡人心的科技变革；他们可以在《奇思妙想一万年：中国古代科技发明创造绘本》里放飞自己的好奇心和想象力，这是贯穿11个学科的通识读本，40项发明编织起中华文明的主线。相信这些好书对培养孩子们的科学精神，都是最好的引领，让他们在居家学习的日子里，思想的触角能够借由阅读抵达宇宙间任何一个角落。

（原载《中国新闻出版广电报》2020年7月3日）

唤醒与点燃

中国幻想小说还是"无根"文学

采访人：谢迪南（《中国图书商报》记者，以下简称谢）

受访人：李东华（以下简称李）

原创幻想小说现状：
带有武侠小说和网络游戏的痕迹

谢：目前国内儿童幻想小说的创作与出版是什么现状？

李：2000年末，著名儿童文学评论家束沛德曾经撰文指出，幽默文学、大幻想文学和大自然文学是儿童文学界20世纪90年代高高举起的三面美学旗帜，三者必将成为21世纪之初儿童文学重要的创作潮流。现在回头来看，他的预言是十分准确的。随着《哈利·波特》等一批西方幻想小说的涌入，幻想文学创作和出版可谓风行一时。网络上更热闹，什么"奇幻文学""玄幻文学""魔幻文学"，层出不穷。

谢：有哪些代表人物和代表作品？

李：1996年，江苏凤凰少年儿童出版社"中华当代童话新作丛书"推出彭懿的《疯狂绿刺猬》，被评论家认为是中国幻想小说第一部自觉的作品。中国幻想小说的崛起，二十一世纪出版社功不可没。该社于1998年和1999年分两辑出版了14位作家的15部作品。它们分别是：第一辑：薛涛的《废墟居民》、彭学军的《终不断的琴声》、彭懿的《妖湖传说》、秦文君的《小人精丁宝》、班马的《巫师的沉船》、张洁的《秘密领地》、韦伶的《幽秘花园》；第二辑：张之路的《蝉为谁鸣》、牧铃的《梦幻荒野》、戴臻的《小尖帽》、殷健灵的《哭泣精灵》。此外，该社还出过殷健灵的《纸人》、魏滨海的《秘境》、左泓的《不能飞翔的天空》、张品成的《神奇邮路》、彭懿的《魔塔》。另外，春风文艺社在"小布老虎丛书"中出版了陈丹燕的《我的妈妈是精灵》、薛涛的《精灵闪现》、"山海经传说ABC（《盘古与透明女孩》《精卫鸟与女娲》《夸父与小菊仙》）"、车培晶的《我的同桌是女妖》等。常新港在春风文艺出版社出过《陈土和他的六根头发》《土鸡的冒险》，在少年儿童出版社出过《少年黑卡》，在接力出版社出过《一只狗和他的城市》。四川少年儿童出版社出过殷健灵的《风中之樱》（4本）。此外，还有班马的《绿人》等。应该说，彭懿、陈丹燕、常新港、张之路、班马、彭学军、薛涛、殷健灵等都是儿童幻想小说创作的代表性作家。此外，像当时还是少年作者的郭敬明的《幻城》赢得了巨大的市场的成功。网络上也出现了大量受网友追捧的幻想类作品，如玄雨的《小兵传奇》、萧鼎的《诛仙》等。虽然这些作品并非属于"儿童文学"，但是它的读者群很大一部分是青少年，因此，不可不关注。

谢：他们在表现"幻想主题"时，各有什么样的风格？

李：儿童幻想小说是个舶来品。前面我所提到的，一些少儿出版社所提倡的"大幻想文学"，是基本上沿袭西方幻想文学的理论和创作手法的，深受诸如托尔金的《魔戒》、刘易斯的《纳尼亚传奇》、罗琳的《哈利·波特》等作品的影响。还有一类，比如郭敬明的《幻城》，除了受西方幻想小说的影响，我觉得从他的作品里可以看到日韩动漫的影子。而网络上的一些幻想作品，如《诛仙》等，显然留有中国武侠小说和网络游戏浓重的痕迹。

谢：我国儿童文学创作的"幻想主题"大概是从什么时候开始的？与幽默文学一样，在20世纪90年代中期，像曹文轩等一批儿童文学作家和二十一世纪出版社就提倡过"大幻想文学"，发展到今天，经历了一个什么样的过程？

李：我前面已经说过，把"幻想小说"看作一种新的独立文体（我这里所说的幻想小说，不包括科幻小说），是从海外引进的，是先有了理论上的自觉，才催生的创作实践。中国幻想小说的理论自觉始于朱自强1992年发表于东北师范大学学报的《小说童话：一种新的文学体裁》。之后的1997年，少年儿童出版社出版的"跨世纪儿童文学论丛"推出了彭懿的《西方现代幻想文学论》，这是国内第一部相关专著。在这些文学理论家、作家们的热情呼吁下，1997年，二十一世纪出版社在三清山召开的"跨世纪中国少年小说研讨会"的中心议题就是"幻想文学"。一年之后，二十一世纪出版社推出了我上面说过的"大幻想文学·中国小说"丛书，得到了儿童文坛实力派作家的热烈呼应。像常新港、彭学军、薛涛、殷健灵等一些一直致力于现实主义写作的作家，都实现了艺术上一次非常大的转型，热心地投入了幻想小说的写作。我听说曹文轩先生也要出幻想小说《大王书》了，可见幻想文学的魔力。发展到今天，幻想小说已经发生了分化，很多作家已经在思考幻想小说的中国化问题了。另外，网络幻想文学的出现，也给幻想文学的发展带来很多不同的新的因素。最近，朱自强、何卫青出版了《中国幻想小说论》，这是对问世只有十几年的中国幻想小说的一次理性思考。因此，虽然国内幻想小说可谓还在草创时期，但是，理论研究和创作实践都十分活跃，应该是非常具有生长点的一种文体。

"中国化"问题探讨：
把中国的神话传统、价值观融会其间

谢： 受《哈利·波特》影响，近几年，幻想主题的创作和出版确实很风行，但走到现在，我们也可以发现其中有一些弊端，很多作品都模仿西方的幻想文学，甚至沿用它们的幻想元素，从而剥离了我们民族文化的土壤，您认为这种做法会带来什么后果？

李：《哈利·波特》在我国登陆之后，其受欢迎的程度是有目共睹的。评论家们对这一股热潮有各种各样的解释，其中，我觉得学者叶舒宪的观点应该特别得到重视。他跳出了文学，从思想文化的更为开阔的角度去看，他认为《哈利·波特》是和后现代文化的寻根热潮紧密联系在一起的，它的风靡世界表明反叛现代性的潜流已经获得广泛的社会认同，它的后现代文化寻根思想主要体现在两个方面：让基督教的上帝退隐不见，让异教女神所代表的新生态自然观取代西方传统的人类中心主义；用麻瓜世界与魔幻世界的对立，来批判现代性针对理性的异化和资本主义生产生活方式所导致的人性痼疾——"过度增长癖"而开出一剂猛药：用复归巫术幻想的万物有灵世界的方式来克服人对物欲的痴迷，来对抗市场魔鬼的力量。它的巨大社会影响力不光是儿童文学创作上的成功，而且也可以看作是一个标志新世纪文化冲突与走向的重要信号，还可以看作体现后基督教自然观的一个文学标本。因此，当作家们向这些西方的幻想小说借鉴的时候，不可忘记这些作品的思想文化背景是和我们的传统文化是不同的。事实上，我们很多作家已经意识到了这个问题。例如，薛涛提出，幻想文学刚来中国的时候戴着西方的面具。他决定把"山海经"作为一个突破口。经过几年酝酿、创作，于2004年出版了"山海经传说ABC"。他说："'文化性格'的最终指向是'文化身份'和'文化归属'。向'国外学习'很多年了，背对'精神故乡'，我们走得太久也太远了。我想要的绝非一个标签，是从语言到审美趣味，具体到作品中的意象都非常'中国化'的文本。它蕴涵的优雅、温和、良善、宽容、仁爱，也是经典儿童文学的品质。"

因此，我们可以说，因为幻想小说是舶来品，所以我们的幻想文学从某种程度上讲是"无根"的文学。我们的文本里充满"魔法""巫师""吸血鬼"，这些东西对于西方读者来说没什么，因为他们有这样一个熟知的宗教背景，但在我们的传统文化里是没有这些的。那么这就产生一个问题，如果你只是步西方幻想文学的后尘，可西方已经出版了那么多优秀的幻想文学作品，我们只管去看就好了，为什么还要来看你的仿制品呢？所以，中国的作家们会很快开始思考本土化这个问题了。但是，幻想小说在中国兴起毕竟只有十几年的时间，太短暂了。理论上的自觉还不能够立刻催生成熟的文本。我们来看，这些力求达到中国化的文本，似乎仅仅有了些中国元素，还未做到把中国的神话传统、中国的价值观融会其间，还给人两张皮的感觉。如果幻想小说的出现，真的是和文化寻根有关，那么就需要我们去寻中国传统文化的根。在这条路上，中国作家还有很远的路要走。

谢：同时，还有值得注意的是，我们现在很多幻想作品都来源于网络游戏，这样对幻想文学的发展会引发什么利弊？

李：就像以前由电视剧、电影改编的文学作品一样，由于传播媒介的改变，网络游戏的风行，现在出现了一些根据网络游戏改编的文学作品，包括一些作家的创作也是从游戏中获得灵感和素材的。我想，幻想文学会由此衍生出新的分支，相比之下，这分支的娱乐性、消遣性更强，尤其现在还在起始阶段，这种现象可能会持续很长时间。但是，无论是精英文学，还是大众文学，随着人们素质的不断提高，是一定要不断提升自己的艺术质量才能够生存的。我们来看美国的一些娱乐大片，也是充斥着美国精神、美国的价值观的。因此，即便是这样的一些主要用于消遣的、娱乐的幻想文学作品，也不能忘了我们文化的根、一些基本的价值观念和道德底线。

谢：幻想文学一般讲的都是一个险象环生而又浪漫优美的魔幻故事，对丰富孩子的想象力具有哪些作用？

李：我想，幻想文学会启发孩子不只看到我们肉眼能看到的这个世界，也会启发他们在我们所熟知的这个世界之外进行思考。

谢：幻想文学的出版一直比较热，那它究竟对青少年的成长具有哪些意义？

李：幻想文学最根本的一点就是解放人的想象力。这一点我觉得对中国孩子来说尤其重要。因为，中国儿童文学的传统是教育性比较好，但是，想象力一直不足。我是一个孩子的妈妈，现在孩子的作业多到了真是令人难以忍受的程度，而且，教材的程度很深。那么一旦老师不那么善于进行启发式教学，一个天天压在作业底下不思考、不幻想的人，虽然分数也许会很高，但是，等他长大了，他的想象力被扼杀掉了，试想，他还会有创造力吗？因此，我觉得幻想文学对我国的孩子来说，实在是太重要了，使他们能够在繁重的学习之余，还能保持一颗充满想象力的童心，这种想象力，也许在短期内不能立刻转化为好的分数，让人们立竿见影看到效果，但是，想象力对一个人成人后的创造性的活动，的确是至关重要的。

（原载《中国图书商报》2007年7月10日）

"顽童"闹文坛的热闹与隐忧

采访人：谢迪南（以下简称谢）

受访人：李东华（以下简称李）

翻看一下最近几年国内原创儿童小说的出版目录，简直可以说是"顽童闹文坛"的时代，"淘气包""捣蛋头""搞笑鬼""臭小子""俏丫头"……这些作品多以小学生为主角，被称为校园幽默小说，这几年持续走俏市场，发行量巨大。但值得注意的是，此类作品有越来越轻飘、单薄之感。幽默风趣也变成了滑稽、搞笑，甚至是无厘头，而且越来越不讲究小说的结构，基本是一些儿童故事的堆积。故事的排列随机性很强，然后无限拉长，做成系列。可以说，他们的创作模式基本就是：调皮捣蛋的故事+滑稽搞笑的语言=校园幽默小说。

国内原创儿童小说一派"顽童闹文坛"景象

谢：有评论家说"顽童母题"是世界儿童文学的三大母题之一，目前国内儿童文学关于"顽童母题"的创作现状是什么样的呢？

李：翻看一下最近几年国内原创儿童小说的出版目录，简直可以说是"顽童闹文坛"的时代，"淘气包""捣蛋头""搞笑鬼""臭小子""俏丫头"……几乎是一夜之间，儿童文坛冒出了这么多调皮捣蛋鬼形象。这些作品多以小学生为主角，被称为校园幽默小说，这几年持续走俏市场，发行量巨大，据说杨红樱的"淘气包马小跳系列"已经发行1000多万册。可以说，这是当下儿童文学最火爆、最热闹的一派创作。

谢：都有哪些代表性作家和代表性作品？

李：这几年，最为小读者青睐的当然是杨红樱，她的"淘气包马小跳系列"、《五·三班的坏小子》《漂亮老师和坏小子》《假小子戴安》等都备受小读者的追捧。还有一批被评论家安武林称为"红樱二代"的后来者，代表作家和作品如周志勇的"小丫俏皮girl"丛书、"臭小子一大帮"丛书，赵静的"捣蛋头唐达奇系列"，郝月梅的"搞笑鬼王闹系列"等。原本写青春文学的伍美珍，现在也加入了这一创作行列，推出了"阿呆和阿瓜的故事"系列丛书。不过，我认为此类小说创作在国内的源头并非杨红樱，它的起源可以追溯到20世纪90年代中后期秦文君创作的《男生贾里》《女生贾梅》《小鬼鲁智胜》《小丫林晓梅》等。但秦文君是个喜欢不断在艺术上创新、不断超越自我的作家，她没有因为市场的诱惑和读者的叫好而重复自己，在写了一批这样的校园幽默小说后，她在新世纪开始了创作转向，创作出了《一个女孩的心灵史》《天棠街3号》、"小香咕系列"等和《男生贾里》风格迥异的作品。我认为她又到另一个领域里开疆拓土去了。

谢：这种写作潮流对当下的儿童文学出版和创作有何影响？

李：影响是非常大的。良好的市场效益促使越来越多的出版社出版此类图书，也诱惑着更多的作家加盟到这一类型的创作当中。我们看到，很多在创作上刚刚起步的年轻作家都在创作此类校园幽默小说，他们的效仿能力很强，虽然生活经验和艺术积累并不一定充足，却也是一出手就是一个系列。另外，如著名的童话作家汤素兰出版了儿童小说"酷男生俱乐部系列"。连彭学军这个一向执着于文体美的"抒情派"作家，也在2007年第1期的《中国儿童文学》发表了风格滑稽、幽默的短篇小说《我叫单单单》，而且被编辑放在了头题。举这个例子是想说明，这种写作潮流的力量之大，似乎要把各种艺术流派的作家都裹挟进来，要主导整个创作走向和作家写作的趣味！当然，你或许会反驳说，一个抒情派作家为什么要永远抒情下去，她也需要创作上新的尝试。你说得没错，问题是，《我叫单单单》和前面所提到的一些作品的写作手法极为相似，我认为和此类作品相比尚缺创新的元素。因此，彭学军们加入进来没有任何不妥，但是，她作为一位艺术风格一贯鲜明的著名作家，我们有理由期待她在此类创作上能有新的突破，而不是反而被此类作品同化了口味，丧失了个性。

儿童小说"两头大，中间小"现象引发"顽童"流行风

谢：对于目前国内"顽童主题"的创作风潮，你认为是什么原因引发这股流行风？

李：对这样一种创作潮流，批评家们从一开始就褒贬不一，分成了对立的两派，拥护者如王泉根教授，认为这些作品拥有巨大的发行量，使得我们本土儿童读物和西方引进版相比，已经呈现"东风压倒西风"的局面。反对者如刘绪源等，认为这些作品缺乏文学性、原创性，算不上真正的文学作品，因此，虽然此类创作热闹非凡，他依然断定当下的儿童文学创作处于低谷。我觉得这两派意见都值得重视。的确，此类作品的风行是有其深层原因的。其一，正如一些专家所说的，由于多种原因，我国新时期以来的儿童文学曾在较长时期内存在着"两头大、中间小"的现象，即幼儿文学与少年文学创作势头一直活跃。但相对而言，适合小学中高年级阅读的童年文学，则要薄弱得多。因此，此类作品有填补空白之功。在和电视、网络等新兴媒体争夺读者方面，更是取得了骄人的成绩，使很多的

小读者开始亲近阅读。其二，中国的儿童文学一直被认为缺乏幽默感。"幽默文学"是20世纪90年代中后期中国儿童文学领域举起的一面美学旗帜。浙江少年儿童出版社于1998年9月集中推出了《中国幽默儿童文学丛书》12种，高举起幽默文学的大旗，因此，充分挖掘儿童文学的幽默品格和游戏精神就成为新世纪儿童文学创作的一大潮流。应该说，这一类作品的出现是儿童文学创作的大势所趋，是经过多年思考之后的创作结晶。其三，这一派作品的风行，也是儿童观演进的结果。只有从儿童文学是教育儿童的文学这种儿童观，演进到儿童文学是解放儿童天性的文学这种儿童观的时候，此类作品才能被社会所接受、认可。

谢： 所存在的问题又是什么？

李： 显然，创作理论上的自觉并不一定马上催生令人满意的创作成果。正如一些反对者所批评的，此类创作，跟风严重，创新不足，使得这一派创作越来越走向稀薄和乏力。客观地评价，秦文君笔下的"顽童"形象还是非常饱满的，艺术风格算得上真正的幽默、诙谐——虽然在文学性上略受伤害。但她之后的这些作家和作品都没能够超越她。发展到现在，此类作品有越来越轻飘、单薄之感。幽默风趣也变成了滑稽、搞笑，甚至是无厘头，而且越来越不讲究小说的结构，基本是一些儿童故事的堆积。故事的排列随机性很强，然后无限拉长，做成系列。可以说，他们的创作模式基本就是：调皮捣蛋的故事＋滑稽搞笑的语言＝校园幽默小说。和国外的同种类型的作品相比，如林格伦的《长袜子皮皮》《小飞人卡尔松》《淘气包埃米尔》，万巴的《捣蛋鬼日记》等，差距更大。从理论上讲，一种创作潮流出现后，一个人开创了一种新的写作手法之后，后面的作家应该完善，做更多的文学积累才对，否则，发行量再大，也只能是数字的无意义重复。

谢：造成这种创作质量持续下滑的原因是什么？

李：我觉得这是出于市场的娇纵和作家们艺术创新的惰性。你知道，我们国家的学生学业十分沉重，初中、高中生几乎没有课外阅读的时间，只有小学生相对轻松一点，因此，此类图书有一个潜在的巨大的市场，这个市场之大，使得作家不用十分用心，只要有个故事，加点幽默、轻松和搞笑的调料，就可以有非常好的发行量。这就不难看出，这些图书为什么一沾着校园、淘气包、幽默的边儿，不管作者有名无名，艺术功力高低，一律发行量很好。这就使得一个作家用不着在艺术上费多大心思，就可以获得良好的市场回报。举个不恰当的例子，面对一个饥肠辘辘的人，根本顾不上饭食的好坏，只顾填饱肚子，难道我们能说，他吃得津津有味是因为厨师的手艺好吗？但是，我们不能把希望完全寄托于对方一直处于饿肚子状态。当读者成熟起来，阅读水准提高了之后，我们再拿出这样的相对比较粗疏的东西，他们还会吃吗？所以，从大处讲，一个作家要对自己的作品精雕细刻，要有一种艺术的进取心，是为文学积累做贡献；从小处讲，这样走下去，没有创新，只有复制，早晚有一天读者会厌倦的，因此对出版和创作的可持续发展来说都是不利的，是短期效应。

中外顽童文学形象比较

谢：世界儿童文学作品中有哪些经典的"顽童形象"？

李：在世界儿童文学作品中有很多深受小读者欢迎的"顽童形象"，如林格伦的《长袜子皮皮》《小飞人卡尔松》《淘气包埃米尔》《疯丫头玛迪琴的故事》，万巴的《捣蛋鬼日记》，尼·诺索夫的《马列耶夫在学校和家里》，法国的《小淘气尼古拉的故事》，等等。

谢：尽管儿童文学创作很繁荣，甚至出现了"顽童闹文坛"的景象，但不可忽视的是，我们现在很多顽童都只是行为或者语言的搞笑，把老师、家长形象漫画化，儿童的幽默感不是从儿童自身心理逻辑产生的，您认为中国儿童文学的顽童形象和世界儿童文学作品中的顽童形象相比，有什么不同？

李：当下国内儿童文学里的顽童形象，和世界儿童文学作品相比，显然还有一定的差距，那么差距在哪里呢？我以为有以下四点：一是文学性的缺失。评论家刘绪源曾经专门撰文《试论杨红樱畅销的秘密》，他说："我把在题材上与此相近的作品找来对读，其中有意大利万巴的《捣蛋鬼日记》和瑞典的林格伦的《疯丫头玛迪琴的故事》。比一比，我马上发现了原因所在。关键还在于作品的文学性，或者说，在于其审美内涵的多寡或高下……然而，这一切，在杨红樱的作品中似乎都难以觅得。她的笔下只有故事，那种编得很匆忙的调皮捣蛋的故事。除了调皮捣蛋，没有如《捣蛋鬼日记》中那样极丰富的弦外之音，也没有任何堪称精致的谋篇布局，当然更无从要求林格伦式的溢满着童心的那种美妙享受了。"二是原创性的缺失。可以说，我们的顽童形象，多模仿和借鉴，尚缺乏原创性。三是成人世界的缺失。如果细读这些经典作品，我们发现，无论是《小淘气尼古拉的故事》还是《捣蛋鬼日记》《淘气包埃米尔》，这些作品从来不回避从孩子的眼中看成人的世界，尤其是因为孩子的单纯和率真，将大人的"隐私"和秘密毫不留情地揭露了出来，更产生了许多幽默的令人忍俊不禁的场景。而我国的儿童小说往往只局限于写儿童自己的生活。即便写到成年人，也往往把大人脸谱化、漫画化，如父母和老师只知道逼小孩做作业，管束孩子的手段常常简单而粗暴。这使得我们的儿童文学作品看起来比较单调、平面，没有给孩子创造一个更加立体、丰富的文学世界。四是"幽默"的缺失。听了这一点你一定很奇怪，其实我的意思是，当我把国内外的同类题材的作品两相比较之后，我认为最根本的问题是，我们的作品并没有从儿童自身心理逻辑出发，我们的所谓幽默、淘气、捣蛋都是很外在的、表象的。一句话，我们的"顽童"不是真正的"顽童"。事实上，所谓的"淘气""调皮"，那是成年人眼中的淘气、调皮。对于孩子来说，他可不认为自己是在捣乱，实际上是他们的好奇心、想象力和创造欲的爆发。有时候我们也会说，调皮的孩子聪明，也是这个道理。我们来看国外的这些经典作品，其幽默的效果多是因为孩子的创造性的想象和实际造成的"破坏性"的后果之间造成的一种令人忍俊不禁的局面。比如，我们在万巴的《捣蛋鬼日记》中，看到捣蛋鬼万尼诺，在乡下姑妈家里想造一个动物园，于是，他把姑妈的卷毛狗涂上红漆，变成"狮子"，用一条盖马的布，裹在猪肚子上一圈一圈朝后绕，使它像一条鳄鱼的尾巴，然后把猪和布涂上绿漆，使猪变成了一条鳄鱼。他还把驴子变成斑马，把一个小伙伴吊到树上当猴子，游戏的结果当然是遭到了大人们的痛斥。可是，这样的细节，不正让我们看到了儿童的生机勃勃的探索世界的求知之心吗？这样的丰盈的符合儿童心理的细节，在这些经典作品中俯拾皆是。我们说解放儿童的天性，儿童的天性是什么？是好玩，难道真的就是"玩"吗？事实上，儿童总是以玩的形式来完成对世界的探求。但我们的顽童形象，却往往流于表面，确实如你所说，一些所谓的幽默，是把老师家长漫画化，把一些场景夸张后造成的，甚至走向了滑稽、搞笑、无厘头。我们为幽默而幽默，为顽皮而顽皮，没有去探求其深层的东西。我们认为我们已经贴近了儿童，其实，我们可能只是做到了贴近儿童的表象而已。

谢： 对此类作品今后的创作和出版，你有什么建议呢？

李： 有一些评论家说，这一类的作品根本没有文学性，不能算"儿童文学"，只能算"儿童读物"。可是叫"儿童读物"之后就万事大吉了吗？就不需要提升艺术品质了吗？有人说这是畅销的通俗的儿童文学，没有必要那么在乎它的文学性，只要市场认可、读者喜欢就可以了。但我还是觉得我们的儿童文学作家要有艺术的进取心，因为一个国家的儿童文学的艺术高度毕竟不是靠发行量来衡量的，而是看看我们究竟有没有为世界儿童文学贡献了立得住的人物形象。

（原载《中国图书商报》2007年7月，原标题为《国内"顽童"
闹文坛的背后》）

中国名作家为什么不愿写童书

采访人： 谢迪南（以下简称谢）

受访人： 李东华（以下简称李）

成人文学名家写童书

谢： 当下在童书界活跃的依然是少数一些专业的童书作家，是不是鲜见成人文学名家的作品？

李： 这个说法并不特别准确。事实上，有一些成人文学名家也曾写过儿童文学作品。譬如20世纪80年代铁凝的中篇小说《没有纽扣的红衬衫》、王安忆的短篇小说《谁是未来的中队长》都曾引起很大反响。1997年前后，明天出版社、河北少年儿童出版社、湖北少年儿童出版社（后改名为长江少年儿童出版社）曾先后推出"金犀牛"丛书、"金太阳"丛书和"鸽子树"丛书，这些丛书就是专门约请成人文学名家加盟儿童文学创作，如王安忆、张炜、毕淑敏、池莉、方方、林白、铁凝、刘毅然、迟子建、王小鹰、竹林等名家都参与了写作。另外，像曹文轩、高洪波、黄蓓佳等，既是成人文学界的知名作家，又是优秀的儿童文学作家。但是，为什么你——我相信大多数人会和你一样——会产生鲜见成人文学名家介入童书写作这种印象呢？我想，相对于庞大的成人文学作家群来说，曾经关注和介入童书创作的的确是寥寥无几。同时，就算是介入了，在很大程度上也是出版社人为推动，而不是作家们自发为儿童写作的结果。像曹文轩、高洪波等人那样，非常认同自己的儿童文学作家身份，并能利用自身的影响力，为这一通常被视为"小儿科"的事业鼓与呼，这样的名家的确还不够多。

谢：在你印象中，新中国成立以来，政府或者一些机构提倡过"成人文学名家来写童书"吗？

李：倡导成人文学名家来写儿童文学是个老话题。1955年《人民日报》曾经发表了题为《大量创作、出版、发行少年儿童读物》的社论。社论明确提出，为了改变当时儿童读物奇缺的情况，"首先需要由中国作家协会拟订繁荣少年儿童文学创作的计划，加强对少年儿童文学创作的领导"。同年，中国作家协会讨论通过了近期发展少年儿童文学创作的计划，决定组织193名在北京和华北各省的会员作家、翻译家、理论批评家于1956年底以前，每人至少写出（或翻译）一篇（部）少年儿童文学作品或一篇研究性文章。还有我上面提到的在1997年前后，突然有一批成人文学名家介入儿童文学，那其实就是几家少儿出版社为了给儿童文学注入活力而策划组织的。

谢：倡导之后，成人文学名家写童书的结果如何？

李：倡导之后最直接的结果，那当然就是儿童文学创作数量上的繁荣和观念上的更新。名家介入童书创作的益处暂且不谈。在这里我想说说另一个问题，那就是，为什么这个老生常谈的问题，直到今天还要谈——它实际上直接证明了儿童文学在我国的地位依然不够高。对这一点我一直感到很惶惑，在"五四"时期，鲁迅、周作人、郑振铎、茅盾等大家对儿童文学都很重视。尤其是周作人，他所提出的"儿童文学只是儿童本位的，此外便没有什么标准"，他所指出的"儿童的文学"实质是包涵了"儿童"的文学与儿童的"文学"两个不可分割的命题，而且第一须注意于"儿童的"这一点。这些真知灼见直到今天也不过时。此外，像巴金、老舍、沈从文等大家都曾经写过儿童文学作品。大文豪列夫·托尔斯泰就很重视儿童的教育和启蒙，他编过启蒙课本。一支写过《战争与和平》的巨椽，也写过诸如《李子核》《穷人》等成为世界经典的儿童故事。普希金的童话诗《渔夫和金鱼的故事》不也是广为传诵吗？所以，一个伟大的作家，不应该等着出版社或者什么机构来"倡导"，而应该自觉地站起来"倡导"全社会都来重视儿童文学事业。因为，正如鲁迅先生曾说的，"儿童与国家的关系"是"十余年后，皆为成人，一国励衰，有系于此"。何况，一个国家对儿童的尊重程度，正反映出一个国家的文明程度。

文学名家写童书是否能提升儿童文学的品位

谢：成人文学名家来写童书，对提升儿童文学品位能发挥多大的作用？

李：作用有多大，我没法估量。事实上，当我们呼吁更多的名家加盟儿童文学创作时，其实是源于内心这样一个焦虑：那就是我们国家的儿童文学在思想上和艺术上还不尽如人意，还有其狭隘的、封闭保守的一面。因此，儿童文学界应该具有更宽阔的胸怀，打开自己，吸引更多的在思想和艺术上功力深厚的优秀作家进来。著名作家张炜曾经说过："现在一些出版社组织一批成年作家来写少儿文学，虽然也是一种人为的积累，但这是积极的，它可以自觉或不自觉地打破少儿文学现有的格局。我国的少儿出版社主要还是让一些专写儿童文学的作家来写儿童文学，这实际上割裂了文学与儿童文学的关系。国外完全不存在这种状况，国外出版社更多则是从一大批作家作品中寻找一些适合少儿阅读的，进行改装、嫁接。"这样一些新观念的冲击和洗礼显然对儿童文学的成长是有利的。

谢：成人文学名家写出来的儿童文学作品一定会受到小读者的喜欢吗？

李：这肯定不是绝对的。因为，儿童文学毕竟是一个具有自身特殊创作规律的门类。成人文学作家在面向成人写作的时候可以没有多少禁忌，包括对性、暴力等的揭示。但当他的接受对象是儿童的时候，就不可能这样无所顾忌。何况儿童文学的读者面又分幼儿、儿童、少年等好几个层次，要把生命的真相揭示出来，又要考虑不同年龄层次的读者的接受程度，这就决定了不是所有的作家都能成为儿童文学作家。如果他没有去把握和研究少年儿童的阅读心理和审美需求，即便他是一个大家，也不见得能写出提升儿童文学品位的好作品来。同时，还有另外一个问题，那就是生活资源的问题，如果不了解儿童在想什么干什么，那也是无米之炊，即便是大家，也不见得就能凭空敷衍出一篇好文章吧。成人文学名家有没有兴趣写儿童文学是一个方面，他们有没有下决心掌握儿童文学的创作规律，这也是很重要的一个方面。所以，出版社不能盲目地迷信，以为文学大家就一定能写出受小读者欢迎的优秀的儿童文学作品，那肯定是片面的。

谢：不但是读者，包括一些写作者，都认为童书很容易写，你觉得是这样吗？

李：中国有3.67亿儿童，童书市场非常大，一个儿童文学写作者，似乎不需要费很大的力气就能获得很好的市场效果和回报，发行量也相对容易上去。当我们浏览新世纪以后的原创儿童文学目录的时候，我们会发现，那种以校园故事、魔幻故事为主的丛书大行其道，长篇儿童小说很多只能算是儿童生活故事的堆积，取消了写作的难度和深度，一心以取悦于读者，以图书的发行量为唯一标准。现在许多年轻作家很难避开这种市场的诱惑，事实上这种诱惑是一种危险。不管是儿童文学还是成人文学，写作者应该都要有一种艺术的进取心。所以，儿童文学一方面要容纳更多的优秀的作家进来，同时，儿童文学还要能够走出儿童文学，不要满足于这个自给自足的小圈子。因为，与其等着别人来相救，不如自救。年轻的儿童文学作家艺术的视野一定要拓宽，要多读方方面面的书。因为真正的文学一定是关乎诸如生死等人类生存困境的。儿童文学它首先是文学，如果我们的儿童文学仅仅满足于反映生活的表象，就不可能产生真正伟大的作品。我们来看世界上那些经典的儿童文学作品，诸如《彼得·潘》《夏洛的网》《女巫》，甚至连《鸟树》这样的低幼作品等，都是不回避人生的生与死、贫穷与困苦的，都是有着很深邃的哲学思考隐藏在那些浅显有趣的文字之后的。正如张爱玲所言，小溪里的浪花才是轻佻的，大海里的浪花总是蕴藏着波光粼粼的宏大气象。所以儿童文学的浅，不是浅陋的"浅"，而是深入浅出的"浅"。儿童文学作家必须具备全面的素养，如果你作为一个童书写作者没有这些素质，不能说明童书容易写，只能证明你的艺术修养是有缺陷的。

儿童文学作家需要具有全面的修养

谢：能否举例给我们说明一下"儿童文学作家为什么需要具有全面的修养"？

李：其实小孩子的审美水准是很高的，我们不要轻视他们，以为随便拿点什么东西就能糊弄得了他们。我们国家有5位儿童文学作家获过"国际安徒生奖"提名奖，他们分别是金波、张之路、秦文君、孙幼军、曹文轩，这五位作家的作品可说是社会效益和经济效益俱佳的典范。就以他们为例来说说吧。金波是作品进入教材最多的一个儿童文学作家，有近百篇作品进入了中小学语文教材。他早期主要写儿童诗，他把十四行诗这种形式引进了儿童诗，我们都知道十四行诗是一种非常难写的诗歌体裁，尤其是写儿童诗，可以说是戴着多重镣铐跳舞，但金波用这种形式创作的《我们去看海》，和儿童生活结合得非常好。金波在儿童诗领域的成就已经达到顶峰，可是他不满足于此，在年近70的时候，他出版了长篇童话《乌丢丢的奇遇》，也取得了很好的反响。去年，他还出版了两本儿童文学评论集，一本是评幼儿文学的，一本是评儿童诗的。他的创作历程说明了，如果作家在艺术视野上不宽阔，艺术修养不全面，就无法超越自己。秦文君的创作以儿童小说为主。著名评论家刘绪源曾经说过：秦文君是他看到的一个少有的既保持高产又一直能保持阅读习惯的作家。在秦文君看来，阅读也许比创作还重要。我想正因为她不断地为自己充电，不断地进行艺术思考，才使得她有底气、有才力在艺术风格上不断地进行探索：从《男生贾里》《女生贾梅》的幽默到《一个女孩的心灵史》《天棠街3号》的沉郁，再到"小香咕系列"的温情。秦文君告诉我们的是：一个儿童文学作家要有储备才不会被掏空。张之路不只写儿童小说，他还写童话、科幻。除此之外，他还是一个知名的编剧，《霹雳贝贝》《疯狂的兔子》就是他的代表作。2006年，他出版的专著《中国少年儿童出版电影史》更是一部填补空白之作。孙幼军是北京外交学院的老师，他对世界文学的了解是不言而喻的。曹文轩就更不用说了，作为儿童文学作家写过《草房子》《青铜葵花》，作为成人文学作家写过《红瓦》《天瓢》，作为北京大学中文系研究当代中国文学的教授，他出版过专著《小说门》。当然，这样的作家儿童文学界还有一些，比如黄蓓佳和高洪波。

谢：举这些例子就是为了证明在儿童文学上取得较大成就，写儿童喜欢的作品不是一件那么容易的事情，并不是不如成人文学作家作品的思想那么深，我们必须扫除这种偏见。

李：对！即便是杨红樱这个遭到一些评论家非议的畅销书作家，当我们仔细来梳理她的创作历程的时候，我们会发现，她的成功也并不是那么简单，也是经过漫长的生活和艺术积累的。她当过七年的小学老师。我们看她早期的童话，语言都非常优美，同时，她对中国的教育现状也是有着自己的思考的。但是，目前一些跟风作品，只看到杨红樱写校园故事，自己就跟着写校园故事。

谢：这几年儿童文学的品种很丰富，原来成人文学的写作者肯定也有一部分介入到了儿童文学写作。

李：是的。但是我认为他们未见得是儿童文学需要的那批人。我们呼吁一些成人文学名家介入童书写作也好，呼吁儿童文学作家要拓宽自己的视野也好。其实，我们真正需要的是这样一些人：他们确实是对少年儿童的心理和生活真正了解之后，并且有着足够的艺术积累，才进行这一领域的写作，而不是冲着市场和利润才进来的，否则就不能把儿童文学写作带入一个良性的发展。儿童文学上不去的根本原因就是缺人才，就这么几个人才又面临着市场化的诱惑。年轻作家里一些人很有才情但又很难静下心来写作。在一次会议上，秦文君曾经提到，现在一些作家不愿意深入生活，常常从别人的作品或者电脑游戏中寻找写作资源，这种在艺术上的懒惰，当然就很难实现在艺术上的超越。

（原载《中国图书商报》2007年5月31日）

儿童文学能否承载成人经验

采访人： 谢迪南（以下简称谢）

受访人： 李东华（以下简称李）

　　　　　谭旭东（以下简称谭）

　　之所以有"成人化倾向"，是因为一些作家没有理解儿童文学讲述童年，讲述儿童社会经验的技巧和话语方式，所以他们在写儿童小说、童话和童诗的时候，会有越了"线"的感觉。儿童文学和成年人文学虽然不能绝对划分开来，但还是有一条模糊或大致的界线的。

成人化倾向与成人经验的欠缺

　　谢： 我们发现在一些儿童文学作品中有着成人化的倾向，过多地涉及成人世界的某种内容——权力、金钱，甚至暴力和性。比如，当时还是小学生的蒋方舟在《正在发育》中写到了同性恋、伟哥、泡妞秘籍等字眼，这些内容是儿童文学所能承载的吗？您对这种现象怎么看呢？

　　李： 正如美国学者尼尔·波滋曼在《童年的消逝》一书里讲到的，现在的传播媒体，取消了成人和儿童的界限，童年正在消逝。这是很明显的，比如在网络上，一切成人世界的东西都赤裸裸地展现在儿童的面前，毫无秘密可言。所以蒋方舟当时只有13岁，就在作品里大谈伟哥什么的，我觉得她不是在耸人听闻、哗众取宠，她只是如实地写出了在这个传媒发达的时代，儿童过早地成人化这个事实，所以责备她是没有用的。问题在于我们该不该炒作这样的图书。我们应该倡导一种什么样的童年文化，倡导一种什么样的阅读，来捍卫童年的纯真不被成年文化过早地侵犯。这里还涉及儿童文学创作还要不要有禁区的问题，对成人世界的一些乌七八糟的东西要不要有所遮蔽的问题。比如我最近看的一部儿童文学作品，里面写到几个小学生发现了班主任的丈夫有外遇，于是，这几个学生就跟踪班主任的丈夫，还给班主任打电话，让她把钱寄来……这样赤裸裸地写到"外遇""跟踪"，似乎成人世界的一切都可以对生理、心理发育都尚不够成熟的儿童和盘托出，试想，这样的作品会给读者带来什么样的影响？儿童文学和成人文学应该是有所不同的，成人文学可以不用过多地考虑读者，因为成人已经具备分辨取舍的能力，但儿童文学必须考虑读者的心理发育、接受程度，不可能毫无遮拦。儿童文学作家曹文轩曾经说过，儿童文学是给人性打底子的文学。在人生的起始阶段，提供给他们的精神食粮更应该是精良的、健康的。

谭：儿童文学一方面是太孩子气，缺乏对成年人经验的恰当表现；一方面是有成人化倾向。我想，之所以有"成人化倾向"，是因为一些作家没有理解儿童文学讲述童年、讲述儿童社会经验的技巧和话语方式，所以他们在写儿童小说、童话和童诗的时候，会有越了"线"的感觉。儿童文学和成年人文学虽然不能绝对划分开来，但还是有一条模糊或大致的界线的。大人之间讲话是和孩子之间的对话就不一样，还有大人和孩子讲话时，表情、语气和语法逻辑都应该与大人和大人之间的讲话相区别。但如何把握这个分寸，如何把握好儿童文学的艺术尺度，我想是很难的。性、死亡、尔虞我诈等并不是儿童文学不可以表现，也并不是儿童不能接受，安徒生最动人心弦的作品是《卖火柴的小女孩》和《皇帝的新装》，前者写的是残酷的贫困、死亡与不公，后者写的是成年人世界的自欺、谎言，为什么一读，我们不觉得有"成人化"的问题，也不担心儿童不宜接受？我想还是一个如何意象化、诗化地表达复杂社会和多面人性的问题。

谢：现在我们的儿童文学作品中，表现成人经验的作品多吗？

李：一方面，有些作品确实存在着你刚才所说的成人化的倾向，但另一方面，有些作品又存在着成人经验欠缺的问题。我的意思是，和一些世界经典相比，我们在用儿童能够接受的方式来书写成人经验、写成人世界，从而更真实、立体、深刻地写出儿童的生存状态方面还是不够的。为了避免干巴巴的议论和说教，我国当下的儿童文学创作，是否"尊重儿童"成为衡量儿童文学作家是否有现代意识的重要标杆。在此情形下，呈现少年儿童的原生态生活，成为一种不断强化的创作倾向。特别是一批校园写手、少年作者以描写原汁原味的生活为标榜，在媒体炒作中大获成功，受到了小读者的热烈追捧。于是，作家们纷纷"蹲下身来"，在思想上和小读者看齐，使文学简化成了有趣、搞笑的故事，艺术创造简化成为简单再现，作品中没有了作家的人生经验、价值判断和对世界的体悟把握，成为一个幽默搞笑的空壳，似乎我们的儿童生活在一个真空之中，即便是写到儿童和父母、老师，也是一种管束和被管束的简单关系，基本是把儿童和成人世界之间的关系简化了。所以，对"尊重儿童"也不能简单化地处理。

谭：应该说，现在的儿童文学作品多少涉及了一些成年人的世界，事实上也不可能有哪一位作家完全可以把儿童生活与成年人生活分开。

谢：能够举个例子吗？

李：我就拿这几年刚刚起来的一个新秀周志勇的作品来说吧，比如他的"小丫俏皮girl""臭小子一大帮"等一些校园幽默小说，客观地讲，他的作品很能抓住儿童生活中有趣、好玩的一些细节，很有生活气息，因此，他的作品也得到了很多小读者的欢迎。但是，我总觉得他的作品还缺点什么。他的目光就是盯在了儿童生活的这些搞笑、好玩的片段上，像我们在手机上看到的段子一样，是能让人哈哈一乐的。但是，如果这个作家有更高的追求，他是不能满足于此的，他不能满足于把这些片段和儿童整个的生活环境割裂开来，不能满足于把老师、父母的形象简单化处理，不能让人看到一个丰富、立体的成人世界以及这个世界所给予生活于其中的儿童的真切的影响。

谭：我记得三年前，我以父亲视角写了一组儿童诗《孩子，爸爸能为你带来什么》，但这组诗却很难在儿童文学类刊物发表，因为编辑说我的不是儿童诗，而且儿童诗创作界也认可这种普遍的看法。很多儿童刊物的编辑和少儿社的图书编辑一看作品的主人公是成年人，就会说这是"成人题材"的作品，不是儿童文学——正是这样的思维，现在的儿童小说写的都是"淘气包""捣蛋鬼""坏小子""俏皮小丫""酷男生"和"开心女孩"等，我无意否定这些所谓的儿童形象，但儿童文学界那种作茧自缚的艺术思维早就该扔到垃圾堆了！

成人世界与儿童世界的错位

谢：这是两个年龄群写作的错位，其实也是成人与儿童的错位：成人儿童文学作家放低身段，表现所谓的孩子气，但那些还是小孩子的作家迫不及待地表现成人世界的生活，这是双方的误解——事实上成人眼中的孩子生活不是这样肤浅，但孩子眼中的成人生活也不是这样简单。

李：是的。儿童文学作家班马在20世纪80年代曾经提出一个著名的观点：儿童反儿童化。儿童正处于发育很快的阶段，他们对自己不知道、不了解的未知世界充满好奇，所以，他们不喜欢大人把他们看成小孩子，他们有时候喜欢阅读超出自己理解力的作品。尤其是在这个传媒发达的时代，儿童内心世界的丰富和生机勃勃的接受能力，经常让大人们目瞪口呆，因此，把成人世界的真相完全向他们隐瞒，或者把他们当作幼稚无知的孩子对他们进行说教，都是不切合实际的。所以不是成人世界要不要表现的问题，而是怎么表现、怎么取舍的问题。在儿童化和成人化之间要有个平衡的问题。

谭：没错！少儿作家想把成年人的世界表现出来，而成年作家又极力地想俯下身子来表现儿童生活，这也是正常现象。本来，人都有童年情结，而且人越老，越留恋童年生活，所以很多作家都有很优秀的童年回忆散文发表，都有一些反映儿童生活的小说出版。况且有的作家本来就试图通过作品重新理解孩子，理解儿童世界。我们自己也有这样的儿童心理，小时候都渴望了解外面的世界（成年人的世界），渴望得到成年人的理解，渴望快快长大成人，而且也愿意模仿成年人。

谢：这真是个有意思的现象，一方面是成人化倾向，一方面又是成人经验的欠缺，看起来有点矛盾。那么，儿童文学创作对儿童化和成人化之间的关系究竟应该如何把握呢？

李：我们说，儿童文学创作必须强调要儿童化，因为如果找不到儿童化的表达方式，就会出现过分"成人化"的不良倾向，就像前面我们所说的，作品就会出现成年人的思维模式，干巴巴的议论、说教和过度的赤裸的社会黑暗面的描写。但从另一个方面来看，正如一些评论家所说的，由于儿童文学的创作主体主要是成人，必将导致在儿童文学作品中包含一些与儿童的生理、心理状况不能完全吻合，些微超出儿童的认知力、理解力、审美力，儿童们暂时还难以完全领悟的成分，这种成分便是儿童文学

第五辑　唤醒与点燃

333

创作中的成人因素。我认为，强调儿童化并非要放弃作家的成人身份，把自己变成儿童——谁也不可能变成儿童，尊重儿童的真正意思是要尊重儿童的独立人格，不把他当作成年人的附属物和不具备个人意识的小东西、小动物；俯下身来为儿童，也并非要剔除成人的思想观念和对世界的感知理解，而是要以儿童可以理解、可以接受也乐于接受的方式，把成人的思想观念传达给儿童，对他们有所助益。且不说儿童文学作品能否真的做到完全以儿童的视角和儿童的心理、眼光来看待世界，即使真能做到，这样的作品对他们的成长又能有多大的帮助，又有多少意义呢？这种取消深度的简单重复真的就是儿童需要的吗？因此，在儿童文学中融入一些成人因素是很有必要的。

谭：我不赞成一些儿童文学作家为了讨好儿童，可以降低自己的姿态来和儿童"对话"，这其实是一种人性的伪装，也是艺术上的投机。其实，成年人作家也不要小看了儿童，不要以为儿童的智慧就比成年人低，儿童有自己的哲学，有自己理解世界的方式，并不是面对成年人的世界，儿童就不理解，所以把很浅表化、过于简单的文字给予孩子，其实是对孩子复杂而智慧的精神世界的漠视。

谢：成人经验在儿童文学作品中的反映能给读者带来哪些益处？

李：成人经验的存在可以促进儿童智力的提升。从心理学的角度来看，完全熟知的东西很难激发人的兴趣和好奇心。"要跳一跳摘桃子"，儿童完全没有障碍的阅读，那只能是娱乐休闲，是浅阅读，要有一些还不能立刻领悟的地方，才能激起他们强烈的求知欲和注意力，促使他们进行思考。纳博科夫曾经说，我们要学会做一个优秀的读者。所以，儿童文学创作的重要任务之一，我觉得是能够引导小读者进行有深度的阅读。一切文学作品都是作家个性化的自我表达，传达的都是作家的个人经验、作家对人生和社会的体悟与理解。为成年人而创作的作品如此，为儿童创作的作品也是如此。并非作家把自己的思想和认识传达给读者就是对读者的不尊重，恰恰相反，这是文学的根本要义。

谭： 儿童不但可以阅读儿童文学作品，而且可以阅读其他各种文学作品，儿童的经验也好，成年人的经验也好，都是儿童生活经验的整体的有机构成。文学阅读本来就是获取间接经验的途径，儿童通过阅读不但能够了解社会，也会了解更复杂的人性，从而增强认知度。同时文学作品里面的成人经验也好，还是儿童经验也好，都是经过审美化处理的，因此，阅读文学作品，儿童还能在获得更多生活经验的同时，培养审美能力，提升精神。

成人经验如何纳入儿童文学

谢： 作家如何以儿童能接受的方式把成人经验能够很好地纳入儿童文学？

李： 我们来看一些世界经典的儿童文学作品，我们会发现，它们并不回避成人经验，而是非常巧妙地把这些经验纳入了儿童文学。譬如德国作家埃里希·克斯特纳所著的《两个小路特》中，写的是一对双胞胎小姑娘偶尔在夏令营中相遇了，之前她们从来不知道彼此的存在。原来她们的父母离婚了，一个跟妈妈，一个跟爸爸。在夏令营结束的时候，这对长得特别像的小姑娘私底下交换了去处，跟妈妈的到了爸爸那里，跟爸爸的到了妈妈那里，她们体验了和她们之前的经历完全不同的生活，最后，在她俩的努力下，父母又复婚了。应该说这是一部有着沉重主题的小说，牵涉到了成年人之间的婚恋、情感上的冲突对儿童生活所造成的影响，但是整部小说写得非常明亮，虽然有着父母离异的阴影，但是，整部小说却始终让你觉得这对小姑娘是站在阳光下。这让我体会到，儿童文学的奥妙在于举重若轻。它在本质上是轻灵活泼的，即便是处理沉重的主题，也要轻盈，不能摆出一副沉重的面孔，让小读者望而生畏。就是说成人世界里有很多东西是很沉重的，但我们不能回避，也不可赤裸裸地展示，是要化沉重为轻盈的。

谭：这个问题，我前面其实已经回答过了。不过，我还想强调一点，过去儿童文学界一直很信奉陈伯吹的"童心论"，大约认为儿童文学要"用儿童的眼睛去看，用儿童的耳朵去听，用儿童的心灵去感受"，这只是一种姿态，一种与儿童亲切的姿态。冰心、张天翼、陈伯吹、严文井等，他们那几代儿童文学作家对儿童文学是非常虔诚，也非常执着的，他们毕生奉献于这个事业，非常了不起。但今天，我们很多作家缺乏这种虔诚的敬业的写作姿态，更多的是为了商业利益写作。由于这种艺术主体性的缺失，今天的儿童文学作家很多即使采取所谓的"儿童本位"的姿态，其实是一种"伪儿童本位"，是一种功利性的大众胃口迎合，而大众胃口是可以用商业化运作手段调剂的。

谢：但是如何做到化沉重为轻盈呢？

李：比如，大家所熟知的《木偶奇遇记》，所包含的"成人经验"是相当多的。譬如说吃梨子的故事，皮诺乔要削皮，扔梨心，杰佩托却说："别扔掉。在这个世界上，样样东西都会有用的。"过了一会儿，皮诺乔果然又饿了，没有东西吃的他只好用梨皮来充饥。显然，这里所包含的人生经验，必是一个经历过贫穷、坎坷的人才能想得出、写得出的。我认为，《木偶奇遇记》中这些"成人经验"，非但没有削弱本书的艺术力量，反而使全书更为意味隽永、内涵丰富，经得起回味和咀嚼。这是因为科洛迪在书中并没有赤裸裸地说教，把自己的人生经验生硬地、突兀地、不加转化地嵌进来。相反，他总是寓教于乐，潜移默化地向小读者灌输着自己的理想。由于他把自己的理念融入木偶皮诺乔的一系列奇遇中，使木偶皮诺乔每每在绝望之后悟到生活的真谛，于是，道德教育便有了浓烈的艺术色彩，浑如一粒包了糖衣的药片，使孩子们一口吞下，毫无苦恼之感。甚至，他的很多人生感悟、艺术经验都沉潜到文章的底层，小读者不必看到，但是随着他们年龄的增长，会慢慢地悟到。

比如《彼得·潘》，这部书一开头对成人世界生存的艰辛的展示，是用了非常幽默、风趣的调子，这就避免了阅读时的沉重感，也避免了写作时直来直去造成的滞重、笨拙感。

国内的儿童文学作品中，如曹文轩的新作《青铜葵花》，写的是一个直面人间苦难的主题，写到了成人世界的种种苦难是怎样造成了儿童世界的苦难，这样一个非常沉重的话题，曹文轩采取的艺术策略是用诗意的、充满童趣的和非常优美的叙述，来化解苦难过于刺激的底色。我想，这些艺术手法都是可资借鉴的。同时，成人世界的一些过于肮脏的部分是一定要过滤掉的，诚然，儿童早晚有一天要知道和面对这些，但是，他们不必过早地知道。

（原载《中国图书商报》2007年7月17日）

用考古的严谨和耐心写作历史题材作品

采访人：三月兔

受访人：李东华

三月兔：我想，开始这样一种题材的创作，是需要勇气和充足的准备的。在创作《少年的荣耀》之前，你做了哪些准备呢？

李东华：写了这部小说，我才感受到要写好历史题材的作品有多么难。要回到历史现场，要知道那个时候的人真实的处境和真实的内心，是一件艰难的事情，因为你没有亲身经历过，一切都来源于"听"和"看"。我父亲的童年期经历了抗日战争，我有两个伯父参加了革命。事实上，最初让我想写这样一部作品，正是父亲的讲述打动了我。但我觉得来自某一个人的讲述远远不够。我又看了与之有关的大量资料，尤其是很多在场者的个人回忆，因为在很多个人回忆的细节中，往往在不经意间，让我们能够窥见历史的一角。但我们也不能完全信任这些个人的回忆。必须在相互的对比、补充中慢慢还原历史场景。比如说我父亲曾提到他们玩耍的时候在草棚里发现了一个收音机，我把这个细节写进了书里。但父亲并没有告诉我收音机的形状、品牌等细节。就为这样一个细节我查找了一个多月的资料。因为如果我不把这些小细节搞准确，那就很容易穿帮，把那个年代不存在的还没发明出的物件写在里面，这样的硬伤会让读者失去对作品的信任。

我想写历史题材的小说很忌讳这一点。你必须用考古的严谨和耐心对待你写到的每一个历史场景，日常生活中的物件以及当时的语言，当地的民俗等。光这些小细节就耗费了我很多精力，更不用说还得去把握大的方面如故事、人物、战争等。所以最后这本小说可能还有这样那样的毛病，但当时对我来说真是使出了吃奶的力气，以至于得了高血压，写到最后都觉得体力不支了。

三月兔：是的，写靠谱的历史题材小说，要看作者能在多大程度上还原历史，在可触摸的"过去"之上结构好看的故事——这么难，这么费心，付出这么多，你觉得你最大的收获是什么？你以后还有兴趣写"过去"的故事吗？

李东华：苏珊·桑塔格说过："文学也许可被描述为人类随着各种文化的演变和彼此互动而对活生生的事物和行将消亡的事物做出回应的历史。"一个人对"过去"感到麻木，是因为他根本不了解"过去"。对于儿童文学来说，它不能只把自己看成是给孩子们传达愉悦和快乐的工具，有时候，也要有不那么轻松的，不那么让人痛快的阅读体验。文学是抵抗遗忘的一种方式，也是传承精神血脉的一种方式，儿童文学也应该有这样的担当和高度，它有能力和人类最复杂最纠结的那部分对话，留下属于它自己探察的痕迹。同抗日战争的辽阔和悲壮相比，我们反映这场战争的文学作品还无法与之匹配。我想我还会继续在里面走下去。也许我的笨拙让我无法与"过去"有一场势均力敌的对话。但终将有智慧的写作者以文学的方式，开启这个巨大的沉默所在，将那些被我们忽略的、遗忘的"珍宝"捡拾起来。

三月兔：在文学里了解过去，是需要人物和故事的。在《少年的荣耀》中，沙吉，虽然并不如沙良等戏份多，但是非常独特，给人留下深刻的印象。而他的身世、命运等，也很让人唏嘘。许多复杂的问题，特别是关于他的母亲怀他"十三个月"以及母亲的死亡等问题，都是非常典型的成人世界的问题，是不太好给小孩子表达清楚的问题，但是在这一点上，你非常在意尺度的拿捏，始终以一个孩子的眼睛去看，去表述。对于这个问题，你是怎么考虑的？我知道你也写作成人文学，在一些问题和视角的处理上，你认为成人文学和儿童文学最大的不同是什么？

李东华：沙吉这个形象在生活中有原型，但我父亲在讲的时候并没有讲很多，可是这个孩子特别吸引我，因为我觉得他就是那个时候一个典型的"中国人"或者说"中国孩子"，他就是那个时代的，他就是中国的，他的身上背负着那个时代的家庭伦理，他也背负着那个时代的国恨家仇。他也像那个时代的一切中国人一样，内心的战争留下的创伤没有得到抚慰。"十三月"其实在暗示他并不是他父亲的孩子，因为成年人都知道九月怀胎，但他是在母亲怀孕十三个月的时候才生下来，他其实是个私生子。在写这部小说的时候，我决定不把孩子和社会、历史以及家庭的关系切断，孤立地来写他们的生活。事实上，孩子的生活是不可能切断和他周围世界的关系的。但是，这是儿童文学，不可能把真相赤裸裸地展示出来。所以要用孩子的视角来写，在他们半懵懂半明晰的意念里，我们能够看到沙吉的真实的处境。

儿童文学的难就在于它的含蓄，在于它对人性暗黑面的揭示从来不可能像成人文学那样毫无顾忌。成人文学常常热衷于写人性恶，热衷于性和暴力，儿童文学可以吗？当然不可以。但儿童文学的魅力正在于，离开性、暴力、恶等比较容易产生效果的这些手段，一样能够把作品写得吸引人，这就是好的儿童文学了不起的地方，也是它独具魅力之处。

三月兔：沙吉的确是那个时代下的一个典型的"中国孩子"……也许

正因为你这样的认识，才写出了丰满的触动人心的沙吉，同时也让读者清晰地感觉到儿童视角和成人视角的不同。

其实不仅是沙吉，《少年的荣耀》写战争环境中的孩子，有许多专家都非常欣赏这部小说中的"让文学回到现实""呈现出孩子真实的生存状况"，的确，就如刘绪源老师所说，这本书有好几个突破……除了这些突破，孩子的游戏生活以及山东乡下的风土人情也给我留下深刻印象。在离开战争一点距离之后，你的笔墨似乎更加自如。不知道是不是这样？今天的我们来书写过去，尤其是战争，你觉得我们要把握的最主要的是什么？

李东华：我想这源于我还没有勇气把孩子们放到战场上，让他们直面战争。我们的孩子在那个时代，很多人走上了战场，这是人类的悲哀，这是战争中最让人感到痛心的一幕。我当然无法去以颂扬的笔调写一个孩子在战场上杀敌。但那又是历史的真实，也是迫不得已。真实的战争的残酷我想并不是今天我们坐在书斋里可以想象的。尤其是中国的抗日战争，是在敌我的武器差距如此悬殊的情况下进行的，我们几乎是用肉身挡住了冰冷的枪口，而这肉身的长城里就有孩子们的一份。说实话，我还没有想好去正面写战场上的孩子。也许是心太软，难以直视。

三月兔：也许我们的世界永远都不需要战场上的孩子，不需要文学中的战场上的孩子……你内心里想象过沙吉和沙良长大后的样子吗？网络上有人提问《少年的荣耀》有没有续集，有读者认真地回复说有——请问，有过继续写续集的考虑吗？

李东华：事实上在搜集资料的过程中，还有更多的人和事打动了我，我很想继续写下去，不一定是写续集，可以是其他的孩子，或者城市里的孩子……沙吉、沙良都会长大，他们以后怎么样了？个人的命运和历史的跌宕起伏纠缠在一起，那样的沧桑悲欢，我想，已经不是儿童文学所能承载的了。

三月兔：期待看到那些打动过你的人和事变成文字。这些年你的创作很多样，童话、小说、理论，成人文学、儿童文学等都有所涉及，这些方面的尝试之后，你觉得你最钟情的是什么呢？以后的创作会倾向哪一方面？

李东华：一个人的一生只能做好一两件事吧。从事的文体很多很杂，一方面是由于工作的原因，一方面是因为没有找到专注的方向。我想我以后会在成长小说这方面用力。我喜欢去探究人在青春期内心发生的丰富微妙的变化。

三月兔：嗯，你的《薇拉的天空》《左岸精灵》《远方的矢车菊》等关注的都是青春期少男少女之间的爱和友谊，这样大面积地关注这个年龄段的孩子，有什么特别的原因呢？

李东华：我很喜欢"成长小说"，国外很多的小说，像《麦田里的守望者》《杀死一只知更鸟》，以及我最近看的一本俄罗斯的小说《把我埋在墙脚下》，还有一本意大利的小说《质数的孤独》等，我把它们都理解为成长小说，"成长"是一个动态的心理过程，在这个过程中，人的内心图景和外在的言行举止都是活跃的、生动的，甚至是意外之举频出的，它意味着生命处于旺盛期，是跃动的，因而让我特别着迷。但很长一段时间，我认为我没有写好。这些年我一直在思考为什么写不好。我想是因为"简化"造成的吧，我表达出的仅仅是一些青春期的浮浅的情绪，一些外在的表情。然而任何一个生命的成长都无法脱离社会和时代，把成长隔离和封闭起来写，不可能写出厚重的东西，只能是一些浅浅淡淡的校园故事。希望在以后的写作中，我能够走出这样的禁锢。

三月兔：成长是一个宽泛的概念，可以表达的疆域很宽广……我知道你有一个青春期的女儿，女儿的生活给你的触动大吗？你女儿如何看你的这一类小说？

另外，我也好奇，在我的阅读视野里，你的成长小说中，你的个体的童年经历并不像有些作家那么浓烈，你似乎更专注当下的少男少女。你怎样得到这样的素材？怎样去靠近今天的少男少女？

李东华：的确，我有个处于青春期的女儿。她有些小叛逆，但也会和我维系非常亲密的关系。她是我的作品的第一读者，通常她会鼓励我，会和我一起分析我认为写得不好的地方原因何在。她也允许我和她共享她的QQ，这样我可以了解她的同学们都在说什么、想什么。他们那些原生态的话语有时也会惊到我，很难评价这一代人，但我感觉他们可能并不是家长、老师心目中的那种人。有时候，我会想，我是不是和他们有着巨大的鸿沟？既然这些处于青春期的孩子那么青睐他们的同龄人写的"青春文学"，我们这些成年人是不是已无力和他们对话？我们和他们之间已经隔膜到无法把握他们的内心，从而要退却到"童年文学"中去，只给更小的孩子去写作？你知道，现在的孩子确实有见多识广的一面，就我观察我女儿，她上高一，在老师指定的阅读书单里，她已经读过《杀死一只知更鸟》《老人与海》《动物农场》《哈利·波特》等书的英文原版。我在网上看过她们班的同题作文，有些文字的别致新颖常常让我赞叹。

有一次我跟女儿说："知道为什么人类必须死吗？是因为每个人的思想都是有限的。他的生命必须终结让位给新的人，这个世界才会有新的可能性，才会生生不息。"所以我不可能躺在自己的童年经验上一动不动。有时候，我都觉得自己的语言长了厚厚的角质层。文学总是要求你去看到别人，理解他人。这里面也包括了对比你年轻的孩子们的注视和思考。也许我们有一点优势是不容回避的，那就是我们的阅历，我们更可能从整体上，从人生的较长的历程中来看青春期。我们可能会有更理性的、带着批判意识的目光，而不仅仅是情绪的宣泄。我们的经验会更有纵深感。这也许就是我还能继续写这一类小说的信心来源。

三月兔：这么厉害的女儿，这么厉害的"00后"们！不过虽然他们如此厉害，依然相信你，相信其他一些儿童文学作家们，可以在文字里引领他们。祝福他们，祝福你！

（原载《儿童文学选刊》2016年第9期）

建构丰盈美善的艺术品质

——关于"曹文轩朗读本"对话

我们谈论当下儿童文学，无疑要正视消费主义和功利主义冲击下的文化环境，成人社会充斥着利己主义的成功学气息。

儿童阅读的影像化和娱乐化倾向，浅阅读和应试阅读日益成为青少年文学阅读难以回避的问题。

儿童文学如何在新的社会语境中直面被功利主义和大众娱乐侵蚀的成长环境？儿童文学的成长叙事如何穿越新的媒介表达方式抵达文学性和审美性？儿童文学作家如何通过笔下的成长叙事对抗当前功利主义的浅薄和平庸，从真的必要性、善的滋养性和美的可能性等角度丰盈中国儿童的精神和情感世界？曹文轩儿童文学创作在美善的意义上为中国儿童文学提供了建构性的品质。

长江文艺出版社新近出版的"曹文轩朗读本"系列丛书，是曹文轩亲自选编的八本中短篇及长篇节选的优秀作品集，文笔纯美典雅，叙事饱满充沛，情感真实感人，配以著名播音员的精彩朗诵，分别从成长、精神、生命、哲理、情、趣、美、善等八个不同主题呈现了曹文轩丰富多彩的精神及文学世界。

谈论曹文轩这套朗读本，是多维度解读其儿童文学世界的一个契机。"听书"——"朗读本"是从作者众多的文本中精挑细选出来的作品，在文学性、艺术性和思想性等方面都充分体现了曹文轩儿童文学创作的特质。

李东华："听书"这种形式近几年颇为流行。"曹文轩朗读本"每一篇作品前面都有一个二维码，这样的设计，使读者可听可看可读，为文学作品更广泛的传播探索了一种新的形式。我在这套书的发布会现场，聆听过央视著名主持人李潘女士朗诵的《草房子》里关于"秃鹤"的一段，那种用声音的低沉与高亢、甜美与冷峻，用节奏的强弱疾徐来诠释和呈现人物形象、故事和情节，有着不一样的魅力和感染力。从另一个角度看，在儿童文学的诸多体裁中，长篇相对最受市场青睐，短篇作品因为其篇幅短小，很难以单行本的形式独立出版，这对短篇作品的传播形成了很大制约。这些年，年轻的儿童文学作家一出手就写长篇，很少从短篇开始，应该说和传播受到制约这一点有着很大的关系。"朗读本"这种形式，可以把短篇的这个短板变为优势，因为对于功课繁重的孩子和忙碌的成年人来说，可以利用各种零碎的时间，听一个短小却完整的故事。回到这套书，回到曹文轩的创作本身，很多读者和专家会提到《草房子》等一系列长篇小说，但其实他还有100余篇的短篇小说，比如收录在这套"曹文轩朗读本"中的《沉默的田野》《远去的灵魂》《甜橙树》等众多佳作，在我看来，他所建构的文学大厦，其实是由上述诸多精粹的短篇，作为他坚实的文学基座的，甚至我觉得这些短篇比他的长篇更有力量。

郭艳："听书"是一种历久弥新的叙事方式，尤其在影像文化大行其道的语境中，"借古"也是一种创新。中国古代文化历来对听觉感知高度重视，用"听"来指涉更为精微的感知，比如"听戏"的说法就非常形象地表达了听觉在艺术欣赏中的地位。麦克卢汉曾认为中国人是"听觉人"，因此中国文化的精致和感知敏锐度是西方文化始终无法比拟的。在视觉文化大行其道的当下，正所谓"五色令人目盲"，儿童的听觉成长在某种程度上被电子影像、流行音乐和城市噪音所阻滞，"听书"正是在这个意义上将中国人的艺术思维和新的电子传媒结合起来，从而在新的媒介方式中延续"听觉人"敏锐的艺术感知力。这套"曹文轩朗读本"系列将作者短篇佳作和长篇的重要节选篇章以"听书"的形式呈现，让中国儿童从听觉艺术的角度体验文学，学会沉思默想中的倾听与凝望，重建儿童的听觉审美功能，这些无疑都有着非常重要的文化意义。

这套丛书让儿童从听觉的角度体味汉语对于"苦难"与"纯美"的表达。这套书中《葵花田》等几个短篇都选自《青铜葵花》，《青铜葵花》后记曾用"苦难"来概括人类的基本处境，而苦难却是催生美好与高贵成长的要素。"美"和"苦难"就构成了"永恒"的一体两面，"美"和"苦难"永远在角力，并由此衍生出生生不息的故事。

苦难并非都伴随着罪恶，苦难也可以滋生崇高与尊严。当下，更多文学作品倾向于对于人的欲望化和世俗化叙事，从而将人的庸常生活当作人的生存经验加以摹写，写作行走在幽暗、晦涩甚至于丑陋的人性区域之中，或者徘徊在搞笑和娱乐的生活之流难以超越。这些尽管也是人类生存经验非常真实的存在，然而人类之所以从动物界中超脱出来，依然有着人之为人的品性。作为"万物之灵长"的人类，在面对苦难的时候，当然会做出有别于生存和欲望本能的行为。人类在漫漫文明发展历史上所经历的饥荒、瘟疫、自然灾害、战争、暴政和杀戮等，在某种程度上来说，这些苦难催生了当下现代物质和精神文明的产生。由此，写"苦难"又能够从"苦难"中超越，恰恰是作家对于苦难有着更为深切的体认和表达。"苦难"不是用来赚取同情和眼泪的，而是用来淬炼和升华人性的。尤其在当下大众文化狂欢的文学语境中，"苦难"和"纯美"恰恰是对人性内涵中崇高性的回溯与召唤。在以"成长"为主题的《岩石上的王》这本书里，纸月在乡土社会中因其特殊的身份被有流氓习气的孩子欺凌，这种欺凌如果顺势发展下去，就会出现真正的恶行和伤害，然而，作者笔下的桑桑以少年的勇敢和友情阻止了这种趋向恶的行径，而文本中带着浓厚乡土人伦风俗的人情社会又给予了少女成长更多温暖与呵护。乡土少年杜小康聪明勤奋又好学上进，然而贫穷成为他最大的苦难，在贫穷面前，他被迫辍学，去放羊、养鸭，经历命运安排的磨难，经历"荒无人烟的世界。天空、芦荡、大水、狂风、暴雨、鸭子、孤独、忧伤、生命、寒冷、饥饿……"然而，正如作者所言，这些是困扰磨难，更是教养与启示。

李东华：苦难从何而来？它来自贫困、身体的残疾、天灾人祸、生离死别、战争和人性深处的痼疾……它无处不在，如影随形，是人生命定的存在。在曹文轩的文本中，人的生存境遇是悲剧性的，他把这个看成是人的生存处境的一个"永恒"的方面。面对这样的困境，人又做出了哪些突围的努力？他通过对人性的细腻探察，又做出了另一个判断：人性中的"向善"和"向美"是一种类似本能式的存在，这也是人类能够绵延至今的根本性所在。所以，"美"和"善"也是"永恒"的。在曹文轩的笔下，"美"与"苦难"是伴生的——哪里有苦难，哪里就有以"美"为武器的抵抗。在《草房子》这本书里，每个人都面临着人生的不圆满。秃鹤从小头是秃的，常常因此招人嘲弄；纸月身世不明，母亲去世，父亲不知是谁；杜小康从看似完满的生活，被置于孤寂的处境，从其父亲撞船开始即陷入西西弗斯式的宿命之中；细马被放置到语言不通的陌生世界可以看作是人类被抛于世的隐喻。而白雀和蒋一轮，看似一个传统的令人叹息的爱情悲剧，表达的其实是命运的荒诞。阅读"曹文轩朗读本"中的《秃鹤》这个故事，感触会更直接。在勘探人类生存境遇时，曹文轩彰显了一种现代主义的犀利、深邃与冷静。但是，在寻找精神出路时，他认为还是古典主义更具有悲悯情怀，具有温馨温暖的庇护和慰藉人生的力量。因而，他重新激活了古典主义那些几乎被遗忘的但又依旧蓬勃的力量。

曹文轩儿童文学呈现出本土经验与先锋写作的融合。无论是古典主义传统，还是现代主义技巧，都是用来抵达"高贵、典雅、朴素、真挚"的儿童文学理想。人性的高贵、人心的良善和人情的和美是他文学世界最为重要的特质。

郭艳：曹文轩的儿童文学创作中，存在着相当鲜明的中国本土人文意识，在诸多作品中摹写了中国乡土社会中令人缅怀的品质。在"大善"一集中，《青铜葵花》中那种基于内心淡然的田园生活，在各种灾难面前的从容坚韧，青铜和葵花两个孩子之间纯真朴素的情感与友情，小说散发着中国南方乡野特有的人情与人性之美。与此同时，乡村乡人之间的帮助与温情，也让文本在乡土经验的基础上，灌注了中国式的伦理之美。比如仗义而沉默的麻子爷爷和他的独角牛，基于传统伦理的善和善行闪耀着中国式的人文主义情怀。前现代乡土的中国正在消失，取而代之的是日渐富裕的现代民族国家，然而中国社会传统中的人性美和儒家风俗伦理依然在相当大的程度上濡染着中国的民间社会，尽管这种传统美善伦理价值观念受到消费文化和功利主义的冲击，然而中国大小传统中的真、善和美的价值观念一直以来以底线和扪心自问的方式存在于中国普通民众的意识或者潜意识中。

与此同时，曹文轩文学叙事方式则在很多维度上吸取了西方现代主义的技巧，《大王书》中的主人公茫带着少年特有的好奇、单纯和茫然追随着命运和奇遇，而其中隐含的是作者对于"大王书"赋了的深刻隐喻，并在类似于西方成长历险记的构架中完成少年对于自我和他者世界的体验和认知。同样《根鸟》的叙事也带着历险记和寻找的成长主题，但是呈现了更多诗化和中国式意境。

李东华：在长篇小说《红瓦》后记中有关于"永远的古典"的论述，"当这个世界日甚一日地跌入所谓'现代'时，它反而会更加重与迷恋能给这个世界带来情感的慰藉，能在喧哗与骚动中创造一番宁静与肃穆的'古典'"，"美感与思想具有同等的力量"。作为一个"在理性上是个现代主义者，而在情感与美学趣味上却是个古典主义者"的作家，曹文轩在文本世界中呈现的恰恰是二者融合之后的文学表达。

评论家雷达曾经说过："一切伟大的作品其作者内心往往充满了矛盾，完全没有矛盾的作家不能是一个伟大的作家。"曹文轩作品呈现出静态与和谐的古典美感。与此同时，作者文本世界中的"纯美"叙事也表达出了多义性，甚至暗含了不同复调的冲突。

在《草房子》（又或《秃鹤》）里，曹文轩把这些人物放置在一个叫"油麻地"的风景如画的南方小村子里，村前有大河，有无边无垠的芦苇荡，有各色无名野花野草树木。

作者的镜头有时拉远，远远望上去，容易给人造成错觉，这些生活在山水之间的人过着田园牧歌一样的生活，有一种静谧、诗意、淳朴的如时间停止一般的美。所以作者经常把镜头拉近，让我们看到人的内心变幻。事实上，曹文轩笔下的美从来就不是静止不动的，它和丑恶之间从来就是一种瞬息万变的，甚至是相伴相生的关系。当桑桑给白雀和蒋一轮当爱情信使的时候，他的行为是美的。可当蒋一轮结婚后，和白雀之间还有书信和情感的往来，桑桑怀着矛盾的心情继续给他们传递信件的时候，对于蒋一轮的合法妻子来说，这也是一种伤害，蒋一轮瞬间从受害者变成了加害者，而桑桑的行为也变得尴尬起来。就桑桑而言，他的性情的主色调当然是善良的，但是他也有嫉妒，有恶作剧，他因为嫉妒而砸向杜小康家红门上的砖头，他和别的同学一起对秃鹤的捉弄，都让我们看到了人性中没有水晶般纯粹的善与美，它总是掺杂着杂色，我们只有怀着慈悲之心，才能够把人性中的微小的善与美捡拾出来。

让我们再来看《青铜葵花》（又或《纸月》里），如果我们说这是一部写人性之美、人情之美和自然之美的小说，相信读者不会有异议。但是，我们不能忽略《青铜葵花》的结尾。结尾处，葵花离开了对她恩重如山的青铜一家回到了城里，回到城里当然是大人们做主，并且葵花当时没有在场——显然作者也感受到了难度，为了不让葵花受到道德的质疑，在决定她的去留问题上，他只能请她缺席，否则，也许我们会发出这样的质问，既然青铜一家是如此情深义重，葵花为什么会同意离开？我们不能说这个结尾对前面形成了一种颠覆性的书写，但是它至少是一种制约，制约"葵花"这个女孩子的形象成为一个不食人间烟火的天使，从现实的土壤中生长出来的美的花朵，从来都不是容易的，从来都需要接受现实生存的严酷考验，葵花的离去并不会构成背叛，但她的情非得已让作者对美好人性的书写没有走向绝对化的神性，而是保留了一定的"现实感"。

郭艳：曹文轩小说世界的复杂性不在于故事情节和人物的繁多和复杂，而在于作者对于芜杂世情和炎凉世态过滤之后的写作姿态。对于一个经历过苦难的写作者来说，如何消化苦难，让苦难升华为教养和品格，从而让自己的写作成为一个具有包容境界和宽厚存在的写作。曹文轩的写作在"纯美"和"善良"的背后其实都暗含着巨大的阴影，比如油麻地的贫困、根鸟的孤独、纸月的无助……而所有这一切又都有一个叫作"命运"的东西在其中左右着。在命运的苦难面前，曹文轩攫取了那些即便被击倒、被伤害，但是依然保持人的善良与中国经验来叙事，而并没有将世态炎凉做一个全景式的呈现。这种对于现实的理解和映射，往往和一个人的经历有关。如果一个人在成长过程中遇到过极大的善意和善行，那么可能在他的世界里，他会沿着这种善意和善行的路径给予更多人同样的温暖和照亮。即便在现实生活中这种善意和善行是匮乏的，我们依然愿意在文学世界里遭遇比现实更加美善的人和世界。文学的复杂性不仅仅在于暴露阴暗，而更在于对于暗黑世界的照亮。

改革开放40年之后，中国文学更需要建构性品格，需要从真的必要性、善的滋养性和美的可能性去建构中国人丰盈的精神情感世界。曹文轩少年人物形象与真、善和美之间建立了一种互文的关系，他笔下少男少女形象的中国元素、中国经验集中体现了中国少年向美向善的建构性品质。

近40年来，中国社会在经济发展的同时，传统价值伦理观念日渐式微。然而，从世道人心的角度来讲，传统的人情美和人性美依然是中国人守望的精神家园。曹文轩一系列纯良少年和纯真少女形象，恰恰在真善美的维度上重新建构了和平年代中国式少年男女的精神情感品格。尽管这些品格是前现代乡土社会的，似乎和现代文明所谓的精明、机巧乃至情商格格不入，然而，正是这些质朴的品质让中国文化中少年男女的成长有别于其他文化，从而成为独具中国特色的中国少男和中国少女。《甜橙树》中憨厚朴实的弯桥，以自己的善心和纯良建构了一个温情脉脉的乡土世界，贫穷往往并不能阻止童年快乐的产生，而快乐则会让苦难的童年拥有温馨的瞬间。而弯桥一类少年对于他人的善意则让物质匮乏的乡土童年富于人性之美和良善之情。在《草房子》里，桑桑带着新鲜的属于知识和教养的气息，勇敢、率真而仁义，像一只可爱的羚羊一样奔跑在中国乡土的学校、村庄和田野里。桑桑的同学杜小康因为贫穷而辍学，为了生计去放鸭子，却几乎赤贫而归，当他拿着仅有的五只双黄蛋给桑桑的时候，我们也能看到人性深处那种让人肃然起敬的东西——历经磨难却坚韧守信。《青铜葵花》中的少年主人公青铜的体贴、善良和无私付出，在乡村社会的有限的可能性中，对抗苦难与不幸，同情呵护更加不幸的少女葵花。同样，那些精灵般乖巧可爱的乡村少女们都闪耀着诗性的光芒……曹文轩笔下的中国少年男女在乡土社会曾经真实地存在过，在狭小的生存空间中，他们承继着古老文明的善良和勇敢，同时对于苦难的命运和生存给予最大的善意和体谅。尽管现实的苦难和命运的不公从来没有放过他们，然而他们却以个体的纯真、善良和美好给予这个世界更多的诗意与光亮。如果说，描写阴影是为了凸显光亮，那么向光而生的明亮也可以反证暗黑的不公与残忍。

李东华：《草房子》在"虚"与"实"的处理关系上把握得最好，使得所有的善意都是从带着新鲜的乡土气息的中国土壤上生长出来的，"油麻地"有扎实的烟火气，而不是虚构的"桃花源"。在《青铜葵花》和《蜻蜓眼》里，葵花和阿梅这两个女孩子都很懂事、早熟，使她们在每一次厄运到来时，都有着成年人成熟的态度，相比较桑桑、秃鹤、细马等男孩懵懂、顽皮的孩子气来说，曹文轩笔下的女孩子"神性"更多一些。

曹文轩儿童文学超越儿童阅读边界，他文本世界所呈现出的美学追求和理想恰恰体现了中国式的审美意蕴：哀而不伤，温柔敦厚。

曹文轩的文学选择既是对某些创作倾向的反拨与抵抗，也是他自身一以贯之的美学追求必然的归宿。当曹文轩宣称自己是非典型性儿童文学作家时，我们不一定非得把这个看成他对自己的儿童文学作家身份的否定，从另一个方面来看，他也可以说自己是非典型性的成人文学作家。从某种意义上说，也就是这样的一个难以归类的身份，恰恰是他的文学处境的传神写照——他难以被归类到任何一个界线分明的文学阵营中去，有着自成一派的独创性以及难以避免的孤独。评论家朱向前早就指出，曹文轩的创作："上承废名、沈从文、汪曾祺为代表的中国现代诗化小说的传统，从而'在世纪末中国文学走向与世界接轨的艺术道路上，在现实主义与现代主义之间插上了第三块路标，或者说提供了一种选择的可能性'。"

郭艳： 在这个维度上，理解曹文轩朗读本中的成长、精神、生命、哲理、情、趣、美、善等八个不同主题，及曹文轩笔下的苦难和苦难中的"纯美"，就能够在苦难叙事中发现中国人特有的坚韧与良善。

这种写作，的确是对于他的乡党汪曾祺小说创作的接续和回应。

曹文轩笔下的苦难与纯美，相互映照的叙事方式，在文学性的维度上体现了中国式的审美意蕴，因此，他的儿童文学创作在提供中国经验叙事的路径上，给当下写作提供了极为有价值的启示。

（原载《文艺报》2018年8月27日）

在"成长小说"中成长

采访人：雷萌

受访人：李东华

"一部与众不同的成长小说""一部难得一见的心理小说""一部唤醒和点燃之书""一部充满诗意与真情的纯美之书"。青年作家李东华的《焰火》围绕一群14岁左右的少年展开叙事，写出了成绩出众却相貌平平的女孩在美丽、多才多艺的女孩面前，心里所产生的自卑和要强，刻画了少年成长中真实的内心世界。同时，又通过美与善的书写和引领，生动地实现了青少年心灵的"自成长"，描绘出他们心灵与人格的逐渐完善和对善与美的执着坚守。

《焰火》在题材和写作疆域上的开拓与突破，标志着"70后"作家创作的高点，它是适合当代少年阅读的"致成长"长篇小说，也将是当代儿童文学在追求新的高度和广度上的一簇焰火。近日，围绕这部小说创作及相关文学话题，笔者与李东华展开了一次对谈。

借助文学照亮更多渴望成长的内心

雷：《焰火》的创作灵感源自哪里？与您自身的成长经历和曾经的生活环境有没有关系？

李：《焰火》里的主角哈娜是我14岁时遇到的同学，她只是惊鸿一瞥般地和我们相处过半年，从此杳无音信，但几十年来她一直住在我心里，时间的流逝没有让我淡忘，反而愈来愈清晰地明白她是那种能给别人带来力量和温暖的女孩子。在《焰火》里我写哈娜的善与美写得毫不犹豫，是因为青春年少时一个伙伴瞬间绽放的光，如焰火般短暂，却真的拥有照亮别人一生的力量。我写《焰火》最直接的原因是每每在生活上遇到困境，我总是会想到哈娜，她像个小火炉一样，一直慷慨地给予我暖意。于是我想借助于文学，把属于我一个人感受过的美好传递开来，照亮更多渴望成长的内心。

雷：《焰火》这部小说，出版社花了三年时间等待。这三年里，为写好这部小说，您都做了哪些事？

李：对一个写作者来说，某个词语、某个场景、某个人，落在心里，就像一颗种子落在土壤里，有可能破土而出长成一棵树，也可能无疾而终。从某个灵感电光石火的一闪到作品落地，这个过程可能很漫长，也可能倚马立就。想写《焰火》已经很多年了，但真正动笔是三年前，写的过程还是比较顺畅的，但每一句都是在心里反复掂量过的，因为希望每一个字词都能配得上哈娜的优雅，所以在风格上可能有点雕琢感。写完初稿之后，有些章节和编辑的理念有分歧，于是它又在电脑里躺了两年。但我觉得它"冬眠"两年是值得的，一些稍微带有实验性、探索性的元素最终被出版者所包容和接纳，没有因为急于面世而仓促割舍掉，这也许就是耐心等待的价值。

到真实的人群中去看到真实的内心

雷：您怎样寻求自我创作尤其是成长小说写作的新突破？

李："柳暗花明"的错觉，立刻被新的写作上的困惑所淹没，又跌跌撞撞地进入"山重水复疑无路"的状态，然而你还是要不断地写，在每写一本新作的时候都会告诫自己不要被数量所诱惑，如果觉得没有新的思考和尝试给读者，那就不要拿出来出版了。

雷：您认为成长小说除了写成长的烦恼、捕捉人性之美，还有哪些值得书写的命题？

李：我觉得不论写的是什么，写作者不能事先就给自己定个调，这些不能预设。要到真实的人群中去，看到真实的内心、真实的成长图景，是什么样就是什么样。我觉得《焰火》里的艾米，你不能说她的内心是"美"，当然也不是"恶"，是什么？说实话我也讲不清，我只是把我真实观察到、感受到的某一类女孩的内心活动写下来，由读者去感受和评判吧。青春期孩子的内心小宇宙是微妙的、浩瀚的，我想我的写作不能去简化它的丰饶，而是要努力用文字去覆盖和抵达它的广度和深度。

接受读者的选择，同时也在选择读者

雷：很多成长小说都包含科幻、想象等元素，这些元素也很吸引青少年读者。您认为您在创作中探索出的专属于自己的风格和笔法，更适合哪类读者的阅读口味？

李：说实话，我没有觉得自己已经探索出专属于自己的风格和笔法，对于成长小说，我的写作也是处于"成长"的状态，无论是科幻的还是其他的艺术形式，只要是朝向对"成长"更深层次的勘探，那也是我所向往去尝试的，因为一个写作者总愿意朝着自己未曾抵达的地域迈进。

雷：您会不会更多地考虑青少年读者的阅读倾向和接受习惯问题？会不会根据读者和市场的反馈来调整自己的创作？

李：一本书要接受读者的选择，同时它也在选择自己的读者。一本书提供的是写作者和读者共享的公共精神空间，因此，这个空间一定是迎接了一些人，同时也很遗憾地拒绝了一些人或被一些人所拒绝。一本好的书应该是让作者和读者都能获得成长。对我来说，我无限渴望了解读者，这样做不是要去讨好，而是把他们当成思想上势均力敌的对手，这是对他们同时也是对自己的双向的尊重。

雷：下一步，您有哪些创作计划？

李：五年来，我一直在写作一本叫《环形城堡》的小说，它是以抗日战争为背景的，这座"城堡"不好攻克，我屡屡受挫，吃尽苦头。感谢《焰火》所受到的专家和读者的鼓励，感谢评委们把"五个一工程"奖给予了它，这一切都让我在对《环形城堡》久攻不下的情形下，获得了再次走向战壕的勇气。

（原载《中国新闻出版广电报》2019年11月1日）

"书一定要有灵魂"

——张弘和李东华关于《焰火》的笔谈

张弘：东华好！因为忙于筹备组织绘本大师杨志成先生的魔法大师班，把与您的笔谈给耽搁了。但是见了杨先生后，我倒也生出了新的问题来问您。他是画画的，您是书写的，但是艺术创作其实是相通的，而且归根结底，画一本书和写一本书，都是在讲故事。创作了100本绘本的88岁的杨志成先生说，一本书里一定要有创作者的"心"，书一定要有灵魂。我看他的画，还有读您的文字，都感觉得到由"有灵魂的讲述"带来的那股子气场，把读者吸进去，跟着故事酣畅淋漓地活一回，以至于合上书页依然深深沉浸其中无法自拔。请问您是把怎样的一颗心放进了这部作品里？

李东华：谢谢您，同时也要谢谢周晴，是她促成了我俩之间的这次笔谈。"书一定要有灵魂"，杨志成先生说得太好了，虽然我的写作还远远达不到这样的境界，但我觉得"有灵魂的讲述"正是我在努力的方向。写《焰火》的时候正是我在精神上处于困顿的时期，小说中"哈娜"这个女孩子实有其人，曾经在我年少时的生活中短暂地存在过。几十年过去了，年近知天命之年的我依旧能够从这位14岁少女的身上寻找到温暖，可以说她的美与善一直与我的内心相伴而行，让我确信，青春年少时一个人瞬间绽放的光，如焰火般短暂，却真的拥有照亮别人一生的力量。"修辞立其诚"，我只是诚实地写下了自己内心真实的感知。

张弘：我们说书的生命，一半是作者给的，一半是读者成全的。但若要调动读者的情感投入，作者首先得写。《焰火》里写到的女孩间的种种微妙，对人性入木三分的刻画，真实到让人边读边会联想到自己，身边有中学生告诉我说"读着都会脸红，因为读到了我自己"。将自己的内心、自我的成长，如此坦诚地向读者开放，你有过顾虑吗？

李东华：《焰火》中女孩艾米所面临的惶惑，诸如如何面对外貌、家境、成绩……比自己优越的人，这并不仅仅是在青春期会遭遇的问题，也可能是每个人一生都需要直面的困境。司马迁在《史记》中曾写过："女无美恶，入宫见嫉；士无贤不肖，入朝见妒。"在主要用"竞争"来定义人与人之间关系的现实世界里，我们怎么面对在世俗的评价体系里比自己优秀的人？怎么评价人性中"嫉妒"的成分？《焰火》是一个系列，在这一本书里探讨的首先是打开，打开自己，聆听他人，要看到在每一个看似光鲜的个体生命的背后，都有不为人知的曲折故事。比如人们常常秘而不宣的"嫉妒"之心，它可以成为一种破坏性的力量，也可以引领人走向更完美的自己。《焰火》意不在书写个人隐私，它只是想多少抱有一点科学的诚恳的态度，去解剖一两个人内心的标本，看看一颗心如何避免在人性痼疾的泥淖里下沉，能够在不断的反省中实现上升的可能。在接下来要出版的《小满》《星芒》两本书里，会接着对一些习焉不察的评价标准继续进行反思，从而让我们能够从在那样一些评价体系中被认定为"残缺""失败"的阴影中走出来，绽放属于每个人独一无二的色彩。

张弘：这本书的最后一章非常与众不同。故事其实在第八章"焰火"这里已经基本结束了，第九章把故事背后的故事也交代得很清楚了。为什么要加最后一章呢？我起初担心读者会不感兴趣，但是和几位中学生共读后我们一致的感觉：这是对青春的回望，是对心结的纾解，是对人生中那些重要问题的追问：童年怎样影响人生？有没有不变的情感？有没有永久的纯真？这样的回望岁月与叩问心灵，是作者带领读者们攀上一个文学高峰后，很自然地在顶上歇歇脚、说说话，把来路上的一步又一步刻在心间。这最后一章，让我突然想起少年时代读过的那些俄罗斯文学，也由此感受到了《焰火》的经典气质。好奇您在创作时是怎样设计这最后的结尾的呢？有没有那些经典文学对您的潜移默化的影响？

李东华：哈哈，您的每个问题都这么犀利，真是刀刀见血的提问。事实上，这本书2016年年底就完成了，编辑看完以后对最后两章有异议，要求我修改，于是我根据编辑意见把后面两章去掉了，但是去掉之后我觉得这不是我想要的，于是陷入了长达两年的停滞。确实有一种声音认为，进入中年的沈振宇还会为维护自己少年时心仪的女孩子去跟人吵一架吗？进入中年的艾米还会反反复复纠缠于少女时做的那点说不上有多么恶的事吗？换句话说，经历了沧桑世事的"油腻"心灵对于那些近乎神性的美好与纯洁居然还没看破？被是是非非磨钝了的内心居然还有自我反省的主动与敏感？在我，最后两章里成年后的艾米与沈振宇等人的故事并非完全虚构，我是屈从于人们的既有成见呢，还是写下在我身边发生过的真实故事？再进一步讲，这样的事就算真实发生了，究竟有多大的广泛性？算不算例外、个别？确实，直到现在也还有一种声音说"哈娜"并不真实，这个过于完美的女孩子完全是虚构的扁平人物。当然给读者这种印象，原因之一是我自己没能把"哈娜"写好，以至于本来是个真实存在过的人，居然让我写得像个假的。但是也有一点让我非常触动，那就是为什么小说中写到的人性中美好的部分，尽管这些美好的事都或多或少或深或浅地真实地存在过，却被认为是假的，是不可能在现实中发生的？或许这一点更值得我们去思考，我们这个时代在经济的飞速发展中究竟丢失了什么。回到刚才的问题，拖了两年之后，出版社找了两位专家阅读了最后两章，感谢这两位专家，是他们的建议让出版社决定保留最后两章并在2019年初让这部书面世。正如你所说的，从我自己的人生阅历出发，我觉得青春年少在生理层面上或许是个有时间起止点的概念，但从精神层面说，它和"童年"一样，或许是覆盖个体一生——甚至会波及后代，它一旦发生就不再停止。如果说人生是一条河流，那么从年少时流下来的水，无论是清澈还是浑浊，都会流贯一生的河床，而不会在中游与下游戛然而止。所以，青春文学肯定不是止于青春期发生的故事的文学，应该从整个生命的流程甚至更为广阔的视野来看它，才会看到一个较为准确和完整的轮廓吧。也正因为此，每个人在遥望远方和未来的时候，都应该珍视现在和脚下，因为我们都是会背负现在走向未来和远方。感谢您对《焰火》一再的肯定和鼓励，我特别喜欢像《彼得·潘》那样的开头，举重若轻地写了成年世界的泪与笑，世事洞明又天真豁达，这样的经典会让人产生即便被笑为"效颦"也想当一回"东施"的冲动。

张弘：我们说了结尾再来说说开头。一本小说打开，读第一句就知道作者的水平。"先尽情呼一口气，然后舌尖轻轻一点上腭：哈——娜。"这个开头太抓人了，那个"轻轻一点"，仿佛有魔法，把读者的"脉"与故事一下"搭"上了。正如多位文学前辈所指出的，这部作品中流淌着诗意的文字，在行云流水中充满了张力。而这是时下不少儿童文学作品所欠缺的。我们的儿童小说，往往更多追求纯粹的感官的乐趣（比如热闹，比如好笑），殊不知能在心中反复品味，领悟其美的文字，才是一种很高级的乐趣。读您的作品，可以感觉到，这是一位对文字有相当追求的写作者！

李东华：在我心目中，"写作"这个职业并没有什么特别的优越于其他行业的地方，一个写作者和其他行业的从业人员是一样的，如果我们要求做鞋子的人不要偷工减料，生产奶粉的人不要添加有害辅料，种菜的人不要用过量的农药，那么一个码字的人，也应该对自己写下的每一个字负责，一个儿童文学作家甚至要比其他行业的人要更严格，因为是写给孩子们看的，就应该像一切给孩子用的物品一样，特别注意它的安全性。《焰火》修改了十几遍，到最后改得我都想吐了，都不想再看它了。孔老夫子说过："言之无文，行而不远。"最近的一个例子就是在新冠病毒肆虐的时刻，日本援助中国的物资上写的"山川异域，风月同天"偈语和"青山一道同云雨，明月何曾是两乡"等诗句受到了狂热的追捧，以至于我们国家援助其他国家的物资上，也常常要写上类似的诗句，来加深对于情感的表达。这不得不让我惊叹，人们即便在生命受到如此迫近的威胁的时候，也依然不忘对美的追求。法国诗人拉马丁说过："在一生中连一次诗人也未做过的人是悲哀的。"我想这句话传达出人类有一种诗意地表达内心的本能。所以作为写作者，注重语言是一种本分，而让读者能够通过你的作品受到美的滋养也是写作者的本分。

张弘： 您这部作品我可不可以理解为YA小说，即成长小说。我个人觉得，成长小说不同于年龄段稍低的儿童小说，它的启蒙思考、引领人生的作用更为突出。也就是说，它要往深里走。这几年往深里走的儿童文学作品不少都是以开拓题材的疆域而取胜，但读了您的这部作品，我钦佩的是，您选择了往"里"走。是对主人公内心的成长的深深挖掘，成就了作品的高度与深度。儿童文学中对于心理描写向来是很谨慎的，就怕年轻的读者没有耐心读下去。您的《焰火》中有许多心理描写，不但让人读得下去、走得进去，还被深深打动。您是怎样调动自己的创作经验，成就了这部作品？

李东华：坦率地说，在写《焰火》之前，我正在写一本以战争为背景的《环形城堡》，我没有想到这座"城堡"如此坚固，久攻不下让我产生了深深的挫败感，当时我甚至决定放弃写作了，认为自己完全没有写作天赋。但是长江文艺社的尹志勇社长带着他们的编辑来向我约稿，你知道编辑们都属于那种特别有耐心的人，磨到最后你会觉得不写就是对不起人家。向"哈娜"求助既是为了完成写作任务也是为解我自己的精神之困。在《焰火》之后我还写了《小满》和一个短篇集子《星芒》，形成了一个小系列，我想青春期题材对我而言比较容易是因为我们本身经历过，而且我自己也有一个正在青春期的女儿，我自己2017年冬天到湖南、山东等地的乡村做过乡村孩子们的阅读等状况的调研，对于这个年龄段的困惑与憧憬，相对来说，会有一些较深的体会和把握。书中有比较多的心理描写，也是因为在和一些少年朋友们的交流中，我常常会惊讶于那样一张平静的面孔后面会有那么汹涌的内心的波澜起伏，所以由内心的律动而不是外在的动作推动情节的发展成为这几本书的一个共同点，写的时候没有去考虑读者会怎么看，说实话，读者能否接受这样的写法，我也不是很清楚。我最近因为参加一个评审，阅读了一些引进版的成长小说，我很惊讶即便不是科幻小说，作家也能很巧妙地把很多科学的内容引进来，其他诸如心理学、哲学、植物学……都能被自然而然地容纳进来。要想往深里写，一个写作者本身就要有广博的知识作为地基，我觉得这是我目前还达不到的。从读者的角度来讲，我曾经看过女儿班上同学们的读书笔记，其涉猎之广泛、思想之深刻常常让我这个成年人感到汗颜。固然，面对几亿个中国孩子，他们之间的阅读量也是千差万别，作为一个写作者可能不能不考虑的一个问题是，你是为哪些读者写作？如果我们在开始敲下一部作品的第一个字的时候，我们的大脑里就装着那些最挑剔的读者，我们就不会允许自己随意地写下粗浅的文字，我们就会逼迫自己不要停止学习。所以写"成长小说"是特别有难度的写作，因为你面对的是思想最活跃、求知欲最旺盛的一个群体，你除了让自己奋力"成长"，还有什么更好的办法吗？

张弘：既然说到了创作积累，请说说您的创作经历吧。在您的诸多作品中，哪几部您觉得是重要的、里程碑式的自我突破？它们分别带给您了怎样的创作升华与人生的领悟？

李东华：关于"少作"，鲁迅先生曾经很风趣地调侃过："中国的好作家是大抵'悔其少作'的，他在自定集子的时候，就将少年时代的作品尽力删除，或者简直全部烧掉。"其原因类似于看见自己婴儿时期露屁股衔手指的照片，比较幼稚，有损尊严，所以能隐蔽就隐蔽。当然有些天才作家一出手即巅峰，比如张爱玲，完全不存在这个问题。我记得很多年前，不知道你那时候有多大，十几岁或二十几岁？反正应该是很年轻吧，我偶然读到你的短篇童话《上古的埙》《霍去病的马》，其实这么多年过去，作品具体是什么内容我已经忘掉了，但是仍然很清晰地记得自己当时的状态，手心微微地出了汗，心想，这张弘是谁？这就属于老天爷赏饭吃的那种幸运儿吧？说到这里，可以重新返回上面的问题，就是一个写作者面对另一个写作者，清晰地感知到对方的天分逼人，望尘莫及，这个时候如何自处？在羡慕嫉妒恨之外还有没有别的路径可走？

我属于天资比较鲁钝的人，很少回看自己过去的作品，每次不得不看的时候，属于会额头冒汗的那种。当年我报考北大中文系，纯粹因为我父亲因时代的原因未能上大学也未能实现作家梦，他说："北大是中国最好的大学，中文系是天下最好的系。"我毕业找工作时可以到中国作家协会也可以到另外的单位，但是父亲说："中国作家协会是天下最好的单位。"于是我就选择了中国作家协会，一到单位我的上司高洪波先生就跟我说："我看你很适合写儿童文学。"于是我就开始练习写儿童文学。这样看上去，我和文学特别是儿童文学的关系，属于"先结婚后恋爱"那种，简直有长辈包办之嫌疑，不过人生有时候是一场阴差阳错的喜剧，我对儿童文学从无感到热爱，是因为我越来越觉得儿童文学它绝不仅仅是一种文体，更是一种信仰。你想，有哪种文体会像儿童文学这样，真正地去人类中心主义，一只蚂蚁、一片树叶、一只小老鼠都能堂堂正正地成为主角？我在看了金斯利的《水孩子》之后大哭一场，我就是在这部作品之后理解了儿童文学。卡夫卡的《变形记》里人在重压之下变成了一只绝望的甲虫，而《水孩子》里那个扫烟囱的可怜的小男孩落水淹死之后变形为一个透明的水孩子，我想这就是儿童文学和成人文学的分野，儿童文学不是天真幼稚，它有自己看待世界的方式，有自己明晰的世界观，它看似柔弱，却有着对丛林法则从不妥协的坚定，它坚持爱与同情不是来自乌托邦式的幻想，而是它认定这才是世界能够延续下去的不二法则。

所以，与儿童文学为伴已经成为我内心的自主选择，无论写得好与坏，都是一场人生的修行。一个行路的人可能不必常常去想什么时候抵达目的地，只要一直在走就可以了，如果前面有速度快的赶路者留下的脚印，提示你此路有同行者，你并不孤独，这岂不是更美好的事吗？

张弘：您常自谦地说自己不是那类天才型作家，其实您有很高的文学天分和对生命的感悟力。而且我非常想与您分享杨志成先生的一句话：天才是开始，人才是修炼，是自己成就自己。在您二度获得陈伯吹国际儿童文学奖之际，很想听听您谈自己的文学创作追求与愿景。

李东华：谢谢您的鼓励，同行之间相互加油会让疲惫的行者重新鼓起前行的勇气。我感谢陈伯吹国际儿童文学奖以及其他所有奖项，除了这样的荣誉能够满足我小小的虚荣心，更重要的是，这样的肯定和鼓励，会帮助我战胜对自我的怀疑，咬牙坚持下去。我第一次获陈伯吹国际儿童文学奖后，由于工作原因，没能到现场领奖，后来我从新闻报道中看到陈伯吹老的儿子陈佳洱先生到现场颁奖，你知道，陈佳洱先生是我的大学校长，我的大学毕业证书上就印着他的印章。我特别懊恼，盼望着能再一次得奖，能够从陈佳洱先生手中接过获奖证书。这次我实现了梦想，在颁奖现场向我的老校长陈佳洱先生诉说了自己的心愿和对他的敬意，还有比这更完美的事吗？我觉得自己真是太幸运了。得到这么多人的帮助，我不能后退，我一定要把《环形城堡》写出来，在一万次想放手之后，我还是要重新出发，我要争口气，不能让你们这些无私帮助了我的人失望，对吧？

（原载《儿童文学选刊》2020年第7期）